다향

www.bbulmedia.com

www.bbulmedia.com

미운 남자

Ugly boy

미운 남자

DAHYANG ROMANCE STORY

하늘연달에 장편 소설

Ugly boy

CONTENTS

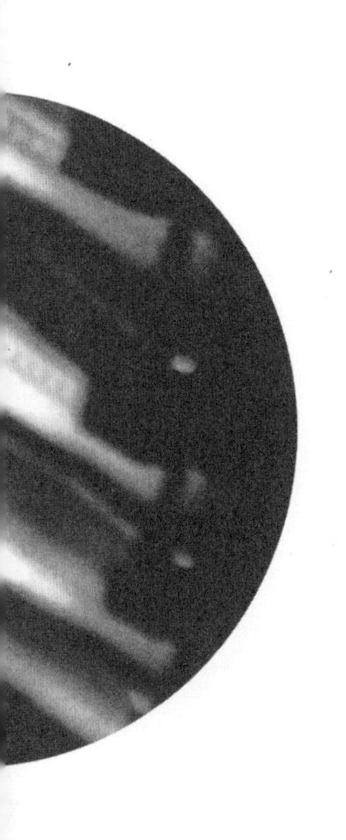

프롤로그

데칼코마니

그 사람을 처음 만났을 때 우재는 오랜만에 꽤 흥미로운 상대를 만났다고 생각했다.

가늘게 선을 그린 아름다운 눈매였지만, 눈빛은 날카로웠고 큰 키에 마른 체형으로 전체적으로 날이 선 느낌이었다. 무엇보다 압도적인 것은 그런 수려한 외모 아래 숨겨진 삐쭉삐쭉 솟아 있던 까칠함이었다. 보통의 여고생이라면 이렇게 묘한 분위기를 풍기는 남자에게 얼굴이 붉히거나 열광할 법했지만, 우재는 그의 뒤에 숨겨진 무언가를 찾기 위해 부단히 애를 썼다.

이 남자에게는 분명 뭔가가 있어. 그런데 도대체 그게 뭔지 모르겠네?

"이름이 서우재?"

의자에 삐딱하게 앉아 그녀를 쏘아보고 있는 남자를 지켜보다가 우재는 침을 꿀꺽하고 삼켰다. 아무래도 이 남자는 지금껏 상대해 왔던 선생들보다 훨씬 더 강적일지도 모른다. 아무리 봐도 그는 길가다 쉽게 만날 수 있는 외모의 소유자가 아니었다. 처음 본 사람에게 이렇게 무례하게 굴 수 있다는 건 자신이 얼마나 희소가치가 있는 존재인지 잘 알고 있기 때문이다.

"대답 안 해? 네 이름이 맞냐고 물었잖아."

우재는 자신도 모르게 얼굴을 찡그렸다. 잠시 남자의 외모에 취해 있었던 자신을 탓하며.

"네."

마지못해 퉁명스럽게 대답하는 우재를 바라보는 남자의 시선은 그녀를 투시라도 할 것처럼 날카로웠다. 하긴, 이런 남자가 성격까지 좋기는 힘들겠지. 하지만 당신도 피해 갈 수는 없어. 이 집에 들어온 이상 당신은 당신의 규칙이 아니라 내가 정한 규칙에 따라야 하니까.

자, 그럼 이제 시작해 볼까? 우재는 빙그레 웃으면서 긴 머리카락을 휘릭 하고 한쪽으로 넘겨 남자에게 자신의 목선이 드러나 보이게 했다. 자신이 의도했던 대로 남자의 시선이 그녀를 따라왔다.

됐다. 그럼 본격적으로 시작해 볼까? 우재는 가슴골이 보이도록 교복 단추를 하나 더 풀었다. 그러고는 덥다는 듯 그를 향해 부채질했다. 그가 오기 전에 살짝 뿌려 놓았던 향수 내음이 그에게 더 날아가기를 바라며.

"내가 서우재라는 건 이미 다 아는 사실이고, 그러는 선생님은 이름이 뭐예요?"

우재의 은근한 물음에 남자의 눈에서 번개가 치는 것이 보인다. 아마도 풋내기 여고생에게 주도권을 빼앗긴 게 별로 달갑진 않은 모양이다. 하긴, 처음부터 쉽지는 않을 거 같았다.

"이진우."

내뱉듯이 던지는 말에 우재는 일부러 그에게 몸을 바짝 갖다 대며 귀를 기울였다.

"잘 안 들려요. 뭐라고요?"

그러자 남자가 꼼짝도 하지 않은 채 자신의 코앞으로 다가온 그녀를 있는 힘껏 쏘아보는 게 느껴진다. 우재는 일부러 중심을 잃은 척하며 그의 허벅지에 손을 올려 자세를 잡으면서 자신의 자리로 돌아가는 척을 했다.

하지만 불행하게도 허벅지에서 느껴지는 긴장감이나 급하게 숨을 멈추는 소리는 들려오지 않았다. 이 사람 도대체 뭐야? 이쯤 되면 반응이 있어야 하는데! 대신 겉모습과 달리 남자의 몸이 상당히 탄탄하다는 사실만 깨달았을 뿐이다.

그 순간 그녀의 귓가 가까이 그가 몸을 숙였다. 찌릿한 전기가 우재의 몸을 타고 흐르기 시작했다. 얼른 손을 들어 자신의 귀를 막고 싶었지만 우재는 꼼짝도 할 수 없었다. 그가 너무 가까이 붙어 있었기 때문이다.

"지금 너, 나한테 끼 부리는 거냐?"

그의 삐딱한 말투에 우재는 멈칫했지만 그래도 자신의 행동을 그만둘 생각은 없었다. 우재가 고개를 돌리자 그의 입술이 그녀의 입술에 닿을 정도로 가까운 거리에 있었다. 화들짝 놀란 우재가 의자를 뒤로 밀며 그를 피했다.

방금 전까지만 해도 호기롭게 그를 밀어붙이던 그녀가 눈에 띄게 소란을 피우자 그가 코웃음을 쳤다. 감당도 못 할 주제에 감히 어디서 수작을 부리냐는 듯이.

"앞으로 월요일과 목요일, 일주일에 두 번 방문할 거고. 평상시에는 영, 수. 시험 기간에는 모자란 과목을 더 봐줄 거야. 유난히 처지는 과목은 뭐가 있지?"

어떡하지? 이런 시답지 않은 거로는 먹히지도 않아. 그렇다면 뭘 더 해야 하지? 우재는 손톱을 딱딱 부딪치며 뭔가 다른 생각에 골똘히 빠져 있었고, 남자는 빠른 어조로 그들이 함께할 수업에 대한 개요를 설명해 나가고 있었다.

아! 몰라. 그래도 절대 이 사람을 우리 집에 들일 수는 없어. 일단 갈 데까지 가 보자. 우재는 그렇게 결심을 하고서는 다시 책상 앞으로 의자를 당겨 앉아 자세를 잡았다. 일단 다리를 꼬자 그녀의 각선미가 드러나며 자연스럽게 허벅지가 올라갔다.

그녀의 행동이 뭔가 몹시 눈에 거슬리는 듯 그의 눈썹이 살짝 올라가는 것이 보이자 그녀는 책상에 팔을 세우고 턱을 기댔다. 우재는 자기 자신이 가장 빛날 수 있는 각도로 고개를 틀고 턱을 괴면서 다시 한번 그의 설명을 방해했다.

"선생님은 여자 친구 있어요?"

우재의 은밀한 방해에 드디어 남자는 손에 쥐고 있던 볼펜을 책상 위에 내팽개치다시피 던지더니 비릿하게 웃었다.

"지금 그따위 외모와 실력으로 날 어떻게 좀 해 보겠다는 거야?"

갑자기 우재의 신경에 금이 가는 소리가 들린다. 모르긴 몰라도 내가, 길가에 굴러다니는 흔한 유형은 아닐 텐데?

안 되겠다. 역시 이 남자에게는 정공법이 정답인 것 같아. 우재는 조금 더 노골적으로 나가 보기로 했다. 그녀는 예쁜 척하던 자세를 버리고 팔짱을 낀 채 뾰로통하게 그를 올려다보았다. 그리고 최대한 되바라지게 물었다.

"엄마한테 얼마 받기로 했어요? 삼십? 오십?"

우재가 당신과 나의 관계에서 갑은 자신이라는 듯 굴자 진우는 코웃음 쳤다.

이제 내숭 따위는 떨지 않겠다, 이건가? 그래, 어디 너의 얘기나 좀 들어 볼까. 진우는 느릿한 손길로 재킷 안주머니에서 담배를 꺼내 한 대 물었다.

"지금 뭐 하는 거예요?"

우재가 담배를 잡아채려고 손을 뻗자 그는 그녀의 손을 피해 라이터를 꺼냈다. 탁 하고 라이터 뚜껑이 열렸다 닫히더니 마른 담배에 빨간 불빛이 붙었다.

"당신 미쳤어? 내 방에서 담배를 피우게?"

"왜? 집이라고 내숭 떠는 거야? 그러지 말고 너도 한 대 하지. 그래야 서로 주고받고 그림 좋잖아?"

그의 말에 그녀는 펄쩍 뛰었다. 우재가 어떻게든 그에게서 담배를 빼앗아 보려고 기를 썼지만, 소용없었다. 그런 우재를 보면서 그가 입술 꼬리를 올리며 빙긋 웃었다.

우재는 창문을 열고 금세 자욱해진 연기를 손으로 흐트러뜨렸다.

"당신 정신이 어떻게 된 거 아니야?"

우재는 상대가 열받으라고 더 악다구니를 떨었다.

"그럼, 첫날부터 하늘 같은 과외 선생 붙잡아 놓고 가슴골 보여주는 넌 제정신이고?"

정곡을 찌르는 진우의 말에 우재는 분을 이기지 못한 채 그를 노려보며 씩씩거렸다. 살짝 마음을 놓았던 것이 실수였다. 어떻게든 약점을 잡아 보려고 찔러보다가 오히려 역풍을 맞게 생겼다.

"당장 이 방에서 나가! 당신한테는 과외 안 받아!"

우재의 입에서 기어코 그 말이 쏟아져 나온 순간 진우의 눈이 자연스럽게 가늘어졌다. 남자의 눈썹이 살짝 치켜 올라가더니 그녀를 지긋이 바라보았다. 그러자 자신을 뚫어져라 쳐다보는 남자의 시선이 불편했는지 우재는 결국 얼굴을 붉히고 말았다.

"어째서? 우리는 아직 시작도 하지 않았는데?"

뭔가 심오한 표정으로 담배 연기를 빨아들이는 그는 정말 치명적이었다. 그 모습이 꽤 매력적이라는 사실을 자기도 잘 알고 있다는 듯이 그는 조금 전 그녀가 했던 그대로 그녀를 유혹하고 있었다.

"그럼 나가기 전에 하나만 묻자. 나는 너한테 몇 번째 선생이냐? 아니 쫓겨난 선생이라고 해야겠지."

그의 말에 우재는 하얗게 질려 갔다. 아무래도 이상한 지뢰를 밟은 것 같아. 우재는 자신도 모르게 인상을 구기다가 이내 저벅저벅 걸어가 굳게 닫았던 방문을 활짝 열었다.

"101번째. 그러니까 나가. 더 험한 꼴 당하기 전에!"

순간 진우의 눈썹이 씰룩였다. 우재의 말이 끝나기 무섭게 남자는 허공에 연기를 뿜으며 우재가 펼쳐 놓은 연습장에 담배를 그대로 비벼 껐다.

아, 진짜! 이 남자 뭐야? 그가 하는 행동에 눈이 휘둥그레지는 우재를 보며 그는 피식 웃었다. 자신을 비웃는 것 같은 그의 웃음에 화가 난 우재는 아무 말이나 던졌다.

"지금 당장 나가지 않으면 엄마에게 말해 버릴 거야. 첫날부터 나한테 이상한 짓 했다고."

우재의 협박에 그는 가소롭다는 듯 코웃음을 치더니 상의 주머니에서 휴대폰을 꺼내 버튼을 눌렀다.

— 여자 친구 있어요?

갑자기 휴대폰에서 우재의 목소리가 흘러나왔다. 그가 이 방에 들어온 뒤에 나누었던 모든 대화가 앵무새처럼 다시 재생되고 있었다.

"너 이쪽 세계에서 꽤 유명하던데. 첫날부터 여럿 녹아웃시켰다고. 그 새끼들은 첫날부터 자기 물건 관리도 제대로 못 했었나 봐?"

우재는 그에게 다가가 자신을 돌아보게 하였다.

"당신 지금 뭐 하는 거야? 그거 이리 안 내놔? 넌 해고야!"

우재의 서슬이 퍼런 행동에 그는 자신의 팔을 잡아당기는 그녀의 팔을 휙 하고 쳐 냈다.

"진즉에 그렇게 말할 것이지. 왜 이상한 짓을 해서 가만히 있는 사람 성질을 돋워?"

그의 비난에 당황하는 우재를 보며 그는 잠시 안도의 한숨을 내쉬었다. 그녀의 허술함이 오히려 다행이라 여겨진다고 해야 할까. 그에게 그녀를 부탁했던 사람의 바람대로 그는 우재가 그렇게까지 망가져 있기를 바라지 않았다. 우재가 부르르 떠는 손을 들어 당장 나가라는 듯 문을 가리켰지만, 그는 느릿한 동작으로 휴대폰을 끈 채 다시 주머니에 집어넣었다.

어차피 내키던 일도 아니었는데 진짜 이 녀석 말대로 여기서 그만둘까?

그는 꼬았던 다리를 풀고는 자리에서 천천히 일어났다.

"넌 자신을 꽤 괜찮은 인간으로 평가하고 있는 모양이지만 내가 보기엔 넌 한심한 어른들 흉내나 내는 애송이일 뿐이야. 다음부터는 이러지 마라. 아주 싼 티 나니까."

그는 다시 한번 조용히 이르고 길쭉한 다리로 문지방을 넘어섰다.

그런 그의 뒤로 그녀의 비명 섞인 고함이 터져 나왔다.

"그런 당신은 얼마나 고고해서? 실력 좀 있다고 당신이 뭐라도 되는 줄 알아?"

삭막한 집구석, 되바라진 여고생, 허세에 물든 사모님. 이 집은 안 봐도 훤하다. 그러게 언제부터 그렇게 친절했다고 여기까지 왔는지. 성학이 형 말을 듣는 게 아니었는데. 아, 머리야. 저 여자애로 인해서 가슴 밑바닥에 잘 다스려 놓았던 감정들에 균열이 가기 시작했다. 제대로 폭발하기 전에 빨리 이 집을 빠져나가자.

그때였다. 갑자기 아래층에서 무언가가 와장창 깨지는 소리가 들리더니 누군가 빠르게 계단을 올라오는 게 느껴졌다. 그리고 복도 끝에서 가정부의 다급한 외침이 들렸다.

"우재 학생! 큰일 났어. 사모님이 또 발작을 시작하셨어."

가정부의 말에 방에 있던 우재가 빛의 속도로 달려 나왔다. 이상한 예감에 그녀를 따라 안방으로 달려가니 그녀의 엄마가 유리잔이 깨져 엉망이 된 방 한가운데서 흐느적거리고 있었다. 술에 취해 발음을 알아들을 수 없는 말투와 몸짓에 그의 얼굴이 덩달아 찌푸려졌다.

"우재야. 아빠한테, 전화하자. 제발 정신 차리고 집으로 돌아오시라고 말해 줘. 엄마…… 너무 외로워."

미희의 넋두리에 문가에 서 있던 우재의 뒷모습이 그대로 무너져 버릴 것만 같아 그는 다시 속이 거북해졌다. 불과 1분 전만 해도 이런 집구석 따위 뒤돌아보지도 않을 거라고 다짐했는데 이렇게 가녀린 여자의 뒷모습을 바라보고 있자니 속이 뒤틀리는 것 같았다.

뭐야? 진짜 이놈의 집구석은?

"실은 아까 낮에 사모님께 어떤 여자한테서 전화가 왔어. 기분이 이상해서 바꿔 드리지 않으려고 했는데…… 무슨 전화를 받으셨는지 사모님 얼굴이 사색이 되더니 저러시네."

가정부의 말에 우재의 표정이 금방 무너질 것처럼 흐려졌다. 술에 취해 흐느적거리는 그녀의 엄마는 그와 처음 만나 환히 웃으면서 자신의 딸을 잘 부탁한다던 그 사람과 어딘가 매치가 되지 않았다.

"우재야. 엄마 너무 힘들어. 그러니까 아빠 좀 불러 줘."

그녀가 두 팔을 활짝 벌리며 맨발로 걸어오려 했지만, 우재는 그녀가 더 다가오기 전에 양말을 신은 발로 바닥에 으깨진 유리 조각을 밟으며 엄마에게 다가갔다. 우재가 발을 옮길 때마다 붉은 자국이 방바닥에 묻어나는 걸 보니 그녀의 발이 상처를 입은 게 분명해 보였다.

"최미희 여사님. 그래서 또 이렇게 초저녁부터 술 마셨어? 내가 분명히 신경안정제랑 술은 같이 먹으면 안 된다고 했잖아!"

우재는 그녀를 부축해서 침대 위에 눕혔다.

"일단 자자. 자고 일어나면 나쁜 일들이 하나도 기억나지 않을 거야. 그러니까……."

"아이고머니. 우재 학생! 이걸 밟으면 어떡해? 또 발이 찔린 모양이네. 어린 아가씨 발에 상처가 가실 날이 없으니 속상해서 정말."

가정부는 투덜거리면서도 발 빠르게 깨진 유리 조각들을 깨끗이

치워 나가기 시작했다. 이런 일이 한두 번은 아니라는 듯.

그리고 침대에서는 엄마를 재우는 우재의 조곤조곤한 말소리가 들려오기 시작했다. 무슨 일이라도 생길까 싶어서 긴장으로 단단하게 굳어 있던 그의 어깨가 허탈함으로 축 처지는 것이 느껴졌다.

이런 뜻이었나?

'데칼코마니.'

성학이 형은 분명 저 애와 내가 데칼코마니 같다고 했었다.

'그 애와 넌 꼭 데칼코마니 같아. 두 사람이 많이 닮았거든. 특히, 자신의 상처에 무딘 점이.'

갑자기 그의 눈이 가늘어지면서 뒤척이는 엄마를 어르는 우재에게 닿았다.

우리가 어딜 봐서. 너와 난 뼛속부터 달라.

"그러게 가라고 할 때 가지 그랬어요."

그가 복잡한 생각을 하며 헤매는 사이, 안개처럼 고요한 그녀의 목소리가 그를 일깨웠다.

그가 그녀를 바라보았지만, 그녀는 엄마를 바라보며 슬픈 표정으로 조용히 말을 이어 갔다.

"과외비가 비싼 데는 다 이유가 있는 법이에요. 그러니까 더 못 볼 꼴 보지 말고 여기서 그만둬요. 어쩔 땐 수업을 할 수 없을 정도로 시끄러운 날도 있어. 내가 베풀 수 있는 친절은 딱 여기까지예요."

아까와 달리 생기가 사라진 우재의 말에 날카로운 그의 눈빛이 그녀의 어깨에 닿았다. 여전히 뒤돌아 있는 그녀의 어깨에는 형언할 수 없는 짙은 슬픔이 내려앉아 있었다. 그 순간, 그는 모종의 결심을 했다.

"다음 시간에는 테스트부터 할 거야. 네 실력을 알아야 수업 수준을 정할 테니까. 다음 수업에도 별 웃기지도 않는 수작을 부린다면 재미없을 거야. 난 받은 만큼 확실하게 돌려주거든. 그러니까 그렇게 알고 준비해."

'탁' 하고 방문이 닫히더니 그가 가정부와 인사를 나누는 소리가 들린다.

"목요일에 들르겠습니다."

짧게 인사를 하는 그의 목소리에 갑자기 우재의 입술이 바르르 떨려 오기 시작했다.

1. 마른땅에 핀 꽃 한 송이

성학이 미국에서 오랜만에 전화했을 때 진우는 잔뜩 신이 난 상태였다.

— 진우야. 네게 부탁하고 싶은 아이가 있어.

순간 기쁨으로 가득했던 진우의 표정이 떫은 감을 씹은 듯 일순간에 구겨졌다.

'부탁? 형이 그런 것도 할 줄 알아?'

대번에 까칠해지는 진우의 어조에 성학은 수화기 저편에서 말이 없었다.

그의 영감 같은 태도에 진우는 한숨을 쉬며 읊조렸다.

'좋아. 일단 이야기부터 들어 볼게.'

성학은 조용한 목소리로 아이의 프로필을 읊었다.

— 나이는 18세. 한솔고등학교에 재학 중이고 이름은 서우재야.

성학의 말에 진우는 끼고 있던 안경을 벗고는 시큰한 듯 눈을 감고 콧등을 한참 동안 잡고 있다가 안경을 키보드 위에 내려놓았다.

'남자애야?'

하지만 성학은 예상과 달리 여자애라고 대답했다. 여자? 왜 하필 여자애야? 피곤하게. 그 나이대의 여자아이처럼 시끄럽고 예민한 존재가 또 있던가? 진우가 한숨을 쉬자 성학은 진우의 마음을 잘 알고 있다는 듯 웃었다.

'형이랑 어떤 관계인데? 설마 숨겨 놓은 자식, 뭐 이런 건 아니겠지?'

상상만으로도 끔찍하다는 진우의 말에 성학은 나지막한 목소리로 웃음을 터트리더니 한마디 했다.

— 설마, 만약에 내게 숨겨진 아이가 있었다면 너한테 맡겼을까. 네 성격이 유별난 건 세상이 다 아는데.

성학의 농담에 진우는 자신도 모르게 안도의 한숨을 내쉬었다. 하긴, 성학이 형이 그럴 리가 없지.

'뭘 도와주면 되는 건데. 어떻게 도와주면 되는데? 돈이야? 얼마나 필요한데?'

— 아니, 그런 단순한 문제가 아니야. 지금 과외 선생을 찾고 있대.

갑작스러운 성학의 말에 진우의 눈썹이 치켜 올라갔다. 도대체 이 형은 무슨 말을 하는 거야? 과외 선생이라니. 내가 요즘 뭐 때문에 정신 빼놓고 사는지도 잘 아는 사람이?

'설마 지금 나보고 그 아이 과외 선생을 하라는 뜻은 아니겠지?'

— 맞아. 네가 맡아 줬으면 좋겠어.

성학의 말에 진우는 자리에서 벌떡 일어나 작업실을 어지럽게 걸어 다녔다.

'형. 지금 내 사정 뻔히 알면서 그런 말을 해? 본격적으로 일 시작하고 다른 데 신경 쓸 틈이 없다고. 프로듀싱 맡으라는 건도 거절하고 있는 판에.'

— 너 군대 가기 전까지 대치동에서 꽤 이름 날리던 선생이었다는 걸 내가 알고 있는데……. 꼬맹이 하나 맡는 건 일도 아니잖아. 워낙 조용해서 다른 여자애와 달리 걸리적거릴 일도 없을 거야. 그러니까 대학 들어갈 때까지만 네가 좀 지켜봐 줘.

뭐? 지켜봐 줘? 내가 무슨 보모라도 되나?

'정말 제대로 설명 안 할 거야?'

진우의 말에 성학이 다시 입을 열었다.

— 진우야. 어쩌면 이 일은 너에게 도움이 될 수 있을지도 몰라. 그 애와 넌 데칼코마니 같거든.

이상한 소리를 하는 성학의 말에 진우는 어지럽게 걸어 다니던 걸음을 멈추고 거실 중간에 우뚝 섰다.

'지금 무슨 소리를 하는 거야? 그딴 계집애가 나에게 무슨 도움이 된다고!'

— 아주 많이 닮았어. 너희 둘.

전원이 꺼진 텔레비전 모니터에 인상을 잔뜩 구긴 진우의 표정이 드러났다. 이성학만 아니었다면 이런 제안 따위 간단하게 거절하는 건데.

— 대신 아이 부모에게는 네가 부르는 대로 과외비를 지급하라고 말씀드렸어. 너 유학 준비 하는 거 다 알고 있어.

성학의 말에 진우의 표정이 약간 누그러졌다. 하여간 이 형은 사람 다루는 데 일가견이 있다니까. 그래도 과외비를 깎으면 깎았지 저렇게 말할 형이 아닌데.

'뭐야, 형. 나한테 그 아이를 맡기고 싶다면 이해가 가는 수준으로 설명해 줄 수는 없겠어? 형은 뒤에서 남모르게 계략 꾸미는 타입 아니잖아.'

진우의 조용한 물음에 성학이 수화기 저편에서 빙그레 웃는 것이 느껴졌다.

— 그래. 하지만 때론 말보다 경험이 중요하니까. 그러니까 거절하지 말고 수락해 주라. 세월이 아무리 지나도 우재는 마음에 남아.

이성학의 마음에 남은 아이라. 성학의 말에 진우에게도 순간 호기심이 일었다. 이 형이 도대체 무슨 그림을 그리고 있길래.

— 해 볼 거야?

성학의 날카로운 질문에 갑자기 진우가 버럭대고 소리를 질렀다.

'벌써 판 다 짜 놓고 뭘 물어?'

그러자 성학은 소리를 내며 웃었다.

— 아니, 혹시라도 나중에 날 원망이라도 하게 되면 곤란하니까.

갑자기 머리가 묵직해지는 것이 뭔가 이상한 일에 휘말리게 될 것 같은 기분이 들었다.

'일단 어떤 꼬맹이인지 만나는 보겠는데, 결과는 장담하지 마. 싹수가 노랗다면 바로 그 자리에서 잘라 버릴 테니까.'

진우의 퉁명스러운 말에 성학은 고맙다는 말 대신 한술 더 떴다.

— 그래, 네가 한번 잘 다듬어 봐. 나도 기대하고 있을게.

잘 다듬어 봐라? 진우는 눈을 가늘게 떴다.

'도대체 어떤 종자기에 다듬기까지 해야 해?'

— 진우야. 만약 네가 그 마른땅에 물만 뿌릴 수 있다면 너에게 진짜 귀한 기회가 찾아올지도 몰라.

성학은 이상한 주문을 남긴 채 잘 부탁한다는 말과 함께 전화를 끊었다.

그런데, 지금 그 문제의 종자가 풍선껌을 불면서 불량스러운 자세로 그 옆에 앉아 있었다.

"지금 네가 도망가지 않은 것만으로도 감지덕지해라, 뭐 이거냐?"

진우의 머리 뒤로 찌릿하면서 날카로운 통증이 올라오기 시작했다. 계속 과외를 해 주는 걸 너무 충동적으로 결정한 것 같다. 첫날 어머니 사건을 지켜본 책임도 있고 해서 좀 불쌍하게 생각하려고 했더니만 도저히 안 되겠네.

"왜 안 갔어요? 더 못 볼 꼴 보지 말고 뒤도 돌아보지 말고 가라고 했을 텐데."

풍선껌을 불며 삐딱하게 말하는 그녀를 보면서 진우는 무서운 표정을 지으며 그녀의 입 가까이 손을 가져다 댔다.

"뱉어."

싸늘한 진우의 말에 우재는 빙긋 웃으면서 그의 손바닥에 퉤하고 껌을 뱉어 냈다. 그녀를 싸늘하게 째려보며 그는 자신이 뽑아 온 문제지를 책상 위에 툭 하고 던졌다.

"풀어. 오늘 테스트해 보겠다고 했잖아."

진우의 말에 우재는 못마땅한 듯 그를 한참 째려보더니 새침한 표정으로 문제지를 쥐고 연필로 사각거리며 문제를 풀어 나갔다. 거침없이 문제를 푸는 꼴이 그래도 공부에 있어 아주 젬병은 아닌 듯 보였다.

그녀가 영어문제지를 다 풀어내자 그는 인상을 쓰면서 그것을 잡아챘다. 20문제 중 2개를 틀렸다. 문법에 약간 실수가 있었으나 단어와 독해는 수준급이었다.

국어는 20문제 중 1개. 이것 봐라? 아주 형편없는 머리는 아닌 모양인데?

하지만 문제는 수학이었다.

영어와 국어는 거침없이 풀어 가던 그녀가 수학 문제에서는 고전을 면치 못하고 있었기 때문이다. 진우는 '됐어!' 하고 소리를 지르고 싶은 것을 꾹 참았다. 드디어 포착한 그녀의 약점에 그는 묘한 희열감을 느꼈다.

"넌 문과 머리구나?"

진우의 말에 인상을 쓰던 그녀는 그의 앞에서 뭔가를 보여 줘야 한다고 생각했는지 끙끙거리면서도 계속 문제를 풀기 위해 애썼다.

골이 난 표정으로 어떻게든 문제를 해결해 보려고 안간힘을 쓰는 그녀의 옆얼굴을 보고 있노라니, 진우는 설핏 웃음이 나왔다. 안 되면 바로 포기할 줄 알았더니 예상 밖의 고집스러움이 있었다. 뭔가에 몰두하기 시작하자 그녀는 그 나이 특유의 솜털이 채 가시지 않은 얼굴을 드러냈다. 이런 얼굴을 가지고서 어울리지도 않는 어른 흉내를 내기는.

진우는 입술을 틀어 올려 웃음을 짓다가 그녀가 골몰하며 풀고 있던 문제지를 뺏어 빨간 색연필로 쫙쫙 줄을 그어 갔다.

"지금 뭐 하는 거예요?"

펄쩍 뛰는 그녀를 바라보며 진우가 빙긋 웃었다.

"주어진 20분 끝났어. 20점."

갑자기 수학문제지를 들어 그녀의 머리를 사정없이 내리치더니 진우는 그녀의 책상 위로 문제지를 던졌다.

"지금 네가 이 문제지 말고 다른 할 말이 있어? 네 엄마는 열심히 채찍질해서 좋은 대학 보낼 수 있게 도와 달라고 하시던데."

갑자기 그녀의 얼굴이 종잇장 구기듯 구겨져 버렸다.

"난 대학 안 가요."

뜻밖의 말에 진우는 팔짱을 끼고서 그녀를 지그시 내려다보았다.

"그러니까 과외도 필요 없어요."

또 시작이네. 그 레퍼토리. 이제 좀 지겹지 않나?

"그러니까 그만둬요. 이 집."

아! 성학이 형. 도대체 나한테 무슨 짓을 한 거야. 이 사고뭉치 계집애랑 실랑이할 동안 벌써 곡 작업을 해도 몇 곡을 했겠는데…….

"너 뭐냐?"

갑자기 치밀어 오른 성질에 진우가 삐딱하게 굴자 우재는 그를 쏘아보았다.

"그러니까. 못 하겠다 하라니까? 엄마한테 그 말도 못 해? 당신 가난해? 고학생이야? 옷차림을 보면 그렇게 궁한 사람도 아닌 것 같은데?"

당신? 이게 점점. 진우의 미간이 심하게 일그러졌지만 우재는 고개를 휙 돌리더니 그가 던진 수학문제지를 밀어 냈다.

“사람 사는 모습이 꼭 성적순인 건 아니잖아요.”

“사람 구실을 못하면 제대로 된 대우도 받지 못하지. 이 사회는 무한 경쟁 시대니까. 우리 사회가 서울대 들어간 아이와 대학도 못 가 빌빌대는 아이를 같은 수준으로 취급하지는 않잖아?”

비아냥대는 그의 말에 우재는 반박했다.

“그럼 다른 걸 잘하면 되는 거 아니에요?”

“요즘 서울대 들어가는 애들도 모든 걸 다 잘해! 유명 연예인들 못 봤어? 서울대 출신도 많잖아? 그러는 넌 뭘 그렇게 잘하는데? 음악? 미술? 체육?”

그의 말에 우재는 어쩜 생각이 그렇게 단순하냐는 듯한 표정을 짓더니 그에게서 새침하게 고개를 돌렸다.

“생각하는 것 하고는. 꼭 자기처럼 세상을 본다니까?”

아! 성학이 형! 진우의 주먹에 꽉 하고 힘이 들어가기 시작했다.

“난 관찰을 잘해요. 사람들과 공감하는 능력이 뛰어나거든요. 그래서 친구들한테 연애 상담 같은 것도 심심치 않게 해 줘요. 그리고 제법 글도 잘 쓰고요. 그런 걸 할 때는 세상의 온갖 시름이 싹 하고 사라지죠.”

해맑은 표정으로 엉뚱한 대답을 하는 그녀를 보며 진우는 허를 찔린 듯 순간 멍해졌다. 도대체 뭐야? 얘는? 외계인인가?

진우의 멍한 표정을 본 우재가 빙긋 웃었다. 그 모습이 너무 해맑아서 진우는 잠시 잠깐 눈을 가늘게 뜬 채 그녀를 응시했다.

“몇 점 이상이면 대학 가고, 몇 점 이하면 못 가니까 얼마까지 성적을 올려야 하는 그런 이야기 말고, 사람 냄새 나는 이야기 하면서 살면 안 되는 거예요? 대학에 가는 것에 씨름하고 치열하게 경쟁하고 생각대로 되지 않으면 좌절하고 남들과 나를 비교하면서 자괴감 느끼고. 그러고 나서는 종국에 나는 아무것도 할 수 없는 사람이라고 쉽게 주저앉고. 꼭 그렇게 살아야 하는 게 좋은 인생인 것만은 아니잖아요."

우재의 말에 진우의 입술이 심술궂게 뒤틀어졌다.

"아직은 배가 덜 고프구나."

뭔가 삐딱한 진우의 말에 우재가 처음으로 그의 눈을 마주 보았다. 애써 감춰져 있던 날카로운 들개의 눈빛이었다. 무서워. 그의 눈빛이 우재를 향해 번뜩였다.

우재가 그런 생각을 하는 사이 그는 우재의 맑은 눈동자를 뚫어지게 응시하고 있었다. 약간의 혼란스러움이 남아 있기는 했지만, 그녀의 눈은 여전히 맑고 깨끗하기만 했다. 성학이 형은 이 아이가 가진 맑은 기운을 지켜 주고 싶었던 모양이다. 하지만 그런다고 마냥 백옥 같기만 한 것이 살아가는 데 도움이 될까. 진우는 고민 끝에 다시 입을 열었다.

"넌 돈 없어서 처절하게 울어 본 적 없었겠지. 겨우겨우 지위와 실력을 갖췄다 해도 미천한 출신 때문에 내쳐진 적도 없을 테고. 그 꼬리표 때문에 사람들의 멸시와 손가락질을 받으면서 비참하지 않은 척 안간힘을 써 본 적도 없을 거야. 하지만 너와는 달리 공부가 선택이 아닌 필수인 사람들도 있어. 공부까지 못하면 사람 취급도 못 받으니까. 바로 효용가치가 없어져서 비참하게 버려지지. 그래서 살기 위해 공부해야 하는 사람들도 있어. 너처럼 그렇게 태평한 인생이 아니라."

진우의 살벌한 말투에 우재의 표정이 하얗게 질려 가는 것이 보였다. 내가 너무 흥분했나?

진우의 반성도 잠시 우재의 질문이 둘 사이의 침묵을 뚫고 날아왔다.

"댁도 그랬어요?"

댁? 갑자기 우재의 이마로 인정사정없는 진우의 꿀밤이 날아들었다.

"아!"

우재가 두 손으로 자신의 이마를 감싸자 진우가 살벌한 한마디를 내뱉었다.

"이게 어디서 자꾸 기어올라? 댁? 당신? 말 똑바로 못 해?"

그의 난데없는 고함에 우재는 그를 째려보았다.

"다시 한번 말하는데 이제부터는 꼬박꼬박 선생님이라고 불러. 내가 맡기로 한 이상 너에게 선택권은 없어!"

단호한 진우의 말에 우재는 억울한 표정으로 그를 물끄러미 올려다보았다.

우재가 반박하려고 입을 열었지만, 그는 스산하게 웃으며 한마디 더 덧붙였다.

"네 과외비가 얼마냐고 물었어? 난 달에 30만 원짜리 선생이 아니라, 회당 30만 원짜리 선생이야. 네 부모 등골 빼먹을 생각이 아니라면 내가 있는 시간만큼은 돈값을 해."

생각보다 꽤 많은 액수에 충격을 받은 우재의 눈이 휘둥그레지자 진우는 그제야 조금 자존심이 회복된 것 같은 느낌이 들어 저절로 미소가 지어졌다.

"내 신조가 바로 고객 만족이거든? 나에게 돈을 주는 사람은 네 부모지 네가 아니잖아. 그러니까 난 고객이 만족할 때까지 학생이 어떻게 되든 상관 안 해. 그러니까 너도 뜬구름 잡는 이야기 그만 하고 각오하는 게 좋을 거야."

우재의 표정이 있는 힘껏 일그러지자 진우의 얼굴이 그제야 좀 만족스럽다는 듯 환하게 웃었다.

진우와 전쟁 같은 수업을 한바탕 치른 후 그로기 상태가 된 우재는 거실 소파에 길게 늘어져 있었다.

얼마 안 있어 현관문이 열리더니 엄마와 박 기사가 쇼핑백을 양손 가득 들고 모습을 드러냈다. 중증의 조울증을 겪고 있는 엄마는 지난번 자해 소동 이후 다시 조증이 심해진 것인지 또다시 무의미한 쇼핑에 열을 올리고 있었다.

"여기 놔 줘요. 박 기사. 종일 쫓아다니느라 고생 많았어요."

박 기사가 허리를 꾸벅 숙이고 뒤돌아 나가자 우재는 한숨을 쉬고는 다시 고개를 돌렸다.

"엄마. 나 그 선생한테 과외 안 받으면 안 돼?"

지친 기색이 역력해 보이는 우재의 말에 엄마는 갑자기 흥미를 보이며 다가왔다.

"어머! 너 오늘 수업 있는 날이었지? 어때? 뭔가 싹수는 있어 보여?"

엄마의 말이 듣기 싫다는 듯 우재가 몸을 돌렸다가 갑자기 공중에 하이킥을 차며 벌떡 일어났다.

"엄마. 제발 부탁인데 사람 교체 하면 안 될까? 그 사람만큼은 어떻게 해서라도 정리하자. 제발 부탁이야. 이상한 데 돈 쓰지 말고 차라리 날 줘."

우재의 입에서 '부탁' 이라는 말까지 흘러나오자 엄마의 얼굴에 화색이 돌았다.

"어머! 실력 좋은 선생이라더니 헛소문이 아닌 모양이네?"

엄마의 혼잣말에 갑자기 우재가 버럭 소리를 질러 댔다.

"내 말 듣고 있는 거 맞아? 그 사람은 정말 아니라니까! 성격도 까칠하고 말투도 험악한 게 어쨌든 느낌이 영 안 좋아!"

역시나 엄마는 이번에도 자식인 우재의 마음을 살피기보다 선생의 스펙과 배경에 더 관심이 있어 보였다. 우재의 신경질에 엄마가 그 말이 사실인지 가늠해 보려는 듯 그녀를 똑바로 마주 보았다.

"그딴 성질이 뭐가 중요해. 제대로 가르치기만 하면 되지."

우재는 엄마의 눈빛이 바뀌는 것을 슬픈 눈으로 바라보았다. 몸과 마음이 약해진 엄마가 여전히 집착을 버리지 못하는 것이 딱 두 가지 있는데, 그건 바로 자신의 아빠와 자식 교육에 대한 일이다. 엄마는 그 둘을 위해서라면 가끔 영혼이라도 팔 것처럼 악다구니를 떨었다.

"잘 가르치는 것도 아닌 것 같아. 문제만 풀어 보라고 하고 자세하게 가르쳐 주는 것도 아니라니까? 무엇보다 심각한 건 폭력적이야."

폭력적이란 말에 엄마가 그녀의 눈을 똑바로 바라보자 우재가 시선을 피했다.

"설마 다른 놈들처럼 너한테 반했다며 득달같이 달려들디?"

엄마의 호들갑스러운 말에 우재는 자신의 입을 때려 버리고 싶었다. 이 말이 그 사람한테 들어가 어떻게 뒤집힐지 알 수 없었기 때문이다.

"아니, 물리적인 게 아니라 언어폭력. 그 사람 생각보다 엄청 까칠해. 상당히 심각하다니까?"

우재의 말에 엄마는 별일 아니라는 듯이 그녀에게서 등을 돌리려 했다.

"어디 너만큼이나 하려고? 갖은 걸로 골려 먹고 너한테 고백한 사람들에게 징그럽다 무안 주고. 네가 소개받는 족족 선생들 물 먹이는 통에 지금 우리 집 소문이 어떻게 난 줄 알아? 대치동 장 여사님이 너라면 치를 떨어!"

엄마의 말에 표정이 살짝 흐려진 우재가 입술을 꽉 깨물었다. 그런 소문이라도 나는 게 우리 집 사정을 그들에게 훤히 보여 주는 것보다는 낫지. 이제는 아주 지긋지긋하다고.

"과외 안 하고 대신 학원 다닐게."

"널 안 끼워 주잖니."

대번에 튀어나오는 엄마의 말에 우재는 주먹을 꼭 틀어쥐었다.

"엄마는 그렇게 상류사회에 편입하고 싶어? 다들 졸부라고 우리 집을 그렇게 무시하는데, 기를 써서 그 무리에 끼어들고 싶냐고! 그냥 평범하게 살면 안 되는 거야? 어렸을 때 우리 집으로 돌아가면 안 돼? 돈은 좀 없어도 아빠, 엄마, 언니랑 나 오순도순 행복하게 살았잖아. 그런 우리가 되지도 않는 욕심을 부려서 여기까지 왔다는 걸 아직도 인정 못 하겠어?"

우재의 외침을 엄마는 못 들은 척했다.

"남들은 족집게 과외 선생에다 예체능에 학생기록부까지 관리해 가며 생활하는데, 너같이 얼빠진 마음으로 대학이라도 제대로 갈 수 있겠니? 지금껏 그 사람들한테 받은 수모가 얼만데. 나랑 네 아버지는 몰라도 적어도 너희들은 그런 취급 받아서는 안 되지. 난 너희를 최고로 키울 거야. 뭐, 지네들은 얼마나 고고해서? 다들 불법 축재 하고 더러운 짓은 자기네들이 다 하는 주제에 누구 보고 똥 묻었다고 지껄이는 거야?"

엄마의 궤변에 우재는 눈을 감았다. 이런 실랑이도 너무 지겨워!

"하여간 그 선생 제대로 붙잡아 놔. 그렇지 않아도 첫날부터 그런 꼴을 보인 게 영 찜찜해서 몇 다리 건너 학부모들에게 살짝 물어봤는데, 그 사람 소문대로 장난이 아니더라."

뜻밖의 말에 우재의 시선이 엄마의 입술에 닿았다. 엄마와 어울리지 않는 빨간 립스틱을 바른 입술이 쉴 새 없이 움직이고 있었다. 우리 엄마는 저렇게 화려한 것보다 수수한 게 잘 어울리던 단아한 사람이었는데…….

"분위기가 쓸쓸해 보이는 게 뭔가 사연 있는 사람이라는 건 진즉에 알아봤는데, 그 사람이 대한그룹 차남이라는 건 몰랐잖니?"

대한그룹 차남? 생각지도 못한 말에 우재의 얼굴이 찡그려졌다. 그런 사람이 뭐가 아쉬워서 이런 집의 과외 선생을 해? 그렇다면 그 사람에게서 풍기던 오만함이 다 그런 배경에서 나온 거였나?

"그 회장님 재혼하셨다고 하지 않았어? 언젠가 모임에서 엄마가 그 사모님 보고 와서 단아하고 이쁘더라며 난리 쳤었잖아."

"그래. 재혼한 부인이 회장님을 오래 모신 수행 비서였다는데, 네 선생이 그 비서분 아들이란다."

우재의 입이 크게 벌어졌다.

'넌 돈 없어서 처절하게 울어 본 적 없었겠지. 겨우겨우 지위와 실력을 갖췄다 해도 미천한 출신 때문에 내쳐진 적도 없을 테고. 그 꼬리표 때문에 사람들의 멸시와 손가락질을 받으면서 비참하지 않은 척 안간힘을 써 본 적도 없을 거야. 하지만 너와는 달리 공부가 선택이 아닌 필수인 사람들도 있어. 공부까지 못하면 사람 취급도 못 받으니까. 바로 효용가치가 없어져서 비참하게 버려지지. 그래서 살기 위해 공부해야 하는 사람들도 있어. 너처럼 그렇게 태평한 인생이 아니라.'

이제야 그가 했던 이야기들의 퍼즐이 맞춰지기 시작했다. 어떡해. 그건 결국 자신의 이야기였어.

"정통한 소식통에 의하면 그 사람이 재혼으로 얻은 의붓자식이 아니라 회장님 자식이라는 소문이 있어. 즉, 전 부인과 결혼 생활 중에 외도로 낳은 자식이라는 거지."

엄마의 말을 듣고 있노라니 우재는 머리가 아파 오기 시작했다. 이런 말까지 들으려고 엄마를 졸랐던 것이 아니었다. 서우재만큼 남의 이야기를 싫어하는 사람도 없었다.

우재가 흔들거리는 자세로 소파에서 일어나자 엄마가 한마디 더 덧붙였다.

"우재야. 그러니까 그 사람이랑 한번 잘해 봐."

과외 선생을 두고 하는 말치고는 엄마의 말투가 좀 이상했다. 우재가 고개를 돌리자 엄마가 눈을 맞추며 의미심장한 미소를 지어 보였다.

"엄마는 그렇게 꽉 막힌 사람이 아니야. 알지? 집안 좋지, 학벌 좋지, 외모 끝내주지. 우리가 정식 루트로 어디 가서 그런 사윗감을 보니? 난 그런 집안이면 서자도 상관없어."

엄마의 말에 우재는 갑자기 온몸에서 무언가가 기어 다니는 듯 몸서리가 쳐졌다.

"엄마! 지금 무슨 소리 하는 거야? 농담이 너무 지나친 거 아니야?"

"무슨 소리야? 예전에는 너만 한 나이에 애도 낳고 살았는데. 그러니까 너도 이참에 그 남자 마음 좀 잡아 봐!"

그 말에 우재는 엄마를 쏘아보며 기어코 마음속에서 꾹 눌러놓았던 말을 꺼내 놓고 말았다.

"남자 때문에 그렇게 울고불고 그 난리를 피워 놓고도 나한테 남자를 권해? 엄마 미친 거 아니야?"

그러자 엄마는 우재를 뚫어지게 바라보며 말했다.

"그래서 그래. 우재야. 사랑만 봐도 실패하고 조건만 봐도 실패하는 게 인생이라면 그럼 그 중간을 봐야지. 엄마는 그 조절에 실패해서 이렇게 마음고생하며 살고 있지만 내 딸들은 안 그랬으면 좋겠어. 십 년이고 백 년이고 남자한테 사랑 듬뿍 받으면서 넉넉하게 살았으면 좋겠어. 사생아면 어떠니. 능력 좋고 실력 있으면 되는 거지."

엄마의 말에 갑자기 우재의 눈에서 눈물이 왈칵하고 쏟아질 것 같았다. 언제쯤이면 엄마의 망상이 가라앉을까. 언젠가부터 엄마는 스스로가 꾸민 세계에 들어가 자신만의 기준으로 세상을 바라보고 있었다. 그런 엄마를 바라보는 우재의 눈이 한없이 심연에 빠져들어 갔다.

엄마. 미안하지만 내게 사랑의 쓴맛을 가르쳐 준 사람들이 바로 엄마와 아빠거든? 초콜릿의 달콤함보다 쓴맛을 먼저 알아 버린 나에게 그것을 먹으라고 강요한다는 게 있을 수 있는 일이라고 생각해? 사랑을 하는 일이 그렇게 더럽고 치사하고 허무하다는 걸 뼈저리게 깨닫게 해 줬으면서 내게 그걸 하라고? 도대체 엄마에게 난 뭐야? 당신의 허영기를 충족시키는 도구?

우재는 방으로 돌아와 있는 힘껏 방문을 닫고서는 그대로 무너져 내렸다.

진우는 오피스텔 앞에서 자신을 기다리고 있는 어머니를 보며 걸음을 우뚝 멈춰 섰다.

"비밀번호 가르쳐 드렸잖아요. 제가 없으면 그냥 들어가 계시지 그러셨어요."

진우가 어머니 보란 듯이 비밀번호를 누르자 선경은 아들의 옆모습을 한참 동안 뚫어지게 바라보았다. 문이 찰칵하며 열리고 선경이 발치에 있던 짐을 들어 올리려고 하자 진우는 그것을 빼앗듯이 가져갔다.

"이런 거 들고 다니지 마시라니까."

진우의 타박이 이어진다. 자신을 대놓고 무시하는 건 아니지만 그렇다고 친절하다고 볼 수도 없는 아들의 말투에 선경은 마음이 아려 왔다.

"집을 나간 뒤로 좀처럼 들르는 일이 없길래. 일단 들어가자."

진우와 선경이 불 꺼진 집 안으로 들어가자 적막한 곳에서 한기가 느껴졌다. 거실 불을 켜자 깔끔하게 잘 정리된 진우의 집이 한눈에 들어왔다. 진우는 선경이 집 안을 꼼꼼히 살펴보는 모습을 말없이 바라보았다.

"회장님은 어떠세요."

자신의 아버지를 여전히 회장님이라고 지칭하는 아들을 보니 선경은 가슴이 싸해져 왔다. 아들에게 보이는 풍랑을 어디서부터 잠재워야 할지 도저히 갈피가 잡히지 않았다.

선경은 말없이 진우가 짐을 내려놓은 부엌으로 가서 그가 쓰는 냉장고를 열어 보았다. 술과 음료, 몇 가지 음식 외에는 텅 빈 냉장고가 꼭 아들의 마음속 같아 입맛이 썼다. 선경은 보자기를 풀어 자신이 직접 요리한 음식들을 냉장고에 집어넣고 얼려 둔 밥도 냉동실에 잘 정리해 두었다.

"아무리 바빠도 속 든든하게 밥 잘 챙겨 먹어. 말라도 너무 말랐다."

진우는 캡슐커피머신의 전원을 켰다.

"좋아하시는 거로 연하게 한 잔 내려 드릴까요?"

"아니."

유난히 아들이 만들어 주는 커피를 좋아했는데 웬일로 거절하자 진우가 어머니를 물끄러미 내려다보았다.

"요즘 저녁에 커피를 마시면 잠이 잘 안 와서."

어머니의 말에 진우는 테이블에 팔을 짚고 그러잖아도 해쓱해진 어머니의 얼굴을 뚫어지게 바라보았다. 아무래도 어머니에게 무슨 일이 있는 것 같았다.

"그냥 오신 거예요?"

진우의 말에 선경은 애써 미소를 지으면서 진우의 손을 잡았다.

"그럼. 너 사는 것도 보고 싶고, 우리 아들 얼굴도 보고 싶고."

선경은 아들의 얼굴을 찬찬히 뜯어보았다.

"엄마."

"그냥 좀 네 얼굴 감상하는 것도 안 되니? 나도 네 얼굴 감상하면서 좀 쉬자."

엄마의 말에 진우는 걱정되는 마음을 애써 가라앉혔다. 혹시라도 본가에서 무슨 일이 있었나? 내가 없는 동안 어머니가 학대라도 당하는 건가? 뭘 하든 당신의 눈앞에만 있으라며 우리 모자를 기어코 혼란의 구렁텅이로 데려다 놓더니, 이 회장 당신만 호의호

식하고 있었나?

"잘해 주셔, 아버지는……. 네 형과 누나도 별 탈 없고."

혼란스러움이 가득한 아들의 눈빛을 읽은 선경이 먼저 선수를 쳤다.

진우의 시선이 그녀의 눈에 와서 박히자 선경은 어느새 자신도 모르게 마음속에 감춰 두었던 속마음이 흘러나오기 시작했다.

"하지만 아무리 그래도 그 구성원 안에 네가 없잖니. 사람 좋은 척을 해 봐도 너무 지친 날에는 본능만 남지. 우리 아들은 저 삭막하고 차가운 집에서 홀로 시간을 보내고 있을 텐데. 이렇게 웃는 웃음이 무슨 의미가 있겠나 싶어 가끔 여기가 꽉 막힌 듯 너무 아파."

엄마의 그 말에 진우는 미치겠다는 듯 눈을 꽉 감았다가 한참 만에야 떴다.

"편히 계시긴 한 거죠?"

선경은 아들의 손을 꽉 쥐어 보였다.

"그래. 엄마는 괜찮아. 난 걱정하지 마. 진짜야. 다들 여러모로 신경 써 주고 있어."

"그래도 엄마, 혹시라도 힘든 일이 생기면……."

'계속 그곳에 계실 필요 없어요.' 란 말이 목 끝까지 차올랐지만, 입 밖으로 내뱉지는 않았다. 어머니가 회장님을 얼마나 사랑하고 있는지는 자신도 잘 알고 있으므로.

그러니까 그렇게 똑똑하고 전도유망했던 어머니가 모든 것을 뒤로한 채 처녀의 몸으로 자신을 낳아 길렀겠지. 진우로서는 원치 않는 일이었다 할지라도 어머니에게는 인생을 뒤흔들 만큼 절절한 사랑이었다.

"학교 마치면 혹시 더 공부할 생각은 없니?"

갑작스러운 질문에 진우는 조용히 어머니를 바라보았다.

"진상이도 미국에서 돌아와 본격적으로 일을 시작했고, 이제는 네 차례가 아닌가 싶어서."

진우는 조용히 쓴웃음을 지었다. 이 말을 하시려고 어머니께서 방문하신 거구나.

진우는 테이블에 몸을 기대고 팔짱을 낀 채 잠시 뜸을 들였다. 어디서부터 시작해야 할까.

"전 회장님 회사로 들어가지 않을 겁니다. 대한그룹과 별개로 제 인생을 꾸려 나갈 생각이에요."

선경은 휘둥그레진 눈으로 당황한 듯 아들을 바라보았다. 진우는 뭔가 중요한 이야기를 꺼내려 하고 있었다. 선경의 시선이 떨리기 시작했다.

"서운하세요?"

선경은 아들의 반기에 쉽사리 대답하지 못했다. 아들의 말을 분명히 들었음에도 생각에 빠진 듯 가만히 있었다.

군대를 막 제대한 진우가 독립을 선언했을 때 이 회장과 자신은 심하게 반대를 했었다. 그런데 이제는 회사도 들어오지 않겠다니, 진우 스스로가 자신과 선을 긋는 것 같아 선경은 마음이 조마조마 했다.

길어진 어머니의 침묵을 보다 못한 진우가 한숨을 쉬며 나머지 이야기를 마저 털어놓았다.

"어렸을 때부터 하고 싶었던 일이 있었어요. 우연히 기회가 닿아 시작하게 되었고……. 어머니와 회장님이 보시기엔 한참은 어설퍼 보이겠지만 전 지금 매우 진지해요."

선경의 동공이 흔들리는 것이 보였다. 그녀의 동요에 진우는 마음속에 감춰 두었던 그 말을 이제는 꺼낼 때가 되었다고 생각했다.

"전 지금의 제 생활에 꽤 만족하고 있어요. 그곳에서 살았던 지난 15년보다."

진우의 말에 선경의 눈이 뿌옇게 흐려졌다. 도대체 어디서부터 잘못된 걸까.

진우야. 엄마가 너를 위해 무엇을 해야 할까. 내가 어떻게 너를 잃고 그 사람과 행복할 수 있겠니. 널 아프게 한 그 모든 것들이 이런 시련으로 되돌아오는 걸까. 그렇다면 나는 무엇을 할 수 있을까.

선경의 눈가 가득 주체할 수 없는 눈물이 차올랐다.

"어쩐 일로 집에를 다 들어왔대요? 그 어린년들 치마폭에 빠져서 마누라와 딸들을 내팽개칠 때는 언제고."

오랜만에 집에 들른 아버지를 향한 엄마의 새된 목소리가 부엌에서 늦은 저녁밥을 먹고 있던 우재의 귀에까지 들려왔다.

"당신이 그렇게 나올까 봐 옷만 갈아입고 나갈 생각이야. 그건 그렇고, 다음 주말에 대한그룹 창립 기념 파티에 참석하게 됐으니까 준비해."

"대한그룹? 그게 진짜예요, 여보?"

파르라니 아버지에게 바가지를 긁어 대던 엄마는 대한그룹이란 말이 떨어지기 무섭게 태도를 바꾸었다.

"우리가요? 우리가 어떻게 대한그룹 창립 기념 파티에 초대를 받았대요?"

"형님 대신이지 뭐. 미리 참석해서 눈도장 찍어 놓으라고 하셔.

내년 선거 앞두고 작업이라도 해 놓을 심산이겠지.”

“그럼 여보, 이번에는 우리 우재도 함께 데려가면 안 될까? 효재야 뭐, 호주에 있으니 어쩔 수 없지만.”

그러자 아버지의 질색하는 목소리가 들려왔다.

“우재까지 뭘 그딴 데를 데려가?”

“어머! 이 양반 봐? 대한그룹 차남이 요즘 우리 우재 과외해 준다니까? 이렇게 저렇게 눈도장 한 번 더 찍으면 좋지, 뭘 그래?”

두 사람의 대화를 듣던 우재는 이내 밥맛이 떨어졌는지 식탁 위에 소리 나게 수저를 내려놓았다.

“잘 먹었습니다. 아줌마. 저 올라갈게요.”

가정부가 우재를 흘끔 바라보았다.

“우재 학생. 몇 숟갈 뜨지도 않고 수저를 놓으면 어떡해? 도시락도 죄다 남겨 왔던데. 무슨 힘으로 공부하려고?”

“죄송해요. 밥맛이 없어서요.”

“어휴. 왜 이렇게 힘이 하나도 없어. 열여덟 살은 구르는 낙엽만 봐도 까르르 웃는 나이인데.”

기운이 빠진 우재가 안타까워 자꾸만 구시렁거리는 가정부의 말소리가 부엌을 메웠다. 우재는 그녀의 걱정에도 대꾸조차 하지 않은 채 천 근 같은 다리를 들어 계단 위를 올라갔다.

방으로 들어온 우재는 고민 끝에 휴대폰을 들고는 한참 동안 그것을 뚫어지게 바라보았다. 이런 일로 전화를 하는 게 죽기보다 싫었지만, 어떻게 해서든 자신의 선에서 끝내야겠다고 마음을 먹었다. 다시는 부모들의 허황한 욕심에 희생당하고 싶지 않았다.

우재는 휴대폰을 검색해 ‘과외’ 라고 찍힌 단어를 찾아냈다.

통화 버튼을 꾹 누르자마자 신호가 갔다. 하지만 음성 사서함으로 넘어갈 때까지 그는 전화를 받지 않았다.

하! 가는 날이 장날이라더니 왜 안 받아? 우재는 다시 한번 통화 버튼을 꾹 눌렀다.

하지만 이번에도 계속 통화 연결음 소리만 들릴 뿐이었다. '그렇다면 이제 다음 과외 시간까지 이 사람을 기다려야 하나?' 라고 생각하고 있는데 갑자기 딸깍하며 누군가 전화를 받았다.

— 네. 이진우 씨 전화입니다.

갑작스러운 여자의 목소리에 우재는 순간 당황했다.

휴대폰 너머에서는 피아노와 드럼, 콘트라베이스와 가녀린 여자의 노랫소리가 흐르고 있었다. 우재는 저도 모르게 한동안 그 음악을 멍하니 듣고만 있었다. 지금껏 여러 음악을 들어왔지만 처음 들어 보는 묘한 선율이 우재를 잡고 놓아주지 않았다.

— 여보세요, 여보세요?

음악을 듣느라 타이밍을 놓친 우재가 대답이 없자 휴대폰 너머에 있는 사람들끼리 무어라 말하는 음성이 들려왔다.

— 왜? 무슨 일인데?

— 어. 진우가 휴대폰을 놓고 무대 올라갔는데 아까부터 전화가 계속 오길래. 그런데 여러 번 불러도 대답이 없네?

— 누군데?

— 개망나니라고 쓰여 있어!

여자가 그 말을 하는 동시에 우재는 마법에서 깨어난 사람처럼 그제야 정신이 돌아왔다. 개…… 진짜 내가 뉘 집 강아지도 아니고. 오늘은 꼭 이놈의 과외 선생을 그만두게 하고 말 거야!

— 여보세요, 여보세요?

다시 한번 통화 상대를 찾는 음성이 들리자 우재가 다급히 물었다.

"여보세요? 제가 지금 이진우 씨를 급하게 만나야 할 사정이 있거든요. 혹시 어디로 가면 될까요?"

그들이 대답하기 곤란한지 말이 없자 우재는 눈 한 번 깜빡이지 않고 말을 이었다.

"괜찮아요. 제가 이진우 씨와 굉장히 막역한 사이거든요. 그러니까 개망나니라는 친근한 별명으로 부르겠죠."

언제부터 '개망나니'가 친근한 별명이었지? 어쨌든 간곡한 우재의 부탁에도 그들은 선뜻 주소를 가르쳐 주지 않았다.

— 미안한데 아가씨, 진우가 이런 거 정말 질색해서 말이죠. 막역하다니 더 잘 알 거 아녜요. 진우가 자신을 따라다니는 무리를 얼마나 한심하게 생각하는지. 미안하지만 진우랑 통화하고 싶으면 나중에 다시 해요.

여자들 때문에 많은 괴롭힘을 당했던 모양인지 휴대폰 너머 사람들은 낯선 여자의 목소리에 민감하게 반응했다.

어쩌지? 서우재, 방법을 생각해. 제발. 제발.

우재는 다시 한번 그들에게 부탁해 보았지만, 여전히 그가 있는 곳은 알 수 없었다. 그래서 우재는 지푸라기라도 잡는 심정으로 마지막 질문을 던졌다.

"그럼 한 가지만 더요. 지금 흐르고 있는 노래랑 밴드 이름 좀 알려 주실 순 없을까요? 지금껏 한 번도 들어 보지 못했던 곡이라서요."

우재의 질문에 전화를 받은 여자는 한참 동안 말이 없다가 중얼거렸다.

— '지금'이라는 재즈밴드의 '길'이라는 노래예요. 이번 달에

나온 신곡이죠.

우재는 전화를 끊고 나서 바로 폭풍 검색을 시작했다. 시간이 얼마나 지났을까. 인터넷 검색 페이지에서 여자에게 들은 밴드 이름과 곡 제목이 적힌 공연 안내 사이트를 발견했다.

[재즈클럽 '플라이 투 더 문' 토요 콘서트 — 재즈그룹 '지금'의 '길']

우재는 그길로 겉옷을 집어 들고 집을 뛰쳐나갔다.

공연을 마치고 진우가 무대에서 내려오자 바에 앉아 있던 남녀 둘은 테이블에 턱을 괴고서 진우를 뚫어지게 바라보았다.

"왜?"

진우가 그 시선에 의아해하면서 묻자 그들은 이상한 눈초리로 계속해서 진우를 뚫어져라 바라보았다.

"너 요즘에도 스토킹당하고 있냐?"

남자의 말에 진우는 피식하고 웃었다.

"내가 요즘 아주 바른 생활을 하는 관계로 좀 줄었지."

진우의 너스레에 여자는 몸을 일으켰다. 그러곤 물을 따라 마시는 진우를 향해 의미심장하게 말했다.

"개망나니한테서 전화 왔던데."

갑자기 푭 하고 물을 뿜은 진우가 그들을 바라보다가 자신의 휴대폰을 빼앗더니 통화 목록을 확인해 보았다.

"이 녀석한테 전화가 왔어?"

휴대폰을 확인하는 진우를 향해 여자가 컵의 물기를 마른 수건으로 닦으면서 가볍게 물었다.

"아군이냐? 적군이냐?"

묘한 말을 하는 현정의 말에 진우가 피식 웃었다.

"음, 상황에 따라 다를 수 있지. 아군일 수도 있고 적군일 수도 있고."

진우의 알쏭달쏭한 말에 여자는 인상을 팍 쓰더니 고개를 흔들었다.

"널 만나야 할 사정이 생겼다면서 다급하게 네가 있는 곳 주소를 묻길래 혹시나 해서 잡아뗐다."

진우는 잘했다는 듯 여자를 바라보았다.

"고마워. 누나."

"그런데 도대체 누구니? 네가 여자 전화번호를 저장하는 애가 아니잖아. 나같이 안전한 거리가 있는 사람 말고는."

"어. 얜 여자가 아니라서 괜찮아."

진우의 말에 여자가 닦은 컵을 정리하던 남자가 하던 일을 멈추고 테이블 가까이 다가왔다.

"여자인데 여자가 아닌 생명체도 있어? 자웅동체인가?"

남자의 말에 진우는 빙긋 웃었다.

"아직 애송이야. 열여덟 살 고등학생이라고."

진우의 말에 남자와 여자는 서로를 마주 보았다.

"열여덟 살 고등학생?"

"응. 성학이 형이 두 달 전에 뜬금없이 과외를 부탁해 왔어. 생전 부탁이라는 걸 안 하던 사람이라 하도 수상해서 나도 반신반의로 하는 거야."

진우의 말에 여자는 진우를 뚫어져라 바라보았다.

"성학이는 이 학생을 어떻게 알게 되었는데?"

"나야 모르지. 죽어도 대답을 안 해 주니까. 나보고 잘 다듬어 보라는 이야기만 남긴 채 전화를 끊어 버렸거든."

진우의 수상한 말에 여자는 대화 끝에 연주되던 곡과 밴드 이름을 뜬금없이 묻던 우재의 음성을 떠올렸다. 보통의 여자들은 그런 순간이 되면 애원을 하거나 짜증을 부린다. 하지만 그 아이는 오히려 다른 것을 물어 왔다.

너 말이야, 혹시 너 모르게 시험에 든 건 아니니? 이성학, 그 인간이 이유 없이 일 벌이는 타입이 아니잖아. 흠. 이거 뭔가 재미있어지는데?

그로부터 30분 후, 우재는 검색한 주소로 찾아왔다. 그곳은 홍대 부근보다는 상수동에 더 가까운 골목길에 있는 라이브 카페였다. 오면서 검색을 좀 해 봤더니, 젊은 음악가들의 공연이 자주 열리는 핫 플레이스이기도 했다.

내가 음악을 쫓아 달려와 본 것이 얼마 만이지? 아까 휴대폰으로 그 노래를 듣는 순간 우재는 분명히 그리스 신화에 나오는 사이렌의 노래처럼 그 노래에 홀렸었다.

우재는 휴대폰으로 검색한 지도를 보며 잔잔한 음악 소리가 들리는 한 건물을 올려다보았다. 외관이 낡아서 이곳에 라이브 카페가 있을 거라고는 생각지도 못할 것 같았다.

우재는 홀린 듯 2층으로 올라가 문 앞에 섰다. 창으로 비치는 실내 안쪽에는 생각보다 많은 사람이 앉아 있었다. 이 문이 혹시 판도라의 상자를 여는 문은 아닐까?

우재가 문 앞에서 한참을 망설이는 사이, 계단 아래에서 한 무리의 사람들이 올라오며 서로 대화하는 소리가 들렸다.

"원래 7시하고, 9시. 두 번 공연이 있대. 다행히 9시 공연에는 늦지 않겠어."

그래, 판도라의 상자 안에서 온갖 나쁜 것들이 쏟아져 나왔다고는 하지만 희망만은 나오지 못했다고 하잖아. 그러니까 저 안에 희망이 남아 있을지도 몰라. 우재는 힘차게 출입문을 여는 무리에 이끌려서 카페로 들어갔다.

카페 안은 한눈에 봐도 빈 테이블이 없을 정도로 빼곡했다. 우재는 여성들만 앉아 있는 테이블로 다가가 양해를 구하고 한쪽 구석에 자리를 잡았다.

"혹시 새로 오셨나요? 음료는 뭐로 하시겠어요?"

점원의 안내에 그녀는 따뜻한 허브티를 주문했다.

얼마간의 시간이 흐르자 무대 위로 젊은 음악가들이 모습을 드러냈다.

"안녕하세요. 재즈그룹 '지금' 입니다."

갑자기 수많은 사람이 열렬하게 손뼉을 치자 우재는 그들 사이에 섞여 마지못해 작은 박수를 보냈다.

"오늘은 미리 안내해 드린 대로 유명한 영화 OST와 함께 저희의 신곡들을 들려 드릴 예정입니다. 영화 OST는 저희 그룹의 초대 피아니스트 이성학 님이 작곡한 두 곡을 연주할 예정이고요……."

갑자기 우재의 귀가 진공상태라도 된 듯 순간 아무 소리도 들리지 않았다. 이성학. 그 세 글자 외에는. 자신의 귀에 들리는 그리운 이름에 우재의 눈가가 시뻘겋게 달아올랐다.

선생님!

"참고로 오늘 공연에서는 저희의 이번 신곡 '길' 을 작곡한 이진우 군이 객원 피아니스트로 참여하여 함께 무대를 선보일 예정입니다. 많은 성원 부탁드리겠습니다.”

그룹 리더의 소개에 한 남자가 키보드 의자에서 일어서서 관객들을 향해 인사를 했다. 진우의 얼굴을 확인한 순간 우재의 얼굴이 충격으로 하얗게 질리기 시작했다.

이성학과 이진우, 이성학과 이진우. 갑자기 눈물이 왈칵 쏟아질 것만 같아 우재는 주먹을 쥐고서 아랫입술을 꽉 깨물었다.

언젠가 우재의 머리를 다정히 쓰다듬으며 “우재야. 너무 힘들면 힘들다고 이야기해도 되는 거야. 이 세상에 완벽한 사람은 아무도 없어.” 하던 선생님이 떠올랐다.

그렇다면 선생님과 저 사람이 서로 아는 사이였단 말인가? 우재의 시선이 자연스럽게 연주를 준비하고 있는 진우에게로 옮겨 갔다. 그러자 우재의 심장이 미친 듯이 두근거리고 손바닥에서는 땀이 차오르는 것 같았다.

드디어, 공연이 시작되었다. 솜사탕처럼 감미롭고 마음을 아우르는 멜로디가 들끓었던 우재의 마음을 조금씩 어루만져 주는 것 같았다. 특히나 건반 위를 구르는 진우의 손가락은 굉장히 섬세하고 아름다웠으며 표정 또한 한없이 부드러웠다.

여성 보컬의 노래에 맞춰 나비가 날아다니듯 건반을 치고 있는 그는 자신을 잡아먹을 듯 살벌히 노려보던 그 남자가 아니었다. 리듬을 타고 자연스럽게 흔들리는 몸짓, 잔잔하게 입가에 퍼지는 미소, 저 남자는 지금 진정으로 음악을 즐기고 있었다. 그런 묘한 분위기에 취해 우재는 멍하니 그를 바라보고 있었다.

“저기 피아노 치는 남자, 분위기 진짜 죽인다.”

옆에 있는 여자들이 진우를 가리키며 속닥거리자 그중 한 명이 다시 중얼거렸다.

"오늘 우리 운이 좋았다. 야, 난 3년 전부터 다녔는데 그때는 아까 이성학이라고 하는 사람이 피아노 쳤었거든. 후배인지 그 뒤로 저 사람이 바통을 이어받은 것 같은데 보다시피 비주얼이 폭발하니까 저 사람 공연할 때마다 여자 손님들이 항상 바글바글했었다니까? 솔직히 사람들 눈 다 똑같지 뭐. 그런데 얼마 안 있어 또 바뀌길래 그만둔 줄 알았더니 음, 작곡하고 있었나 보네. 생각보다 능력 있는 남자였어!"

그녀들의 말에 언젠가 진우가 "공부 잘하는 사람들도 요즘에는 모든 걸 다 잘해."라고 했던 말이 새삼스럽게 떠올랐다.

"뚜비 두바 뚜 뚜."

계속해서 이야기하듯 노래를 부르는 여가수를 보며 우재는 자신의 손끝이 가늘게 떨리는 것을 느꼈다. 끝이 보이지 않는 큰 무대와 수많은 관중, 발음을 알 수 없는 외국어가 아니어도 노래는 할 수 있었다. 저 여가수는 지금 허밍만으로도 관객들에게 감동을 불러일으키고 있었다.

관객들과 대화하는 듯한 음악을 들으며 우재는 실로 오랜만에 그동안 느끼지 못했던 감정의 지진을 겪고 있었다.

너무나 조용하고 맑은 곡인데도 우재의 눈에서는 눈물이 흘러나왔다. 어쩌면 선생님은 이런 기회를 만나게 해 주려고 저 사람을 내게 보낸 것이 아닐까. 어린 시절 그녀의 머리를 쓰다듬으며 괜찮다고 말해 주던 그가 이제는 '힘내!' 라고 이야기를 하는 것 같아 우재는 입술이 바르르 떨렸다.

오랜 시간 동안 비쩍 메말라 있었던 우재의 마음 한구석에 드디어 촉촉한 비가 내리기 시작했다. 그녀의 마른땅에 비가 내리기 시작했으니 이제 우재가 애써 감추고 있었던 가녀린 꽃 한 송이가 피어날 수 있을까.

조용했던 노래가 발랄한 음으로 바뀌었는데도 우재는 주체할 수 없는 감정에 얼굴을 가리고 왈칵 울어 버렸다.

2. 잔잔한 호수에 떨어진 돌 하나

사람들이 빠져나간 조용한 카페 화장실. 얼마나 울었는지 금세 눈이 퉁퉁 부어 버렸다.

정말 얼마 만에 느껴 보는 감정의 물결이던가. 너무나 켜켜이 쌓아 놓았던 마음이었던지 한번 무너지자 둑이 터지듯 걷잡을 수 없는 상황이 되어 버렸다.

우재가 눈물 자국을 지우기 위해 얼굴을 씻는 사이, 누군가 문을 여는 기척이 났다. 세면대 앞을 차지하고 있던 것을 미안해하며 자리를 비켜 주는데 여자에게서 짙은 담배 냄새와 함께 비 오는 날의 물비린내가 났다.

"혹시 우산 있어요?"

"네?"

우재는 다짜고짜 우산이 있느냐고 묻는 여자의 말에 눈을 동그랗게 떴다.

"밖에 비 오는 데…… 장대비가 내려서 대충 휘두르고 뛰어가지도 못해요. 한참 기다리셨다 가야 할 것 같은데, 혹시 생각 있으면 따뜻한 차라도 마시고 갈래요? 지금 가게에서 공연 뒤풀이하고 있거든요."

이 사람 카페 관계자인가? 뒤풀이라면 혹시 그 사람도 있는 걸까? 낯선 여자의 친절에 우재는 자신도 모르게 고개를 끄덕였다.

화장실에서 나와 카페 안으로 들어가자 왁자지껄한 테이블이 눈에 들어왔다. 그리고 곧바로 우재의 눈에 박힌 한 남자.

"어? 누나, 누구야?"

누군가의 질문에 여자는 우재를 끌어당겨 앞에 세웠다.

"손님. 오늘 너희들의 공연을 꽤 감명 깊게 듣길래. 비도 추적추적 내리는데 차라도 한잔하고 가시라고 내가 붙잡았어."

옆에 앉아 있는 사람과 대화를 나누다가 웃으면서 고개를 든 진우와 우재의 눈이 순간적으로 마주쳤다. 갑자기 진우가 그녀를 보고 깜짝 놀라며 벌떡 일어났다.

"너! 네가 어떻게 여기에 있어?"

세상일이나 주변 사람들에겐 일말의 관심도 없던 이진우가 갑자기 벌떡 일어나자 테이블에 앉아 있던 사람들의 시선이 한순간에 한곳으로 쏠렸다. 우재를 데려온 현정조차 진우의 반응에 깜짝 놀라 그에게 물었다.

"네가 아는 사람이야?"

그러자 진우는 갑자기 미치겠다는 듯 우재를 쏘아보며 뒷목을 잡았다. 그러면서 어쩔 수 없다는 표정으로 현정에게 중얼거렸다.

"얘가 걔야. 아까 누나랑 통화한 그 개망나니."

그 순간, 갑자기 우재를 바라보는 현정의 얼굴에 호기심이 가득 일었다. 그리고 여기저기서 사람들의 야유가 쏟아졌다.

"아우, 야. 이진우. 아무리 네가 예의가 없다고 해도 이렇게 귀여운 아가씨를 어떻게 개망나니라고 부를 수 있어!"

현정과 함께 일하는 수명이 일어나더니 자신의 자리를 우재에게 양보했다. 드럼 연주자는 우재에게 새 잔을 챙겨 주었다.

"걔한테는 절대 술 따르지 마. 아직 주민등록증에 잉크도 안 마른 열여덟 살이니까."

우재가 겨우 열여덟 살이란 말에 다들 숨을 들이켜며 더욱더 친절해지기 시작했다.

"어머나, 어쩐지. 피부가 예술이더라니."

리드 보컬인 승혜가 너스레를 떨자 수명이 그녀의 손에 잔을 쥐여 주며 와인을 따라 주었다.

"손이 차갑네. 이런 때 술 한잔 하면 제격이죠. 와인은 술도 아니니까 몸이 녹을 때까지 한 모금 해요."

그러자 갑자기 진우의 벼락불 같은 고함이 쏟아졌다.

"이것들이 진짜! 다들 그만두지 못해?"

"야. 네가 아는 사람이면 우리랑도 아는 사이 되는 거지. 더군다나 몸소 여기까지 찾아왔구먼."

씩씩대는 진우와는 별개로 주변 사람들이 갖은 친절을 베풀자 우재는 분위기에 휩쓸려 자리를 잡고 앉았다.

우재는 진우의 눈치를 살피다가 자신도 모르게 얼굴에 미소가 떠올랐다. 이곳에서는 천하의 이진우도 어쩔 수 없구나. 여기 생각보다 좋다!

그사이 현정은 안으로 들어갔다 나오더니 우재의 앞에 따뜻한 유자차를 한 잔 내려놓았다.

"마셔요. 아까 화장실에서 보니까 얼굴이 새파랗더라. 달콤하게 한 잔 마시고 나면 기분이 좋아질 거야."

언니처럼 챙겨 주는 현정의 마음씨에 감동한 우재는 조심스럽게 찻잔에 손을 대 보았다. 지금껏 살면서 누구에게도 받아 보지 못했던 친절. 또다시 눈물이 나올 것만 같아 우재는 떨리는 입술을 꼭 깨물었다.

"누나. 누나가 잘 몰라서 그렇지 지금 저 녀석에게 속고 있는 거야. 저 녀석의 권모술수는 타의 추종을 불허한다고!"

진우의 말에 현정은 우재를 바라보았다.

글쎄? 사람은 모두 자기가 보는 만큼만 보이는 거야. 네가 그만큼만 마음을 열었으니 그만큼만 보였던 것일 뿐. 아무것도 칠하지 않은 맨얼굴로 저런 표정을 지을 수 있는 아이가 속이 검을 리가 없지. 그렇다면 너도 이 아이의 본모습을 아직 보지 못했다는 거네.

"도대체 여기를 어떻게 알아낸 거야?"

진우가 다시 한번 우재를 쏘아보며 잔소리를 하자 현정이 묵직한 한마디를 던졌다.

"시끄럽다. 이진우, 더 소란 피우면 너부터 퇴장시킬 거야. 여기는 내 구역이지 네 구역은 아니잖아?"

큰누나 현정의 말에 다들 동의한다는 듯 환호성을 질렀다.

"그러나저러나 아까 이 아이 과외를 성학이 형이 소개해 줬다고 했어?"

그 말에 카페 안에 있던 사람들의 눈이 커졌다. 모두 '성학'의 존재를 알고 있는지 반응이 꽤 열렬했다.

"성학이 오빠가 진우한테 이 학생의 과외를 시켰다고? 진짜?"

"야. 언제 시켰다고 했어. 소개."

진우가 거드름을 피우는 사이 그들을 바라보던 우재의 얼굴이 붉게 달아올랐다.

그냥 집에 가지 않길 잘했어. 이 사람들 모두 이성학 선생님을 알아! 갑자기 가슴이 콩닥콩닥 뛰기 시작했다.

"그나저나 통성명도 못 했네. 학생은 이름이 어떻게 돼요? 나는 이 카페 주인 우노현정이에요."

우재가 '우노' 라고 되뇌자 현정이 빙긋 웃으면서 한마디 덧붙였다.

"아빠 성이 우, 엄마 성은 노. 그래서 우노."

"저는 서우재라고 합니다."

우재의 이름을 들은 멤버들이 다 같이 그녀를 환호하자 그 모습을 지켜보던 진우의 고개가 뒤로 넘어갔다.

아우, 골치야. 내가 왜 내 개인 시간까지 이 아이의 뒤치다꺼리를 해야 하는 건데?

"그러면 우재 씨도……."

"야. 우재 씨가 뭐냐? 너무 늙어 보이잖아."

"그럼 우재 양이라고 해?"

우재를 부르는 호칭을 놓고도 다들 왈가왈부하자 우재는 그들에게 간단하게 선언했다.

"그냥 '우재야' 라고 불러 주세요. 다들 저에게는 언니 오빠들이신데요, 뭘."

우재의 애교 신공에 멤버들이 사르르 녹는 것을 보며 진우는 못 볼 것 봤다는 듯 고개를 절레절레 흔들더니 자신의 앞에 놓여 있는 술 한 잔을 꿀꺽 들이켰다.

"그런데 우재가 성학이 형을 어떻게 알아서?"

수명의 질문에 우재가 똑 부러지게 한마디 했다.

"어렸을 때 저희 반 반주 선생님이셨어요."

사람들의 시선이 또다시 우재에게 향했다.

"반주? 그럼 우재도 노래했었어? 나중에는 너무 바빠서 엔젤리나 합창단 외에는 반주 아르바이트는 안 다닌다고 했었는데?"

"엔젤리나 합창단원이었어요. 초등학교 3학년 때."

오스트리아에 빈 소년합창단이 있다면 한국에는 '엔젤리나'라는 합창단이 있었다. 우재의 대답이 꽤 흥미로웠는지 술을 들이켜던 진우의 시선도 잠깐 우재의 얼굴에 머물렀다.

"아! 그럼 우재 씨도 노래 잘하겠네? 거기 오디션도 꽤 유명하잖아. 웬만한 실력이 아니면 들어가지도 못한다며."

가수답게 승혜가 지대한 관심을 보이며 우재에게 물었다.

"아. 예전에는요. 하지만 이제는 더 이상 부르지 않아요. 사정이 좀 있어서요."

우재의 표정이 아까 울음을 터트렸을 때처럼 어두워지자 현정이 분위기를 정리했다.

"자자. 사정이 있다고 하니 그건 숙녀의 비밀로 놔두고 다들 건배나 하자."

그렇게 애써 화제를 바꿔 봤지만 현정의 시선은 우재에게 가 닿았다.

"어쨌든 만나서 반갑다. 우리 가게는 미성년자출입금지 가게가 아니니까 자주 놀러 와. 만약 문제가 생겨도 신원 보증 할 사람이 차고 넘치니까 그런 건 걱정하지 않아도 돼."

현정의 말에 어두워졌던 우재의 표정이 보름달처럼 환해지자 다들 그녀를 따라 웃었다.

"야. 이진우. 이렇게 예쁜 아가씨가 있었으면 진즉에 데리고 나오지. 맨날 방구석에서 공부만 강요한다고 그게 돼?"

"그러게 말이다. 네 까칠한 성격에 애가 말라죽지나 않을지 걱정이다."

다들 그에게 한 마디씩 얹는 와중에 리드 보컬인 승혜가 우재에게 말했다.

"잘됐다. 이참에 우리 연말 공연에 진우랑 같이 와!"

순간 진우와 우재의 시선이 부딪쳤다. 귀찮게. 진우의 얼굴에 스쳐 지나가는 짧은 표정에 금세 의기소침해졌지만, 우재는 이런 생각이 들었다.

참 신기하네. 내가 언제부터 누구의 보호를 받았다고. 그래도 까칠 대마왕하고 미운 정이 쌓였는지 낯선 환경에 오니 저 남자에게라도 의지하게 되는구나.

그 순간 갑자기 가게 문에 달린 종이 딸랑 울리더니 누군가가 들어오는 소리가 났다.

"죄송하지만 오늘 영업은 다 끝났는데……."

카페 주인인 현정이 일어서다가 들어오는 사람을 보고 말을 잇지 못했다. 검은 스타킹으로 둘러싸인 늘씬한 다리에 붉은 드레스를 차려입은 여자는 그 위로 비싸 보이는 모피를 두르고 있었다.

여자는 카페가 조용한 것을 확인하고는 그제야 칠흑같이 어두운 선글라스를 조심스럽게 벗었다.

"그동안 안녕하셨어요, 언니. 진우가 하도 전화를 받지 않아서요."

우재의 눈앞에 텔레비전에서만 보던 민효린이 나타났다. 어느 날 혜성처럼 나타나 돌풍을 일으킨 탤런트 민효린. 한동안 각종 TV 드라마에 출연해 활약하더니 요즘에는 CF 스타로 거듭나고 있었다.

"여기는 웬일이야? 연말이라 바쁠 텐데."

"내 전화를 피하니까. 네가 전화를 잘 받았다면 내가 여기까지 왔겠어?"

이진우의 여자 친구인가? 우재는 두 사람을 번갈아 보았다. 외모부터 스타일까지 그 무엇 하나 버릴 게 없는 사람들. 아마 저런 사람들을 보며 선남선녀라고 지칭하는 거겠지.

"여기서 계속 이야기할 거야?"

효린이 진우를 채근하자 그는 그녀를 쏘아보더니 벌떡 일어나 밖으로 나갔다. 그러자 그 뒤를 이어 효린이 진우를 쫓아 나갔다.

"아, 뭐야. 쟤는 술맛 떨어지게 여기까지 쫓아오고 있어."

아름다운 민효린이지만 테이블에 단란하게 모인 멤버들에게는 불청객인 모양이었다. 들떴던 분위기가 순식간에 축 가라앉았다.

우재는 그들의 눈치를 보며 남은 유자차를 호로록거리며 비운 뒤 아까 수명이 따라 준 와인까지 홀짝였다.

"진우랑 진우 형 견주다가 결국 진우 형하고 새롭게 데이트도 시작했다면서 진우는 왜 저렇게 쫓아다니는 건데?"

드럼 연주자가 불만을 토로하자 현정이 씁쓸하게 한마디 했다.

"미련이 남아서 그런 거겠지. 진우는 몰라도 효린이는 진우를 정말 좋아했거든. 그게 벌써 몇 년 전이니? 중학교 3학년 때부터였다고 했으니까 벌써 8년째인가 보다. 내가 사랑하는 남자는 나를 돌아보지 않고 내가 사랑하지 않는 남자는 나에게 목을 맨다면 여자는 어디로 가야 되겠니."

"언니는. 효린이가 진우를 좋아하다니요. 그냥 정복욕 아닐까요? 아무리 공략해도 함락이 안 되니까 집착 떠는 거예요. 진우 질투 나게 한다고 여기저기 건드린 남자만 해도 몇 명인데. 그러다 다시 돌아오고, 또다시 돌아오고. 난 진우 형하고 만난다고 했을 때 완전 경악했다니까요. 정말 좋아했다면 진우가 그렇게 싫어하는 형하고는 인연을 맺지 말았어야죠. 진우가 본격적으로 음악을 시작할 무렵 형은 회사로 들어가고. 딱 봐도 견적 나오잖아요? 대한의 후계자는 진우가 아닌 형이 될 것 같으니까 이제 노선을 갈아탄 거죠. 아우. 진짜 걔 보니까 술맛이 다 떨어지네."

한참을 효린에 대해 이야기하다 승혜와 현정은 담배가 당긴다며 밖으로 나가고 우재는 남자 멤버들과 남았다.

"우재야. 어른들의 때 묻은 이야기 같은 건 듣지 말고 모조리 흘려버려. 앞으로 좋은 이야기들만 들어. 너는 서로 아낌없이 주고받는 사랑만 하게 될 테니까. 어? 와인 다 마셨네? 한 잔 더 할래? 이거 그렇게 도수가 높은 것도 아니거든?"

우재가 고개를 끄덕이자 수명은 잔에 와인을 더 채워 주었다.

"진우 성질 받아 내느라 힘들지? 원래 저 자식이 겉으론 엄청 투덜거려도 그건 다 자기방어에서 나온 것일 뿐 녀석의 속으로 들어가면 그야말로 텅 비어 있어. 아무것도 담지 않아. 그러니까 저 노친네가 화를 내거나 골을 내도 네가 좀 이해해라. 녀석에게도 사정이 있어서 그래."

수명의 말에 우재는 와인을 홀짝이며 진우와 효린이 나간 방향을 응시했다.

마음이 텅 빈 사람. 그렇다면 그것은, 그 마음을 어떤 것으로든 채울 수도 있다는 뜻 아닐까?

한참이 지나 다시 종이 딸랑 울리더니 진우가 약간 거친 걸음걸이로 문을 밀고 들어왔다. 그러더니 갑자기 우재가 마시고 있는 와인 잔을 빼앗아 테이블에 놓으며 그녀를 재촉했다.

“개망나니. 이제 비 그쳤어. 일어나. 집에 가자.”

“어? 벌써?”

남자들이 항의를 하자 진우가 한마디 했다.

“그럼 미성년자를 새벽까지 잡아 두게?”

진우가 싸늘한 눈빛으로 동료들을 바라보자 그들은 아무 말도 하지 못했다. 우재가 엉거주춤 일어나며 흔들리자 진우는 순간 우재의 팔을 잡았다.

“왜 이래. 설마 너 취했어?”

진우는 우재의 잔을 들어 보더니 수명을 향해 눈을 부라렸다.

“허수명. 이 자식. 너 생명 단축하고 싶냐? 애한테 무슨 술을 이렇게 먹였어?”

“아니 홀짝홀짝 잘 마시길래. 이 와인 도수도 얼마 되지 않고…….”

수명의 말에 진우는 한숨을 쉬더니 우재의 팔을 강하게 붙잡았다.

“서우재. 내가 분명히 말하는데, 나는 여자애들이 흐느적거리는 거 진짜 싫어해. 그러니까 똑바로 걸어.”

진우가 강한 어조로 우재에게 훈계하자 다들 신기한 듯 진우를 바라보았다. 진우가 누군가에게 잔소리하는 건 처음 보는 일이었다.

“어? 가게?”

마침 승혜와 함께 들어오던 현정이 진우를 향해 물었다.

"어, 누나. 이 녀석 집에 떨궈 놓은 후에."

"차 가져왔니?"

"차 없이 왔다길래 효린이 태워 보냈어."

그 말 한마디에 현정은 입을 다물었고 다른 멤버들은 얼굴을 구겼다.

"또! 자기 혼자 가든 말든 상관하지 말지. 언제까지 효린이 뒤치다꺼리할 건데? 내가 진짜 경고하는데 너 그 사람들 관계에 끼지 마. 나중에는 아무 상관 없는 너만 비난받는다니까?"

승혜의 난리에 진우는 진정하라는 듯 그녀의 어깨를 두 번 탁탁 두드렸다.

"우재야. 만나서 반가웠어. 언제라도 상관없으니까 자주 놀러 와."

현정의 따뜻한 말에 우재는 볼을 붉히며 허리를 숙여 90도로 인사했다.

"감사합니다. 언니."

조그맣게 '언니' 라고 말하는 우재가 귀여워 현정은 자신도 모르게 빙긋 웃었다. 그 무엇을 하든 밝고 예쁠 나이에 뭐가 그렇게 서러운지 공연 내내 울음을 감추지 못했던 아이. 그런 우재를 화장실에서 만난 순간 현정은 마음이 아파서 아이를 쉬이 보내지 못했었다.

"또 와."

현정은 다시 한번 힘주어 이야기했다. 그러자 비로소 우재가 눈을 들더니 현정을 마주 보았다.

"오늘이 꼭 크리스마스 같아요."

그녀의 뜬금없는 말에 사람들이 의아한 표정을 짓자 우재가 속삭이듯 한마디 덧붙였다.

"기대하지도 않았는데 산타 할아버지가 선물을 준 것 같았어요. 성학이 선생님 이야기도 듣고, 언니, 오빠들도 만나고."

의미심장한 우재의 말에 울컥한 현정이 팔을 벌려 우재를 꼭 껴안아 주었다.

"너 기술 많이 늘었다?"

비가 그친 홍대의 밤거리를 걸으면서 진우는 툭 하니 말을 내뱉었다.

"네?"

"언제 누나들까지 홀려서 애교를 피우고 있어?"

내가 애교가 있는 스타일이었나? 살면서 애교 부린다는 이야기는 처음 들어 보는데?

바람이 휭 하고 스쳐 지나가자 우재가 부르르 몸을 떨었다. 그 모습을 본 진우가 무시하려고 했지만, 우재의 몸은 멈출 줄을 모르고 이빨까지 덜덜 떨리기 시작했다.

"바람이 차가운 줄 알면 옷이라도 제대로 입고 다니든가."

진우가 투덜거리면서 점퍼를 벗더니 갑자기 우재의 얼굴로 휙 던졌다. 별안간 점퍼 폭격을 맞은 우재는 걸음을 멈추고 진우의 점퍼를 뒤집어쓴 채 가만히 있었다.

"이거 뭐예요?"

우재의 말에 앞서가던 진우는 몸을 돌려 그녀를 한참 동안 바라보았다. 아! 신이시여! 이래서 사람은 하던 대로 살아야 하나 봅니다.

뚜벅뚜벅 조용한 밤거리를 걸어오는 진우의 발소리가 들리자 우재는 재빨리 점퍼를 내려 진우를 바라보았다.

"아니. 이런 건 선생님 스타일이 절대 아닌 것 같아서요. 그래서 다시 한번 확인하는 거예요."

그가 적당한 거리에 멈춰 서서 눈을 가늘게 뜨고 자신을 노려보고 있자 우재는 마지못해 한마디 더 내뱉었다.

"일단 고마워요. 잘 입을게요."

그러고는 진우가 옷을 빼앗아 갈세라 서둘러 그의 옷에 팔을 끼워 넣었다. 말라서 옷도 작은 치수를 입는 줄 알았더니 어깨만큼은 우재의 어깨와 비교가 되지 않을 정도로 컸다.

우와. 크다. 남자 형제가 없는 우재로서는 커다란 남자의 옷이 마냥 신기하기만 했다. 지퍼를 채우고도 이렇게 많이 남아. 옷을 입고 팔을 젓자 그의 향수 냄새가 폴폴 올라왔다.

"춥다. 빨리 가자."

진우가 걸음을 재촉하자 우재는 싱긋 웃으며 총총걸음으로 그의 옆을 따라붙었다.

"그런데 오늘은 정말 어떻게 된 거야? 왜 네가 거기에 있어. 진짜 현정 누나가 알려 준 곡명을 검색해서 찾아왔다고?"

우재는 진우의 점퍼 속에 폭 휩싸인 채 고개를 끄덕여 보였다.

"후. 그래?"

'제법인데?' 라는 말은 생략되었지만, 우재는 분명 진우의 입가에 떠오르는 미소를 보았다.

"그 곡 어땠어?"

진우가 스리슬쩍 기대감 어린 질문을 하자 우재는 잠시 고민했다. 그렇지 않아도 콧대가 하늘 끝에 닿은 사람의 코를 더 세워 줄 필요는 없었다.

하지만……. 우재는 잠시 고민을 거듭하다가 입을 열었다.

"……답지 않았어요."

명확하지 않은 목소리로 우재가 중얼거리자 진우가 인상을 쓰며 그녀에게 가까이 다가왔다. 순간 당황한 우재는 그에게서 몇 걸음 멀어지며 소리치기 시작했다.

"아이참. 겉은 까칠하고 안하무인이면서 속은 하나도 그렇지 않았다고요!"

진우가 걸음을 멈추었는데도 우재는 계속 그에게서 멀어지며 소리치다시피 감상을 이야기했다. 진우의 얼굴에 점점 웃음이 어리는 것도 모르고…….

"가던 길을 멈추고 한번 돌아보고 싶더라고요. 마음이 너무 어지럽고 복잡했는데 그 곡을 듣는 순간, 보이지 않는 손이 내 머리를 훑고 지나가는 느낌이 들었어요. 꼭 위로하는 것처럼."

못할 말을 했다는 듯 한 번 더 몸서리를 치며 자신이 가던 길을 가는 우재를 바라보며 진우는 얼굴 가득 번져 가는 미소를 참아내기 위해 애를 썼다.

자식. 그래도 듣는 귀는 수준급이네. 항상 문제를 일으킬 건이 없나 촉각을 곤두세우던 그녀에게서 듣는 이야기라 더욱더 기분이 남다른지도 모르겠지만.

우재의 때아닌 칭찬에 으쓱해진 진우가 그녀의 뒤를 따라 천천히 걸음을 옮겼다.

기분이 좋아 보이는 그를 살짝 훔쳐보며 걸어가던 우재는 다시금 골똘히 생각했다. 역시 이런 때에 말해 두는 게 좋으려나?

우재는 담배를 물고 느린 걸음으로 자신을 따라오는 그를 돌아보았다.

"선생님이…… 대한그룹 둘째 아들이에요?"

우재의 뜬금없는 말에 진우는 담배가 타들어 가는 줄도 모르고 그녀를 생각이 많은 눈으로 바라보았다. 단순히 과외를 가르치는 학생이라기엔 생각보다 그녀는 그에 관해서 상당히 많은 것을 알고 있었다.

"우리 엄마도 처음부터 그런 사람은 아니었어요. 처음에는 마당이 있는 작은 집에서 소소한 행복을 누리며 살던 평범한 아줌마였다고요. 그러다가 어느 날, 한순간에 유혹에 빠지고 그 후로 재물과 권력에 대한 탐욕이 끝이 없어지더라고요. 모아도 모아도 또 모으고 싶나 봐."

열여덟 고등학생의 이야기라고 하기에는 모든 것이 너무 무겁기만 했다. 도대체 이 아이는 지금 어떤 삶을 살아 내고 있는 것일까?

"그 이야기를 왜 내게 하는 건데?"

진우의 말에 우재가 걸음을 우뚝 멈추더니 그를 마주 보았다. 눈이 가늘어진 것이 진우는 여전히 자신을 믿지 않았다. 하긴, 뭐 믿을 만한 행동을 보여 준 적이 없으니까.

"엄마가 앞으로 선생님께 어떤 무례를 범하더라도, 조금은 넘친다 싶더라도 내가 오늘 밤에 한 이 말만큼은 기억해 주었으면 해서요. 내가 바라는 건 그거 하나예요. 다른 건 진짜 바라지도 않아요."

자신은 바라는 게 하나도 없지만, 우리 엄마에 대한 이미지만큼은 한 번만 더 재고해 달라, 이 뜻인가?

"그런데 넌 왜 항상 끝까지 이야기하지 않고 반 토막만 말하는 건데? 그런 이야기를 하는 이유가 뭐야. 문제의 발단이 있으니까 이런 이야기가 나오는 거잖아?"

그 말에 우재는 미안한 듯 진우를 바라보았다.

미안해요, 선생님. 난 그동안 너무 많은 것을 봐 왔거든요. 그 어떤 것이든 넘치면 좋은 게 아니라는 걸 뼈저리게 깨달아 버렸어요. 그래서 난 누구라도 우리 식구들 가까이에 두고 싶지 않았어. 우리들의 혼란을 보여 주는 것도, 그것이 남들의 입으로 퍼져 나가는 것도 원치 않았거든. 그런데 오늘 선생님의 음악을 듣고 보니 어쩌면 선생님도 내가 모르는 마음을 숨긴 사람일지도 모른다는 생각이 들었어요. 그러면 조금은 믿어 볼까. 어쩌면 내 안에 고인 말을 조금쯤 꺼내 놔도 괜찮지 않을까.

맞아요, 선생님? 정말 괜찮을까요?

그를 바라보며 한참 동안 말이 없는 우재를 노려보던 진우는 더 이상 기다리지 못하고 물었다.

"이번에도 거기까지만이야?"

진우의 말에 우재는 말없이 고개만 끄덕였다.

"좋아. 계속 그렇게만 해 봐. 일단 택시부터 잡자. 너 때문에 열이 뻗치니까 집에나 빨리 가야겠다."

진우는 우재에게서 휙 하고 등을 돌리더니 열심히 택시를 잡았다. 하지만 비가 그친 홍대 거리에서 택시를 잡기란 하늘의 별 따기였다. 택시가 있을 만한 곳을 찾아 걷는다는 게 그만 그들은 버스 정류장 근처까지 와 버렸다.

"에이. 오늘따라 왜 이래?"

진우가 계속 투덜거리고 있는데 때마침 파란 버스 한 대가 정류장에 조용히 멈춰 섰다.

"어? 선생님. 저거 우리 집 가요. 뛰어요."

자신의 점퍼를 입고 뛰는 우재를 따라 엉겁결에 진우도 뛰기 시작했다. 버스가 곧 떠날 것만 같아 숨이 턱 끝까지 차오를 정도로 뛰어 간신히 버스를 잡았다.

버스 기사가 미친 듯이 뛰어온 그들을 보며 "이 차가 막차였는데 다행이네."라면서 껄껄 웃었다.

"너, 진짜!"

"나보다 다섯 살 많다더니 역시 체력이 좀 많이 떨어지긴 하네요. 원기 보충 좀 하셔야겠어요."

우재는 진우를 놀리더니 먼저 카드를 찍고 들어갔다. 진우가 카드를 찍으려고 주머니를 뒤지다가 점퍼에 지갑이 있는 걸 알아채고 우재를 불렀다.

"헤이. 야, 내 지갑."

그러자 우재가 버스 뒤에서 다시 걸어오더니 자신의 카드를 한 번 더 리더기에 갖다 댔다.

"아저씨. 한 번 더요."

명쾌한 소리를 내며 카드가 찍히자 우재는 으스대며 말했다.

"미안하니까 내가 한 번 쏠게요."

겨우 버스비 한 번 가지고 거드름을 피우는 우재를 보며 진우는 그녀에게 꿀밤을 먹였다.

"이게 진짜 선생을 놀려."

진우의 꿀밤이 꽤 매서웠는지 우재는 연신 머리를 매만지며 억울하다는 듯 외쳤다.

"이게 무슨 돈인데? 이건 내가 스스로 번 돈이라고요. 편의점에서!"

우재가 버스 뒤편 두 자리가 있는 좌석의 창가 쪽으로 앉으며 중얼거렸다.

뜻밖의 말에 진우가 우재를 잠시 바라보다가 털썩하고 옆자리에 앉았다.

“나도 가출이라는 걸 한 번 해 본 적이 있거든요. 고등학교 1학년 때. 여름 캠프 간다고 짐을 싸서 그대로 가출했어요. 그러곤 찜질방에서 짐을 풀고 일자리를 찾았어요. 그런데 고등학생이 할 수 있는 아르바이트가 편의점이나 패스트푸드점 같은 거밖에 더 있어요? 그래서 편의점 아르바이트를 시작했죠? 와! 난 세상이 그렇게 비정한 줄 몰랐네?”

서우재, 너의 열여덟 살 인생은 도대체 몇 권짜리 소설책이냐? 갑자기 밀려드는 감정에 진우는 그녀의 말을 듣지 않는 척 눈을 감았다. 하지만 우재는 그런 진우를 흘끗 보고도 말을 멈추지 않았다.

“부모 없이 찜질방에 사는 아이에게는 사람들의 인심이 더 흉흉하더라고요. 그래도 편의점 일자리는 구했어요. 나는 낮에 일했는데, 밤에 일하는 아이가 점장의 조카였어요. 그래서 정리 같은 건 죄다 나한테 미뤄 놓고 지가 돈 빼 가 놓고 나한테 덮어씌우고. 그렇게 겨우겨우 80만 원이 손에 들어왔어요.”

우재가 창밖을 바라보자 차창에 비친 진우가 살며시 눈을 뜨는 것이 보였다. 옆얼굴도 괜찮다. 우재는 그를 바라보며 다시 중얼거렸다.

“자랑스러운 게 아니라 되게 비참하고 서럽고. 우리 엄마, 아빠가 그렇게 썩 마음에 들진 않지만 가출해서 살아 보니 내가 그동안 얼마나 편안한 환경에서 살아왔는지 뼈저리게 깨달았죠. 그 월

급을 받기 전까지 난 엄마가 준 용돈으로 찜질방비를 낸걸요. 그런데 이렇게 저렇게 계산해 보니 결국 밖에서 밥 먹고 찜질방비 내고 나니 남는 게 하나도 없는 거예요. 정말 청운의 꿈을 안고 가출을 감행했는데……. 너무 서러운 나머지 그날도 울고 있는데 찜질방에서 누군가 자꾸 내 몸을 건드리잖아요."

우재의 말에 진우의 얼굴이 일그러지는 것이 보였다. 아차차, 내가 너무 많이 나갔나? 이런 건 이야기하지 말까?

"그래서 그길로 찜질방을 나왔어?"

말이 없던 진우가 드디어 한마디를 거들었다. 순간 갑자기 우재의 마음에 꽃이 폈다. 거봐, 이진우. 당신 나 걱정해 주잖아. 우재는 일부러 투정 부리듯 말을 했다.

"아무도 도와주지 않았어. 내가 비명을 질렀는데도 사람들은 쑤군대기만 했다니까요?"

진우가 다시 한번 성마르게 물었다.

"그래서 나왔냐고 묻잖아."

이제는 차창에 비친 진우의 얼굴이 창밖만 뚫어지게 바라보는 우재를 향해 있다. 좋아. 이런 거. 그래서 우재는 더 고집스럽게 말을 이어 나갔다.

"매일 찜질방에 기거하는 걸 보니 가출 청소년인가 본데 너도 그렇고 그런 아이가 아니냐는 시선으로 나를 보는데, 정말 미치겠더라고요."

하지만 원하는 대답이 나오지 않자 진우는 더 우재를 채근했다.

"야. 내 말 안 들려? 그길로 나왔냐고 묻잖아!"

진우의 서슬 퍼런 말에 우재는 그제야 고개를 돌려 진우를 마주보았다. 즐거워 보이는 우재의 눈과는 달리 진우의 얼굴은 한껏 찌푸려져 있었지만, 우재는 그런대로 좋았다.

"와. 혹시 나 걱정해 주는 거예요?"

우재의 말에 갑자기 진우의 표정이 더 일그러졌다.

"말의 맥락을 맞춰. 나는 지금 그길로 찜질방을 나왔냐고 물었어. 그것도 세 번이나."

"그러니까 걱정하는 거냐고요. 여자들은 말의 맥락뿐만 아니라 행간까지 읽거든요."

'네가 여자냐?' 라는 말이 혀끝까지 올라왔지만, 애써 참아 낸 진우는 머리가 아픈 듯 자신의 손으로 이마를 짚었다.

"너, 이 사고뭉치. 내가 있는 동안만큼은 널 찾아 전국의 찜질방까지 헤매게 하지 말아라."

그 말에 우재의 눈에 또다시 기쁨이 출렁였다.

"전국의 찜질방? 그럼 혹시라도 그런 일 있으면 선생님이 나 찾아 주게요?"

우재의 해맑은 물음에 진우는 이를 악물었다.

"귀 안 팠어? 내가 있는 동안만큼은 그런 일은 하지 말라고 하는 말 못 들었어?"

하지만 서우재의 귀에는 전혀 들리지 않는 눈치였다. 진우가 그녀를 찾을지도 모른다는 그 말만이 우재의 머릿속에 깊이 새겨졌을 뿐이다.

진우가 이제는 아예 모르겠다는 듯 팔짱을 끼고 눈을 감으려고 하자 우재가 진우의 점퍼를 벗더니 그와 자신의 몸에 옷을 둘렀다.

"선생님 다 주고 싶은데 아직은 좀 춥거든요. 그러니까 선생님 온기를 조금만 더 나눠 줘요."

웃기시네. 자기 체온으로 온통 다 데워 놓고는. 투덜거리는 진우의 귀에 계속해서 우재의 말이 들려왔다.

"그래서 그렇게 서럽고 너무나 무서웠던 그날 짐을 싸서 바로 집으로 들어갔어요. 집에 가니까 엄마는 머리가 산발이 된 채 울고 있었고, 아빠는 여기저기 전화를 돌리고 있었어. 도대체 그동안 어디 갔었느냐며. 정말 죽고 싶으냐며 몸 여기저기를 할퀴고 세게 얻어맞기까지 했는데도 좋았어. 그냥 좋았어. 아. 정말 죽고 싶을 만큼 싫었던 내 부모였지만 그래도 나의 엄마랑 아빠니까 이렇게 다르구나 싶었어요. 그래서 다시는 그날 이후로 집 떠날 생각은 하지 않아요."

진우는 고개를 돌려 우재를 응시했다. 차창에 머리를 기대고 있어 시리지 않을까 생각했지만, 진우는 아무런 행동도 취하지 않았다. 조금만 더 깊이 개입한다면 다시는 발을 빼지 못할 거란 예감이 들었기 때문이다.

갑자기 버스가 덜컹거리더니 그사이 잠이 든 우재의 머리가 창쪽에서 떨어졌다. 한참을 흔들거리던 우재의 머리가 툭 하고 진우의 어깨에 내려앉았다. 한 번만 어깨를 털어 내면 될 테지만 진우는 우재의 머리를 자신의 어깨에 그대로 놓아두었다.

오늘 밤, 서우재라는 소설의 한 장을 잘 읽은 값이라고 할까. 이 버스가 달리고 있는 동안만큼은 조금만 더 봐주기로 마음먹었다.

요즘 들어 우재가 종일 음악을 듣고 무언가를 읊조리는 것을 보고 있던 천하는 빨대를 꽂아 쭉쭉 빨고 있던 바나나 우유에서 입을 떼고서는 그녀의 책상을 툭툭 두드렸다.

또 시작이다. 또 시작이야. 초등학생 때부터 우재와 단짝이었던 천하는 우재의 집안 사정을 속속들이 알고 있는, 몇 안 되는 사람 중 하나였다.

우재는 어렸을 때부터 귀를 이어폰으로 틀어막고 무언가를 듣는 버릇이 있었다. 세상의 온갖 시끄러운 소리로부터 도피하고 싶었던 우재만의 방법이었던 셈이다. 그런데 또 이어폰을 귀에 꽂은 그녀를 보니 그 병이 다시 도지려나 보다.

"여보세요?"

천하의 부름에도 우재가 음악에서 헤어 나오지 못하자 그녀는 우재의 귀에서 이어폰을 빼 들고는 자신의 귀에 꽂아 넣었다. 재즈풍의 느린 선율에 맞춰 단아한 목소리의 여자가 노래를 부르고 있었다.

남들은 잘나가는 아이돌의 댄스 음악을 듣느라 정신없는 이때 이런 애늙은이 같은 노래라니. 하여간 서우재다워.

"뭐야. 또 시작이야? 너 수업 시간에는 진짜 조심해. 이번에 걸리면 선생님이 MP3 부숴 버린다고 했잖아."

"천하야. 너 있지, 네가 그랬잖아. 네가 작년에 수학 선생님 엄청 좋아했을 때, 사랑에 빠지기 시작하니까 그렇게 외우기 싫던 수학 공식이 노랫말처럼 느껴지더라며."

뭐? 내가 너무 오랫동안 귀를 안 씻었던가? 얘가 지금 무슨 말을 하는 거야?

천하가 의자를 당겨 우재의 옆에 앉았다.

"친구. 내 귀가 좀 이상한 것 같아서 하는 말인데 다시 한번 정확하게 이야기해 줄래? 너 지금 뭔 소리를 하는지 알기는 알아? 주말 동안 무슨 일이 있었던 거야, 대체!"

천하의 말에 우재는 씩 웃었다.

"아니, 그냥 그런 느낌이 뭔지 알 것도 같다, 이거지. 그 사람의 연주 때문에 이 곡이 궁금해진 것처럼?"

우재의 말에 천하는 다시 그녀를 채근했다. 우재가 타인에 대한 관심을 표현하는 것이 흔한 일은 아니었으므로.

"뭐야. 제발 알아듣게 이야기를 좀 해! 그러니까 누군데? 몇 학년 몇 반?"

"고등학생 아니야."

천하의 입이 크게 벌어졌다.

"대박! 그럼 중학생이야?"

"아니. 대학생."

하여간 네 정신세계는 알다가도 모르겠다니까. 네 주제에 대학생을 어디 가서…….

갑자기 천하의 눈이 보름달만 하게 커졌다.

"설마 네가 매일같이 욕하지 않고는 못 배기던 그 왕싸가지 과외 선생을 말하는 건 아니겠지?"

천하의 반응에 우재의 얼굴이 미묘하게 씰룩거렸다.

"진짜야? 대박! 어쩌다가? 무슨 일이라도 있었어?"

천하가 놀란 토끼 눈으로 바라보자 우재는 쑥스러운 듯 씩 웃었다.

"아니. 실은 그 사람에게서 뭔가를 봐 버렸거든. 그걸 보는 순간, 그 사람 등 뒤에서 환하게 빛이 나는 기분이 들었어. 처음에는 세상을 굉장히 따분하게 생각하는 부잣집 아들 같은 느낌이었는데 그날 보니 좀 멋졌어. 자신의 배경과 상관없이 자신만의 길을 만들어 가는 모습이 꽤 매력 있었다고 해야 할까?"

도대체 이게 무슨 말이야.

하지만 곧이어 우재가 한 말에 갑자기 그녀의 정신이 퍼뜩 돌아왔다.

"그런데 너 방금 그 사람 등 뒤에서 빛이 난다고 했어?"

"어."

갑자기 천하가 철퍼덕 바닥에 주저앉았다.

"이 계집애, 너 이제 큰일 났어. 그건 정말 약도 없다는데 어째 그런 독한 거에 걸려서는."

천하의 호들갑에 우재가 이어폰 한쪽을 마저 빼고서 그녀를 바라보았다.

"우리 큰언니가 어떤 놈팡이 어깨에서 빛이 나는 걸 본 이후로 완전히 상사병에 걸려서 그놈 잊기까지 얼마나 고생한 줄 알아? 그 사람 보려고 매일 분칠하고 예쁘게 옷 입고 가 놓고도 말 한마디 못 붙이고 돌아서더니, 결국 어느 날은 그놈한테 여자 친구가 생겼다며 미친년처럼 술 퍼마시고, 얼굴은 마스카라가 번지고 입술이 뭉개져서 피에로가 돼서 나타나질 않나. 내가 큰언니 뒤치다꺼리하느라 살이 2키로나 빠졌다. 그때 내가 얼마나 고생을 했는지……."

진지한 천하와는 달리 우재는 웃음을 참기 위해 안간힘을 썼다. 나도 과연 그럴 수 있을까? 글쎄? 상상이 안 가는데?

"하지만 우리는 그럴 일 없을 것 같아. 예전에 네가 그랬잖아. 남자와 연인 사이로 발전할 수 있는지 없는지 알아보려면 그 사람과의 키스를 상상해 보라고. 그래서 잠이 든 척하고 그 사람한테 기대 봤었거든."

생각보다 행동이 빠른 우재의 말에 천하가 침을 꿀꺽 삼키며 달려들었다.

"진짜? 어땠어? 혹시 영화에서 나오는 것처럼 안 그런 척 너한테 수줍게 키스하고 뭐 그런 거야?"

망상으로 치면 전교 1등도 했을 것 같은 천하의 질문은 한 번도 지루한 적이 없었다. 천하가 그 어느 때보다 반짝이는 눈을 하자 우재는 피식 웃었다.

"키스는커녕 집에 도착할 때까지 손끝 하나 건드리지 않더라. 더군다나 집에 다 오니까 어깨로 내 머리를 심하게 떨어내는 바람에 내가 얼마나 개망신을 당했는지 알아? 저주할 거야. 이 망할 놈의 선생!"

우재는 생각만 해도 열이 받는다는 듯 구시렁거렸고, 거창한 로맨스를 기대했다가 기대가 깨져 버린 천하는 고개를 떨궜다. 하긴, 천하의 서우재가 그렇게 쉽게 사랑에 빠질 리가 없지. 본래 사랑도 해 본 놈이 하는 거란다, 우재야.

"그 남자 마음에 이미 누군가가 들어차 있는지도."

갑작스러운 우재의 말에 천하의 귀가 쫑긋 솟아올랐다.

"설마. 너 애인 있는 사람 만나는 거야? 안 돼! 우리 언니들이 가장 하지 말아야 할 연애가 애인 있는 남자와의 연애랬어!"

천하의 말에 우재는 말없이 빙그레 웃었다.

"그 사람이 어떤 여자를 보는 눈빛을 봤는데 뭐랄까, 좀 복잡한 느낌이었어. 그 여자가 그렇게 싫었다면 신경도 안 썼을 텐데 그래도 뭔가 있으니까 자기가 손수 차에 태워 보냈겠지."

앞뒤를 알 수 없는 우재만의 혼잣말에 천하는 속이 터지는 것 같았다. 도대체 얘가 뭐라는 거야.

"우재야. 하나만 해. 하나만. 좋다는 거야 싫다는 거야?"

우재가 씁쓸하게 웃으며 말했다.

"음. 호기심은 가는데 더는 개입하면 안 될 것 같은?"

김이 빠진 듯 고개를 흔들던 천하가 갑자기 "아!" 하며 외마디 소리를 지르더니 갑자기 자기 자리로 가서 가방을 뒤졌다. 그러더니 우재의 앞에 무언가를 내려놓았다.

"아! 갑자기 언니 얘기 하다 생각났어. 하마터면 또 까먹을 뻔했다. 오늘도 너한테 전달 안 하면 언니가 밖에다 목을 매달겠다고 난리를 쳤었는데……."

천하가 내민 것은 영어로 된 소책자였다.

"번역하는 데 얼마나 걸리겠어? 언니가 주말에 준 건데, 내가 가방에 3일 동안이나 가지고 다녔어."

"100페이지 남짓이니까 이삼 일이면 될 것 같아. 우리 이거 해 놓고 천수 언니한테 돈 받으면 떡볶이 사 먹자."

우재와 천하는 마주 보고 웃으며 강하게 하이파이브를 했다.

진우는 테이블 위에 영문으로 어지럽게 적혀 있는 서류를 내려놓았다. 그간 군대 시절부터 줄곧 준비해 왔던 일의 성과가 이 손 안에 있다. 이제는 이 지겨운 땅과도 이별이다.

서류를 전달받고 한참 동안 어두운 거실에 앉아 있는데 갑자기 급하게 누르는 초인종 소리가 들렸다.

집에 올 사람이 없는데 누구지? 진우는 한숨을 쉬면서 벽에 걸려 있는 인터폰 화면을 들여다보았다. 형 진상이 인상을 잔뜩 구긴 채 서 있었다.

아. 한 번도 그냥 지나가는 법이 없네. 지금 자신이 집에 있다는 것을 알고 찾아온 모양이니 이 문을 열지 않으면 또 복도가 떠나갈 듯 소란을 피우고도 남을 터였다.

진우는 입술을 잘근잘근 깨물다가 이내 싸늘한 표정을 지으며 현관문을 열었다.

문을 열자마자 퍽 하고 강한 주먹이 진우의 얼굴에 꽂혔다.

"쥐새끼 같은 놈. 내가 분명히 경고했지! 민효린은 절대 건드리지 말라고!"

그의 형이 으르렁거렸지만, 진우는 무시한 채 찢어진 입술의 피를 엄지손가락으로 살짝 닦고서는 바닥에서 일어났다.

하. 문을 열면 꼭 이런 일이 생길 것 같더라니. 입 안이 화끈거리는 게 아마도 속까지 찢어진 모양이다. 제대로 열받았나 보네. 평상시에는 안 보이는 곳만 때리더니 오늘은 얼굴을 친다.

이성을 잃을 만큼 돌았다는 뜻인가? 진우는 들불처럼 끓는 성질을 감춘 채 나른한 눈을 하고서는 형을 바라보았다.

"여자랑 잘 안 되어 간다고 나한테까지 이러는 건 아니지."

갑자기 그가 미친 듯이 달려들더니 진우의 멱살을 잡고 흔들었다.

"이 새끼. 너 지금 뭐라고 했어!"

갑자기 진우는 찢어져 붉게 드러난 입술의 양 끝을 올리며 비릿하게 웃었다.

"속 좁게 굴지 말라고 했어. 왜? 내가 틀린 말 했어?"

진우는 매섭게 쏘아보던 눈빛을 거두고 자신의 멱살을 쥐고 있던 진상의 손을 쳐 냈다. 그러고는 먼저 집 안으로 들어갔다.

"내가 누차 경고했지. 나한테 함부로 굴지 말라고!"

부엌에서 입을 헹구던 진우는 개수대에 핏빛 나는 물을 뱉었다. 아무리 헹궈 보아도 목구멍에서부터 비릿한 향기가 올라왔다.

"가까이하면 가까이한다 난리고, 멀리하면 함부로 한다 난리니 나는 어느 장단에 맞춰 줘야 하나?"

"이죽거리지 마, 이 더러운 새끼야!"

더러운 새끼……. 이제 저 인간 얼굴 따위 안 봐도 되는 모양이니 지금 성질대로 저 새끼 얼굴도 묵사발을 만들어 줄까. 진우가 생각을 거듭하며 뒤돌아섰을 때였다.

진우의 휴대폰이 테이블에서 시끄럽게 울려 대기 시작했다. 날카로운 분위기가 무색하게 휴대폰이 멈출 기미를 보이지 않자 진우는 일부러 스피커 버튼을 누르며 전화를 받았다.

— 8시인데요? 왜 안 와요?

전화기 너머로 들리는 우재의 목소리에 진우의 눈이 벽시계를 향했다. 8시! 음악 작업에 빠져 있다가 도중에 전달된 서류를 받고 한참을 앉아 있다 보니 우재와의 과외 시간을 까맣게 잊어버리고 말았다. 오늘은 더럽게 일이 꼬이네.

하지만 지금 이 상황에서 내가 너까지 신경 쓸 여유가 없거든. 개망나니.

— 지금 내 말 듣고 있어요?

우재가 다시 한번 묻자 진상의 시선이 휴대폰에 닿았다. 아무래도 자신이 경계하는 연적에게 또 다른 존재가 있다는 사실이 그의 흥미를 끌었나 보다. 진우는 진상의 태도를 주시하며 휴대폰 마이크로 입을 가져다 댔다.

"미안한데 내가 오늘은……."

꼬맹이, 오늘은 도저히 너까지 신경 쓸 여유가 없다. 그러니까 오늘만큼은 제발…….

— 나보고 도망만 가 보라고, 그때는 알아서 하라고 해 놓고 당신은 이렇게 직무를 유기해도 되는 건가?

우재와 진우의 통화 내용을 듣고 있던 진상의 눈썹이 기묘하게 치켜 올라갔다. 까칠한 이진우를 솜씨 좋게 밀어붙이는 전화 속 여자가 궁금했던 탓이다.

"하!"

진우는 우재가 자신의 사정도 듣지 않고 비난부터 쏟아 놓자 피곤한 듯 얼굴을 쓸었다.

— 그동안 내 앞에서 온갖 거드름, 허세 다 부려 놓고는 결국 당신도 다른 사람들과 똑같은 거지. 그래도 있잖아, 끝낼 때는 남자답게 찾아와서 끝내. 그렇게 전화기 뒤에 숨지 말고. 이 비겁한 자식아!

뭐? 비겁? 와. 이 개망나니가 진짜 눈에 보이는 게 없나? 우재의 도발에 약이 오른 진우의 표정에 진상이 슬쩍 관심을 보이는 게 느껴졌다. 그러자 진우의 표정이 삽시간에 굳어 버렸다.

제기랄! 그래. 내가 이진상 앞에서 이 꼬맹이와의 설전을 공개하는 게 아니었다.

"서우재. 내가 충고하는데 나중에 후회할 만한 말은 뱉지 않는 게 좋아. 아무리 흥분했다 치더라도 네가 내뱉은 말들은 네게 화살이 되어 돌아갈 테니까. 그래도 계속할 거야?"

그 말은 우재에게도, 그리고 자신 앞에 떡 버티고 서서 죽일 듯이 노려보고 있는 진상에게도 해당되는 말이었다.

— 내가 뭐라고 했는데? 그래서 처음부터 너 따위는 필요 없다고 했잖아!

흥분한 우재가 감정을 추스르지 못하고 발악을 해 대자 진우는 스피커 버튼을 끄고 진상을 바라보았다. 진상은 지금 이 상황이 만족스러운지 미소까지 흘리고 있었다. 처음부터 여기에 서우재를 끼는 게 아니었는데…….

"어떻게 할까. 보시다시피 이쪽도 성격이 꽤 만만치가 않아서. 내가 요즘 얘 때문에 민효린한테까지 신경 쓸 틈이 없는데. 그래도 여전히 나한테 집착할 거야?"

비꼬는 듯한 진우의 질문에 진상이 못마땅한 표정으로 그를 노려보았다.

"그럼 네 말은 민효린에게 일말의 감정조차 남아 있지 않다는 뜻이야?"

끝까지 자신의 감정을 확인하는 진상을 보며 진우는 피곤한 듯 머리를 쓸었다.

"도대체 뭘 더 확인하고 싶은데. 아직도 그 애한테 그렇게 확신이 없어? 도대체 너희는 내 감정에 왜 그렇게들 관심이 많은데!"

진우의 싸늘한 말에 진상이 금세 그의 앞으로 성큼성큼 다가왔다.

"이 새끼, 너 죽고 싶어?"

진상이 멱살을 흔들자 진우 또한 비릿하게 웃었다.

"다음부터는 그런 시시껄렁한 시빗거리 가져와서 나한테 풀어놓지 마. 이제는 나도 더 안 참아. 네 얼굴 따위 갈아 놓지 못해 가만히 있는 건 더더욱 아니니까."

진우의 섬뜩한 말에 진상이 코웃음을 쳤다.

"미친 새끼."

진상이 이죽거리자 진우는 더욱더 섬뜩한 미소를 띠며 그를 바라보았다.

"내가 너라고 못 할 것 같아? 생각 안 나? 고등학교 때 네 똘마니 하나 죽기 직전까지 결딴냈던 거. 이제 그 일은 싹 다 잊은 모양이지?"

당황한 진상이 멈칫하는 것이 보였다. 진우가 다시 진상의 손을 확 밀치자 진상은 의심 섞인 눈초리로 진우를 노려보았다.

"이제는 내 집에서 좀 나가 주시지. 네가 꼴 보기 싫다고 해서 집까지 나와 줬는데, 이제는 집 밖에서까지 개진상을 떨면 나는 어떻게 해야 되겠냐."

뭔가를 의미하는 것 같은 진우의 말에 진상은 다시 한번 진우를 싸늘하게 노려보고서는 오피스텔을 빠져나갔다.

"만약 민효린이 너 때문에 다시 우는 날이 오면 그땐 내가 너 죽여 버린다."

기어코 한마디 더 덧붙이는 진상의 행동에 진우는 주먹을 꼭 쥐었다.

진상이 사라지고 갑작스레 정적이 찾아온 공간에서 진우는 그제야 생각났다는 듯 전화기를 들어 올렸다. 아직도 휴대폰은 꺼지지 않은 채 통화가 계속 이어지고 있었다. 방금 전에 우재가 퍼부었던 말들이 떠올라 진우는 싸늘한 표정을 지으며 말했다.

"야. 이 개망나니."

진우가 우재를 부르자 금세 대답이 나왔다.

— 왜.

"들었냐?"

— …….

"미안하지만 오늘은 보시다시피 너무 늦어서 안 되겠다."

하지만 우재는 다른 때와 다르게 억지를 부렸다.

— 아니. 나 오늘은 죽어도 공부할 거야. 이 과외, 여기서 그만 둘 거 아니면 하자, 공부. 난 오늘 꼭 공부를 해야겠어. 오랜만에

갑자기 공부가 엄청 하고 싶네?

진우의 미간이 잔뜩 일그러졌다. 한 번도 그냥 넘어가는 법이 없네.

"너 지금 장난하냐?"

— 나 지금 진지해. 오늘 꼭 공부해야겠으니까 당장 와. 새벽 1시가 되어도 기다릴 테니까 와서 내 공부 봐줘. 당신이 당신 입으로 분명히 그랬잖아. 당신이 그만둔다고 하기 전까지 그만두지 않을 거라고. 그러니까 당장 와!

자기는 할 말이 다 끝났다는 듯 전화가 뚝 끊어져 버렸다. 우재의 일방적인 행동에 진우의 머리와 어깨에서 스팀이 피어오르면서 스산한 기운이 흘러넘쳤다. 이 콩알만 한 계집애가 어디서 감히!

화를 참지 못하고 씨근덕거리던 진우는 무슨 생각이 든 건지 겉옷을 집어 들고는 신경질적인 걸음걸이로 오피스텔을 빠져나가기 시작했다.

한편, 우재는 진우와의 전화 통화를 끝내고 한참 동안 생각에 젖어 있었다.

— 어떻게 할까. 보시다시피 이쪽도 성격이 꽤 만만치가 않아서. 내가 요즘 얘 때문에 민효린한테까지 신경 쓸 틈이 없는데. 그래도 여전히 나한테 집착할 거야?

그는 분명 그렇게 말했다. 그렇다면 그와 민효린과 그 자리에 있던 제삼자는 삼각관계라는 건가? 그런데 왜 내 이야기가 거기에 끼어 있는 거지? 그 사람은 도대체 누구고?

더군다나 그들은 서로를 죽이겠다는 둥 얼굴을 갈아 버리겠다는 둥 살벌한 말들을 해 대고 있었다. 그 분위기가 얼마나 살벌했는지 휴대폰 너머에서도 오금이 저렸다.

이진우, 당신은 도대체 어떤 삶을 살고 있는 거야? 그래서 더 알고 싶었다. 이진우에 관해서 더더욱.

그리고 30분 만에 자신의 방문을 열고 들어온 진우의 얼굴을 보는 순간, 우재는 오늘은 그가 한사코 들르지 못하겠다고 했던 이유를 한눈에 알아보았다.

그의 얼굴은 한쪽이 심하게 부어올라 있었고 입술은 부풀어 터져 있었다. 세상에. 저런 얼굴을 하고 어떻게 여기까지…….

이진우가 과외를 쉬자고 할 때 그냥 알겠다고 할걸. 우재는 떨리는 손을 꽉 부여잡으면서 일부러 그의 얼굴을 못 본 척하며 그간의 숙제들을 책상 위에 쌓아 올렸다.

"이번에는 반항하지 않고 열심히 풀었어요. 그러니까 빨리 답 체크 해 줘요. 그래야 뒤의 단원을 풀 수 있으니까."

진우의 싸늘한 시선에도 아랑곳하지 않고 우재는 그에게 문제집 더미를 내밀었다. 그러더니 잠깐 다녀오겠다며 벌떡 일어서서 자신의 방을 나갔다.

잠시 후, 우재가 약상자 하나를 들고 왔다.

진우가 능숙하게 약상자에서 소독약과 연고를 꺼내는 우재의 손을 바라보는데 그녀가 갑자기 두 손으로 그의 얼굴을 붙잡았다. 스스럼없이 자신을 만지는 우재의 손길에 진우가 움찔했다.

"너, 뭐 하는 거야?"

"가만히 좀 있어 봐요. 주제에 누군가 약 발라 줄 사람도 없어 보이는데. 이러려고 오늘이 마침 과외 날이었나 보네."

우재의 무뚝뚝한 말에 진우가 얼굴을 찡그렸다. 하지만 조심스럽게 그의 상처를 바라보는 우재의 시선과 치료하는 손길을 피하지는 않았다.

"전화상으로 막말한 건 미안해요. 내가 사춘기라 가끔 감정이 널을 뛸 때가 있어요."

익숙한 솜씨로 그의 상처를 소독하고 입가에 연고를 바르는 우재를 진우는 뚫어져라 바라보았다. 누군가와 싸우고 들어왔을 때 아무 말도 없이 이렇게 상처를 치료해 준 사람은 처음이었기에.

"그래서, 이겼어요?"

시종일관 그의 눈을 피하던 우재가 자신의 눈을 똑바로 바라보자 진우는 미간에 살짝 주름을 잡았다.

"뭐?"

"이겼냐고요."

우재의 똑같은 질문에 진우는 그제야 갑자기 묘한 미소를 지어 보였다.

"꼭 이겨야 해?"

진우가 떠보듯 우재에게 묻자 그녀는 고개까지 끄덕이며 강한 긍정을 내보였다.

"응. 꼭 이겨요. 안 그럼 선생님 얼굴 이렇게 만든 사람도 똑같이 만들어 주고 싶어질 것 같으니까."

보통은 나이가 몇 살인데 싸움질이냐며 타박하곤 하는데, 그와 반대로 꼭 이기고 돌아오라는 우재의 당부가 이상하게 진우의 맘을 파고들었다. 그래서 진우는 우재의 머리에 꿀밤을 먹였다.

"이게 쓸데없는 말을 하고 있어. 너 내가 아까부터 쭉 참고 있었는데……."

"악! 내가 어때서요? 선생님 편들어 주는 것도 죄야?"

우재의 억울한 목소리에 진우는 더욱더 세게 우재의 머리를 쥐어박았다.

"이게 어디서 어른을 들었다 놨다 해? 아까는 나보고 너, 이 자식, 이 새끼 하면서 막말하더니!"

우재는 자신의 가는 팔로 머리를 감싸며 진우에게 열심히 항변했다.

"스무 살 되려면 이제 겨우 2년 남았어요. 2년은 후딱 지나간다고요. 내가 어른만 돼 봐. 당신 따위."

우재의 말이 가소로워 진우는 그녀가 자신의 머리를 팔로 감싸느라 방어가 느슨해진 틈을 타 그녀의 코를 쥐고 비틀었다.

"당신? 어쭈. 이게 아직도 말버릇을 못 고치고. 너 말 똑바로 안 해?"

괜한 무안함에 핏대를 올리는 두 사람의 뒤로 밤이 더욱 깊어지고 있었다.

누군가가 다치고 들어온 그의 상처를 치료해 준 것도, 다음번에는 꼭 이기라는 말도, 난 당신 편이라는 말도 전부 처음 들어 본 말이었지만 생각보다 기분이 나쁘지 않았던 걸 보면 아무래도 자신 또한 이 아이가 부리는 마법에 조금은 동화된 모양이었다.

"선생님, 혹시라도 그만둘 때 그만두더라도 말없이 사라지면 안 돼요."

그들의 투닥거림 뒤로 우재가 불쑥 그런 말을 꺼내 놓자 다시 한번 꿀밤을 때리려던 진우의 손이 허공에서 멈추었다.

"이전의 놈들은 그런 식으로 사라졌냐?"

우재가 민망한 미소를 지으면서 진우를 올려다보았다.

"우리 집이 워낙 유별나니까요. 이렇게 몇 번 빼먹고 전화 안 받으면 알아서 눈치채야 하는 거죠."

이미 체념한 듯한 우재의 모습에 진우는 더는 타박할 마음이 사라졌는지 책상 위의 문제집을 손가락으로 가리켰다.

"그럼 이 문제 풀어 봐. 네가 해 온 숙제들이 기우인지 진짜 실력인지 확인해 봐야겠으니까."

진우의 무뚝뚝한 말에 우재는 싱긋 웃더니 샤프를 쥐고는 사각사각 문제를 풀어 나가기 시작했다.

다시 돌아온 주말. 우재는 죽기보다 가기 싫은 행사에 참석하기 위해 메이크업 숍에 끌려와 있었다.

"어머! 진짜 예쁘다. 따님이 상당히 미인이네요."

메이크업 숍에 있는 모두가 우재를 바라보며 일제히 호들갑을 떨었다.

"내가 이럴 줄 알았다니까. 누구 딸인데, 그 미모가 어디 가겠어?"

삐죽 솟은 입이 평소보다 세 배나 튀어나온 우재는 엄마에게 이끌려 메이크업을 받고 드레스를 입으면서도 한 번도 거울을 바라보지 않았다.

"얘. 네 모습 좀 봐라. 그렇게 골만 내지 말고. 진짜 천사가 강림한 것 같다니까?"

"그나저나 오늘 어디 참석하신다고요?"

메이크업 아티스트의 질문에 미희는 그녀 쪽으로 머리를 기울이며 뭔가를 속닥였다.

"어머. 사모님도 거기 창립 기념 파티에 가시는구나."

"혹시 여기서 또 누가 가시나?"

"그럼요. 사모님 다음 타임이 바로 H미디어 정 사모님이시잖아요. 사모님도 부부 동반으로 거기 가신다는데요?"

"어휴. 무슨 창립 기념 파티에 어중이떠중이 다 가? 그나저나 거기 이 회장님댁 자녀분들도 참석하시려나? 그 집 둘째 아들이 우리 집이랑 좀 막역하거든."

아, 엄마! 막역하다는 말은 그럴 때 쓰는 말이 아니라니까? 우재는 그 자리를 벗어나려고 치맛자락을 들었다.

"음. 글쎄요. 그 집은 모든 것이 철저하게 감추어져 있던데요? 대한그룹 큰 사모님이 아이들 어릴 때 교통사고로 돌아가시고, 그때도 떠들썩했잖아요. 함께 탔던 남자가 내연남이네 뭐네 하면서. 그래서 몇 년 후에 회장님께서 재혼하실 때 괜찮을 줄 알았는데 그때도 시끌시끌했죠."

메이크업 아티스트는 누가 듣는 사람이 없는지 주변을 살펴봤다.

"하여간 제가 어디 모임 가서 들었는데요. 이 회장님 큰따님하고 큰아드님이 유학 갔다가 돌아왔는데, 이 회장님이 회사에서 일하고 싶으면 다른 직원들처럼 정식으로 입사 지원부터 하라고 그러셨다잖아요. 지금도 어느 부서에 있는지는 철저히 함구한 상태라던데요? 이 회장님 본인도 회사 물려받을 때 평직원부터 시작한 일화가 있는 인물이잖아요. 그런데 그런 공식적인 자리에서 자녀들을 함부로 소개하겠어요?"

"어휴. 뭐가 그렇게 빡빡해? 그렇다면 나도 입방정 조심해야 되겠네."

우재의 가족을 태운 차가 호텔에 멈추어 섰다. 호텔 로비에서부터 휘황찬란한 안내판이 그들의 눈길을 끌었다.

"어머. 화려하네요. 원래 대한그룹은 허례허식이 없는 기업이라고 들었는데, 창립 기념 파티는 다르네?"

엄마의 말에 우재는 심드렁하게 호텔 건물을 올려다보았다. 주위엔 평상복을 입은 사람들이 많았다. 그런데 이런 곳에 드레스라니. 도대체 엄마의 머릿속에는 뭐가 들어 있는 걸까. 어디 구멍이라도 있으면 들어가고 싶다는 생각이 들었다.

엄마는 항상 자신의 자리라는 양 다정하게 아빠의 팔 안쪽으로 손을 밀어 넣었고 아빠는 웬일로 그런 엄마를 마다치 않았다. 이게 얼마 만에 보는 풍경이지?

우재는 재빨리 작은 손가방에서 휴대폰을 꺼내어 엄마와 아빠의 뒷모습을 찍었다. 사진으로 보면 다정한 부부 같아서 우재는 오랜만에 혼자서 미소를 지었다.

그리고 그 순간, 갑자기 누군가 세게 어깨를 부딪쳐 와 휴대폰이 바닥에 떨어졌다. 자신과 부딪친 남자가 실수로 휴대폰을 밟자 우재는 화들짝 놀라며 그것을 주우려고 몸을 굽혔다.

"아, 이런. 제가 실례를 했네요."

남자는 사과를 하면서 자신의 구두 아래 있는 휴대폰을 집더니 주머니에서 손수건을 꺼내 닦으면서 우재에게 건넸다.

"미안합니다. 아가씨."

남자의 친절에 우재는 그를 올려다보았다. 검은 슈트에 깔끔하게 올린 머리. 그에게는 잔잔한 스킨로션 향이 풍겼다. 그는 우재의 과외 선생만큼이나 키가 컸다.

우재가 멍하니 그를 올려다보는데 저쪽에서 엄마가 부르는 목소리가 들렸다.

"죄송합니다. 제가 한눈을 파는 바람에."

우재가 재빨리 인사를 하자 남자가 가 보라는 듯 고개를 끄덕이더니 입가에 잔잔한 미소를 지어 보였다. 파티 참석자인가?

남자는 우재가 가는 방향을 한참 지켜보더니 그녀와는 반대 방향으로 걸어가기 시작했다.

파티장에 들어가자마자 엄마와 아빠는 이 회장 부부부터 찾았다.

"여보, 이 회장님 부부는 아직 도착하지 않은 모양이에요."

엄마의 말에 아빠는 고개를 끄덕였다. 갑자기 엄마의 새된 목소리가 이어졌다.

"어머, 여보. L그룹 이 여사와 J기업 박 여사도 왔네. 대한그룹이 올해 재계 순위 50위권 안으로 올라서더니 눈여겨보는 기업들이 많아졌네요. 요식업계치고는 성장이 참 빨라."

엄마와 아빠의 말을 귀담아듣고 있던 우재는 지루한 마음에 출입구를 바라보다가 넥타이도 하지 않고 셔츠 단추도 풀어 헤친 채 성난 발걸음으로 파티장에 들어서는 진우를 발견했다. 우재는 갑자기 두근거리는 마음에 고개를 휙 돌렸다. 왜 하필 이런 때 나타나서는…….

우재는 자신의 모습을 내려다보았다. 만약 그와 마주치게 되면 자신을 한껏 비웃을 것 같은 예감이 들었다. 이진우와 마주치기 전에 어딘가로 피신하자.

순간 웅성웅성하는 소리와 함께 이 회장 부부가 입장하는 것이 보였다. 50대의 이 회장은 신체가 건장한 미남자 스타일이었고, 그 옆에 서 있는 부인은 백합처럼 단아한 모습이 일품인 사람이었다. 그녀는 한복을 변형한 드레스를 수수하게 차려입고 있었다.

우리 엄마도 한때는 저런 모습이던 때가 있었는데…….

"우재 너, 갑자기 사라지지 마. 이 회장 부부한테 인사해야 하니까."

엄마의 엄포에 우재는 자신도 모르게 치맛자락을 힘주어 잡았다. 여기서 어떻게 빠져나가지? 우재가 도망갈 기회를 엿보며 주먹을 틀어쥐고 있는데 단상으로 올라간 이 회장의 축사가 시작되었다.

"……올해는 저희 대한그룹이 창립한 지 30년이 되는 해입니다. 올해는 예전과 달리 많은 성과와 결과를 이루어 냈지만, 저희 대한그룹은 여기에 안주하지 않고 또 다른 변화를 준비하고 있습니다."

우재가 진우 쪽을 살펴보자 그는 불량스럽게 주머니 양쪽에 손을 집어넣고는 출입구 옆에서 축사를 듣는 중이었다. 조명이 비치는 그의 얼굴은 알 수 없는 표정을 짓고 있었다.

갑자기 어떤 여자가 다가오더니 그에게 알은척을 하는 게 보였다. 키가 크고 세련된 모습을 한 여자는 진우보다 한참 연배가 있어 보였다.

여자가 손을 내밀자 진우는 묘한 표정을 짓더니 마지못해 그녀의 손을 잡았다. 그러자 그녀는 진우를 확 하고 잡아당기더니 그를 안고 달래는 듯한 손으로 진우의 등을 다정하게 쓸어 주었다.

우재의 얼굴이 찌푸려졌다. 뭐야, 이진우? 도대체 당신 주변에는 여자가 몇 명이나 되는 거야? 더군다나 나이도 안 가려?

여자가 지나가는 웨이터를 불러 샴페인이 담긴 잔 두 개를 집어 들더니 진우에게 건네며 건배를 했다.

도대체 저 여자는 누굴까? 하여간 얼굴값을 하는 남자라니까?

우재가 뾰로통하게 서 있는 사이 갑자기 엄마가 우재의 팔을 흔들었다.

"이 회장님 내려오신다!"

조용한 곳으로 도망치려던 우재는 엄마가 자신을 붙잡자 놓으라는 듯 엄마와 실랑이를 벌였고, 그 순간 우재는 자신을 흥미롭게 바라보고 있는 이 회장 내외와 눈이 마주쳤다.

"안녕하십니까, 회장님. 전 서주환 의원의 동생인 BK기업 서재용이라고 합니다."

아빠의 인사가 끝나기 무섭게 이 회장의 뒤에서 비서실장이 뭐라고 그의 귀에 속닥이는 것이 보였다. 그 순간 스쳐 지나가는 이 회장의 날카로운 눈빛. 우재는 그것을 놓치지 않았다. 다른 사람과 달리 아빠에게 거리감을 두는 이 회장의 태도를 눈치챘다.

그때였다. 갑자기 엄마가 우재의 등을 밀며 이 회장 앞에 그녀를 앞세웠다.

"안녕하세요, 회장님. 저희 딸입니다. 회장님의 차남 이진우 군이 저희 아이 과외를 해 주고 있는데 저희가 초대를 받아서 여기까지 참석을 하게 됐네요."

이 회장 내외의 시선이 우재에게 닿자, 그녀는 얼굴이 시뻘겋게 달아올랐다. 살다 살다 이렇게 수치스러운 경험을 해 볼 기회도 몇 없을 것 같았다. 우재는 엄마가 자신의 허리를 찌르자 마지못해 볼을 잔뜩 부풀린 채 뻣뻣한 자세로 그들에게 인사를 했다.

"안녕하세요. 서우재라고 합니다."

"우리 아이가 자상한 타입은 아닐 텐데……."

"네. 학생과는 절대 타협하는 분이 아니라서 덕분에 제 성적도 많이 올랐습니다. 감사합니다."

우재가 두 사람을 바라보지 않은 채 중얼거렸다.

"학생은 몇 살이지?"

이 회장의 물음에 우재는 더욱 주먹을 꽉 쥐었다.

"내년에 고등학교 3학년 올라갑니다."

우재의 대답을 들은 이 회장은 고개를 끄덕였다. 그러더니 말없이 사모님의 허리에 손을 올렸다.

"인사할 사람이 많으니 이만 갑시다, 그럼."

사모님은 뭔가를 더 물어보고 싶어 하는 눈치였으나, 이 회장은 그녀를 다른 길로 인도했다. 재빨리 그 자리를 피하려고 하는 모습이 우재의 눈에도 보여 뭔가 살짝 서글픈 생각이 들었다.

"어휴. 대기업 회장이라서 그런지 쉽게 범접할 수 없는 아우라가 있네."

엄마의 중얼거리는 소리를 뒤로하고 우재는 그제야 한숨을 쉬었다. 그리고 아까 진우가 있던 자리를 돌아보자 거기엔 아무도 없었다.

오늘 나는 여기에 왜 왔을까. 솔직히 끝까지 가지 않겠다고 우겨도 됐을 일을 이진우를 만날 수 있을지도 모르겠다는 희망에 모른 척 따라왔다. 혹시라도 색다른 자신의 모습을 보게 된다면 그가 달리 생각해 주지 않을까 해서…….

그런데 싸늘한 이 회장의 표정을 보니 아무래도 우재의 가족은 이 파티장에서 불청객인 모양이었다.

우재는 사람들과 섞여 있느라 바쁜 부모님을 뒤로하고 파티장을 빠져나왔다. 그녀는 사람 많고 시끄러웠던 파티장을 피해 야외 테라스가 있는 곳으로 나왔다.

지금이라도 혼자서 집에 갈까? 우재는 휘영청 밝은 달을 올려다

보며 잠시 생각에 잠겨 있었다.

"이진우, 너 그게 사실이야? 뉴욕대로 편입한다는 게 사실이냐고!"

이진우? 가까이에서 들리는 여자의 목소리에 우재는 주변을 살펴보았다. 다행히 구석진 그늘에 작은 공간이 있어 우재는 재빨리 몸을 피했다.

"언제 가는데. 도대체 언제부터 이런 생각을 했는데?"

테라스 바닥으로 남자와 여자의 그림자가 모습을 드러냈다.

"가는 건 6월에. 준비는 군대에 있을 때부터."

스타카토처럼 딱딱 끊기는 그의 말에 여자는 다시 한번 새된 소리로 진우의 속을 긁었다.

"그래서 그랬던 거니? 그래서 진상이 오빠 만나라며 그렇게 매몰차게 말했던 거냐고! 이 나쁜 자식아!"

"아니. 꼭 그것 때문만은 아니었어. 하지만 네가 우리 둘 사이에서 계속 헤매고 있는 것 같길래. 그렇다면 노선을 더욱더 확실하게 하길 바랐어."

"그건 네가 날 외롭게 만들어서 그런 거잖아. 한 번이라도 네 마음속을 속시원히 열어 보여 준 적 있었어? 넌 항상 나를 기다리게 하고 지치게 했어. 다른 남자와 함께 있어도 질투 한 번 한 적 없고, 네가 필요하다고 투정할 때조차 나보다 일이 먼저였잖아. 그래 놓고 우리가 사귀는 사이라고 말할 수 있었을 것 같아? 내가 너에게 사귀자고 말했을 때도 너무 쉽게 대답했고, 끝내자는 말도 결국은 내가 먼저 하게 만들었어."

여자의 목소리가 갈대같이 흔들린다. 민효린. 세상에서 최고로 예쁘다고 칭송받는 여자의 마음이 이렇게 문드러져 있었을 줄이야. 이진우, 나쁜 놈. 우재는 구석에 쪼그리고 앉아 그렇게 중얼거리고 있었다.

"그래. 그러니까 이제는 내게 미련 두지 말고 형에게 가. 형은 너를 진심으로 아끼고 있어. 너를 처음 만났던 열여덟 살의 여름부터."

결국 효린이 울음을 터뜨렸다. 남자는 끝까지 여자가 듣고 싶어 하는 말을 해 주지 않았다. '그래도 한때는 너를 정말 사랑했다.'와 같은 말을. 아무런 상관도 없는 자신의 마음도 이렇게 찢어지는데 당사자는 얼마나 마음이 쓰릴까.

이진우, 당신은 진짜 나쁜 남자다.

우재가 구석에서 민효린을 안쓰러워하고 있는데 곧이어 날카로운 여자의 목소리가 들려왔다.

"내가 단언하는데 진우 넌 이렇게 사람 마음을 함부로 다룬 죗값을 반드시 치르게 될 거야. 난 솔직히 배우 같은 거 하고 싶지 않았어. 많은 사람이 나를 칭송하곤 했지만 내가 원했던 건 오직 단 하나, 네 사랑뿐이었다고! 네가 그것만 줬더라면 난 이런 귀찮은 일도 하지 않고 그냥 네 곁에서 행복하게 살았을 거야. 그런데 네가 날 이렇게 만들었어. 내게 사랑을 구걸하게 했다고! 그렇다면 너도 똑같은 죗값을 치러. 돌아오지 않는 메아리가 얼마나 아픈지 너도 한번 겪어 봐!"

표독스럽게 외친 민효린이 테라스를 빠져나갔다.

우와 세다! 얼마나 처절한 사랑을 했기에 저렇게까지 말할까. 우재는 한숨을 푹 쉬면서 턱을 괴었다.

그때였다. 갑자기 탁 하고 라이터 켜지는 소리가 들리더니 알싸한 담배 냄새가 흘러들어 왔다.

아! 진짜! 여긴 금연 구역인데 어디서 감히 담배를 피우고 난리야. 우재가 짜증스럽다는 표정으로 고개를 내밀었을 때였다.

"이제 그만큼 엿들었으면 그만 좀 나오시지?"

느닷없는 진우의 음성에 우재는 화들짝 놀라며 고개를 그늘 안으로 집어넣었다.

말도 안 돼. 내가 여기에 있는 걸 어떻게 알았지? 우재가 당황하여 주변을 살펴보는데 곧이어 구두 소리가 가까워지더니 누군가 불빛을 가린 채 자신을 내려다보고 있는 것이 느껴졌다.

우재가 얼굴을 찡그리며 올려다보자 진우는 뭔가가 몹시 불편한 듯 얼굴을 찌푸린 채였다.

"어떻게 알았어요?"

"그늘에 섞여 흔들거리는 그림자."

우재가 투덜거리며 천천히 다리를 펴고 일어나자 진우는 가늘게 뜬 눈으로 우재의 모습을 훑어보았다. 그의 시선이 다른 때와 달리 오래 머무는 것 같자 우재는 온몸에 소름이 돋는 것 같았다.

우재가 그를 따라 환한 불빛 아래로 나오자 그녀의 투명한 피부를 돋보이게 한 화장이 더욱더 빛을 발했다. 순간 마지막 담배 연기를 내뿜고 재를 터는 진우의 한쪽 입술이 눈에 띄게 비틀렸다. 제법이네, 서우재.

진우가 이제 들은 것을 실토해 보라는 듯 자신의 가슴 앞으로 팔짱을 끼자 우재는 방금 무슨 일이 있었느냐는 듯 자신의 드레스를 매만졌다.

"이제 바람도 쐴 만큼 쐰 것 같으니 집에 가 볼까?"

중요한 말을 다 들어 놓고 스리슬쩍 자리를 피하려는 우재를 진우가 성큼 막아섰다.

"좀 비켜 주실래요?"

그를 피해 다시 한 걸음 내디뎠지만 진우가 곧바로 막아서는 바람에 그의 몸에 부딪히고 말았다.

"아!"

순간 굽이 높은 하이힐을 신은 우재의 몸이 중심을 잡지 못하고 휘청거리자 진우는 팔짱을 풀고 그녀의 팔과 허리를 잽싸게 잡아챘다. 그러자 순간적으로 알싸한 담배 향과 함께 그가 즐겨 쓰는 향수의 내음이 훅 하고 밀려 들어왔다.

그를 밀쳐 내기 위해 안간힘을 써 봤지만, 그는 그대로 자세를 유지한 채 조용히 그녀를 다그쳤다.

"왜 항상 너야. 도대체 왜 이렇게 내 주변을 알짱거려?"

진우가 싸늘한 표정으로 묻자 우재는 눈썹을 찌푸리며 그를 쏘아보았다.

"그러는 선생님은 왜 하필 내가 있는 곳마다 나타나는 건데요? 분명히 여긴 내가 먼저 왔어요. 그렇게 조심하고 싶었다면 공공장소에서 함부로 떠들지 않았으면 됐잖아요!"

우재가 따지는 사이 진우의 눈에 테라스로 또 하나의 그림자가 늘어지는 것이 보였다. 진우의 시선이 한참 동안 어느 한곳을 응시하는가 싶더니 갑자기 그녀의 허리를 붙잡은 손에 더욱더 힘을 주었다.

"어어! 진짜 뭐 하는 거예요? 이거 안 놔요?"

"천만에. 남의 말을 함부로 엿들었다면 그 값을 치러야지."

진우의 눈빛이 달빛에 번뜩였다.

"뭐라고요?"

"이를테면 일종의 입막음 같은 거라고 할까? 이렇게 하면 앞으로 너와 내게 연대책임이 생기니까."

그러더니 진우의 입술이 우재의 입술로 내려오기 시작했다. 그와 동시에 우재의 눈이 보름달만큼 커졌다.

3. 빨리 어른이 되고 싶은 이유

거짓말! 진우의 입술이 우재의 입술에 가까이 다가올 때만 해도 우재는 그가 장난을 치려는 줄로만 알았다. 하지만 진짜로 그의 입술이 닿자 우재는 당황하기 시작했다.

우재가 몸을 틀며 그의 품에서 벗어나려 하자 진우는 팔에 강하게 힘을 주더니 우재의 턱을 감싸 쥐었다. 뭔가 맛있는 것을 핥듯 우재의 입술을 맛보는가 싶더니 완전히 삼켜 버렸다. 진우가 입술을 강하게 빨아들이며 더욱 깊이 그녀를 안아 오자 우재는 가슴이 터질 것처럼 심장이 두근거리기 시작했다.

그러던 그가 그녀를 놓아주었을 때 우재는 상당히 충격을 받은 모습으로 휘청거리며 그의 앞에 섰다. 자신의 립스틱으로 번들거리는 그의 입술이 눈에 들어오자 우재의 얼굴은 시뻘겋게 달아올랐다. 우재가 원망의 눈초리로 진우를 노려보자 엄지손가락으로 자신의 입술을 닦아 내며 한마디를 덧붙였다.

"그렇게 숙맥은 아닌 것 같은데?"

그런 진우가 얄미워 우재의 손이 그의 뺨을 향해 허공을 갈라 보았지만, 안타깝게도 그에게 간단하게 제압당하고 말았다.

"나쁜 자식!"

우재가 그렇게 중얼거리며 그와 치열하게 눈싸움을 벌이고 있는데 갑자기 누군가 어두운 구석에서 움직이는 소리가 들렸다. 우재가 화들짝 놀라 움직이는 그림자 쪽으로 고개를 돌리자 그곳에는 한 남자가 길게 그림자를 만들며 두 사람을 내려다보고 있었다. 빛을 등진 남자. 우재가 인상을 쓰자 그가 불빛 아래로 한 발자국 걸어 나왔다. 갑자기 밀려드는 수치심에 우재는 진우를 바라보지 못한 채 고개를 떨구었다.

"두 사람의 특별한 시간을 방해한 것 같아서 미안한데 궁금해서 참을 수가 있어야지. 나한테는 소개 안 시켜 줄 건가?"

그 남자의 말에 우재는 진우를 바라보았다. 그러자 진우도 우재를 바라보았다. 하지만 그의 눈 속에는 더 이상 아무것도 남아 있지 않았다. 도대체 이진우는 왜 내게 키스했을까. 우재가 그의 눈빛에서 조그만 실마리라도 찾아보려 했지만 진우는 묘한 웃음만 지어 보일 뿐이었다.

"인사해. 우리 집 장남. 그때 네가 전화상으로 엿들었던."

우재의 얼굴에 의아함이 퍼져 나가기 시작했다.

"그날 밤 네가 분명히 그러지 않았었나? 다음번에는 꼭 이기라며."

그제야 진우의 말뜻을 이해한 우재의 동공이 바르르 떨리기 시작했다. 그래서 그랬구나. 혹시나 싶었던 마음이 제풀에 꺾여 바닥에 나뒹굴었다. 괜히 마음 설레었어.

우재가 고개를 들자 진우는 눈빛을 빛내며 진상을 노려보고 있었다. 두 형제를 보면서 우재는 입술을 깨물었다.

이 두 사람 사이에는 민효린이란 여자가 있다. 그리고 이제는 나도. 갑작스럽게 변한 진우의 행동들이 이제야 하나씩 이해가 되기 시작했다. 그렇다면 이 모든 일의 원흉이 된 저놈 면상이나 제대로 기억해 두자!

우재가 고개를 돌려 진상을 바라보자 그가 잠시 멈칫거렸다. 아까 호텔에서 떨어진 우재의 휴대폰을 주워 줬던 남자!

"우리 혹시 구면인 것 같지 않습니까?"

그 말에 우재는 뭔가가 불편한 듯 눈썹을 찡그렸고 두 사람을 살펴보던 진우의 표정 또한 살짝 굳어졌다.

'네 선생이 그 비서분 아들이란다. 정통한 소식통에 의하면 그 사람이 재혼으로 얻은 의붓자식이 아니라 회장님 자식이라는 소문이 있어.'

닮은 것 같으면서도 다른 형제 사이에서 우재는 그간 엄마를 통해서 들었던 모든 정보들이 넘실대며 두둥실 떠오르기 시작했다. 그래서였나. 이 사람이 자신의 동생을 증오하며 괴롭힌 이유가.

"저에게 하실 말씀이라도 있는 건가요?"

우재가 진상에게 조용히 물었다. 그러자 진상은 그녀를 흥미롭다는 듯 살펴보았다.

"우리 진우와 무슨 사이인지 물어봐도 되겠습니까?"

우리 진우. 서로 금방이라도 물어뜯을 듯 험한 표정을 지어 놓고 잘도 포장하는구나. 우재는 그런 그들에게 짜증이 나서 진우에게 잡혀 있는 손을 빼내려고 안간힘을 썼다. 하지만 진우는 고집스럽게도 우재의 손을 놓아주지 않았다. 오히려 우재를 뚫어질 듯 쏘아보고 있었다. 이진상은 어떻게 알게 된 거야? 그의 눈은 그렇게 묻고 있었다.

"내가 이진우 씨와 무슨 사이인지 왜 말해야 하죠?"

"당신들이 돈독해질수록 내 사랑이 안전해질 테니까."

우재는 온몸에서 힘이 쭉 빠져나가는 것 같았다. 사랑, 또 사랑 타령이야. 하지만 그 말을 하는 진상의 눈은 매우 진지해 보였다.

여기에 사랑에 눈먼 바보가 또 있었네. 자신의 경험에 비추어 봤을 때 사랑에 대한 결핍이 강한 사람일수록 집착이 강했다. 그런 사람들의 특징은 심신이 약하다는 점이다. 자신의 엄마처럼. 그들은 자신이 하는 사랑에만 눈이 어두워 정작 자신들이 어떤 사랑을 받고 어떤 보호를 받고 있는지 알아채지 못하는 경우 많았다.

당신들이 하는 사랑만 사랑이라는 거지. 이런 지나친 이기심도 이젠 지겨워. 이 사람 또한 그것이 얼마나 독이 되는지도 모른 채 어두운 심연 속에 자신을 통째로 내주려 하고 있었다.

"그렇게 질식할 정도로 사람을 못살게 구니까 상대가 도망을 가는 거예요."

조용히 읊조리는 우재의 말에 두 남자의 얼굴이 순간적으로 굳어졌다.

"지금, 뭐라고 했습니까?"

"그 사랑이 당신의 사랑에 보답해 주지 않으면 그다음은 어떡할 건데요? 그 사람을 죽이게요, 살리게요?"

갑작스러운 우재의 다그침에 진상은 그녀를 유심히 바라보았다.

"정말로 사랑한다면 그 사람을 있는 그대로 존중해 줘요. 상대를 옥죄고 힘들게 한다고 그 사람이 당신에게 돌아오는지 알아요?

먼저 어른부터 되세요. 이렇게 유치하게 당신 경쟁자만 괴롭힐 게 아니라! 당신이 그 사람에게 기댈 만한 어깨라는 확신이 생겨야 정착할 거 아니에요!"

거침없는 우재의 비난에 진상은 잠시 생각에 잠기는 듯했다. 하지만 진우는 생각이 다른 것 같았다. 우재가 무언가 더 말을 꺼내려고 하자 진우는 그녀를 잡아당겨 입을 막았다.

"그만. 통성명하랬지 누가 너더러 일장 연설을 하래?"

진상의 시선이 우재의 입을 막는 진우의 손에 닿았다.

"우리는 먼저 가 볼게. 이 아가씨 보기와는 달리 통금이 있는 몸이라서. 12시까지 들어가지 않으면 마차가 호박으로 변해 버릴지도 몰라."

진우는 실없는 말을 늘어놓더니 우재의 손을 이끌며 테라스를 빠져나왔다. 그러자 우재는 있는 힘껏 진우에게 항의했다.

"이거 놔요!"

우재가 그에게서 벗어나기 위해 안간힘을 쓰자 진우는 그녀를 벽에 밀어붙이며 양옆으로 팔을 짚었다.

"개망나니. 넌 그냥 열여덟 살인 채로 살아. 아흔 살 먹은 노인네처럼 쓸데없는 훈계 늘어놓지 말고! 네가 어른들의 사랑을 알기나 해?"

진우의 거친 비난에 우재는 매우 억울한 표정으로 그를 올려다보았다. 어른들의 사랑? 그래, 이렇게 사람 마음 맘대로 가지고 노는 게 어른들의 사랑이야?

"내가 왜 모른다고 생각해? 그런 사랑 때문에 그동안 내가 얼마나 힘들게 살았는지 선생님도 다 봤으면서!"

우재의 말에 진우는 더욱 이를 악물었다.

"그러니까 더 그 입 다물라고! 네가 사랑을 겪어 보기라도 했어? 사람에게는 각자의 사정과 이유가 있어. 그런 모든 감정을 네가 겪은 일로 모조리 일반화시키는 게 옳다고 생각해?"

정말 이상한 사람이다. 자기 자신조차 형에게 그렇게 시달림을 당하면서도 어떻게 저런 말을 할 수가 있지? 정말 어른이 되면 내가 모르는 사랑이라도 있는 거야? 그럼 당신의 사랑도 민효린의 사랑도, 당신 형의 사랑에도 각기 다른 이유가 있는 거라고?

갑자기 밀려드는 혼란에 우재가 멈칫하는 사이, 진우는 그녀의 팔을 다시 단단히 잡고는 긴 복도를 걸었다.

"내가 미친놈이지. 널 끼워 넣어 무슨 영화를 보겠다고."

진상에게 자신을 그의 파트너로 믿게 하려고 했었다는 말에 우재는 그를 올려다보았다. 그러니까 왜 나를 말린 거야? 이기고 싶다며!

"넌 어디 가서 그 입 좀 다물어. 얼마나 좋은 집안 환경이라고 여기저기 다 떠들고 다니고 있어?"

설마 나를 보호하려고? 우재는 그에게 꽉 쥐어진 자신의 손목을 내려다보았다. 가느다랗고 긴 손, 그의 손등에는 혈관이 불뚝 솟아 있었다.

"그나저나 형은 또 어디서 만났어."

오늘따라 말이 많은 진우를 흘끔 바라보며 우재는 뾰로통하게 대답했다.

"호텔 입구에서 마주쳤어요. 휴대폰을 바닥에 떨어뜨렸는데 저 사람이 주워 줬어. 그땐 되게 멋있어 보였는데……."

"두 번 멋있었으면 눈에서 하트가 쏟아졌겠네."

우재는 이 와중에도 진상과의 경쟁을 포기하지 않는 진우를 흘끔 바라보았다. 도대체 이 남자 머릿속에는 무엇이 들어 있는 걸까?

"그런데 민효린하고는 왜 헤어졌어요?"

갑작스러운 우재의 질문에 그는 아무 대답도 해 주지 않았다.

"그 정도는 내게 이야기해 줘도 되는 거 아니에요? 그러려고 나한테 키스까지 했으면서!"

그 순간 갑자기 진우의 발걸음이 우뚝 멈추어 섰다. 그가 돌연 걸음을 멈추는 바람에 뒤를 바짝 좇던 우재의 얼굴이 그의 등에 부딪혔다.

"아야!"

우재가 코를 쥐며 앞을 살펴보자 로비에는 회장 부부와 비서진들이 두 사람을 바라보며 서 있었다.

"왔니."

스르륵, 포승줄이 풀리듯 우재의 팔을 쥐고 있던 진우의 손아귀 힘이 느슨해졌다.

"안녕하세요."

진우의 묵직한 한마디에 회장의 눈빛이 복잡하게 빛나기 시작했다.

"너와 긴히 할 이야기가 있다고 연락을 했는데도 그렇게 외면을 하더니……."

회장의 말에 진우가 곤란한 표정을 지었다.

"죄송합니다."

"그래. 그러면 지금은 어떠냐. 만난 김에 하려던 이야기나 나눠 볼까."

진우가 곤란하다는 듯 우재를 가리켰다.

"죄송하지만 지금은 일행이 있어서요."

다시 한번 우재의 존재를 써먹는 진우를 향해 그녀는 갖은 인상을 썼다.

"진우야."

옆에서 회장 부인이 그를 채근해 보아도 진우는 묵묵부답을 한 채 가만히 서 있었다.

"아가씨는……."

회장이 우재에게 알은척을 하자 그녀는 조심스럽게 그의 뒤에서 모습을 드러냈다.

"안녕하세요."

"너희 둘, 단순히 선생과 학생 사이 외에 무언가가 더 있던가?"

이 회장의 묵직한 질문에 우재는 진우를 올려다보았다. 해명해요. 우재가 진우의 옆구리를 찔러 보았지만, 진우는 고집스럽게 대답하지 않았다. 정말 이 사람이 오늘따라 왜 이래?

하는 수 없이 우재가 운을 떼려고 하자 진우가 한마디 했다.

"제게 언제부터 그렇게 관심이 많으셨습니까. 관심 한 톨도 없으셨던 분께서 갑자기 적극적으로 제 안부를 물어 오시니 당황스럽네요."

까칠한 진우의 말에 우재의 눈빛이 흐려졌다. 사랑에 결핍된 자. 그런 사람을 멀리서 찾을 것도 없었다.

"우리 아이는 대답이 없으니 아가씨가 말해 보겠나? 진우와 어떤 사이지?"

이 회장은 여전히 싸늘한 눈빛을 한 채 앞을 바라보고 있는 진우를 응시한 채 우재에게 물었다.

이 회장의 질문이 부담스러웠던 우재는 다시 한번 진우를 올려다보았다. 도대체 이 회장은 이런 질문을 왜 하는 걸까? 하지만 주변을 살펴보니 여기 있는 사람들 모두 이진우 옆에 있는 자신의 존재에 대해 궁금해하는 것 같았다. 다만 이 회장의 부인만이 진우를 안타까운 눈으로 바라보고 있었다. 이진우 씨, 당신은 도대체 어떤 삶을 살고 있기에…….

"제가 이진우 선생님과 어떤 사이여야 만족스러우실까요?"

별안간 이 회장의 눈길이 우재를 향했다.

"혹시 원하시는 대답이 있으신가 해서요."

우재의 당돌한 말에 모든 사람의 시선이 우재에게 쏠렸다. 이 회장은 자신의 앞에서도 기죽지 않고 말대답하는 우재를 흥미로운 눈으로 바라보았다.

"그럼 질문을 바꾸도록 하지. 아가씨가 보는 우리 아이는 어떤 사람인가. 다정한가? 냉정해?"

우재는 눈을 빛내며 자신을 바라보는 이 회장의 의중을 읽기 위해 애썼다. 처음에는 분명히 우재를 경계하는 눈빛이었는데, 아니었나? 그렇다면 도대체 저 질문의 저의가 뭘까?

"제가 뭐라고 답변을 드려야 할까요."

"혹시나 내가 모르는 아이의 모습을 알고 있나 해서 말이오."

우재의 표정이 약간 누그러졌다.

"선생님은 거칠고 무뚝뚝한 것 같지만 섬세해요. 손가락도 길고 가늘어서 야구 배트를 쥐는 것보다 피아노를 치는 것이 더 잘 어울리죠. 좋아하는 음식은 한식이고 잘 마시고 안 취하는 주종은 양주예요. 더운 것보다 추운 것을 못 참고 시금치랑 생선은 먹지도 못해요. 국어와 영어보다는 답이 딱 떨어지는 수학을 더 좋아하고 커피보다는 오렌지 주스를 더 즐겨 찾죠. 극도로 열이 받은 날이면 게임기가 터지도록 테트리스를 완판 하는 습성이 있고 단 초콜릿을 싫어하지만, 박하사탕은 즐겨 먹어요. 제가 책상 위에 매일 열 개씩 쌓아 놓는데 나중에 보면 서너 개가 비거든요."

진우의 습관을 나열하는 그녀의 말에 회장 부인의 눈시울이 붉어지는 것 같았다.

"더 할까요?"

"그만!"

진우의 단호한 제지에 우재는 그를 올려다보았다.

"그리고 이건 여담인데……."

"그만하라고 했다."

이를 악문 듯한 진우의 목소리가 우재를 잠시 망설이게 했지만, 그녀는 멈추지 않고 말을 이었다.

"겉으로 보이는 것만큼 형을 싫어하지는 않는 것 같아요. 말로는 밉다고 하면서도 형의 것은 탐하려 들지 않는 걸 보면."

뜻밖의 말에 회장도 진우도 회장의 부인도 그녀를 뚫어져라 응시했다.

"제 대답이 좀 도움이 되셨을까요?"

우재가 말을 마치자 모든 사람이 진우를 바라보았다.

"죄송합니다. 아무래도 오늘은 때가 아닌 것 같네요."

진우는 정중하게 회장 부부에게 인사를 한 후 우재의 팔을 휘어잡고 주차장 쪽으로 걸어갔다. 멀어지는 진우와 우재의 뒷모습을 바라보던 이 회장은 잠시 생각에 잠겼다.

"최 실장."

회장이 비서실장을 부르자 그가 한 걸음 앞으로 걸어 나왔다.

"아무래도 알아봐야 되겠지?"

이 회장의 말에 최 실장이 고개를 끄덕였다.

"능구렁이 서주환 의원의 동태를 살피면서 그 동생 가족에 대한 것도 알아봐. 특히 진우가 과외를 봐주고 있다는 저 아이에 대해서도."

비서실장이 고개를 끄덕이자 이 회장은 아직도 그의 곁에 서서 바르르 떨고 있는 선경을 부축했다.

"우리도 이제 그만 갑시다."

선경은 자신의 남편을 안타까운 눈빛으로 바라보았지만 이 회장은 무슨 생각인지 말없이 그녀를 이끌기만 했다.

"회장님."

선경조차 그런 호칭으로 자신을 지칭하자 이 회장은 마음에 들지 않는다는 듯 중얼거렸다.

"여보라는 말, 그 한마디가 아직까지도 그렇게 힘이 든단 말이오?"

이 회장의 다정한 타박을 들으며 선경은 그의 손에 이끌려 호텔을 빠져나갔다.

진우와 우재를 태운 차는 무섭게 도로 위를 질주하고 있었다.

"제발 좀 천천히 가면 안 돼요? 이러다가 제명대로 못 죽을 것 같아요!"

우재가 강하게 항의하자 진우는 액셀러레이터를 더 세게 밟았다.

"진짜 너무한 거 아니야?"

우재의 외마디 비명에 진우는 거칠게 기어를 올렸다 내렸다.

"자꾸 이럴 거면 내려 줘요. 차라리 택시 타는 게 더 낫겠어요!"

진우의 시선이 드레스를 입은 우재의 몸을 훑었다. 그 복장을 하고?

"헉! 저질. 지금 어딜 보는 거예요?"

"너 정체가 뭐야? 스파이야? 아니면 심리분석가?"

차를 타고 10분 만에 터져 나온 진우의 한마디. 갑작스럽게 갖은 무게를 잡으며 말하는 진우 때문에 우재는 긴장이 되기 시작했다.

"내가 뭐라뇨? 나는 그냥 한솔고등학교 2학년 3반……."

"그런 자식이 감히 머리 꼭대기에 앉아 사람을 분석하려 들어?"

진우가 고함을 치자 우재도 지지 않고 소리를 높여 말했다.

"내가 뭘요? 그냥 느낀 그대로 이야기한 것뿐인데?"

진우가 날카로운 눈으로 그녀를 쏘아보았다.

"정말 그게 다야?"

우재는 입술을 살짝 깨물었다. 하긴, 회장님 앞에서는 좀 똥폼 잡기도 했지. 선생님과 어떤 사이냐 따져 묻는 질문에 욱하기도 했으니까.

하지만 이 사달이 난 게 다 누구 때문인데?

"지금 나 비난하는 거예요? 온종일 나 이용하고도?"

"글쎄. 누가 누구를 이용했는지는 나중에 가 봐야 알지. 너야말로 나를 이용해 재벌가 가족에게 접근하려던 건 아니고?"

진우의 억지에 우재는 기가 막혀서 버튼을 눌러 창문을 열었다.

"말해 봐. 앞뒤 따지기 좋아하는 아이가 그렇게 차려입고 거기는 왜 쫓아온 건데. 너야말로 단 1퍼센트의 사심도 없었다고 확신해?"

말이 아프게 우재의 마음을 파고들었다. 단 1퍼센트의 사심. 우재는 더는 반박할 말이 없어 서러웠다.

"좋아해요."

굉장히 무뚝뚝하게 들리는 우재의 고백에 잠시 시선을 빼앗긴 진우는 서서히 노란불이 들어오는 신호등을 뒤늦게 발견하고 서둘러 브레이크를 밟았다. 부딪친다. 앞차와의 간격이 한 뼘도 되지 않게 붙은 진우의 차가 겨우 멈춰 섰다.

하지만 서우재 인생 최초의 고백을 듣고 나서도 이진우는 별말이 없었다.

"진실을 원한다면서요. 그래서 좀 더 색다른 모습을 보여 줄 수 있을까 해서 드레스도 입고 화장도 해 본 거예요. 덕분에 안 봐도 좋을 장면들을 좀 봐 버렸지만."

진우가 차창에 팔을 기대며 머리를 괴는 것이 보였다. 솔직히 우재로서는 그의 마음까지 헤아릴 여유가 없었다. 상대의 감정보다 우재는 지금 자신이 품은 이 감정이 더 소중했다. 그래서 바보같이 다시 설명을 덧붙였다.

"그렇다고 선생님까지 날 좋아해 달라는 건 아니고. 누구는 상대방을 보고 한눈에 반해 놓고서도 그 좋아한다는 말 한마디를 못 꺼내서 한참 동안 가슴앓이를 했다던데, 적어도 난 그러고 싶지가 않아서요. 억울하잖아요? 내가 좋아해 주는 것도 감사해야 할 판에 왜 그것 때문에 내가 마음까지 아파야 해요?"

진우는 여전히 말이 없었다. 그래. 나도 그 사실을 깨달았을 때 충격이었는데 이진우, 당신도 얼마나 충격이겠어.

"너무 우쭐해하진 마요. 나도 뭐, 이만 감기 따위 평생 앓고 있겠어요? 시간이 흐르고 나면 언제 그런 적이 있었느냐는 듯 털고 일어나겠지."

고백부터 감정의 수습까지 원스톱으로 진행하는 우재를 보며 진우는 그제야 입을 열었다.

"넌 도대체 어느 별에서 왔냐?"

"네?"

"도대체 어느 별에서 왔길래, 그렇게 솔직하고 되바라졌냐고. 그런 말은 좀 속으로 하면 안 돼?"

"내가 왜요? 내가 좋아한다는데 그런 부담감 좀 느끼면 어때서요?"

진우는 입술을 꽉 깨물었다. 어떻게 그런 말이 쉽게 나오느냐고 하려다가 꾹 참았다.

"아까 그랬잖아. 네가 좋아하는 것과 별개로 내게 감정을 강요하진 않을 거라고. 그렇다면 네 감정은 네 감정이지 내가 왜 너의 감정까지 책임져야 하는데!"

"누군가를 좋아하는 감정이 그렇게 쉬운 건 줄 알아요? 그 어느 마음 하나 소중하지 않은 건 없는 거라고요. 하지만 불행하게도 그 마음이 동시에 닿지 않아 화살표는 수없이 어긋나지만 그렇다고 그게 귀하지 않다는 뜻은 아니잖아요."

진우는 고개를 돌려 사랑에 대한 궤변을 늘어놓는 우재를 뚫어지게 바라보았다. 한 톨의 불순물도 없는 눈. 이 눈이 내게 좋아한다고 말하고 있다.

한참 애어른같이 굴다가도 가끔은 이렇게 막무가내로 떼를 쓰곤 한다. 남자와 여자가 사랑하고 감정을 나누고 헤어지는 모든 일에 관해 아직은 백지 같은 상태. 서우재, 모든 남녀 관계가 네가 생각하는 것처럼 그렇게 심플하면 얼마나 좋겠냐.

"관두자. 관둬. 내가 열여덟 살짜리랑 무슨 말을 하겠냐."

"진짜 별꼴이야."

구시렁대는 우재를 보며 진우는 웃음을 흘렸다. 그리고 그 순간, 우재와 나누었던 키스가 생각났다. 그가 지금껏 겪어 본 키스가 향수 냄새 짙고 진득했던 게 대부분이었다면 이 아이와의 키스는 수줍고 낯선, 이제 막 갓 태어난 아기 새에게 강제로 입맞춤하는 느낌이라 여간 조심스러운 것이 아니었다.

그런 아이의 입에서 흘러나오는 '좋아한다'는 고백이라. 설마 얘는 진짜 '좋아한다'를 '사탕 먹고 싶다'와 같은 의미로 사용하는 건 아닐까? 하지만 뒤를 잇는 우재의 말에 그의 얼굴은 금세 굳어지고 말았다.

"조심해요, 선생님. 이제 선생님은 이상한 주문에 걸려 버린 건지도 모르니까. 나는 내 마음속에 있는 것을 시원하게 고백해 버렸기 때문에 오히려 발 뻗고 편안하게 살 수 있을지도 모르지만, 선생님은 그렇게 모든 감정을 꾹꾹 눌러놓다가 언젠가 크게 폭발해 버릴지도 몰라요. 봐요? 이제 내가 한 고백도 어느 날 갑자기 불쑥불쑥 생각이 나서 사는 내내 괴로워질지도 모르니까."

우재의 예언하는 듯한 말투에 진우는 인상을 썼다. 그리고 우재는 자신도 모르게 웃음을 흘렸다.

"예전에 성학 선생님이 그랬어요. 사람 일은 아무도 모르는 거라고. 그러니까 선생님도 조심해요. 나한테 더 이상 빠지고 싶지 않으면."

진우는 또다시 아파 오는 머리를 짚었다.

"요즘 항간에 서주환 의원의 정치자금 리스트가 공개될지도 모른다는 소문이 퍼지고 있는 모양입니다. 예전부터 실체가 있다 없다 하며 정재계를 벌컥 뒤집어 놓은 적이 있었는데 이번에는 그 소문이 좀처럼 사그라지지 않고 있습니다. 서주환 의원이 여당 실세로 있으면서 후원받았던 정치자금으로 개인적인 부를 축적했다는 소문은 익히 알려진 사실이니까요. 일각에서는 서주환 의원의 동생이 운영하는 BK기업이 결국 서주환 의원의 돈을 세탁하는 곳이 아닐까 추측하고 있습니다. 실제로 서재용 씨는 10여 년 전 중소기업에서 경리 과장을 담당했던 인물입니다. 회사의 부도 이후 형의 자금 관리를 맡게 되었는데 3년 후에 BK기업이 설립되었습니다. 그런데 기업의 성격이 조금 불분명하다고 할까요. 그래서 일각에서는 서주환 의원의 비자금을 담당하는 페이퍼컴퍼니가 아닐까 추정하고 있습니다. 내년 선거를 앞두고 요즘 그 주변이 시끌시끌합니다."

"그런 서재용이 나에게 은밀한 만남을 제안해 왔다 이거지. 그날 가족을 대동하고 우르르 몰려온 것도 그렇고 뭔가가 영 꺼림칙해. 일단 약속은 잡되 그들이 내 뒤에서 무슨 일을 꾸미고 있는지 반드시 알아봐. 이건 또 다른 전쟁의 시작일 수도 있으니까."

"네. 회장님."

비서실장의 보고를 받고 지시를 내린 이 회장이 불쑥 진우에 대한 얘기를 물었다.

"진우는 요즘 어떻게 지내고 있는 중인가?"

"별다른 건 없었고 차근히 출국 준비를 하고 계신 걸로 압니다."

"잔고는 충분해 보이던가?"

"그 나이대의 청년치고는 꽤 많은 세금을 내고 있습니다."

"어느 정도나?"

"몇 작품 맡지 않았는데 방송 PD들의 호평이 자자합니다. 드라마에 삽입된 곡들은 음원 차트 상위권을 계속 유지하고 있고, 회장님께서 연습 삼아 나누어 주신 펀드 운용에도 성공하여 지금 연 수익률 10퍼센트를 유지하고 있는 중입니다."

"제법이군. 그런데 도대체 누구의 피를 이어받았기에 그렇게 고집스러운 건지."

답을 뻔히 알면서도 묻는 질문에 비서실장이 조용히 웃었다.

"그런데도 그 아이의 과외는 계속하고 있다 이 말인가? 돈 때문이 아니라면 도대체 무엇 때문에?"

하지만 비서실장은 더 이상 보고를 올리지 않았다. 우재의 어둡고 외로웠던 성장 과정과 붕괴된 가정 상황까지 보고하여 이 회장으로 하여금 우재에 관한 선입관을 심어 주고 싶지가 않았다. 그가 알아본 바에 의하면 서우재라는 아이는 그런 상황에도 불구하고 너무도 훌륭하게 성장해 주었으므로.

"글쎄요. 그 학생에게 다른 사람에겐 없는 무언가가 있기 때문에 그런 것 아니겠습니까."

"그러니까, 그 무언가가 도대체 무엇이냐는 말이야."

"그건 막내 도련님만 아시지 않겠습니까."

이 회장은 알고 있는 것을 더 털어놓아 보라는 듯 비서실장을 노려보았지만 그는 더 이상 입을 열지 않았다.

문득 이 회장은 자신을 바라보며 어떤 대답을 원하시느냐고 질문을 던지던 우재가 떠올랐다.

아이는 분명 이 회장이 자신 자신을 꺼림칙하게 여기는 것을 바로 알아챈 것 같았다. 그 나이답지 않게 사람의 감정을 캐치하는 능력이 아주 뛰어난 아이였다.

그런 아이 곁에 네가 있단 말이지. 아들아, 나에게는 없고 그 아이에겐 있는 것이 과연 무엇이더란 말이냐.

한편, 우재는 천하의 방 책상에서 기말고사를 앞두고 문제집을 풀면서 그날 밤 진우와 있었던 일들을 풀어놓고 있었다.

"대박! 너 방금 뭐라고 했어?"

"그냥 좋아한다고 말해 버렸다고."

"그때는 그런 거 아니라고 했잖아."

"응. 그런데 생각해 보니까 좋아하면 좋아하는 거지 또 아닌 척하는 것도 내 마음에 대한 예의가 아닌 것 같아서."

갑자기 천하가 벌떡 일어나 방문을 활짝 열더니 자신의 작은언니를 불렀다.

"언니! 작은언니!"

그러자 머리를 양 갈래로 땋고 도수가 높아 알이 두꺼운 안경을 낀 천희가 자신의 방에서 튀어나왔다.

"뭐야! 왜!"

"대박! 서우재가 남자한테 고백을 했대!"

당황한 우재가 서둘러 뛰어가더니 천하의 뒷덜미를 잡아챘다.

"야. 너 그 입 다물지 못해?"

"언니, 얘 미쳤지. 언니가 그랬잖아. 남자한테 고백하는 건 폭탄 들고 자폭하는 거나 다름없다고."

그와 동시에 천희가 우재를 돌아보았다.

"진짜야? 서우재, 너 남자한테 고백했어?"

갑자기 우재의 등에서 땀방울 한 줄기가 떨어져 내리는 것 같았다. 아. 이 집에서 이런 이야기를 꺼내는 게 아니었는데. 아무래도 오늘 내로 이 집을 빠져나가긴 그른 것 같다.

"아. 그냥. 진짜 별 뜻 없이. 그렇다 한들 제가 그 남자와 뭔가를 할 것도 아니고. 그냥 전 적립하는 개념으로……."

"적립?"

천희가 안경을 추켜올리며 우재에게 물었다.

"어차피 그 사람은 절 여자로 보지도 않으니까요."

"왜? 고등학생은 여자도 아니란 거니?"

갑자기 달라진 언니의 태도에 천하도 호들갑을 떨던 자세를 바꾸고 천희를 바라보았다.

"난 말야, 네 이야기를 듣기 전까지는 여자가 남자에게 먼저 고백하는 건 안 된다는 주의였거든. 그런데 지금 이야기를 들어 보니까 그 방법도 괜찮은 것 같아. 한 번의 거창한 고백보다 씨 뿌리듯 고백해 놓는 거지."

"예를 들면?"

천하가 둘째 언니를 바라보며 꽤 진지한 표정을 지어 보이자 천희는 다시 한번 안경을 치켜들었다.

"평상시 행동은 그대로인데 좋아한다고 말은 해 놓는 거지. 일종의 침 발라 놓기 작전이랄까?"

천희를 중심으로 세 여자의 머리가 거실 한가운데로 모여들었다.

"아무리 목석인 남자라도 '저 말이 진짜일까?' 라는 생각을 한 번 정도는 해 볼 거 아니야. 처음에는 막 부담스러웠다가 행동을 보면 별반 달라진 게 없는 거지. '에이. 그렇지? 내가 잘못 들은 거지?' 그렇게 남자가 또다시 방심하는 사이 여자가 의외의 매력을 보여 주면 남자는 그때 자신도 모르게 녹아웃이 되는 거야."

"의외의 매력이요?"

"그렇지. 예를 들어 교복만 입다가 평상복을 입은 모습을 보여 준다거나."

그 말에 우재가 살짝 난감한 표정을 지었다.

"음. 얼마 전에 드레스 입은 모습을 보여 줬는데 그날 워낙 예쁜 여자들이 많이 와서 그런지 별 반응이 없었어요."

천희가 잠시 움찔하더니 다시 말을 이어 갔다.

"아니면 화장을 예쁘게 해서 너의 장점이 돋보이는 모습을 보여 준다거나."

우재는 또다시 얼굴을 긁적였다.

"음. 그때 비싼 돈 들여 메이크업 숍에서 화장까지 하고 갔는데 수박에 줄 그었단 소리만 들었고요."

"그럼 갑작스러운 키스는 어때? 예를 들어 이제 곧 크리스마스, 제야의 종소리다 뭐다 하며 요즘 들뜬 분위기를 타서 시도를 해 보는 거야."

"글쎄요. 키스했을 때 영 숙맥은 아닌 것 같다는 말을 듣긴 했었는데……."

우재가 중얼거리는 동시에 그녀의 머리 위로 거대한 그림자 두 개가 떠올랐다.

"네가 키스를 해?"

"기분이 어땠어? 막 심장이 요동치고 다리에 힘이 풀리고 그랬어?"

"어, 뭐 그 정도까지는 아니고 그냥 생각보다 입술이 부드럽고 따뜻하다 정도……."

갑자기 천하가 자신의 입으로 손을 가져다 대는 게 보였다.

"대박. 서우재! 서우재가 진짜 키스를 했어."

"키스했을 때 그 남자에게서 달리 느껴지는 점은 없었어?"

천하의 언니가 성마르게 우재에게 물었다.

"아니요. 언니, 꼭 뭐가 있어야 할까요?"

"아니. 남자가 유난히 숨이 차 한다든가 아니면 신체 어느 부위가 유난히 불룩하다든가……."

아무렇지 않게 말하는 천희와는 달리 우재와 천하의 얼굴이 동시에 시뻘게졌다.

"언니, 도대체 뭐라는 거야. 우린 아직 열여덟 살이라니까?"

"이것들이. 남녀 간의 사랑에 있어서 나이가 무슨 상관이야. 사랑은 바로 '케미' 지. 너 그 남자하고도 고작 다섯 살 차이밖에 안 난다며?"

천하도 우재를 힐끔 바라보며 물었다.

"언니 말에 너 뭐 와 닿는 거 없어?"

우재가 천하를 바라보며 고개를 가로젓자 천희가 '에이, 좋다 말았네' 하는 표정으로 실망감을 드러냈다.

"그럼, 그 남자는 아직 너에게 반하지 않은 거네. 넌 좀 더 분발해야 되겠다. 남녀 관계란 모름지기 '스파크' 가 튀어야 제맛이지."

그때 모여서 두런두런하고 있는 세 여자의 머리 위로 갑자기 신문지 더미가 매섭게 날아들었다. 큰언니인 천수가 퇴근하고 들어와 그들을 노려보고 있었던 것이다.

"천희, 너! 지금 애들 데리고 뭐 하는 거야?"

"뭐, 일종의 연애 강의라고나 할까?"

"이것들이 진짜! 야. 애들 이제 내년이면 고3이야. 지금 공부하기에도 모자랄 시간에!"

천수의 호령에 천희가 뒤늦게 정수리를 부여잡고 소리쳤다.

"언니는 왜 나만 가지고 구박이야? 그러니까 그 나이 먹도록 처녀로 늙었지! 대학만 가면 애인이 생긴다는 엄마 말 믿고 죽어라 열심히 공부만 하더니 정말 대학 가니까 애인이 저절로 생기디? 공부하느라 뚱뚱해지고 여드름만 가득한 언니한테 누가 눈길이라도 준 적 있어? 그래서 살 빼고 피부과 다닌다고 연애할 수 있는 시기 다 놓치고, 이제야 연애를 하려니 나이 먹은 언니한테 누가 눈길이나 줘? 그래서 모름지기 연애란 이쁠 때 하는 거야. 일단 남자로부터 눈길을 받아야 뭔가가 시작될 거 아니야!"

"아니, 진짜 저게 못하는 소리가 없네?"

천수와 천희의 싸움이 점점 더 격해지자 곁에서 눈치를 보던 우재와 천하가 천수의 양팔을 하나씩 잡았다.

"언니. 고정하세요. 저희가 잘못했어요. 저희가!"

"저게 만화만 그리더니 이 세상이 지 만화 속 같은 줄 아나. 야! 너 이리 나오지 못해? 야. 이천희!"

"그러니까 우재야. 연애란 나와 아주 먼 이야기다, 라고 생각하지 말고 지를 수 있을 때 실컷 질러 놔. 그런 노력들이 알알이 맺혀 나중에 어떤 결과를 낳게 될지 그건 정말 아무도 모르는 거다?"

지금부터 작업해 놓으라는 천희의 충고가 귀에 착착 감겨든다. 그런데 도대체 그 '스파크'라는 건 어떻게 하면 일으킬 수 있는 거지?

'좋아해요.'

그날의 고백은 아마도 잠시 분위기에 취해서 나온 말이었던 듯 우재의 행동은 그 후로도 전혀 달라진 것이 없어 보였다. 여전히 되바라졌고 순간순간 그의 화를 치솟게 만들었으며 때로는 엉뚱하기까지 했다.

하지만 단 한 가지 변한 것은 학업 태도였는데, 그날도 특히 수학의 경우 여러 번 알려 줘도 테스트해 보면 곧잘 틀리던 문제를 이번에는 모두 맞혔다. 숙제를 체크해 주던 진우는 갑자기 확 달라진 우재의 태도에 근심이 들기 시작했다. 사람이 이렇게 변하면 분명히 무슨 일이 생긴 건데?

"어머니께 또 무슨 일이 있었나?"

"아니요."

"그럼 집안에 무슨 일이라도……."

순간 우재의 눈이 살짝 가늘어졌다.

"그럼 뭐 학교에서 안 좋은 일이라도 있었어?"

"아니라니까요?"

계속 아니라고 부정하는 우재 때문에 근심스러운 나머지 팔에 고개를 괴고 그녀가 풀어낸 문제집을 심각하게 바라보았다.

"왜요? 많이 틀렸어요?"

"아니. 그 반대라서. 내가 과외를 시작하고 처음 있는 일이라 너무 신기해서."

진우의 말에 우재의 입꼬리가 자신도 모르게 살짝 올라갔다. 하지만 언제 그랬냐는 듯 금방 무표정이 되었다.

"그럼 이번 기말고사 잘 보면 뭘 해 주겠다, 뭐 이런 것도 가능하겠죠? 이제 곧 크리스마스이기도 하고……."

갑자기 긴 침묵이 흐르더니 진우가 날카로운 눈으로 우재를 쏘아보는 것이 느껴졌다.

"넌 대가를 걸고 공부하냐?"

역시나 까칠한 성격답게 또 독설을 늘어놓는다. 하여튼 진부해.

"그래도 좀 걸어요. 솔직히 선생님한테 두 시간 동안 갖은 독설을 듣다 보면 이렇게 살아서 뭐 하나, 하는 무력감이 들거든요. 나는 아직 열여덟 살이고 앞날이 창창하고 꽃같이 이쁠 나이인데 선생님만 만나면 하루하루 주름이 늘어 가요. 이거 안 보여요, 이거?"

우재가 자신의 이마를 가리키며 그의 앞으로 바싹 다가왔다. 순간 여린 꽃향기가 진우의 콧속으로 훅 하니 밀려왔다. 향기가 바뀌었다. 처음 만난 날에는 코를 틀어막고 싶을 정도로 진한 향수 냄새가 났는데 지금 그녀에게서는 은은하고 단아한 향기가 난다. 특히나 자신이 좋아하는 향이.

진우는 검지와 중지를 들어 그녀의 이마를 밀었다. 이마가 볼록하게 솟아오른 것이 볼 때마다 마음에 든다. 그녀의 이마는 아직 은은한 온기를 품고 있었다.

"야. 그 흉물스러운 낯짝을 어디에 들이밀어."

진우의 손가락에 밀리지 않으려 이마에 단단히 힘을 주고 있던 우재에게서 흥 하며 콧김이 바로 쏟아져 나왔다.

"설마요! 선생님 아무래도 미의 기준이 좀 어떻게 된 사람 아니에요? 내가 이래 봬도 이틀에 한 번 꼴로 헌팅당하는 얼굴이거든요?"

핏대를 세우면서 항의해 오는 우재를 바라보며 진우는 고개를 흔들었다. 그녀의 이마에 닿았던 손가락에 온기가 남아 있어 기분이 이상했지만 그런 기분을 들키기 싫어 진우는 더욱더 과장되게 몸을 떨며 더욱 심술궂게 굴었다.

"만약 네 말이 사실이라면 그건 네 치마 길이 보고 따라오는 거야. 치마가 아예 엉덩이 선 끝에 붙어 있던데."

순간 우재의 눈이 휘둥그레졌다.

"이, 저질!"

기분 나쁜 티를 내며 우재가 부르르 떨자 진우는 웬일로 하얀 이를 드러내며 웃었다. 느닷없는 진우의 웃음에 우재는 순간 심장이 간지러워졌다. 천희 언니가 사랑에 빠지면 어떻게 된다고 했었지? 우재는 휙 하고 고개를 돌렸다.

"재수 없어."

들으라는 듯 읊조리는 우재의 말에 진우가 인상을 구기며 그녀를 노려보았다. 역시나 우재는 평범한 여고생과는 확실히 달랐다. 보통의 학생이라면 이 정도 구박하면 주눅 들고 길이 들기 마련인데, 이 녀석은 어디로 튈지 모르게 항상 그를 긴장하게 만드는 구석이 있었다. 그래도 이 아이가 고개를 떨구고 실망한 모습은 보고 싶지 않았다.

"내 독설에 무력감마저 든다니까 마지못해 한마디 해 주겠는데, 오늘…… 잘했어. 그러니까 기말고사까지 이 페이스 그대로 유지해."

진우가 칭찬을 하자 우재도 뭔가 쑥스러웠던지 괜히 자신의 두 손을 만지작거렸다. 자식, 그래 놓고 쑥스러워하기는. 하지만 쑥스러움도 잠시 우재는 무슨 생각이 들었는지 진우를 향해 눈을 똑바로 마주쳐 오며 말했다.

"그럼 정말 제 부탁도 들어주세요."

"부탁?"

"네. 절대 성가시게 하지 않을게요. 그리고 선생님이 하라는 대로 공부도 열심히 할게요. 그러니까 꼭 좀 들어주세요."

뭔가 상당히 절박해 보이는 그 어투에 진우도 호기심이 일었다.

"일단 들어나 보자. 네가 나한테 그렇게까지 부탁할 일이 뭐가 있어서?"

"'지금'의 연말 공연에 저도 데려가 주세요. 이번에 스키장에서 연말 파티 한다면서요. 현정 언니가 MT 겸해서 함께 갈 수 있냐고 전화까지 주셨단 말이에요."

결국 뭔가 확실한 목적이 있었군. 하, 나 이거 귀찮은 혹을 하나 달게 생겼네. 예전이라면 단번에 거절했을 테지만 이제 막 칭찬을 한 직후라 진우는 고민스러웠다. 지금 딱 자르면 이 화상은 정말 어디로 튈지 모르는데……. 한 번 정도는 풀어 줘 볼까.

"그럼, 이번 기말고사에서 반에서 5등, 전교 50등 안에 들면 생각해 본다."

골똘히 생각하던 진우가 드디어 말을 꺼내자 눈이 휘둥그레진 우재가 불만을 쏟아 냈다.

"와. 그런 게 어디 있어요? 내 성적 뻔히 알면서 나한테 이룰 수 있는 목표치를 줘야 내가 좌절하지 않고 열심히 할 거 아니에요?"

하지만 진우는 고집을 꺾지 않았다.

"너 이제 고3이야. 너한테 몇 번의 기회가 있을 것 같아. 수시까지 딱 두 번 더 남았어. 그렇다면 성적 올려. 그렇게 유지해야 대학 문턱이라도 가 볼 수 있을 거 아니야?"

네가 안정권에 들어와야 나도 안심하고 한국을 떠나지. 진우의 마음속 메아리가 아우성을 치는 사이 "내가 분명히 대학 안 간다고 했는데……."라며 우재가 중얼거리는 게 보였다.

진우는 심각한 듯 팔짱을 끼고 우재와 같은 어조로 중얼거렸다.
“그러면 연말 공연도 관두고.”
그 순간 우재가 너무나 억울한 얼굴로 진우를 쏘아보았다.
“좋아요. 두고 봐, 이진우. 내가 진짜 본때를 보여 줄 테니까.”
우재의 다짐에 진우도 어디 해볼 테면 해보라는 듯 눈썹을 까딱거려 보였다.

그로부터 한 달 후, 진우는 한국에서의 마지막 녹음을 앞두고 곡에 어울리는 목소리를 찾기 위해 고군분투 중이었다.
“아니. 아니야. 발음을 너무 끌면서 불러. 다음.”
“일단 너무 섹시하거나 허스키한 보컬들은 모두 뺐고, 그나마 좀 깨끗하게 부를 수 있는 사람들만 모아 달라고 부탁했는데…….”
“지금 토할 만큼 들은 것 같은데도 알맞은 목소리가 없네. 다들 깨끗하게 부르긴 하는데 너무 깔끔해서 감정이 없어 보여.”
진우는 골똘히 생각하는 표정으로 보컬 리스트를 바라보고 있었다.
“어이. 진우 씨가 너무 까다롭게 생각하는 거 아니에요? 난 그냥 최미령 목소리 정도만 되어도 괜찮을 것 같다는 생각이 들어서요.”
감독의 말에 진우는 한숨을 쉬며 한마디 했다.
“글쎄요. 이 곡에는 방송에 노출이 덜 된 목소리가 어울릴 것 같아서요. 최미령은 누구나 다 알아보잖습니까. 곡도 워낙 단조로운데 조금의 기교라도 섞여 버린다면 노래가 제맛을 잃을 것 같아서 걱정입니다.”

진우는 결국 정해진 녹음 일정을 접고는 오랜만에 '플라이 투 더 문'으로 향했다.

"어이! 친구. 곡 녹음은 잘돼 가고 있어?"

"어. 대충. 다른 건 거의 끝나 가는데 보컬이 없어서 속을 썩이네."

"어떤 보이스 컬러를 찾는데?"

"그 어떤 것에도 때가 타지 않은 맑고 깨끗한 느낌."

잘 상상이 되지 않는다는 듯 현정과 수명이 서로를 마주 보았다.

"그런 목소리는 도대체 어떤 목소리니?"

"그러니까 정확하게 설명하기가 어려운데 확실한 건 지금껏 방송에 노출된 적이 없는 목소리였으면 좋겠어. 혹시 누나가 비장의 무기로 숨겨 놓은 보컬 중에서 누구 없어? 누나의 귀는 그런 신인을 알아보는 데 최적이잖아."

갑자기 그 순간 성학이 현정에게 당부하던 말이 하나 생각났다. 아마 진우가 어느 날 갑자기 골치 아픈 여고생을 떠맡게 되었다고 하소연을 할 즈음이었던 것 같다.

'현정아, 혹시 기회가 된다면 언제 한번 우재 데려다가 녹음실에서 녹음시켜 봐. 어떤 노래든 좋아. 목소리가 얼마나 성숙해졌는지 궁금해져서 그래. 열린 공간만 아니라면 우재도 다시 노래를 부를 수 있을지도 몰라.'

서우재라. 더군다나 이성학이 기대하는 목소리라 이거지? 열린 공간만 아니라면…….

하여간 이성학이 주워다 놓은 아이들에게는 뭔가 사연이 깊단 말이야? 이진우도 서우재도.

현정이 팔짱을 끼고서는 진우를 바라보았다.

"너 바쁠 때는 항상 나 외면하더니 꼭 이럴 때만 날 찾더라?"

현정의 비꼬는 말에 진우가 피식하고 웃었다.

"그나저나 미국은 언제 가니?"

"늦어도 2월 말까진 모두 정리하려고."

"그렇게나 빨리? 겨우 두 달 남짓 남은 거잖아."

얼마 남지 않은 기간에 수명이 아쉬움을 드러내자 진우는 빙그레 웃었다.

"뭐가 빨라. 실은 지금도 많이 늦은 거지. 언제라도 튀어 나가고 싶은 걸 지금껏 꾹꾹 눌러 참았어."

현정은 진우를 바라보며 조심스럽게 물었다.

"우재한테는 잘 이야기했어?"

현정의 질문에 진우는 앞에 있는 술잔을 만지작거렸다.

"처음부터 언제 헤어져도 이상하지 않을 사이였지, 우리는."

"그래도 우재하고는 이제 정이 많이 들었을 텐데, 네가 미리 설명하는 것과 어느 날 통보를 받는 건 차원이 다른 이야기지."

진우는 순간 "좋아해요."라는 말을 툭 하고 던지던 우재의 목소리가 떠올랐다.

정이 많이 들었다라. 하긴 그 아이와는 짧은 시간 동안 많은 일들이 있었지. 덕분에 시간이 꽤 많이 흐른 것 같지만 그래도 사람에게는 각자가 감당해야 할 몫이 있다.

갑자기 그 순간 진우의 휴대폰이 요동을 쳤다. 진우가 액정에 뜬 내용을 살펴보자 사진 한 장이 길게 들어왔다.

"하!"

짧게 코웃음을 치는 진우를 보며 현정과 수명이 관심을 보이는 것 같자 진우는 아예 다운받은 사진을 확대해 그들의 눈앞에 띄워 주었다.

“언어, 외국어 1등급, 수학 2등급, 사회탐구 2등급? 설마 이거 우재 성적표야? 반에서 5등 전교 석차 57등?”

“어. 이번 기말고사에서 약속한 점수 받아 오면 ‘지금’의 연말 공연에 데려가 주겠다고 했거든.”

수명이 진우의 휴대폰을 빼앗아 가더니 신기한 듯 우재의 성적표를 살펴보았다.

“이거 잘하는 거야?”

“대충은. 이 정도를 계속 유지한다면 인 서울은 문제없을 것 같은데.”

진우가 성적표를 보고 있는데 또다시 문자가 날아왔다.

“이제 소녀는 할 도리를 다하였으니 사부는 약속을 제대로 이행하기 바람.”

우재가 보낸 문자를 따라 읽는 진우의 얼굴에 자신도 모르는 웃음이 걸려 있었다. 그 모습을 지켜보던 현정이 진우를 한번 찔러보았다.

“너네 뭐야? 은근히 알콩달콩하다?”

“어, 일단은 지루하지는 않잖아. 녀석에게는 항상 이벤트가 있거든.”

현정이 자신을 유심히 바라보는 것도 모른 채 진우는 우재의 성적표를 대견한 듯 바라보았다.

“그러나저러나 진우야. 이번에 연말 공연이 J리조트라던데 혹시 직원 가족 할인 같은 건 없냐? 우리도 방 하나 빌려서 망년회 겸네 송별회 하자!”

수명의 제안을 들은 진우도 무슨 생각이 들었는지 살짝 고개를 들었다.

진우에게 성적표를 찍어 보내 놓고 좋은 사람들과 여행을 떠날 생각에 부풀어 오른 우재는 콧노래를 부르며 아래층으로 내려갔다.

"아이고. 마침 내려왔네, 우재 학생. 그러지 않아도 얼굴 보고 가려고 했는데……."

자신을 바라보는 가정부의 얼굴에 서운함이 가득했다.

"어디 가세요, 아주머니?"

그녀는 우재의 두 손을 덥석 잡았다.

"이제 아버지랑 함께 살게 되었다던데, 좋지? 서운하긴 해도 사모님 보니까 얼굴이 폈더라고, 해사하니. 나랑 박 기사는 서운해도 어쩌겠어. 아버지 따라 먼 곳 간다는데……."

뜬금없는 가정부의 말에 우재의 시선이 안방으로 향했다.

귀신에 홀린 듯 가정부를 보내 드리고 우재는 안방 문을 쾅 하고 열었다. 방 안에서 엄마는 살짝 울었던 듯 눈가를 훔치면서 짐을 싸고 있었다.

"엄마. 지금 이거 무슨 상황이야?"

우재가 엄마에게 핏대를 세우자 그녀는 자신의 얼굴을 감추며 말했다.

"우리 이사 갈 거야, 우재야. 아주 먼 곳으로."

"뭐?"

갑자기 그게 무슨 소리냐는 듯 우재는 짐을 꾸리는 엄마의 팔을 잡아 자신을 보게 만들었다.

"제대로 설명해. 나도 이제 더 이상 어린아이가 아니야!"

우재의 새된 목소리에 엄마는 갑자기 옷을 팽개치고는 그녀의 두 손을 잡고서 간절한 얼굴로 설득했다.

"이사 가자, 우재야. 너도 항상 예전처럼 오순도순 살고 싶다고 했잖아. 드디어 그런 기회가 왔어. 너희 아빠가 모든 걸 마련해 뒀대."

뭔가 정신이 나간 것 같은 엄마의 모습에 우재는 얼굴을 일그러뜨렸다.

"엄마!"

"가자. 아무 말도 하지 말고 그냥 아빠 따라가자. 아빠 따라서 아무도 우리를 해칠 수 없는 머나먼 곳에 가서 살자!"

도대체 이게 다 무슨 말인지……. 아빠 따라, 머나먼 곳……. 누가 우릴 해친다고?

"엄마 도대체 지금 이게 다 무슨 말이냐고!"

우재가 버럭 하고 소리를 질러 대자 엄마는 언제 딸을 붙잡고 애원하던 사람이었냐 싶게 얼굴을 바꾸고는 야무지게 가방을 챙겼다.

"짐 챙겨. 각자 짐 가방도 하나밖에는 가져갈 수 없대. 이참에 모든 거 다 버리고 떠날 거야. 이제 나도 지긋지긋해. 보석이나 금은 세계 공용이니까 혹시나 싶어 다 챙겼고, 그리고……."

엄마의 정신없는 행동에 우재는 참지 못하고 자신의 휴대폰 깊숙이 먼지가 앉아 버린 오래된 번호를 띄웠다. 아무래도 물어야 할 것 같았다. 도대체 무슨 일이 일어나고 있는 건지 물어야겠다. 우재는 눈을 질끈 감고는 '아빠' 라고 찍혀 있는 번호로 통화 버튼을 꾹 눌렀다. 신호가 몇 번 가지 않았는데 상대가 전화를 받았다.

"아빠."

우재의 목소리에 아빠가 대답했다.

— 엄마에게 이야기 들었니?

"아니요. 지금 엄마가 정신이 없어서요. 도대체 무슨 상황이에요? 우리가 떠난다뇨?"

— 끝나고 집으로 가마. 그때 자세히 이야기하자.

뒤에서 누가 쫓아오기라도 하는 듯 서둘러 끊는 아빠의 행동에 우재는 입술을 깨물었다.

며칠 후, 드디어 여행 날이 다가왔다. 그렇게 가고 싶었던 여행이었건만 우재의 가슴은 바윗덩어리에 눌린 듯 답답하기만 했다. 아빠의 폭탄선언으로 인해 우재는 또다시 커다란 소용돌이에 휘말린 느낌이 들었다.

'지난 세월, 가족을 방치해 왔으면서 이제야 이런 말을 꺼내는 아빠를 용서해 줄 수는 없겠니? 이것만이 가족을 지키기 위한 나의 최선이었다면 너에게 너무 가혹한 말일까?'

며칠 전에 듣게 된 아빠의 이야기가 우재의 머릿속을 떠나지 않았다. 모든 것이 붕괴되었다. 지난 10년의 세월 동안 사실이라 믿었던 모든 것들이 물거품같이 흩어지고 있었다.

'지금껏 사정이 이러하니 너나 너희 엄마에게 일방적으로 나를 따르라고 강요하고 싶지는 않다. 다만 나는 기회를 얻고 싶었어. 우리가 다시 한번 제대로 살아 볼 수 있는 기회! 그래서 네 엄마에게 함께 떠나지 않겠느냐고 물었던 거다.'

'우재야. 여행 가지 마. 거기서 또 무슨 일이 있을지 어떻게 알아. 그러니까 엄마랑 아빠랑 같이 있자, 우재야.'

어젯밤 엄마의 애원이 우재의 불안감을 더욱 키워 놓았다.

'아니다. 다녀와. 하루 이틀 더 기다린다고 세상이 무너지지 않아. 지금 이 갈림길은 우재의 인생에 있어서도 큰 변화를 가져올 거야. 가서 머리도 식힐 겸 잘 생각해 봐. 아빠와 엄마를 따르든 이곳에 남든 앞으로 힘든 시간 될 거다. 그러니까 너도 잠시 우리와 떨어져서 생각할 시간을 갖는 것도 좋을 것 같구나.'

아빠의 말이 부메랑이 되어 머릿속을 헤집는 사이 그녀의 눈앞에 누군가의 손이 다가오더니 딱 하는 소리를 냈다.

"뭐야, 서우재. 클랙슨 소리도 못 듣고 왜 이렇게 멍 때리고 있어. 너 무슨 일 있어?"

익숙한 내음, 익숙한 목소리, 그리고 익숙한 얼굴. 그를 보는 순간 안심이 되어 우재는 눈물이 핑 돌았다.

우재가 갑자기 와락 하고 진우의 허리를 껴안으며 달려들자 그의 눈이 휘둥그레졌다.

진우는 차 안에서 자신들을 지켜보고 있는 '플라이 투 더 문'의 식구들을 바라보았다. 다들 휘파람을 불며 난리 치는 분위기였지만 정작 우재는 뭔가 모르게 슬퍼 보였다.

"어이. 왜 그래. 너 오늘 진짜 이상해!"

진우의 품에 안긴 우재는 자신의 얼굴은 보여 주지 않은 채 고개만 저어 댔다.

"선생님은 어디 안 갈 거죠. 그렇죠?"

"뭐라고?"

"떠나지 않을 거죠? 그렇죠?"

진우는 갑자기 말문이 막혔다. 지금 얘가 무슨 말을……. 진우가 억지로 우재를 자신의 품에서 떼어 내고 양어깨를 잡았다. 그러자 우재는 뭔가 깊어진 눈으로 그를 바라보았다. 진우가 무슨 말을 하려는데 그들을 기다리던 사람들이 클랙슨을 울리며 재촉했다.

"어이, 거기! 연애는 스키장 가서 합시다. 가는 길이 밀려 빨리 출발해야 한다고!"

잔뜩 얼어 있던 우재의 눈빛이 그들을 향한 순간 순한 강아지의 눈빛으로 돌아왔다. 뭔가 순식간에 사라진 빛. 내가 잘못 본 건가? 진우는 그들에게 손을 흔드는 우재를 바라보며 알 수 없는 불안감을 느꼈지만, 그때는 그저 자신의 기분 탓이라고만 생각했다.

"우와. 스키장이 이렇게 생겼구나."

눈 오는 날의 바둑이처럼 하얀 설원을 보고 입을 다물지 못하는 우재를 보며 진우는 살짝 인상을 찌푸렸다.

"촌스럽게. 넌 스키장 처음 와 봐?"

"네."

뜻밖의 말에 진우는 놀라서 우재를 바라보았다. 최고급 치장에 최고급 교육만 받고 살아온 우재와는 어울리지 않는 대답이었다.

"어째서?"

"음. 어릴 적부터 우린 합창단 투어로 바빴고 내가 합창단을 그만두니까 엄마는 뭔가 열중할 것이 필요했는지 언니의 피아노 레슨에 열을 올렸거든요. 미운털이 박혔던 난 방학 때면 대충 다른 나라로 떠나는 언어 캠프에 합류하거나 그냥 집에 혼자 있었어요."

진우의 인상이 굳어졌다.

"혼자?"

"응. 그때는 솔직히 내 친구 천하네서 줄곧 지낸 거나 다름없지만?"

가끔씩 우재의 말끝에 나오는 '천하네'가 그런 의미였나 보군. 그래도 다행이네. 힘들 때 기댈 친구라도 있었다는 게.

"애들은 지금 무대에서 리허설하고 있는 모양이야. 우리는 그동안 스키나 타고 있을까?"

수명의 말에 진우는 알겠다는 듯 고개를 끄덕였다.

"스키장이 처음이라면 우재는 스키복부터 빌려야 되겠다. 같이 가자."

우재와 함께 스키복을 빌리러 가던 현정이 진우와 수명과 어느 정도 거리가 벌어지자 우재에게 불쑥 물어 왔다.

"아 참, 우재야 혹시 노래하는 거에 관심 있니?"

뜬금없는 물음에 우재는 의아한 눈으로 현정을 바라보았다.

"노래요?"

"응. 네 보이스 컬러를 궁금해하시는 분들이 계셔서."

그냥 스쳐 지나가는 듯한 말이었지만 우재는 잠시 뭔가를 생각하는 듯하더니 아무렇지 않은 듯 이야기했다.

"제가 어릴 때 트라우마로 심한 무대 공포증이 있어서요."

"그럼 노래방에서도 일절 노래를 안 하니?"

"그 후로는 마이크 근처에도 가 보지 않아서 모르겠어요. 사정 아는 친구들도 절 노래방에는 데려가지는 않거든요."

현정은 살짝 아쉬운 표정을 짓더니 더 이상 아무 말도 하지 않았다.

상점들이 늘어서 있는 아케이드에 도착했을 때, 갑자기 현정이 쇼윈도에서 무엇을 발견하고서는 우재에게 잠시 양해를 구하고 상점으로 들어갔다.

우재도 상점 밖에서 현정을 기다리며 서성이고 있을 때였다. 저 멀리서 진상이 캐주얼한 복장을 입고 이곳 직원들로 보이는 사람들과 함께 걸어오고 있었다.

"어?"

우재를 발견한 진상도 그 자리에서 걸음을 멈췄다.

"우리가 인연은 인연인 것 같네요?"

진상이 만면에 미소를 띤 채 우재를 내려다보았다.

"어, 안녕하세요. 그런데 여긴 어떻게……."

"제가 리조트 사업부에서 근무하고 있거든요. 리조트는 이번 주가 대목이라고 할 수 있는 시기죠. 그래서 보시다시피 파견 근무를 나왔고요."

진상의 예상외로 성실한 모습에 우재는 '오, 제법인데?' 라는 표정을 지어 보였다. 그런 우재의 반응을 본 진상이 살짝 눈썹을 찌푸렸다.

"나를 한량으로 생각했던 모양입니다? 그런데 화장기 없는 모습을 보니 상당히 동안이네요."

그 순간 현정이 상점에서 무언가를 흔들면서 걸어 나왔다.

"우재야. 여기서 수능 수험생들을 위해서 샘플 향수를 무료로 증정한대! 여동생이 내년에 시험 본다니까 그럼 너도 그냥 주겠다는데?"

"혹시 고등학생?"

현정의 말을 들은 진상의 얼굴에서 갑자기 웃음기가 걷히기 시작하자 우재의 얼굴도 딱딱하게 굳기 시작했다.

30분 후, 혼자서 돌아온 현정을 보며 진우와 수명은 의아한 듯 자리에서 벌떡 일어났다.

"어, 누나 왜 혼자 와? 우재는?"

"아는 사람을 만났다고 먼저 가라고 해서. 그런데 분위기가 조금 이상했어. 굉장히 멀끔하게 생긴 미남인데 여기 관계자 같기도 하고. 하여간 굉장히 부티 나 보이는 남자였는데……."

진우의 눈썹이 움찔거렸다. 낯선 남자? 서우재가 아는 사람?

"스키장 처음 와 봤다는 애를 혼자 두고 오면 어떡해?"

진우가 성마르게 현정을 쏘아붙이자 곧바로 그녀의 눈 화살이 돌아왔다.

"내가 그걸 모르겠니? 하지만 그 남자가 우재 손목을 덜컥 잡아당기더니 '우리 그날 밤에 관해서 좀 할 이야기가 있는 것 같지 않습니까?' 하잖아. 도대체 그날 밤이 어떤 그날 밤이냐고. 남자친구라고 하기엔 나이가 좀 있어 보였는데……."

"우재 지금 어디에 있는데?"

"그 남자가 실례한다 그러더니 어디론가 끌고 갔어. 우재도 한사코 먼저 가라고 그러잖아. 옆에 붙어 있자니 뭔가 은밀한 걸 엿듣는 기분이 들어서 계속 같이 있자 주장할 수도 없었어."

현정이 말을 마치자마자 진우는 자신의 점퍼를 잡아채 밖으로 뛰어나갔다.

진우가 우재를 찾아 라운지를 한참 동안 돌고 있을 무렵 우재는 진상과 따뜻한 차를 두고 어색하게 자리에 앉아 있었다.

"여기는……."

"커피숍도 너무 시끄러울 것 같아서. 여긴 오너 가족만 드나들 수 있는 방이에요."

우재가 죄인처럼 아무 말도 없이 가만히 앉아만 있자 진상은 테이블을 툭툭 두드리며 우재의 시선을 끌었다.

"이름이 우재 씨라고 했죠. 내가 뭔가를 추궁하기 위해서 차 한 잔 하자고 한 게 아닌데, 우재 씨는 뭔가 잘못한 것처럼 내 앞에서 그러고 있네요."

진상은 앞에 놓인 코코아를 우재의 손에 쥐여 주었다.

"좀 마셔요. 여자들은 코코아를 즐겨 마시는 것 같던데, 맞아요?"

우재가 고개를 끄덕거리자 진상은 웃으면서 다시 한번 찬찬히 그녀의 얼굴을 살펴보았다.

속눈썹이 길고 맑고 깨끗한 눈, 그리고 아직은 투명한 피부. 이렇게 어린아이를……. 너무 어두워서라는 변명이 무색하게 그날 밤엔 우재의 나이를 제대로 파악하지 못했다. 즉, 자신이 보고 싶은 면만 보았다는 뜻이다.

"그날은 많이 고마웠어요."

난데없는 진상의 말에 우재는 그를 물끄러미 바라보았다.

"그날 밤, 우재 씨가 쏟아부었던 말들이 나를 다시 되돌아보게 만들었어요. 질투에 눈이 먼 나머지 난 내 사랑을 제대로 바라볼 기회가 없었거든요. 사랑 고백을 당사자가 아닌 연적에게만 주야장천 하고 있었으니 일이 꼬일 수밖에요. 이미 그날 우재 씨에게 라이트 훅을 한 방 제대로 맞은 거라고 생각했는데, 오늘 우재 씨를 다시 만나고 보니 결국은 진우 녀석에게서 어퍼컷을 제대로 맞은 꼴이더군요. 두 사람의 협공을 당하고 나니 갑자기 세상이 핑핑 도는데?"

뭔가 좀 대단한 고백인 것 같았다. 사람이 자신의 잘못을 인정하기가 이렇게 쉬운 일이던가? 더군다나 그 사람이 이전에 독선과

아집으로 똘똘 뭉친 사람이었다면.

"이해할 수 있는지 모르겠지만 난 오래전부터 무언가에 계속 쫓기고 있었거든. 그리고 그런 스트레스와 염증을 누군가의 탓으로 돌려야 했고, 때마침 그게 바로 내 동생 진우였어요."

"선생님은……."

진상의 눈썹이 살짝 치켜 올라갔다.

"혹시 진우가 가르치는 학생? 진우한테 뭘 배우는데? 피아노?"

피아노? 갑자기 우재의 눈이 동그래졌다.

"어, 그럼 형님분도 선생님이 피아노 치는 거 아세요? 선생님 피아노 칠 때 엄청 멋있어요. 선생님이 만든 곡은 또 어떤데요, 그 곡 들으면 마음이 진짜!"

진상이 진우를 찬양하듯 하는 자신을 바라보며 아무 말도 하지 않자 우재는 아차 하는 마음에 말을 다 잇지 못했다. 그런 우재를 바라보며 진상은 살짝 웃었다.

"하긴, 성학이 형이……. 아, 여기서 성학이 형은 어릴 적 우리들의 피아노 선생님."

'성학'이란 이름이 나오자 우재가 갑자기 진상의 손을 덥석 잡았다.

"어, 그러면 선생님 형님분도 이성학 선생님을 알아요?"

진상은 부담스러울 정도로 눈을 반짝반짝 빛내며 호기심을 보이기 시작하는 우재의 눈을 웃으며 들여다보았다. 우리 형제가 이 꼬마 아가씨와 뭔가가 꽤 많이 얽혀 있는 것 같은데? 더군다나 이진우는 이 아가씨로부터 돈독한 신뢰를 받고 있는 중이고…….

그 순간 현관문이 부서질 정도로 쾅쾅 울려 대기 시작했다.

"음. 지금 내가 여기에 있는 건 아무도 모르는데?"

초인종 소리와 현관문을 두들기는 소리가 끊임없이 이어졌다.

"잠시만요."

진상이 일어나 현관문 쪽으로 걸어가자 동시에 진우의 고함 소리가 들려왔다.

"서우재! 서우재! 너 거기 있으면 빨리 이리로 나와!"

문이 열리는 동시에 옥신각신하는 목소리가 들리고 진우의 목소리를 들은 우재가 쪼르르 밖으로 달려 나가자 그가 양 주먹을 틀어쥐고는 진상을 있는 힘껏 노려보고 있었다. 진우의 눈이 시뻘겠다.

"넌 지금 여기서 뭐 하고 있는 거야!"

벼락불 같은 고함 소리가 진우의 입에서 쏟아져 나오자 우재의 심장이 쿵 하고 내려앉았다.

4. 당신을 위한 세레나데

우재가 진우를 바라보며 서 있자 그는 이를 악물면서 진상을 밀치고 방으로 들어가더니 이곳저곳 살펴보기 시작했다. 스키장이 내려다보이는 소파 테이블 위에는 아직 채 식지 않은 찻잔 두 개가 놓여 있었다. 진우는 거친 걸음걸이로 다가가 소파에 올려놓은 우재의 겉옷을 집더니 성큼성큼 현관문 밖으로 걸어 나와 우재의 팔을 잡아챘다.

"가자."

우재는 진우에게 잡힌 팔을 한 번 보고는 진상을 올려다보았다.

"우재 씨, 아무래도 오늘은 때가 아닌 것 같으니 다음에 하죠."

진상의 말에 진우가 으르렁거렸다.

"다음은 없을 거야. 알겠어?"

"어차피 넌 곧 떠날 거잖아."

진상의 말에 우재의 고개가 휙 하니 진우를 향했다. 그런 모습을 바라보며 진상은 뭔가를 가늠해 보는 듯했다.

"떠나다뇨, 선생님이요? 언제? 어디로?"

예상치 못한 진상의 발언에 진우가 진상을 노려보는 사이 우재가 잡혀 있지 않은 다른 손으로 진우의 팔을 덥석 잡았다.

"왜 가는데? 언제 그렇게 결정했는데?"

우재가 몸을 바르르 떨며 외쳐 대자 진상은 곧 후회했다. 내가 너무 유치했나? 진우가 진상을 더욱더 무섭게 노려보았다. 진우를 괴롭힐 때보다 이 아이를 건드렸을 때 오히려 더 매서운 눈빛이 날아온다.

하지만 진우 녀석 그 사실을 모르는 눈치였다. 자신이 휘두른다 생각하지만 정작 그 상대에게 휘둘리고 있다는 사실을. 너나 나나 한결같이 바보스럽긴……. 진상은 이상한 부분에서 닮아 있는 자신들의 모습을 깨닫자 갑자기 헛웃음이 터져 나왔다.

"진우야."

"그 입 다물어. 한 대 얻어맞고 싶지 않으면."

살벌하게 입을 여는 진우를 보며 진상은 이제야 확신이 생겼다.

형과 함께 놀고 싶다는 여섯 살 꼬마 녀석을 계단에서 밀쳐서 굴러떨어지게 했던 열한 살, 종일 피아노만 치던 녀석이 꼴 보기 싫어 그럼 그 방에서 한번 죽어 보라고 문을 잠가 가두었던 열다섯 살, 파티는 질색이라는 녀석을 잡아다가 자기 대신 파티에 참석하게 했던 열아홉 살, 그 파티에서 진우에게 반한 민효린에게 마음을 빼앗겨 강제로 자신의 쪽지 셔틀을 시켰던 나날들, 거듭 자신을 거절하는 민효린이 미워 대신 그녀가 좋아한다던 그를 괴롭혔던 이십 대의 숱한 날들. 그런 자신이 너무 비참해 도피 목적으로 떠났던 유학.

다른 사람에게는 더없이 사람 좋은 얼굴을 해 놓고도 이진우라는 세 글자에게만큼은 유난히 민감하게 반응했었던 지난날이 떠올라 진상은 자신도 모르게 씁쓸하게 웃었다. 어머니와 민효린. 자신이 너무나 사랑했던 두 사람의 절대적인 사랑이었던 이진우가 그때는 왜 그렇게 미웠던 건지.

진상은 정신을 차리고 벌써 저만큼 멀어져 가고 있는 동생의 뒷모습을 바라보며 외쳤다.

"미국에 들어가는 게 설마 도피의 목적은 아니겠지?"

하지만 진우는 진상의 말도 무시한 채 꿋꿋하게 복도를 걸어 나갔다.

"근데 그거, 생각보다 더럽게 비참하더라. 잡생각도 더 많이 들고. 내가 스스로 떠난 건데 내내 내쫓긴 것 같은 기분이 들어서 괴롭더라고. 그래서 하는 말인데 정말로 그곳에 가고 싶다면 진짜 널 위해서 가도록 해."

저번과는 사뭇 분위기가 달라진 진상의 말에 우재가 고개를 돌려 진상을 바라보았다. 여전히 대답이 없는 진우와 그럴 줄 알았다는 표정의 진상. 가족임에도 불구하고 물과 기름처럼 섞이지 않는 그들을 보며 우재는 자신의 가족을 보는 것 같아 마음이 무거웠다.

잠시 후, 숙소로 돌아온 진우가 우재를 소파 쪽으로 밀쳤다.

"너 미쳤어? 잘 알지도 못하는 사람을 따라가면 어쩌겠다는 거야? 더군다나 남자와 둘이서 빈방에 들어가? 그 자식이 어떤 놈인지 알고!"

갑자기 이해가 가지 않는 화를 터트리는 진우를 우재는 물끄러미 바라보았다.

"어머! 우재 너 그 남자랑 빈방에 들어갔었니?"

무섭게 달려드는 현정과 수명을 보며 우재는 입술을 꾹 다물었다. 아무리 철이 없어도 내가 그렇게 사람 보는 눈이 없을까 봐?

"그렇긴 하지만 그건 조용하게 차를 마시기 위한 목적이었고, 그리고 전혀 모르는 사람이라기보다는 선생님의 형님이신 데다가 그렇게 신사적이신 분이 제게 무슨 짓을 할까라는 생각도 들었고……."

우재와 함께 있던 남자의 정체를 알게 된 현정과 수명이 진우를 바라보았고 진우가 제 분에 못 이겨 악 하고 소리를 질러 댔다.

"그래, 우재야. 그래도 널 이곳에 데려온 건 우리들인데 아무리 진우 형이라도 그렇지 잘 알지도 못하는 사람을 따라가면 어떡해. 이야기하고 싶었다면 공개된 장소에서 했어야지. 그리고 그런 일이라는 게 얼굴 따져 가면 생기는 줄 아니?"

현정까지 진우에게 동조하며 타박하자 우재는 입술을 꾹 깨물었다. 아무래도 오늘은 날을 잘못 잡은 것 같다.

"어쨌든 뭐 아무 일 없었다니 다행이야. 우리 이렇게 시간 보내지 말고 한 타임이라도 제대로 타고 오자. 주간권 끝날 시간 다 됐어."

분위기를 전환하려는 듯 수명이 재촉하자 우재는 기회는 이때다 싶어 재빠르게 방으로 들어갔다.

"아까 그 사람이랑 방에서 중요한 이야기라도 나눈 거니?"

우재는 두꺼운 스키복을 입으면서 고개를 가로저었다.

"그럼 무슨 이야기 했는지 물어봐도 되겠어?"

우재는 주눅이 든 듯 어깨를 움츠리더니 마지못해 이야기를 털어놓았다.

"별거 아니고 그냥 선생님 이야기 했어요. 라운지는 자리가 꽉 찼더라고요. 그 형이라는 분이 저한테 묻고 싶은 말이 많아 보였거든요. 표정이 그랬어요."

우재의 설명에 현정은 뭔가 생각하는 듯한 표정을 지어 보이더니 한마디 꺼내 놓았다.

"너 혹시 민효린이라는 배우 아니?"

우재는 고개를 끄덕였다.

"네, 알고 있어요. 세 사람이 묘한 관계라는 것도."

현정이 우재를 뚫어지게 바라보았다. 조그만 게 쓸데없이 어른들의 세계에 껴 가지고서는.

"진우가 직접적으로 말한 건 아니지만 가끔 나오는 이야기들을 조합해서 얻은 결론은 진우는 자신의 형에게 굉장히 복합적인 감정을 가지고 있다는 거야. 어릴 때부터 형에게 꽤 많은 시달림을 당하면서 자란 것 같더라. 더군다나 거기에 민효린까지 끼어 있으니 형제 관계가 더 복잡해졌겠지. 그래서 그런지 형 이야기를 하면 진우는 항상 예민하게 반응했어. 바로 지금처럼. 그러니까 너도 그 사실을 알고 혹시나 또다시 진우 형하고 부딪칠 기회가 생기거든 눈치껏, 알겠니?"

옷을 두껍게 여미고 있던 우재의 두 팔이 걱정으로 힘없이 떨어져 내렸다. 분명히 우재가 보기에는 자신의 형을 그렇게까지 미워하는 것 같아 보이지는 않았는데…….

"우재야. 봐 봐. 무릎을 굽히고 에지를 세워서 천천히 내려오는 거야. 해 봐."

수명의 열정적인 설명에도 우재는 의욕 없이 고개를 끄덕였다. 보드 타는 일이 이렇게 지겨운 일이 되어 버릴 줄이야.

우재는 자신이 보고 들은 이야기와 현정이 해 준 이야기를 모두 종합해 보았다. 이진상은 민효린을 사랑한다. 민효린은 이진우를 사랑한다. 그래서 이진상은 이진우를 질투한다. 그리고 이진우는…….

그런 생각에 골몰해 있던 우재는 누군가가 자신 쪽으로 다가오는 것을 미처 발견하지 못하고 상대방과 부딪치며 눈밭에 나동그라지고 말았다.

"어어! 우재야. 조심해야지! 양발 묶어 놓고 한눈을 파는 아이가 어디 있어? 안 되겠다. 조금만 더 올라가서 타자. 여기는 사람이 너무 많네. 이러다 부딪쳐서 사고 나겠어!"

자리를 옮기자는 수명에게 한 바퀴 돌고 온 현정이 외쳐 댔다.

"야, 허수명. 우재를 가르쳐 주겠다는 목적이 아니라 네가 즐기기 위해 우재를 더 높은 곳으로 끌고 가는 거면 죽을 줄 알아! 네가 가르쳐 보겠다고 큰소리쳤으니까 오늘 우재는 네가 맡아!"

수명은 알아서 하겠다는 듯 우재를 데리고 더 높은 곳을 향해 걸었다.

"그나저나 이진우는 도대체 어디로 간 거야? 고글까지 쓰고 있으니 누가 누군지 알아볼 수가 있어야지."

수명의 투덜거림을 한 귀로 흘려들으며 우재는 생각보다 높아진 슬로프를 내려다보았다.

"저기 죄송한데요, 오빠. 제 실력으로 여기에서 내려갈 수 있을까요?"

"사람은 누구나 환경에 적응하게 되어 있으니까, 가다 서다를 반복하다 보면 어느새 내려가 있을 거야. 그러니까…….”

갑자기 그들의 바로 위에서 누군가가 넘어지며 내려왔다. 동시에 볼링 핀이 쓰러지듯 수명도 나동그라졌다. 그리고 중심을 잡기 위해 수명이 휘저은 손에 밀린 우재가 아래로 내려가기 시작했다.

“어어어어. 오빠! 수명 오빠!”

우재가 비명을 질러 보았지만 꺾일 듯이 가파른 슬로프에서 우재를 태운 보드는 가속이 붙으며 점점 더 빠르게 내려가기 시작했다. 아까 현정의 말을 곱씹느라 서는 것도 제대로 익히지 못했던 우재로서는 인생 최대의 위기였다. 갑자기 커다란 공포감이 해일처럼 밀려들기 시작했다.

“사람 살려! 사람 살려! 저 좀 살려 주세요!”

내려갈수록 가속이 붙는 우재를 보고 아래 서 있던 사람들이 비명을 지르며 피해 가기 바빴고, 저 멀리서 패트롤이 빨간 경고등을 흔들며 호각을 불어 댔다. 그 소리에 우재의 얼굴은 더욱 하얗게 질려 가기 시작했다.

어떡해! 멈추는 법을 몰라. 어떻게 해야 할지 모르겠어. 우재의 비명에 울음이 섞여 들어갈 무렵, 그녀의 뒤에서 쉭쉭 슬로프를 가르는 소리가 들리더니 누군가가 자세를 낮추고 빠르게 달리는 우재의 허리를 잡아챘다.

“저기요! 제발 저 좀 살려 주세요! 멈추는 방법을 모르겠어요!”

우재가 떨리는 목소리로 울먹거리자 그 사람은 솜씨 좋게 방향을 틀어 앞에 있는 사람들을 하나씩 제치며 우재를 산 아래로 인도하기 시작했다.

“이제 그 입 좀 다물지? 입에 파리 들어가겠다.”

고글을 낀 사람이 드디어 입을 열었다. 우재는 가까이에서 진우의 익숙한 목소리가 들려오자 안도감이 든 나머지 울음을 터트렸다. 그러자 그는 우재의 허리를 잡아챈 손에 힘을 주며 그녀의 귀에 입술을 바짝 붙이고 중얼거렸다.

"도착할 때까지 끝까지 긴장 늦추지 마! 잘못해서 나까지 나동그라지게 하지 말고! 그때는 우리 둘 다 목이 꺾여서 사망하게 될지도 몰라. 그러니까 죽고 싶지 않으면 끝까지 버텨."

그렇게 슬로프가 끝나는 지점에 와서야 그는 부드럽게 턴을 하며 멈춰 섰다. 그와 동시에 다리에 힘이 풀린 우재가 그대로 주저앉고 말았다. 그 옆으로 진우가 벗어 던진 고글과 장갑이 떨어져 내렸다.

"허수명, 이 새끼 어디 갔어? 개망나니 좀 잘 보고 있으라니까! 그새를 못 참고 일을 저질러?"

그 후, 진우에게 이끌려 휴게실로 끌려간 우재는 여전히 속눈썹에 눈물이 맺힌 채로 다디단 코코아를 손에 쥐고서 바르르 떨었다. 진우는 테이블에 턱을 괴고 묘한 시선으로 그녀를 바라보았다.

"아직도 충격이 가시지 않았어? 진짜 더는 안 탈 거고? 너 그러다가 나중에 엄청 후회한다?"

"선생님 같으면 탄다는 말이 나오겠어요? 조금 전까지 난 죽다 살아났다고요!"

눈물이 그렁그렁한 눈을 하고서 필사적으로 외치는 우재가 귀여워 진우는 순간 옅은 미소를 흘렸다.

"그러게 거기가 어디라고 그 높은 곳까지 올라가? 거긴 중급자 코스야!"

"자기는 나 따위는 신경도 안 썼으면서. 머릿속이 하도 복잡해서 뭐가 뭔지 잘 몰랐다니까요."

머릿속이 복잡했다는 말에 진우는 우재의 눈을 물끄러미 바라보았다. 아무래도 형과 있었던 일을 이야기하는 것 같았다. 장비가 부실해서 그랬는지 그녀의 손은 아직도 추위로 하얗게 질려 있었다.

"도대체 무슨 생각을 했길래 멈추는 법을 까먹었어? 가고 서는 건 기본 중 기본 아니야?"

아까부터 자신을 타박하고 있는 진우가 얄미워 그녀는 그를 노려보았다. 그러고 보니 아까부터 앞뒤 사정도 들어 보지 않고 고함부터 질러 대던 그에게 아직 사과도 받지 못했다. 그런 생각이 들자 갑자기 코끝이 찡해지면서 서러움이 밀려드는 것 같았다.

"선생님은 왜 자꾸 나한테 화부터 내요? 아까도 그래. 나는 우리 팀의 정체가 들통이 난 것 같아서 어떻게 수습할까 고민하며 따라간 건데……."

우재의 말이 이해가 되지 않는 진우는 '도대체 얘가 무슨 말을 하나.' 하는 표정을 지으며 인상을 찡그렸다.

"우리 팀?"

"그래요! 팀! 창립 기념 파티가 있던 날부터 선생님은 나랑 같은 팀 아니었어요? 민효린이랑 그분이랑 한 팀, 나랑 선생님이랑 한 팀!"

진우는 반짝이는 눈을 하고 자신에게 따져 묻고 있는 우재를 바라보았다. 내 평생에 '너는 우리 팀이야.' 라고 말해 줬던 사람이 한 명이라도 있었던가?

"더군다나 아무런 말도 없이 외국으로 도망가려고 했어."

진우는 갑자기 헛웃음이 튀어나오려고 하는 것을 애써 참아야 했다. 내가 도망을 간다고?

"그럼, 나랑 천년만년 같이 살 줄 알았어?"

자신의 마음을 이해하지 못하는 진우가 답답하다는 듯 우재가 그를 노려보았다.

"적어도 나한테 그 말은 해 줬어야죠. 나랑 연대책임 같이 지자고 해 놓고 어떻게 선생님은 자기가 하고 싶은 대로만 해요? 이렇게 원칙을 확확 바꾸면 내가 헷갈려서 어떻게 따라가냐구요. 진짜 빈정 상해서 한 팀 못 하겠네. 이 배신자!"

진우는 우재에게 묘하게 말려들어 가는 기분이 들었다. 모두가 피해 가는 나와 한 팀을 하고 싶어 하는 이 아이가 고마웠지만, 무척 고맙지만, 더 이상의 감정 과잉은 좋을 게 하나 없었다.

"서우재."

진우가 우재의 이름을 부르는 순간, 그녀의 눈에서 예고도 없이 후두둑 눈물이 떨어져 나왔다. 우재는 그런 자신이 당황스러웠는지 황당한 표정을 지으며 재빨리 눈물을 닦아 냈다.

"미안해요. 이 세상에 진짜 믿을 사람 하나 없다고 생각하니까 갑자기 억울한 생각이 들어서 그래요. 내 인생은 하나같이 왜 이 모양인가 싶잖아요. 우리 가족들은 언제나 촛불처럼 불안하기만 하고."

우재의 눈물에 진우의 눈이 가늘어졌다.

"등불 같던 성학 선생님은 곧 돌아올 거라더니 아직까지 소식이 없어요. 성학 선생님이 그런 내가 안쓰러워 선생님을 보내 준 줄 알았는데 선생님도 아니라는 거죠? 선생님 진짜 가요? 떠날 거면 미리 말해 주기로 해 놓고 왜 그동안 나한테 입 다물고 있었어요? 그럼 언제 나에게 이야기하려고 했어요?"

원망이 가득 섞인 우재의 눈빛에 진우는 난감한 표정을 지었다.

현정의 말을 들었어야 했나? 자신의 일로 불안하게 흔들리는 우재를 보니 진우는 마음 한구석이 무거워지기 시작했다.

우재의 눈물이 그동안 그녀의 삶이 어떠했는지를 말해 주고 있는 것 같아 진우는 어린 시절의 자신을 보는 듯 그녀를 안쓰럽게 바라보았다.

"이럴 줄 알았더라면 좋아한다는 고백도 해 주지 않는 건데 그랬어. 늙어 죽을 때까지 혼자 살라고 실컷 저주나 퍼부어 주는 건데."

눈물을 훔치면서도 여전히 쫑알거리는 우재를 보며 진우는 그녀가 감정을 추스를 때까지 그녀의 옆에서 기다려 주었다. 그때까지만 해도 진우가 해 줄 수 있는 건 바로 그것밖에 없다고 생각했으니까.

"아우! 진짜. 허수명. 너! 진짜 좀 맞자!"

우재의 소식을 들은 사람들은 수명을 눕히고 발길질을 하기 시작했다.

'지금' 의 공연이 끝이 난 이후 그들은 숙소에서 막 뒤풀이를 시작한 터였다.

"그래서 우리 우재 많이 놀랐어요?"

드럼의 상민이 우재에게 술잔을 건네자 승혜가 진우에게 외쳤다.

"이봐요, 보호자님. 우재에게 시원하게 오늘은 좀 즐겨도 된다고 허락 좀 해 줘 봐. 얘 자꾸 눈치 보잖아!"

우재가 굉장히 열망 어린 눈초리로 진우를 바라보았다.

"괜찮아. 괜찮아. 만약 우리 우재 취하면 오늘은 언니가 다 뒤치다꺼리해 줄게. 아까 허수명을 제대로 감시 못 한 죄지 뭐."

현정이 큰소리치자 다들 환호성을 지르더니 우재에게 술을 따라 주었다.

"대신 독주는 안 된다. 주종은 하나만!"

현정의 외침에 다들 탁자 위를 젓가락으로 치면서 경의를 표했다.

"아까 라운지에서 보니까 우재가 네 앞에서 울고 있는 것 같던데, 괜찮았어?"

"말없이 외국으로 내빼려고 했다고 한바탕 난리가 났지."

현정은 그럴 줄 알았다는 듯 테이블에 턱을 괴더니 안주를 헤집었다.

"내가 그랬잖아. 우재가 알게 모르게 너에게 많이 의지하고 있더라고."

그러고 보니 우재를 '플라이 투 더 문'에서 처음 봤던 날이 생각났다. 진우의 피아노 연주를 들으며 하염없이 눈물을 쏟던 아이. 그런데 그랬던 아이가 지금 저기에서 환하게 웃고 있었다. 생각해 보니 우재의 표정도 그때보다 지금이 열 배는 더 행복해 보였다.

"실은 아까 말야. 네 형과 마주쳤을 때 내가 말실수했어. 어쩌다 보니 우재가 아직 수능도 치르지 않은 고등학생이란 사실을 발설하게 되었는데, 순간 그 두 사람의 얼굴이 하얘지면서 나까지 가슴이 덜컹거리더라니까?"

현정의 말에 진우는 우재가 신데렐라로 변신하고 왔던 그날 밤이 생각났다. 드레스를 곱게 차려입고 맑은 피부가 돋보이는 화장을 하고 나타났을 때 많은 사람들이 우재를 주목했더랬다. 진우 또

한 사람들이 하도 수군거리는 통에 그녀에게 처음으로 눈길을 주었으니까. 그때 진우가 받았던 충격이란 짧고도 강렬했다. 그리고 테라스에서 다시 우재를 발견했을 때 그녀는 아스라한 조명을 받아 그 어떤 보석보다도 더 예뻐 보였다.

그래서 더 우격다짐으로 우재에게 키스하자 나섰는지도 모르겠다. 게다가 우재와 입술을 맞부딪쳤던 그 순간만큼은 남자 '이진우'로서의 속된 욕망이 조금쯤은 숨어 있었다. 하지만 진상이 우재에게 알은척을 했을 때 그녀를 자신의 뒤로 감추고 싶었던 것은 진우 자신도 예상하지 못했던 전개였다. 그냥 너는 나만 알고, 나만 생각해 주는 보석이 되어 주었으면 좋겠는 마음이 들었다. 하긴, 이제는 그런 마음조차 부질없는 욕심이겠지만. 어쨌든 그는 이 땅을 떠나야 할 사람이다.

진우가 정신을 차려 보니, 어느새 사람들이 전화기 한 대를 두고 모두 모여 있었다.

"성학이 형. 거기는 지금 시간이 어떻게 돼?"

— 어, 여기는 아직 30일 전날 10시 정도. 다들 잘 있었어?

"형아. 보고 싶다. 노래만 보내지 말고 사람도 좀 다녀가. 어쩌면 사람이 그래? 우리가 보고 싶지도 않나 봐?"

— 그래. 이제 새해 되면 한번 들를까 생각하는 중이었다. 일도 좀 생길 것 같고. 뭐 별다른 일은 없지?

"그나저나 오빠, 오빠를 무지 보고 싶어 하는 한 사람이 있어!"

영상 통화 화면 속의 성학이 그 사람을 꽤 궁금해하는 것 같은 눈치였다. 휴대폰이 누군가에 의해 우재의 손으로 넘어갔다. 사람들 뒤에서 연신 눈물을 훔치던 우재가 휴대폰을 받아 들었다.

"선생님, 안녕하세요. 저 우재예요."

휴대폰 너머에 있는 성학이 말을 잇지 못하고 놀란 표정을 지었다.

"아휴. 떨려라. 우리 이성학 선생님, 오랜만에 우재 큰 거 보고 반하는 거 아니야?"

누군가가 그들의 설레는 마음을 대변해 주고 있었다. 그 큰 눈에 눈물을 가득 담고서는 수줍게 휴대폰 화면을 바라보고 있는 우재를 보는 순간, 진우는 가슴이 따끔따끔해지기 시작했다. 그런 우재의 모습에 진우는 아까 우재가 했던 말이 생각났다.

'등불 같던 성학 선생님.'

눈물이 가득 고인 얼굴로 서로를 마주 본 채 말을 잇지 못하는 두 사람을 사람들은 신기한 듯 번갈아 바라보았다.

— 와. 우리 우재, 이제 아가씨 다 됐네? 언제 이렇게 숙녀가 되었어?

성학의 말에 우재는 울다가 웃으면서 성학을 바라보았다.

— 우재 너, 선생님하고 한 약속 아직 잊어버리진 않은 거지?

우재는 열심히 고개를 끄덕이면서 눈물을 훔쳐 내었다.

"선생님. 한국에 언제 와요? 선생님한테 해 줄 이야기가 너무 많은데 어디서부터 시작해야 할지 모르겠어요."

— 그래. 선생님, 조만간에 한국 들어갈 거야. 우재에게 긴히 할 이야기도 있고.

그러자 우재는 이번에도 역시 열심히 고개를 끄덕이더니 "저도요."라고 이야기를 했다.

"와. 장거리 연애 하는 사람들 같다."

우재와 성학의 모습을 지켜보던 승혜가 현정과 진우가 앉아 있는 테이블로 다가왔다.

"아, 진짜 저 사람들 왜 저렇게 애틋해? 나까지 눈물 났어."

진우는 아까부터 계속 가슴께를 만지작거리고 있었다. 눈물이 그렁그렁한 눈으로 '우리는 같은 편'이 아니었냐고 말하던 그녀의 모습이 떠오르자 진우는 입술을 꽉 악물었다. 저놈의 눈물도 참 주책없네. 시도 때도 없이 흘러내려? 사람 마음 산란하게.

"너 어디 안 좋니? 체했어?"

현정이 어딘가가 꽤 불편해 보이는 진우를 보며 슬며시 묻자 그는 자리를 박차고 일어났다.

"나 산책 좀 나갔다 올게. 소화가 안 되는지 좀 답답하네."

밖으로 나가는 진우의 뒷모습에 현정의 시선이 따라갔다. 성학과 통화를 하는 우재를 바라보던 진우의 시선이 여간 곱지가 않았기에.

"진우야. 너무 오래 있지 마. 너 없으면 애들이 우재한테 술 잔뜩 먹일지도 몰라."

현정은 일부러 진우를 협박하듯 한마디 해 줬다. 하여간 남자들이란…….

뽀드득, 뽀드득하고 눈을 밟는 소리가 경쾌하게 들렸다. 근처를 산책하던 진우가 리조트 정문에서 담배를 한 대 물고 생각을 정리하고 있는데 그의 앞으로 벤 한 대가 멈춰 섰다. 진우가 무심결에 차량으로 시선을 돌리자 화려하게 차려입은 효린이 내리고 있었다. 진우가 고개를 흔들며 뒤돌아서자 그를 부르는 효린의 목소리가 들렸다.

"이진우, 너 진우지!"

그의 등 뒤로 하이힐의 또각또각 소리가 들려왔다.

"진짜 이진우 맞네?"

하는 수 없이 진우는 천천히 뒤를 돌아보았다.

"이젠 나하고 인사도 안 하기로 했니?"

"너는 여기 웬일이야. 이진상이라도 만나기로 했나?"

"오빠는 일 때문에 서둘러 서울로 올라갔어."

진상의 이야기를 하는 효린에게서 무언가 달라진 분위기가 느껴졌다.

"내일 팩트 뉴스 1월 1일 자에 우리 기사가 뜰 거야."

우리. 효린에게서 처음 들어 보는 단어였다. 진우는 살짝 미간을 찌푸렸다. 내일은 또 한 번 대한그룹이 뒤집어지겠군.

"진상 오빠가 나를 기다리겠대. 끝까지. 내 마음에 어떤 사람이 너무 깊이 박혀 있어서 쉽게 지울 수 없다는 것도 잘 알지만, 자기에게 다시 한번 기회를 줄 수 없겠느냐고 물었어."

그 말을 하는 효린을 보며 진우는 이제 비로소 이들과의 관계에서 벗어날 수 있겠구나 하는 예감이 들었다.

"잘됐네. 축하해."

진우의 그 말에 효린은 그를 올려다보더니 눈을 흘겼다.

"아직은 아니야. 일단 사귀어 보는 거니까."

그러자 진우에게서 묘한 웃음이 터져 나왔다. 글쎄? 민효린은 결혼을 전제하지 않았다면 만나 보겠다는 말도 하지 않았을 사람이었다. 그런 그녀가 만나 보겠다고 결정을 했다면 그 관계에 충실해질 것이다. 그것이 그가 지금껏 유일하게 민효린을 옹호해 왔던 이유이다. 민효린은 그가 아는 누구보다 신의를 중요시하는 사람이었다.

"그러니까 이제 너도 나한테 누나라고 불러. 내가 분명히 너보다 한 살 누나잖아."

진우는 그제야 비로소 효린을 향해 빙긋 웃었다.

"그럼 이제 어설픈 에스코트 같은 건 이진상한테 가서 받아. 이제부터는 한밤중에 불쑥 찾아와도 문 열어 주지 않을 거니까."

그 말을 끝으로 진우는 효린에게서 그대로 등을 돌린 채 걸어가기 시작했다. 그런 그의 뒷모습을 바라보며 효린을 조그맣게 중얼거렸다.

"그래. 알아. 실은 정말 오래전부터 알고 있었지. 네 눈동자는 나를 보고도 지금껏 한 번도 흔들린 적이 없었다는 사실을. 잘 가. 나의 첫사랑."

한편, 성학과 전화 통화를 끝낸 우재는 집에서 걸려 온 부재중 전화에 휴대폰을 들고 숙소 밖으로 나온 상태였다. 아까 성학과 통화하는 사이 세 통이나 들어온 상태였다. 도대체 무슨 일이길래…….

우재의 전화를 받은 엄마는 다짜고짜 다그쳤다.

— 우재야. 우리 지금 출발해야 한대. 거기 어디야. 엄마가 데리러 갈게. 지금 상황이 급하게 돌아가고 있어!

다급한 엄마의 말에 갑자기 우재의 심장이 북소리처럼 쿵쿵 울려 대기 시작했다. '플라이 투 더 문' 식구들과 있는 사이 애써 미뤄 두었던 자신의 폭탄 시계가 다시 째깍째깍 움직이는 소리가 들리는 듯했다.

"엄마. 도대체 무슨 일인데?"

엄마의 말을 조금 더 자세히 듣기 위해서 조용한 곳을 찾아 두리번거리다가 정문 앞에서 진우와 민효린이 서로를 마주 보고 서 있는 모습이 보였다. 민효린이 여기 왜…….

그 순간 갑자기 예전에 창립 기념 파티가 있던 날 밤에 민효린이 진우에게 외쳤던 말이 떠올랐다.

'이진우, 너 그게 사실이야? 뉴욕대로 편입한다는 게 사실이냐고!'

이 바보! 어쩌면 그 말을 그렇게 까맣게 잊고 있었을 수가 있지? 뉴욕대! 편입! 귀에 휴대폰을 대고 있었던 우재의 손이 힘없이 떨어졌다. 생각해 보니 선생님의 유학은 아주 오래전부터 예정되어 있었던가 보다. 선생님은 처음부터 떠날 사람이었어. 그런 사람에게 마음을 쌓아 올린 것은 자신이었다. 우재는 순간 눈물이 핑 돌았다.

떨어뜨린 휴대폰에서 시끄러운 소리가 흘러나왔다. 다시 우재가 휴대폰을 귀에 가져다 대니 이번에는 아빠의 목소리가 들렸다.

— 우재야. 우재야. 듣고 있니?

우재는 가까스로 목소리를 냈다.

"네. 아빠."

— 지금 상황이 좋지 않아서 바로 출발해야 한다. 우리 딸. 이런 식으로 너에게 선택을 강요하게 만들어서 미안하다만…….

우재는 잔뜩 흐려진 눈으로 효린과 인사를 나누는 진우의 뒷모습을 바라보다가 이내 돌아섰다. 아직은 어리고 무력한 나이. 홀로 서기에는 부족한 것이 많았다.

그렇다면 부모님을 따라가자. 아무도 없는 이 땅에 홀로 남겨진 채 외롭게 살고 싶진 않아. 대신 그곳에서 힘을 기르자. 만약 힘이 생기면 그때 다시 돌아오자!

"갈게요. 아빠. 가요, 저."

우재는 눈물을 훔치며 아빠에게 가까스로 자신의 뜻을 전했다.

진우가 주변 숲을 돌고 돌아 다시 숙소로 돌아왔을 때에는 다들 거나하게 취한 상태였다. 현정과 승혜만이 식탁에 앉아 조용히 여자들만의 대화를 나누고 있을 뿐이다.

"꼬맹이는 어디 갔어?"

밖에서 들어오자마자 진우가 우재를 찾자 승혜는 그럴 줄 알았다는 듯 커튼에 살짝 가려져 있는 테라스를 가리켰다.

"집에서 전화가 왔었어. 뭔가 심각하게 한참 통화하는 것 같더니 돌아와서는 저렇게 계속 기타만 두드리고 있네? 독학으로 배웠다는데 실력이 제법이다."

진우는 장렬히 전사한 사람들의 몸을 넘어가 조심스럽게 커튼을 걷었다. 그러자 우재가 점퍼도 입지 않은 채 테라스에서 불이 켜진 하얀 설원을 바라보며 넋을 놓고 있었다. 진우가 인기척을 내자 그제야 우재와 시선이 맞부딪쳤다.

수명이 가져온 기타를 치고 있었던 듯 우재의 무릎 위에는 기타가 올려져 있었다. 진우가 뚫어지게 바라보자 우재는 무언가를 결심한 표정을 짓더니 기타를 고쳐 들고 연주할 자세를 잡았다.

그러더니 크게 한 번 숨을 내쉬고는 조심스럽게 기타를 만지작거렸다. 추위로 손이 꽁꽁 언 것 같았지만 그래도 제법 들어 줄 만한 멜로디를 만들어 내고 있었다. 곧이어 우재의 손끝에서 귀에 익숙한 곡인 '문 리버'가 연주되기 시작했다.

무지개의 끝을 쫓는 방랑자인 그들, 동경의 대상인 달빛이 어린 넓은 강을 건너고는 싶지만 지금은 그럴 수 없는 신세. 당신은 나를 꿈꾸게 하고 좌절하게도 하지만 당신을 따르는 일만큼은 멈추지 않겠다고 한다.

우재의 노래를 듣는 순간 진우의 온몸은 지진이라도 난 듯 들끓었다. 머리끝에서 치솟기 시작한 열기는 온몸을 돌아 진우의 이곳저곳을 미친 듯이 두드려 대고 있었다. 그녀의 목소리는 너무나 맑고 깨끗해서 금방이라도 빠져들 것 같은 목소리였다.

'네가 한번 잘 다듬어 봐. 진우야. 만약 네가 그 마른땅에 물만 뿌릴 수 있다면 너에게 진짜 귀한 기회가 찾아올지도 몰라.'

망할 이성학! 그게 이런 뜻이었어? 어떻게 이렇게 감쪽같이 속일 수가 있어! 서우재가 어떻게 내가 그렇게 찾아 헤매던 목소리의 주인공일 수가 있어!

우재가 첫 소절을 부른 순간부터 귀가 번쩍 뜨인 현정은 재빨리 녹음 버튼을 눌러 그녀의 노래를 녹음하고 있었다. 그 어디에서도 들어 볼 수 없었던 독특한 음색이었으나 그녀의 노래는 사람을 묘하게 흔드는 힘이 있었다.

"언니! 나 갑자기 온몸에 소름이 쫙 돋았어. 쟨 어쩌면 저런 목소리를 그동안 계속 감추고 있었대? 이미 고등학생의 감성을 뛰어넘었어."

보컬인 승혜까지 우재의 목소리를 칭찬하는 사이, 현정은 자신도 모르게 눈가에서 떨어지는 눈물방울을 재빨리 훔쳐 내었다. 모두가 우재의 노래에 매료되어 가는 것을 지켜보며 현정은 꼼짝도 하지 않은 채 진우의 뒷모습을 바라보았다.

이성학, 넌 미리 알고 있었구나. 진우가 그렇게 찾아 헤매던 목소리가 바로 우재라는 걸 알고 있었던 거지? 이제 이 아이들은 어떻게 될까?

그사이 술에 취해 쓰러져 있던 녀석들이 어디선가 들려오는 노랫소리에 눈을 비비고 일어나 테라스에 앉아 노래를 부르는 우재를 바라보았다.

"어디 라디오 켰어? 가수가 누구야? 목소리 좋은데?"

"쉿! 조용히 해 봐. 우리는 지금 세기의 공연을 보고 있는 중이라고!"

승혜가 그들을 단속하자 금세 입을 다물고 조용히 우재를 응시했다.

드디어, 우재의 연주가 끝이 났다. 갑자기 차가운 바람이 테라스로 불어닥치더니 우재의 온몸을 한 번 휘감고 지나갔다. 매서운 바람조차도 우재의 노래에 대한 답을 하는 순간이었다.

우재의 나이 열 살, 어린 시절 작은 중소기업의 경리 과장이었던 아빠의 회사가 부도를 맞았다. 더군다나 아빠가 회사일로 연대보증을 서는 바람에 커다란 빚과 함께 가족들은 집도 절도 없이 모두 거리로 나앉게 되었다.

그 후 다행히 아빠가 큰아버지의 일을 돕게 되면서 가족들의 생활은 조금씩 안정을 되찾기 시작했다. 대신 아빠의 일은 더욱더 바빠졌고 외로웠던 엄마는 아빠의 빈자리를 채우기 위해 언니와 우재의 교육에 힘을 썼다.

아빠의 일이 점점 궤도에 오르면서 한낱 중소기업의 경리 과장을 맡고 있던 때보다 집안 사정은 눈에 띄게 좋아지기 시작했다. 어릴 적부터 음악에 재능이 있었던 언니와 우재는 나란히 국내에서도 내로라하는 어린이 합창단에 합류할 수 있었고, 그 합창단에서도 우재는 여러 공연에서 솔로를 담당할 정도로 특출한 재능을 드러냈다. 그 일이 있기 전까지는.

해외 공연이 많았던 합창단의 특성상 우재는 바쁜 아빠와 떨어져 있는 시간이 많았다. 그러던 어느 날, 예정된 해외 공연이 취소되어 일찍 귀국한 아이들은 아빠를 위한 깜짝 선물을 준비해서 회사로 찾아갔다.

아이들이 회사로 달려갔을 때에는 때마침 점심시간이라 직원들이 자리를 비운 상태였다. 아빠의 비서실 문을 살짝 열었을 때 들려오던 것은 우재가 여러 공연에서 솔로를 불러 호평을 받았던 곡이었는데, 그 곡을 듣자마자 더욱 흥분한 우재는 한 톨의 의심도 하지 않은 채 문을 활짝 열어젖혔다.

그 순간 우재가 목격한 것은 아버지의 몸 위로 올라와 있던 실오라기 하나 걸치지 않은 여자의 몸뚱이였다. 얼음이 되어 굳어진 우재의 뒤로 언니인 효재가 얼굴을 내밀었을 때의 그 참담함이 아직도 기억 속에 뿌리박혀 있었다.

그 사건 이후로 우재의 마음에는 심각한 균열이 일어났다. 노래를 부를 때면 어김없이 그때의 일이 떠올라 그녀를 괴롭혔다.

노래를 마친 우재가 거실에서 자신을 바라보고 있는 사람들을 마주 보았다. 드디어 해냈다! 그중에서도 유난히 자신을 뚫어지게 바라보는 한 사람. 혹시라도 내 마음이 전달된 걸까.

하지만, 이번에도 어김없이 떠오르는 흉흉한 기억에 우재는 입을 막으며 화장실로 뛰어 들어갔다. 그 모습을 지켜보던 현정 또한 우재를 쫓아 화장실로 향했다.

"괜찮니?"

투박하게 등을 두드려 대는 현정의 말이 무색하게 우재의 입에서는 노란 위액이 아슬아슬하게 쏟아져 나왔다. 한참 동안의 헛구역질 이후 우재는 가까스로 물을 내리고는 괜찮다는 듯 손을 들었다.

"죄송해요, 언니. 노래를 부를 때면 항상 떠올리고 싶지 않은 기억들이 따라다녀서요."

현정은 땀에 흠뻑 젖은 우재의 머리카락을 쓸어 주었다. 그게 이런 뜻이었나. 공개된 장소에서는 노래를 못 한다고 했던 성학의 말이. 이렇게 좋은 목소리를 가지고도. 이 불쌍한 아이를 어쩌면 좋단 말인가.

현정의 안쓰러워하는 표정을 본 우재가 가까스로 일어났다.

"괜찮아요, 언니. 이미 다 예전에 잊어버린 줄 알았는데 마음에선 애써 지웠어도 머리는 기억하고 있었나 봐요."

"그럼 바람도 쐴 겸 따뜻하게 입고 산책이라도 좀 다녀오는 건 어떨까? 게다가 너에겐 널 이곳에 데려온 든든한 선생님도 있잖니?"

겨우 화장실에서 나온 우재는 현정이 건네주는 자신의 겉옷을 넘겨받았다.

"우재가 시원한 바람 쐬고 싶다는데 같이 가 줄 거지?"

현정의 물음에 진우가 아직도 얼굴이 하얗게 질린 우재의 얼굴을 바라보다가 마지못해 고개를 끄덕였다.

"10분만 있으면 새로운 해가 시작될 거야. 나가서 좋은 시간 보내고 와."

새로운 해? 과연 새로운 것이 좋기만 할까? 난 이렇게 따뜻한 이들과 이별한 채 다시 방황하게 될 텐데도? 우재가 눈물 젖은 눈으로 자신의 옷을 여며 주는 현정을 물끄러미 올려다보자 현정은 말없이 우재의 머리를 쓰다듬었다. '어서.' 라고 입모양으로만 말하는 현정을 바라보며 우재는 말없이 고목처럼 버티고 서서 그들을 바라보고 있는 진우를 돌아보았다.

"우재야. 사람들에게는 가끔 마법의 순간이 있어. 혹시 아니? 이 해를 보내고 새해를 맞이하는 그 순간에 네게 행운이 찾아올지?"

현정의 그 말에 우재는 고개를 끄덕이며 진우와 산책을 나섰다.

밖으로 나온 우재는 한참을 말없이 아무도 없는 눈밭을 걸었다. 진우가 우재와 떨어진 채 느릿하게 걷자 그녀가 비로소 입을 열었다.

"선생님은 왜 내게 한마디도 묻지 않아요?"

우재가 돌아보자 진우도 환한 달빛 아래서 그녀를 조용히 바라보고 있었다.

"무슨 이야기?"

"내가 이성학 선생님이랑 어떻게 알게 되었으며, 왜 노래를 그만둬야 했는지에 관한 이야기."

진우가 우재에게 한 발자국, 한 발자국 천천히 다가오기 시작했다.

"그게 그렇게 중요해?"

아무런 감정도 담기지 않은 깨끗한 눈. 이진우 당신은 진짜 내가 궁금하지 않구나. 정말 나 따위에게는 관심 한 톨도 없어. 그렇다면 내가 당신 마음에 불을 놓는 수밖에……. 우재는 그에게 마음속 깊은 곳에 숨겨 놓았던 이야기를 들려주기 시작했다.

"성학 선생님은 그때 그 시절, 내 아픈 마음속을 들여다보고 노래를 그만둘 수 있게 도와주셨어요. 수많은 관객들이 나만 바라보는 무대에 서 있을 때면 난 그때마다 아빠의 사무실 문을 열었던 때가 생각이 났어. 내 솔로곡을 배경으로 알몸의 여자와 뒤엉켜 있던 아빠의 모습. 무대 위에서 솔로곡이 흘러나올 때면 나는 어김없이 구토하며 쓰러져 버렸어요."

우재에게 그때의 기억들이 다시 밀려드는 듯 잠시 동안 입술을 꾹 다물고 있었다.

"아무래도 난 그 문을 열어 우리 가족을 파탄에 빠뜨린 내 자신을 용서할 수가 없었나 봐. 그냥 모른 척 살았다면 좋았을걸, 그 문을 열지 말걸, 하면서 수없이 후회했던 것 같아. 그렇게 망가져 가는데도 우리 엄마는 내가 노래를 그만두는 것을 허락하지 않았어요. 이대로만 가면 엘리트 코스로의 길이 펼쳐져 있는데 절대로 포기할 수 없다고 악다구니를 떨었어요. 아마도 엄마는 우리 가족이 그렇게 서서히 붕괴되어 가는 걸 견디지 못하셨던 것 같아. 그런 엄마를 성학 선생님이 설득해 줬어. 아이의 미래보다 당신의 치부를 인정하는 일이 그렇게나 두렵냐며, 당신이 그러고도 부모라고 할 수 있느냐며."

우재의 눈에서 눈물이 반짝거렸다.

"대신 선생님과 굳게 약속을 했어. 살면서 또다시 무슨 일이 닥칠지 모르는데 그때마다 숨지 말고 최대한 온몸으로 부딪쳐 보기. 그 모든 일들이 내가 생각했던 것보다 별거 아닐 수도 있으니까. 그래서 오늘도 용기 내서 한번 불러 본 거예요. 선생님을 위한 세레나데."

잠깐 동안 진우의 동공이 지진이 난 듯 흔들리는 것이 보였다. 그러더니 지금껏 꽉 움켜쥐고 있던 진우의 손이 우재의 이마 위로 올라와 얼굴을 가리고 있던 머리카락을 조심스럽게 매만졌다.

"서우재."
"네?"
"넌 내가 왜 그렇게 좋냐?"
진우의 직설적인 질문에도 우재는 해사하게 웃었다.
"왜? 도대체 나란 놈의 어떤 점을 보고?"
우재는 그 질문이 반갑다는 듯 답했다.
"글쎄요. 기억이 잘 안 나요. 선생님을 언제부터 좋아하게 됐는지, 왜 좋아하기 시작했는지. 단지 내가 아는 건 한번 좋아하기 시작한 마음을 멈출 수가 없다는 거예요. 멈추려고 해 봤던 것 같은데 그건 잘 안 되고 자꾸 가속만 붙어요. 내가 탔던 보드처럼."
그의 눈빛이 돌연 탁해졌지만, 자신의 마음을 내보이는 데 정신을 빼앗긴 우재는 그 사실을 쉽사리 알아차리지 못했다.
"서우재, 나는……."
진우의 입에서 거절의 말이 나올 것 같자 우재는 미리 선수를 쳤다.
"알아요. 선생님은 곧 떠나야 할 사람이라는 거. 거듭 말하지만 나도 뭘 바라고 하는 말은 아니었어요. 다만 끝까지 부딪쳐 본 거예요. 혹시나 나중에 우리가 다시 만나게 되면 마지막까지 최선을 다했던 지금의 나를 잊지 말아 달라고. 알다시피 우리가 함께 있을 수 있는 시간은 바로 지금뿐이잖아요. 그러니까 If Not Now, When, 지금 아니면 언제?"
자신의 마음을 솔직하게 전한 우재는 달빛 아래에서 화사하게 웃었다.
그 순간, 사람들이 단체로 카운트다운을 외치는 소리가 들려왔다.

"어? 이제 곧 새해가 밝나 봐요!"

진우도 사람들이 외치는 카운트다운 소리에 귀를 기울였다.

갑자기 하늘로 폭죽들이 쏘아지는 소리가 들리더니 여기저기 화려한 불꽃들이 펑펑 터지기 시작했다. 새해를 축하하는 형형색색의 불꽃들이 스키장을 화려하게 수놓자 그들은 넋을 잃고 하늘을 바라보았다. 곧이어 스키장 여기저기에서 "Happy New Year!"라는 외침이 들려왔다.

순간 우재가 진우의 멱살을 잡더니 확 하고 끌어당겼다.

"그런 의미에서 우리도 새해 인사 한번 해야 하지 않나요? Happy New Year, 선생님!"

그러더니 마음의 준비를 할 시간도 주지 않은 채 진우의 입술로 돌진했다.

순간 짜릿한 번개가 진우를 강타했다. 잔망스러운 키스였지만 우재의 입술에 낙인이 찍힌 진우의 몸은 마비가 된 듯 꼼짝할 수가 없었다.

그리고 그것이 그들의 마지막 순간이었다. 그다음 날 우재의 가족들은 털끝 하나 남기지 않고 온데간데없이 사라져 버리고 말았다.

그로부터 얼마 후, 새해의 첫 정치 기사로 차기 대권 주자로까지 거론되었던 서주환 의원의 정치자금 리스트 일부가 인터넷에 공개되면서 사회적으로 큰 파장을 몰고 왔다.

TV 화면에서 뇌물죄로 죄수복을 입은 서주환이 "이것은 음모!"라며 외쳐 댔지만 리스트에 등장했던 몇몇의 기업들이 '지난 과오에 대해 국민들께 심려를 끼쳐 드리게 되어 죄송하게 생각하고 있으며, 각 기업들은 깊은 반성을 하고 있다. 책임을 통감하며 앞으로는 정재계의 투명한 문화 정립을 위해 앞장서겠다.' 라는 공식 성명을 냄으로써 그 일을 기정사실화하였다.

5. 그로부터 7년 후

“아무리 샅샅이 뒤져 봐도 출입국 기록이 없습니다. 국내에서도 종적을 감춘 걸 보면 결론은 하나, 가족들이 모두 밀항을 했을 가능성이 큽니다.”

“그래서요. 벌써 1년이나 시간을 드렸지 않습니까? 내가 알고 싶은 것은 그들 행적에 대한 최종 결과이지 행적을 쫓다가 실패한 리스트가 아니란 말입니다. 내가 고작 이런 결과를 얻으려고 당신들에게 거액의 돈을 퍼부어 준 줄 아십니까. 앞으로 열흘 안에 해당하는 결과를 가지고 오지 못한다면 우리 사이의 계약은 없던 걸로 합시다. 만약 그렇게 된다면 그동안 당신들이 해 처먹은 돈은 모두 토해 내야 될 거야!”

소장이 뭐라고 말을 꺼내기도 전에 진우는 찬바람을 일으키며 사무실을 박차고 나가 버렸다.

진우 앞에서는 머리도 못 들던 소장은 갑자기 얼굴을 붉힌 채 씩씩대기 시작했다.

"아니. 뭘 처먹었길래 저렇게 고개가 빳빳해. 야, 저 자식 직업이 뭐라고 했지?"

"이진우라고 만들 때마다 히트작만 내놓는 '스튜디오 101' 에서 거의 신처럼 떠받들다시피 하는 영상 음악 감독 아닙니까. 영화면 영화, 드라마면 드라마, 손만 댔다 하면 100억이 우습다 아닙니까. 그렇게 잘나가는데 배경마저 대한그룹 차남입니다."

소장은 재수가 없다는 듯 갑자기 쾅 하고 책상을 찼다.

"금수저라 그렇게 재수가 없었구만?"

"금수저지만 흙수저처럼 자수성가한 타입입니다. 대학 들어가서부터는 대한그룹 꼬리표를 떼기 위해 그렇게 몸부림을 쳤다고 합니다. 대학도 자기 힘으로, 유학도 자기 힘으로 다녀온 아주 독한 놈이라고 하더군요. 유학 가서는 일에 불이 붙어 가지고 아예 돈을 긁어모아 가지고 왔다는 소문도 있어요. 그런 사람이 '대한'의 '대' 자만 나와도 아주 경기를 일으킬 정도로 싫어했다던데요."

후배의 말에 남자의 얼굴이 다시 흙빛으로 변했다. 그러더니 별안간 기침을 했다.

"아무리 그래도 어린노무 새끼가 어른한테 눈을 부라리고 말이야! 이상한 미션이나 줘 놓고선. 아무리 여기저기 사진을 돌려 봐도 아는 사람이 없다잖아. 밀항 조직에서도 모른다 하니 나보고 어쩌라는 거야? 그 자식보다도 내가 더 미치고 팔짝 뛸 노릇이구만. 그나저나 이 사람들은 도대체 어디로 간 거야. 서주환이 설마 쥐도 새도 모르게 벌써 해치워 버린 건 아니겠지? 그놈 동향은 어때."

"겉으로는 아직 움직임이 없습니다. 그때 그 사건으로 재산이 전부 국가에 귀속되고 감방에 갔다고 합니다. 그러니 동생에게 한 품었다는 소문이 괜히 있겠습니까? 그런데 그 동생이라는 사람 참 대단하지 않습니까? 지난 10년 동안 형의 등에 칼을 꽂기 위해 납작 엎드려 있었다는 거 아닙니까. 거기도 뭔가 사연이 깊어요. 그런데 형님. 제가 조사하다가 이상한 이야기를 들었는데 말입니다. 서주환 의원이 7년 전쯤 기업들의 약점을 틀어쥐고 돈놀이를 하고 있을 때 그 동생이 자신을 보호해 주는 대가로 기업들과 딜을 했다는 말이 떠돌고 있습니다."

"뭐라고?"

갑자기 소장의 얼굴에 먹색 구름이 잔뜩 끼기 시작했다.

"결국 기업들과 그 동생이 손을 잡고 칼을 휘두르려는 서주환을 오히려 쳐 버렸다는 뜻 아니겠습니까."

소장의 얼굴에 긴장감이 흘렀다.

"만약 그 말이 사실이라면 우리가 사사로이 찾아서 될 일이 아닌 것 같은데. 결국 누군가가 조직적으로 그 동생 가족을 빼돌렸다는 말이잖아. 그나저나 그 이진우라는 작자는 왜 우리들에게 와서 그 가족을 찾고 난리야? 대한그룹 정보력이라면 미국 CIA 못지않을 텐데……."

비서실장은 대한그룹 본사 17층에 위치한 회장실에서 새로운 안건에 대한 보고를 올리고 있었다.

"일전에 말씀하신 대로 모두 지시를 마친 상태입니다."

이 회장은 알겠다는 듯 비서실장의 말을 듣고 나서 그가 건넨 서류철을 열어 보았다.

"음. 진우에게 흥미를 보이는 아가씨들 리스트인가? 훌륭하네. 유학에 재산에, 아주 화려하구만?"

이 회장이 흥미롭게 리스트를 살펴보는 사이, 비서실장은 걱정스러운 표정으로 그를 바라보며 서 있었다.

"말해 보게, 최 실장. 그렇게 뭐 마려운 강아지처럼 서서 그러고 있지 말고."

"……그런데 진우 군이 맞선을 순순히 받아들이겠습니까?"

"받아들이지 않으면 어쩔 건데. 이것 또한 제 놈의 운명인 것을."

이 회장의 말에 비서실장은 자신도 모르게 들고 있던 서류철을 손가락으로 툭툭 쳤다.

그건 비서실장이 뭔가 다른 꿍꿍이가 있을 때 나오는 버릇인 걸 이 회장만은 알아볼 수 있었다.

"회장님 이제 7년이나 흘렀습니다. 그 가족들의 금족령은 풀어주시는 게……."

이 회장의 눈빛이 날카롭게 빛났다.

"계약서상으론 5년이지 않았나? 계약서에 적힌 날짜에서 벌써 2년이나 흘렀는데 움직이지 않는다는 건 그들도 그곳을 떠나고 싶지 않은가 보지."

늑대 같던 이 회장도 나이가 들수록 여우가 되어 간다. 어쩌면 저렇게 앙큼한 생각을.

"일단 여기 있는 아가씨들부터 하나씩 밀어붙여 봐. 하나라도 얻어걸리는 게 있다면 내가 인정해 주지. 일단 진행되는 상황을 보고 다음 것을 생각하자고."

그런 이 회장에게 비서실장은 깍듯이 인사를 한 뒤 회장실을 나섰다.

"음, 그 집은 아직 계약 기간이 1년도 더 남은 상태야. 아니 옥탑방을 찾는다면서 하필 그 집이야 그래? 계약 기간도 많이 남았구만."

"아, 그게 제가 정말 좋아하는 곳이라서 그래요. 그냥 가면 민폐인 것 같은데 제가 세입자로 들어가면 맘이라도 좀 편할까 싶어서……."

뭔가 사연이 있어 보이는 아가씨를 보며 부동산 소장은 얼굴을 찌푸렸다.

"다른 방은 알아보긴 했수?"

"제가 아직까지 보증금을 많이 내고 그럴 형편이 안 돼서요."

부동산 사장은 고개를 절레절레 저었다.

"아니 이 사람아, 요즘 서울 집값이 얼마인데 보증금 없이 월세를 얻나 그래? 단돈 500만 원도 없어?"

소장의 말에 우재는 배시시 웃기만 했다. 당분간은 게스트하우스에서 버텨야 하는 걸까. 게스트하우스도 비싸서 유스호스텔로 가려는 판국에.

우재는 한숨을 쉬면서 부동산을 나왔다. 내가 없는 동안 서울이 많이 변하긴 변했구나.

우재는 터벅터벅 자신이 살던 동네를 걸어 다녔다. 그러다가 문득 가족이 살던 옛 집터로 걸어가 보았다. 이제는 그 자리에 주택을 개조한 카페가 영업을 하고 있는 중이었다.

우재가 문을 열고 들어가자 주인장이 우재를 반갑게 맞아 주었다.

"어서 오세요."

우재는 카페로 변신한 자신의 옛집을 둘러보았다.

자신의 방이 있던 자리에 놓인 테이블에 가서 앉는 순간 그 시절의 기억들이 하나둘씩 떠오르면서 우재는 코끝이 찡해졌다. 정말 모든 것이 변했구나. 집도 동네도, 그리고 이곳에 있던 사람들도.

"음료는 어떤 걸로 하시겠어요?"

주인장의 말에 우재는 '오렌지 주스' 라고 말했다. 과외하는 날이면 그 사람이 즐겨 마시곤 했던 노란빛의 오렌지 주스. 주인이 우재 앞에 주스를 내려놓았다.

이 집에 이제는 나 혼자만 앉아 있네. 선생님, 잘 지내고 있어요? 몸은 건강하시고요? 나도 잘 지내고 있어요. 선생님한테 내 소식 한 자락 전하고 싶어도 어디서부터 시작을 해야 할지 모르겠네요.

우재는 카페에 앉아 한동안 조용히 창밖만 바라보았다.

조용한 음악이 흐르는 진우의 사무실 문에서 똑똑 하는 노크 소리가 들렸다. 다시 한번 두드려도 대답이 없자 노크를 한 사람이 덜컥 문을 열고 들어왔다.

"진우 형, 혹시 주무시는 거예요?"

"아니."

진우는 머리를 의자에 기댄 채 시뻘게진 눈을 떴다. 까만 폴라티에 시뻘건 눈을 하고 있어 이빨 두 개만 달아 놓으면 '고뇌하는 드라큘라' 같다는 생각이 들 정도였다.

"형, 며칠이나 못 주무셨어요? 요즘따라 더 힘들어하시네요?"

철영의 말에 진우는 눈을 한 번 깜박이고는 마른 눈을 비볐다.

"오늘은 좀 댁에 들어가서 쉬시는 건 어떨까요? 그러다 진짜 젊은 나이에 쥐도 새도 모르게 죽는 수가 있습니다."

한번 작업에 들어가면 뿌리를 뽑고야 마는 진우의 성격을 비꼬는 말이었다.

"들어가려면 먼저 들어가."

"오늘도 인천에 다녀오셨어요?"

진우는 대답하지 않고 책상에 펼쳐 놓은 악보를 내려다보았다.

진우는 유학을 마치고 한국에 들어온 후부터 누군가를 미친 듯이 찾고 있었다.

연말, 특히나 눈발이 날리는 계절이 되면 진우는 점점 더 미쳐가곤 했다. 그럴 때면 그에게서는 고독하고 시리고 아픈 감정의 음악들이 마구 탄생되었고 그 곡을 듣는 사람들은 마약처럼 열광하곤 하였다.

어떻게 보면 지금 진우의 명성은 그의 고독과 외로움을 기반으로 탄생되었다고 할 수 있었다.

철영은 안 되겠다 싶었는지 컴퓨터 앞으로 다가가 다짜고짜 플러그를 뽑아냈다.

"형, 들어가세요. 그러다가 진짜 쓰러지십니다. 형 쓰러지면 이 스튜디오는 진짜 무용지물인 거 아시죠? 왜요. 나 백수 만들게요?"

진우는 눈이 빠질 듯이 아픈지 인상을 쓰면서 눈을 감았다.

"수명이는?"

"형 지금 동교동 카페에 갔어요. 금방 올 건데, 형보고 운전하라고 할까요?"

"아니 됐다. 그냥 택시 타고 들어가지 뭐."

진우는 휘청거리면서 몸을 일으키더니 옷걸이에 걸려 있는 코트를 걸쳐 입었다. 길고 마른 몸에 걸쳐진 고급스러운 코트는 그를 잡지에서 튀어나올 법한 모델로 만들었다.

"오늘은 약 드시지 말고 주무세요. 3일 동안 안 자서 오늘은 잠이 잘 올지도 몰라."

철영의 말에 진우는 피식하고 웃음을 흘렸다.

"웃지 마요, 형. 그렇게 웃는 날이면 꼭 어느 이상한 라운지 바 같은 데서 발견되더라? 그것도 여자 품에 안겨서. 여자를 그렇게 좋아하는 것도 아니면서 술만 먹으면 여자인지 똥인지를 구분 못 해요. 그 여자야 형이 가진 외모와 돈에 현혹되었을 테지만."

철영의 타박에 진우는 잔소리를 일 절만 하라는 듯 한쪽 팔을 삐죽 올리더니 자신의 사무실을 빠져나갔다.

우재는 현관문 앞에서 입을 다물지 못하고 있는 천하를 웃는 얼굴로 바라보고 있었다.

"내가 너무 염치없이 저녁 시간에 딱 맞춰 왔나?"

"어. 어. 어. 어. 엄마! 언니! 우재가…… 우리 우재가 귀신이 되어서 왔어. 내 친구 우재가 귀신이 되어서 찾아왔다고!"

천하의 그 말에 갑자기 우재의 눈에 눈물이 핑 돌기 시작했다.

어우, 야. 귀신이라니! 이 망할 계집애!

"언니! 서우재 귀신이 왔다니까?"

목이 멘 목소리로 그렇게 외치는 천하를 보며 우재는 손을 뻗어 천하의 포동포동한 양 볼을 콱 하고 꼬집었다.

"이년이? 이래도 나보고 귀신이래?"

갑자기 방 여기저기에서 우당탕 소리가 들리더니 천하의 엄마가 한 손에 국자를 들고, 아버지는 손톱깎이를 들고, 그리고 천희 언니는 안경이 삐뚤어진 채로 거실로 뛰어나와 현관문 앞에 버젓이 서 있는 우재를 바라보았다.

"어. 어. 서우재 귀신 맞다. 엄마. 소금, 소금 가져와서 뿌려. 빨리! 훠이, 훠이, 귀신아. 썩 물러가라. 우리 집에서 썩 나가!"

천희의 그 말에 갑자기 우재가 천하를 덥석 안았다.

"미안해. 친구야. 미안해! 내가 너무 미안해!"

그런 우재를 만져 보며 따뜻한가를 가늠하던 천하는 우재가 여전히 살아 있음을 확인하고 나서 그녀의 등을 팡팡 때리기 시작했다.

"어우! 이 미친년. 어우! 이 돌은 년. 어디 가서 뭘 하다가 이제야 나타난 거야. 이년아. 이 나쁜 년아!"

천하의 입에서 드디어 꽁꽁 싸매어 놓은 속울음이 터져 나오기 시작하자 우재는 천하의 어깨를 부둥켜안고 울음을 터트렸다.

"미안해. 천하야. 미안해."

"아우. 이 나쁜 년. 니가 어떻게 나한테 이럴 수가 있어. 어? 어떻게! 어떻게 이럴 수 있어!"

모든 식구들이 우재를 붙잡고 대성통곡하기 시작했다.

만찬 모임을 마친 이 회장을 기다리던 비서실장은 승용차의 뒷문을 열고 이 회장이 차에 타기만을 기다렸다.

"오늘 일정은 여기까지인가?"

"예, 그렇습니다. 회장님."

"그럼 집으로 가세."

한동안 이 회장은 아무 말도 없이 차창에 팔을 기댄 채 생각에 잠긴 듯 창밖을 바라보았다.

"아까 보니 조 사장이 잠시 진우 이야기를 꺼내는 것 같던데. 조상진 사장 여식이 그 리스트에 있었나?"

"예. 그렇습니다. 뭔가 불편한 일이 발생했습니까?"

"아니, 예상은 했어도 내 새끼를 교묘하게 비꼬는 그 자식을 한 대 걷어차 주고 싶어서 좀 근질근질했네. 그냥 한 대 패 버릴 걸 그랬나."

이 회장의 말에 비서실장은 조용히 한숨을 쉬었다.

"어떻게 되었어, 진우 녀석은. 성공한 아이들은 있었나?"

"벌써 네 명째 아웃시키셨습니다."

비서실장의 말에 이 회장은 '그러면 그렇지' 라는 표정을 지었다.

"앞서 세 명과의 약속에서는 아예 그 장소에 나가지 않으셨고, 나머지 한 명은 그런 소식을 듣고 직접 도련님의 스튜디오까지 찾아갔다고 합니다. 만나는 데 성공은 하셨는데 그 여자분에게 사생활이 담긴 사진을 얼굴에 흩뿌리면서 어쭙잖게 조신한 척 내숭 떨며 시집갈 생각 하지 말고 제 갈 길 가라고 하셨답니다. 계속 이런 식으로 질질 끌면 언론에 터트리겠다고."

비서실장은 아무런 반응 없이 그저 보고를 듣기만 하는 이 회장을 조마조마하게 바라보았다.

"여자아이의 얼굴에 사생활이 담긴 사진을 던져?"

"리스트를 토대로 이미 흥신소에 아가씨들의 뒷조사까지 모두 마치신 모양입니다."

"흠. 너무 많이 아는 것도 문제로구만? 그 아이들에게 그렇게 흠이 많던가?"

앞자리에 앉아 있던 비서실장의 고개가 이 회장 쪽으로 향했다.

"아무래도 평범한 사람들과는 다른 환경에서 자랐을 테니까요. 그런데 호사가의 입에 자주 오르내리곤 하는 진우 도련님이 그것을 지적하니 아마 자존심이 많이 상했던 모양입니다."

뒷자석에서 이 회장의 깊은 한숨 소리가 들려왔다.

"하여튼 여차여차 진우 도련님이 모든 일을 그런 식으로 처리하시는 바람에 지금 회사가 벌컥 뒤집혔습니다. 진우 도련님이 험악한 방식으로 거절한 기업들과 저희 사업들이 연관되어 있어서 지금 여러 부처에서 업무 협조를 받지 못해 엄청난 곤란을 겪고 있는 중입니다, 회장님."

그 말에 이 회장은 조용히 창밖을 바라보았다.

"그렇다면 자네는 대안이 뭐라고 생각하나?"

비서실장은 조용히 한숨을 내뱉었다. 왜 그러십니까. 굵직굵직한 사업에서는 화통하다 못해 카리스마로 유명한 양반이 이런 일에 있어서는 내 입으로 말을 하게 만드시네, 진짜.

"그……."

"역시 그쪽인가? 그건 아직도 안 올라왔고? 아이의 이력서."

"네. 하지만 이미 호주에서 출발했다는 연락은 받았습니다."

"그래. 그렇다면 이미 한국에는 들어와 있다 이 말이지? 그러면 쫓고 있나? 그래도 위치는 파악해 두어야 할 거 아닌가. 혹시 모를 사태에 대비해서."

"이미 조치해 뒀습니다."

다음 날, 진상은 대한그룹 채용공고를 계속 살펴보고 있다가 뭔가를 클릭하더니 출력했다.

프린터에서 출력물이 나오자 그는 자리에서 일어나며 최 실장의 책상 앞에 섰다.

"최 실장님 뭘 좀 여쭤봐도 되겠습니까?"

"네. 물어보세요."

"2년 전부터 저희 비서실에서 정기적으로 공고를 내고 있는 이 인터프리터(통역사) 말입니다. 솔직히 저희에게 필요 없는 인력 아닙니까? 그런데 왜 자꾸 살펴보라고 하시는지……. 제가 생각하기엔 인력 낭비 같습니다만?"

비서실장은 인상을 쓰더니 진상을 바라보았다.

"그래도 좀 찬찬히 살펴보시죠, 이 과장."

"비서실 인원 중에 언어가 처지는 인원도 없고 더군다나 정직원도 아니고 겨우 6개월 계약직인데……."

"그래도 다들 대한그룹이라고 미친 듯이 지원하고 있지 않습니까? 아주 커다랗게 업무 내용에 회장 및 회장 가족 의전이라고 써 붙여 놨다고."

"그래서 더 드리는 말씀입니다. 저희들이 통역사들에게 의전받을 일이 뭐가 있습니까? 이게 회사 내용과 관련이 있는 문제도 아니고 말입니다. 세상에 이렇게 유치한 채용공고가 어디 있습니까? 그룹 이미지만 떨어지게."

하지만 비서실장은 솜씨 좋게 그의 말을 잘랐다.

"다 뜻이 있어서 하는 일들입니다. 그러니까 이 과장은 계속 모니터하면서 특출 난 인물이 눈에 띄거든 보고 부탁합니다. 알겠습니까?"

"……."

비서실장의 엉뚱한 답변에 진상은 잔뜩 인상을 썼다.

“그래서 지금껏 호주에 있었단 말이야? 그것도 시골구석에서? 언어는 어떡하구?”

“언니랑 내가 어렸을 때부터 외국에 자주 나가서 언어 쪽으로는 문제없는 거 너도 잘 알잖아.”

천하는 아이스크림을 빨다가 기가 막힌다는 표정을 지었다.

“아빠도?”

조심스럽게 상황을 묻는 천하의 말에 우재는 고개를 끄덕였다.

“응. 아빠도. 처음에는 문제가 엄청 많았지. 지난 15년간 한 번도 뭉쳐 본 적 없는 가족이었는데 낯선 환경, 낯선 도시에서 뭉칠 수 있을 리가 없잖아. 그래서 처음에는 엄청 심각했는데 사람은 환경의 동물이라고 적응하게 되더라. 아빠가 정말 많이 노력하셨어. 외로운 것만 빼면 가족과 함께 있어 행복하다 느낀 건 다섯 살 이후 처음이었던 것 같아.”

“와. 그렇다고 그렇게 연락을 딱 끊어?”

“추적당하기 쉽다고 해서 우리는 작은 소도시에서 살았어. 인터넷도 안 썼고 전화도 완전히 다이얼식 전화기 같은 거 쓰고. 휴대폰도 없이.”

“거기서 뭐 했는데. 농사지었어? 아니면 양 키웠어?”

우재가 풋 하고 웃음을 터트렸다. 정말 천하답다.

“처음에는 한국에서 가져갔던 자본금 좀 까먹고 우프처럼 다른 농장일도 도와줬는데 돈이 너무 안 되서 나중에는 주택을 하나 빌려서 우리가 비앤비를 열었어.”

“오. 서구식 여인숙?”

"어. 그래서 완전히 외국인들만 받았어. 솔직히 거기까지 흘러들어 오는 한국인도 많이 없었지만 간혹 가다 만난 사람들에게는 빈방이 없다고 거절해서 보냈어. 혹시라도 소문날까 봐."

"너희 큰아버지가 그렇게 독해? 거기까지 쫓아갈 만큼?"

우재가 멋쩍은 듯 웃었다. 하지만 큰아버지를 설명하는 우재의 표정은 심상치 않았다.

"아빠는 몇 번의 교통사고와 직접적인 협박을 당하셨다고 했고, 엄마는 전화로 매일같이 협박받다시피 했었대. 그것이 엄마의 조울증에 한몫했었다는 걸 나중에 알게 되었지만."

천하가 눈을 동그랗게 떴다.

"큰아버지는 우리 가족을 자기 손에 쥐고 주무르려고 했어. 그 사람은 그런 식으로 모든 사람들을 다스렸던 모양이야. 그리고 이 모든 것이 열 살 때 언니랑 내가 아빠 사무실에서 보았던 그 일들과도 연관이 되어 있는 것 같더라. 아빠는 우리가 그 이야기를 하는 것을 굉장히 싫어하셨지만 엄마가 나중에 그랬어. 지금 생각해 보니 아빠는 그날 확실히 정신이 맑지 않았다고."

"대박. 나 지금 무슨 블록버스터 영화 보고 있냐? 한국에서도 진짜 그런 일이 벌어진단 말이야?"

"돈이 사람을 그렇게 만들었지. 하지만 난 큰아버지는 원래부터 그런 마음을 가진 사람이었다고 생각해. 피도 눈물도 반성도 모르는 인간들이 간혹 있잖아. 그런데 우리 큰아버지가 그러더라. 마지막으로 내가 전화기에서 들은 목소리는 끈적끈적한 타르가 잔뜩 묻은 악귀의 목소리였어. 끝까지 너희들을 찾아내고야 말겠다고 했어."

천하는 자신의 이야기에 빠진 우재의 관심을 딴 곳으로 돌리기 위해 주변을 부산하게 만들었다. 만약 이 엄청난 일이 사실이라면 서우재도 지금 제정신이 아닌 상태가 맞았다. 그렇다면 이 아이를 위하는 건 단 한 가지. 그 생각을 하지 않게 도와주는 방법밖에는 없었다.

"야, 야. 이제 지난 일 말고 다른 이야기 하자. 이 과자 맛있지 않니? 요즘 한국도 생활이 좋아져서 맛있는 과자가 너무 많이 나와! 이건 김 맛과 짬뽕 맛. 너 학교 앞 떡볶이 그립지 않았니? 내일 날 밝는 대로 갈까?"

세월의 공백이 무색하게 여전히 스스럼없이 자신을 대하는 천하가 고마워 우재는 울컥했다.

"잘 왔어, 서우재. 우재야 너 잊지 마. 이제부터 너의 본가는 여기야. 한국에 너희 집은 남아 있지 않지만 그냥 우리 집을 본가라고 생각하고 생활해."

천하의 말에 우재는 애써 눈물을 감추고 고개를 끄덕였다.

"그건 그렇고, 이제부터는 뭘 할 거야? 생각해 놓은 거라도 있어? 아! 너 호주에서 대학도 다 졸업하고 왔다며."

우재는 천하를 바라보며 남은 사연을 털어놓았다.

"응. 실은 예전부터 약속된 일이 있어. 동시에 내가 뿌린 씨앗이 어떻게 되었나 찾아보고 싶기도 하고."

"네가 뿌린 씨앗?"

그러자 우재는 천하를 바라보며 빙긋 웃었다.

"응. 너 기억 안 나? 우리가 열여덟 살 때 천희 언니가 나보고 지르고 싶은 대로 실컷 질러 보라고 했던 말."

"뭐어? 혹시 너 그……."

우재가 속도 없이 웃고 있자 천하는 상당히 놀랍다는 표정을 지어 보였다. 그러더니 이내 얼굴을 찌푸렸다.

"그 인간이 네가 거두고 싶다고 거둘 수 있는 인간이었냐? 그 사람 지금 엄청 잘나가! 언젠가 한 번 방송 탔다가 난리도 아니었다."

"그러게. 그런 것 같기는 하더라. 그래도 포기하기엔 너무 아깝잖아. 그 사람과 다시 만날 날을 꿈꾸며 지난 7년을 버텨 왔는데……."

"야! 정신 차려! 그때는 우리가 낭랑 18세였어. 좌절과 포기보다는 희망과 꿈이 있던 시기였지만, 우리는 지금 스물다섯 살이야. 실패가 난무하고 좌절이 판을 치는 이 세상에서 될 것과 안 될 것이 가려지는 시기라고."

"그러면 난 안 될 거라고 미리 포기하고 살아? 난 안 될 때 안 되더라도 끝까지 노력해 보고 싶어."

여전히 의욕적인 우재의 말에 천하는 어떤 표정을 지어야 할지 난감한 눈치였다. 우재는 깔깔 웃으면서 천하의 얼굴을 부여잡았다.

"걱정 마, 이천하. 설사 실패하는 일이 있더라도 다시는 예전처럼 말없이 사라지지 않을 테니까. 그나저나 천하야. 넌 내가 앞으로 어떤 삶을 살게 될지 궁금하지 않니?"

그로부터 일주일 뒤, 진상은 자신의 눈앞에 앉아 있는 우재를 바라보며 잠시 잠깐 넋을 잃고 있었다.

정장을 가지고 있지 않아서 천수 언니 옷을 빌려 입었던 우재로서는 남의 옷을 입은 불편함에 진상의 표정까지 살펴볼 여유가 없었다. 그냥 내 옷을 입고 올걸. 우재는 한숨을 쉬다가 이내 자신을 뚫어져라 바라보고 있는 진상을 응시했다.

"호주 멜버른대에서 심리학을 전공하셨다고요?"

"아, 네."

간단하게 대답하던 그녀는 진상이 얼굴에 너무나 많은 질문을 담고 있다는 사실을 깨달았다. 이 사람은 날 만날 때마다 많은 것을 묻고 싶어 하시네.

"우리가 못 본 새 세월이 참 많이 흘렀네요."

진상의 말에 우재는 살짝 미소를 지어 보였다.

"결국 당신 때문이었나 보군."

"네?"

"회장님께서 지난 2년 동안 쓸데없는 채용공고를 올리셨던 이유가."

우재는 아무 말도 하지 않았다.

"서우재 씨는 왜 그렇게 사람이 심플하지 못합니까? 보는 순간 견적이 읽혀지는 삶을 살 수는 없는 겁니까?"

진상의 억지에 우재는 웃음이 튀어나오려는 것을 꾹 참았다.

"그런 삶은 너무 단조롭고 심심하지 않을까요? 지금 제 앞에 앉아 계시는 과장님만 봐도 견적이 잘 안 나오는데요."

우재의 받아침에 진상은 살짝 미소를 지으면서 혼잣말처럼 중얼거렸다.

"여하튼 당신이 돌아왔으니 누군가도 이제는 좀 정신을 차려야겠네요."

우재는 속으로 중얼거렸다.

'그 누군가가 내가 생각하는 누군가이길. 그리고 그 사람이 부디 지난날의 나로 인해 조금쯤 흔들렸기를.'

"뭐 나와의 면접은 이쯤에서 끝내고 조금만 더 기다려 줘요. 회장님이 회의에서 돌아오시면 당신을 한 번 더 보시겠다 할지도 모르니까."

우재는 알겠다는 듯 고개를 끄덕였다.

막간의 시간을 얻은 우재는 화장실로 향했다. 휴, 긴장되는 시간이었다. 진상 앞에서 티를 내지 않기 위해 갖은 애를 썼지만 한국에서의 새로운 삶은 그녀에게 긴장의 연속이었다.

우재가 거울 앞에 서서 심호흡을 하고 있는데 화려한 치장을 한 여자가 화장실로 걸어 들어왔다. 어? 이 여자 어디서 한번 본 적이 있는 것 같은데?

우재가 그녀를 뚫어지게 바라보자 여자는 세면대 앞에 버티고 서 있는 우재의 옷차림을 한 번 훑어보고는 살짝 얼굴을 찌푸리더니 안으로 들어갔다.

누구지? 누굴까? 우재는 계속 자신의 옷차림을 거울에 비춰 보다가 이내 고개를 흔들고는 쇼핑백을 들고 안으로 들어갔다.

아무리 봐도 내 옷이 아닌 느낌. 이런 기분으로 회장님을 상대할 순 없어. 그 사람은 이진상처럼 그냥 넘어가 주는 게 아니라 나를 홀랑 씹어 먹어 버릴지도 몰라.

우재가 옷을 갈아입고 나오자 아까 본 그 여자가 세면대에 서서 립스틱을 고쳐 바르고 있었다.

"지금 옷이 훨씬 낫네요. 아까는 엄마 옷을 빌려 입은 것처럼 좀 그랬거든요."

그녀의 말에 우재는 여자가 입은 정장으로 시선이 향했다.

"죄송하지만 입고 계신 옷의 브랜드 좀 여쭤봐도 될까요?"

그러자 갑자기 그녀는 휙 하고 우재를 돌아보았다.

"이 옷 마음에 들어요?"

"네. 시접선도 깔끔하고 색감도 세련되었고. 무엇보다 독특해서 좋은 것 같아요."

갑자기 그녀의 얼굴이 발그레해지는 것 같더니 허리에 손을 올리고는 한쪽 눈을 가늘게 뜨며 우재의 위, 아래를 번갈아 보았다.

"얼추 사이즈가 비슷할 것 같은데? 그럼 그쪽이 한번 입어 볼래요?"

"네?"

"지금 이 옷 입어 보라고요."

"네?"

우재가 눈이 튀어나올 것처럼 놀란 표정으로 묻자 여자가 우재의 손목을 덥석 쥐더니 화장실 칸으로 들어가 우재의 옷을 마구 벗겼다.

"아니, 저기요? 여보세요? 꺅!"

잠시 후, 우재는 그녀가 입었던 옷으로 갈아입고 화장실 거울 앞에 서 있었다.

"어머! 의외로 잘 어울리네요. 내가 키가 더 커서 바지는 단이 좀 늘어지지만 조금만 줄이면 잘 맞겠어요. 아가씨는 어느 부서에 있어요?"

"네?"

"대한그룹에 다니는 거 아니에요?"

그녀의 되바라진 말에 우재는 눈을 깜박였다. 아. 그래도 너무 한다. 사람 옷을 막 벗기다니.

"그건 그렇고, 혹시 괜찮으면 피팅 모델 안 해 볼래요?"

"피팅 모델이라면 옷 입어 보는 모델……."

"맞아요. 바로 그거. 해 보지 않겠어요? 겉보기완 달리 꽤 훌륭한 몸매를 가졌어. 마스크도 그렇고. 무엇보다 훌륭한 건 우리 옷하고 너무 잘 어울릴 것 같아."

우재가 눈을 깜박이며 자신의 뺨에 손을 가져갔다.

"아, 감사합니다. 그런데 피팅 모델 하면 아르바이트비도 주시는 건가요?"

"그럼요. 당연히 주죠. 설마 내가 돈도 안 주고 부려 먹을까 봐?"

하긴 생각해 보니 내가 지금 이것저것 따질 때가 아니다. 계속 한국에 있으려면 자본금이 필요하다. 일단 뭐라도 하고 보자. 우재는 생각을 끝낸 뒤 그녀의 손을 덥석 잡았다.

"할게요. 얼마나 주실 건데요?"

우재가 눈을 반짝이자 여자는 화끈해서 마음에 든다는 듯 말했다.

"좋아요. 그럼 계약은 성립. 이 옷은 우리 사무실에 올 때 찾으러 와요. 그리고 그 옷은……. 아니, 평상시에도 우리 옷을 입고 다녀 주면 더 좋겠는데? 그러면 플러스알파. 어때요?"

옷을 입어 주는 대가로 돈을 줘? 그렇지 않아도 옷을 사야 할 판에? 아니면 혹시 내가 옷을 구입해서 입어야 하는 건가?

"저기, 제가 지금 한국 국적이 아니라서 그렇게 형편이 여유롭지가……."

그러자 그녀는 자신의 핸드백에서 명함 하나를 꺼내더니 우재에게 내밀었다.

『카오스, 의상 디자이너 이진희』

"사무실은 무척 작아요. 아직 시작하는 단계라서. 하지만 뭐, 앞

일은 모르는 거니까. 언제쯤 시간이 되나요? 한번 들러요. 옷 받아 가야지."

우재는 고개를 끄덕이다 이상한 여자에게 걸렸다는 생각을 했다. 그래도 이제 대한그룹만 보며 목매지 않아도 된다는 생각이 우재를 조금 안심하게 만들었다.

이 회장은 비서실에서 허리를 꼿꼿이 세우고 앉아 자신을 기다리고 있는 우재를 바라보았다. 천편일률적인 면접 복장이 아니라 그녀는 자신의 장점을 드러내는 옷을 입고 있었다.

이 회장은 우재를 처음 만났던 7년 전 그날이 떠올랐다. 앳된 얼굴로 드레스를 차려입고 그곳에 서 있었지. 고작 열여덟 살에 불과한 아이를 그렇게 꾸며서 파티에 데려온 모양새가 꽤 눈살을 찌푸리게 만들었지만 그래도 그때 이 회장은 예감했었다. 이 아이가 성장하게 된다면 훗날 남자들을 마음껏 주무를 수 있는 인물이 될 거라고.

그리고 그 아이는 지금 자신이 예상했던 모습 그대로 성장해 자신의 앞에 앉아 있었다. 그의 예상이 적중했다.

"차라도 한잔할까?"

아무리 그래도 통역사를 뽑는 면접이었다. 하지만 이 회장은 오히려 긴장해 있는 우재를 달래 주려 하고 있었다.

"여기까지 오는 데 힘든 일은 없었나?"

이 회장의 말에 우재는 무릎 위에 올려놓은 두 손을 마주 잡았다.

"살펴 주신 덕에 편안하게 왔습니다."

"몇 년 만이지?"

눈빛을 빛내며 자신을 뜯어보고 있는 이 회장을 보며 우재는 잠시 심호흡을 해 보았다.

"6년 만입니다."

그러자 이 회장은 고개를 끄덕였다.

"안전한 초원에서의 삶을 살든, 약육강식의 법칙이 판을 치는 정글로 돌아와 제대로 부딪쳐 보든 선택은 네가 하라고 했던 말, 기억하나?"

"네, 회장님. 그래서 부딪쳐 보기 위해 돌아왔습니다."

"좋아. 그렇다면 난 네게 약속대로 이곳에서 또 한 번의 기회를 주기로 하지. 기한은 6개월. 공식 직함은 그룹의 계약직 통역사이고, 내가 짜 줄 수 있는 라인은 딱 거기까지야. 이의는 없겠지?"

우재를 이미 내정해 놓은 것처럼 이 회장은 빠르게 말을 이어갔다. 그녀의 마른 목구멍으로 침이 꿀꺽하고 넘어갔다.

"열심히 해 봐. 하지만 내가 6년 전 너에게 누군가가 기댈 수 있도록 제대로 성장해 보라고 했던 말 또한 기억하나?"

'가족이든 사랑하는 사람이든 누군가가 너에게 기댈 수 있는 사람으로 성장하도록 해라. 사람이 한번 무너지면 그 사람 때문에 주변 사람들이 얼마나 피폐해지는지 네가 더 잘 알고 있지 않니? 그렇다면 넌 주변 사람들에게 민폐가 되는 인물이 될 테냐 아니면 다시 살아갈 힘을 주는 사람이 될 테냐.'

"기억하고 있습니다."

"내가 비록 6개월간은 널 보호해 주겠다고 이야기했지만 평생 그렇게 할 수 없다는 것도 잘 알고 있겠지?"

우재는 가슴에 화살이 와서 박히는 것 같았다. 이 회장이 하는 말 중 무엇 하나 틀린 것은 없었다.

"네게 호의를 베푼다고 해서 날 전부 믿지는 말아라. 너는 처음부터 내가 두고 있던 바둑의 바둑돌이었을 뿐이니까."

우재의 낯빛이 살짝 파리해졌다. 그러나 그런 말을 하는 회장의 목소리는 내용과는 달리 냉정하게 들리지 않았다.

"난 대의를 위해 이 바둑을 멈추지 않을 거다. 때로는 네가 다치기도 하고 아픈 날도 있겠지. 하지만 네가 견뎌 보겠다고 했으니 지금 여기 와 있는 게 아니겠니?"

그래, 그랬었지. 이곳은 사방이 적으로 둘러싸인 곳이다. 과연 난 그 적들과 맞서 과거의 내 삶을 되찾을 수 있을까?

"각오는 하고 있습니다. 회장님."

이 회장은 조용히 고개를 끄덕였다.

"좋아."

비서를 부르려고 인터폰을 매만지는 이 회장을 향해 우재는 6년 전부터 항상 마음에 담아 둔 질문을 내뱉었다.

"그런데요 회장님. 제가 한 가지만 더 여쭤봐도 될까요?"

뜻밖의 질문에 이 회장은 물어보라는 듯 눈썹을 씰룩였다.

"뭐지?"

"회장님은 왜 저를 바둑돌로 선택하셨나요? 절 도발하고 채찍질하시고……."

그러자 이 회장은 팔걸이에 팔을 기대 턱을 괴고는 웃으면서 우재를 바라보았다. 생각했던 대로 당돌한 아이였다.

"내가 그것을 벌써부터 알려 줄 턱이 있나. 넌 그 이유를 찾기 위해 이곳에 온 거 아닌가?"

우재는 입술을 꽉 깨물었다.

"그게 모든 일의 시작이자 끝이지. 그 이유는 네가 직접 찾아야 할 게다. 아직은 나도 너라는 아이가 내게 독이 될지 약이 될지 판단할 수가 없구나."

알아들을 수 없는 말을 중얼거리는 이 회장을 바라보며 우재는 살짝 얼굴을 찌푸렸다. 뭐야. 저 사람도 역시 볼 때마다 무슨 생각을 하고 있는지 전혀 모르겠어.

"그럼 제가 회장님께 약이 되려면 도대체 어떻게 해야 하는 겁니까?"

우재의 말에 이 회장의 입술이 살짝 움직였다.

"글세. 일단 먼저 이 정글에 적응부터 해라. 그곳이 어디든 네 집 같아야만 능력을 펼칠 수 있지 않겠니?"

이 사람은 내 머릿속까지 들여다보고 있어.

"때론 가지고 싶다면 물불 안 가리고 뺏어야 될 때도 있단다. 그게 사랑이라면 더더욱. 물론 아직 네 마음이 변치 않았어야 한다는 전제가 붙겠지만."

"제 사랑이 지금 어디에 있는 줄 아시고……."

이 회장은 부드러운 미소를 흘리더니 한마디 더 덧붙였다.

"그건 네가 그곳에서도 하루 종일 듣고 있었던 음악 속에 있겠지."

이 회장의 대답에 우재의 눈이 금방이라도 울음을 터트릴 듯 촉촉하게 젖어 왔다.

"내가 초반부터 너무 쓸데없는 말을 많이 했군. 나가 봐. 이제부터 넌 수많은 시험과 부침을 당하게 될 게다. 아마 시작도 하기 전에 포기하고 싶어질지도 모르고. 그때마다 날 원망하지는 말고. 잘해 보도록."

"그럼……."

"행운을 빈다, 얘야."

더 이상의 질문은 받지 않겠다는 듯 이 회장은 그녀에게 나가 보라는 손짓을 했다. 회장실에서 거의 떠밀리다시피 밖으로 나온 우재에게 비서실장이 다가왔다.

"회장님과의 면담은 잘 끝나셨습니까? 그럼 지금부터 서우재 양이 할 일을 설명드리겠습니다. 뭐, 잘 아시겠지만 저희 사무실에서 하실 일은 그다지 많지 않고, 우재 양은 앞으로 회장님의 둘째 아드님인 작곡가 이진우 군의 사무실에 파견될 예정입니다."

"네?"

우재가 멍한 표정으로 비서실장을 바라보았다. 이곳에 올 때만 해도 이 회장 주변에 있으면서 그에게 천천히 다가가면 될 거라고 생각했다. 그런데 그게 아니라 아예 이제부터는 이진우를 전담하게 될 거라는 말에 우재는 갑자기 손끝이 떨려 왔다. 자신의 등 뒤로 뭔가 싸한 예감이 밀려들기 시작했다.

도대체 이용하 회장 당신, 무슨 꿍꿍이인 거야?

"그런데 그게 참 쉽지가 않으실 겁니다. 물론 그룹의 사업과 전혀 상관없는 일을 하고 계시긴 하나, 도련님의 행동이 그룹의 이미지와 밀접하게 연관이 되어 있기 때문에 지난 몇 년 새 그룹이 나서지 않고는 안 되는 일들이 많이 벌어져 왔습니다. 뭐 자기 일이야 똑바로 처리하시는 분이긴 하나 그래도 회장님께선 아직 도련님에 대한 우려를 거두지 못하고 계십니다. 그래서 이번에 도련님의 사업 확장과 함께 통역사를 가장한 회장님의 사람을 보내어 제대로 감시를 하시겠다는……."

"실장님, 전 하나도 못 알아듣겠는데요."

"한마디로 도련님을 잘 부탁한다는 말씀이시죠. 그 전에 앞서 회장님께서 서우재 양께 전달하라는 자료들이 있습니다."

비서실장이 두꺼운 서류철 몇 권을 그녀에게 건네주었다.

"이진우의 업적과 사건, 사고, 사생활 일지, 그리고 그룹에 끼친 피해. 기사로까지 작성되었으나 그룹 차원에서 막았던 내용들까지. 일단 재빨리 파악하셔서 일에 착수하시기 전에 숙지하시기 바랍니다."

지금 벌어지는 이 상황을 이해할 수 없다는 듯 우재는 억울하다는 표정으로 항의했다.

"전 통역사지 비서가 아닌데요. 그런 건 비서실에서 알아서 처리하셔야 하는 일 아닌가요?"

우재의 항의에 비서실장은 그녀에게 건네주었던 서류철을 다시 가져갔다.

"외국에서 공부해서 잘 모르시는 모양인데 계약직 신입사원 주제에 그렇게 업무 분담을 주장하시면 다음번 취업에 상당한 애로사항이 생길 겁니다. 더군다나 서우재 양의 추천서가 제 손안에 달려 있다는 사실도 잊지 말길 바랍니다."

우재는 입술을 깨물었다.

"그리고 솔직히 말하자면 이진우 군 성격에 수행 비서를 받아들일 리도 만무하고 통역사라면 그래도 데리고 다닐 것 같아서 그룹 내에서 특별하게 신경 써서 뽑은 직책이니 유념해 주시기 바랍니다."

우재는 뭔가 굉장히 이상한 일에 개입된 것 같은 기분이 들었다. 자연스러운 만남이 아니라 투견장 안에 두 사람을 밀어 넣고 '자! 이제부터 파이팅!' 하고 외치는 기분이라니!

그런데 그다음 비서실장의 입에서 흘러나오는 말을 듣는 순간, 그녀의 기분이 기우가 아니었음을 깨닫게 되었다.

"우재 양의 업무는 모레부터 본격적으로 시작될 텐데 일단 도련님의 LA 스케줄이 첫 임무가 되겠습니다. 지금 인사를 하러 가면 무슨 봉변을 당할지도 모르니까 일단 비행기 안에서 첫인사를 나누는 것으로 합시다. 설마 비행기에서 밀어 떨어뜨리지는 않겠지."

웃으며 말하는 비서실장의 그림자 뒤로 악마의 꼬리가 보인 것 같다면 너무 과장된 걸까?

"뭐? 그렇게 노골적으로?"

천하 자매는 우재를 바라보며 갖은 인상을 쓰고 있었다. 하지만 우재는 천하 자매에게 자신이 자료들을 통해 보았던 이진우의 지난 7년을 이야기하지는 않았다.

그는 겉으로 볼 때 재벌가 자녀임에도 불구하고 자신의 음악적 소양을 십분 발휘하여 많은 명성과 부를 얻었지만 7년 전과는 달리 굉장히 고독하고 고립된 삶을 살고 있었다.

부가 넘쳐 날수록 뱀 같은 혀를 휘두르며 그의 곁에 똬리를 틀려는 자들도 많았고 그를 음해하려는 자, 또 그를 시기하는 자들도 늘어 갔다. 그래서 그의 인간관계는 단조로워졌다.

하지만 그는 간간이 스트레스를 풀려는 노력을 했었던 듯 술집이나 나이트클럽에도 나타났다. 놀기도 열심히 놀았던 듯 술에 취해 여자의 젖가슴에 얼굴을 파묻고 있는 사진도 있었고 적나라하게 키스를 하고 있는 사진들도 있었다.

그런 사진들을 보면서 왜 그렇게 우재의 마음이 찢어지던지. 영혼이 없네, 영혼이 없어. 그냥 시간을 이기기 위해 마시는 술과 향락일 뿐.

예전 '플라이 투 더 문'에서 즐겁게 웃으면서 섬세하게 피아노를 치던 그 이진우는 사라지고 없었다. 그때 그의 웃음은 백합처럼 아름다웠는데…….

점점 더 망가져 가는 그를 바라보면서 슬픔에 젖어 든 사람들. 그래서 그랬나. 자신이 약이 될지 독이 될지 모르겠다는 이 회장의 말이 떠올랐다.

사람들은 이진우를 비운의 사생아라는 말로 비웃어 댔지만 회장님은 그를 진심으로 걱정하며 사랑하고 계셨다.

그럼 난 지금부터 뭘 해야 하지? 막연하게 생각해 왔던 일들이 바로 코앞에 떨어지자 우재의 머릿속이 오히려 안갯속을 헤매고 있었다.

"잘됐다고 해야 하는 거야? 일단 반강제적으로 만나게 된 거니까."

천하의 그 말에 천희가 동생의 이마를 손바닥으로 탁 하고 쳤다.

"야. 공부 좀 해라, 공부 좀. 아니면 로맨스 쓰지 말고 걍 무협을 써!"

천하는 둘째 언니 천희의 영향에 힘입어 요즘 웹소설가로 잔잔하게 활동 중이었다. 비록 딸 둘을 컴퓨터에 발목 잡히게 된 그녀들의 엄마는 그런 두 사람을 보며 공무원 시험이나 보라고 잔소리를 해 대고 계셨지만.

"그 남자 반응은 어떨 것 같아?"

천희의 말에 우재는 한숨을 쉬었다.

"그래도 이렇게 노골적인 건 아니지. 좋다가도 싫겠다, 난. 더군다나 아버지가 보낸 거라면 어떻게 해서든 퇴짜를 놓는다며. 아무리 네가 안면 있는 사이라고 하더라도 그건 좀 아니지."

천하가 대답을 대신해 주자, 우재도 근심 어린 표정을 지었다.

"우재야. 너무 많은 생각 하지 마. 그냥 가벼운 마음으로 만나러 가. 솔직히 말이 7년이지 세월이 그만큼 지났는데 감정도 그대로일 거라고 생각해? 세월이 흐르듯 감정도 변하는 거야."

"네, 언니. 저도 어느 정도 각오는 하고 있어요."

"다시 만났을 때 예전과 같다면 좋겠지만 만약 모든 것이 옛날이야기가 되어 버렸다면 이번 기회에 그 남자 졸업하고 와."

천희는 미소를 지으며 한마디를 더 보탰다.

"그래야 너도 이제 새롭게 시작할 테니까."

하지만 천희처럼 웃지는 못하고 우재는 살짝 아픈 표정을 지어 보였다.

"졸업한다? 멋진데? 우와! 이천희 짱!"

천하가 곁에서 살짝 추임새를 넣었다.

"언니 말은 그 남자의 감정에 눈치 보느라 망설이지 말고 당당해지라는 거야. 솔직히 너 굉장히 이쁘거든. 이렇게 이쁜 우재를 내친다면 손해 보게 되는 건 그놈이지 네가 아니야. 절대로 남자에게 매달리지 말고 너에게 매달리게 만들어!"

그 사람의 감정을 눈치 보지 말라. 그럼 언니 말처럼 조금 더 당당해져도 될까? 그러려면 좀 막강한 무기가 필요한데…….

우재는 대한그룹 화장실에서 자신에게 피팅 모델을 해 보라고 권유하던 디자이너를 떠올렸다.

아, 맞다. 그 사람에게 가면 무슨 수가 생길지도 모르겠다. 우재는 가방을 뒤져 재빨리 그녀의 명함을 집어 들었다.

진우는 갑자기 자신의 좌석이 이코노미로 변경된 것을 공항에 와서야 알게 되었다.

"뭔가 착오가 있는 것 같은데 내가 예약한 비행기는 비즈니스석일 텐데요?"

"네. 그런데 일행분의 좌석이 나오지 않는 바람에 함께 이코노미석 제일 앞좌석으로 옮기라는 연락이 들어왔습니다."

"일행?"

진우는 서둘러 휴대폰을 꺼냈다. 또 누군가의 농간이구나. 하. 이번에는 비행기에 나란히 태워 선을 보게 하시려는 건가.

진우가 작곡가로 데뷔한 이후엔 별다른 방해가 없었는데 우재가 사라지고 진우의 방황이 길어지면서 그룹에서도 그의 일에 개입하는 횟수가 늘어났다. 한번 쳐들어오라는 뜻인가.

가끔 이 회장은 그런 식으로 진우에 대한 불만을 표시하곤 했다. 진우의 계약을 중간에서 틀어 버린다던지 아니면 엉뚱한 상황을 만든다던지 해서 진우가 폭발하게 만들었다.

머리끝까지 화가 나서 회장실을 찾아가면 너무나 평온한 목소리로 '드디어 우리 아들이 왔네. 모처럼 저녁 식사나 함께 할까?' 라는 식으로 자신을 주물러 댔다.

하지만 더 이상은 사양하겠어. 이젠 정말 이런 식의 실랑이조차 구역질 난다고. 진우가 성마르게 휴대폰을 들었지만 보딩 시간이 다 될 때까지 비서실장은 끝까지 응답하지 않았다.

"으!"

진우의 입에서 짜증 섞인 비명이 흘러나왔다. 도대체 이 회장의 간섭을 어떻게 막을 수 있을까. 개찰구에서 탑승을 알리는 메시지가 뜨고 사람들이 하나둘씩 움직이기 시작했다.

제발, 전화 좀 받아요, 최 실장님! 진우가 벌써 열두 번째 통화 버튼을 누르고 있는데 직원이 휴대폰을 붙잡고 있는 진우에게 탑승하기를 권유했다.

진우는 주변을 살펴보다가 이내 입술을 깨물며 탑승하기 위해 발걸음을 옮겼다.

그 순간 갑자기 주머니에서 휴대폰이 진동하며 문자가 왔음을 알렸다.

[죄송합니다, 도련님. 회의가 길어져 연락을 받지 못했습니다. 오늘 도련님과 동승하게 될 사람은 앞으로 6개월간 도련님을 도와줄 통역사입니다. 요즘 일도 많아지시고 그룹 차원에서 세세히 살필 수도 없어 도련님을 위한 인력을 보충하여 파견하였으니 부디 직원을 통해서 도움받으실 수 있는 것들은 최대한 받으시길 바랍니다.]

통역사? 유학까지 다녀온 내게 영어 통역사를 붙였을 리는 없을 테고, 다국어가 가능한 사람인가? 이번에 미스터 첵하고 중국어를 시켜 봐? 하여간 이 사람은 어떻게 떼어 버린다?

진우가 자리에 앉아 골똘하게 생각을 하고 있는데 그의 주변으로 은은한 꽃향기가 밀려들었다. 왠지 모르게 꽤나 익숙한 향기였다.

그때, 기내 캐비닛과 함께 독특한 정장을 입은 여자가 그의 옆에 멈춰 섰다. 거의 모든 승객들이 탑승을 마친 상태여서 진우는 그녀를 향해 고개를 들었다.

그러자 익숙한 얼굴이 그를 내려다보며 이렇게 중얼거리고 있었다.

"안녕하세요, 이진우 작곡가님. 저는 대한그룹에서 파견 나온 통역사 서우재라고 합니다. 앞으로 잘 부탁드리겠습니다."

미간을 잔뜩 찌푸리고 있던 진우의 얼굴이 딱딱하게 굳으며 핏기가 사라졌다.

6. 남자가 사랑할 때

서우재. 7년 동안 대한민국을 탈탈 털어도 털끝 하나 찾아낼 수 없던 그녀가 바로 자신의 눈앞에 서 있었다. 지금 내가 눈을 뜨고 꿈을 꾸는 건 아니겠지?

우재가 무언가 말하려는 듯 다시 입을 여는데 승무원이 다가와 곧 이륙을 해야 하니 자리에 앉아 줄 것을 부탁했다. 그녀가 고개를 끄덕이며 자신의 캐리어를 선반에 집어넣기 위해 발뒤꿈치를 들었다.

진우는 머리 위로 우재가 부스럭거리며 움직이는 동작을 느끼고 그녀가 움직일 때마다 풍겨 나오는 향기를 맡으며 지금 이 상황이 꿈이 아니라는 것만 깨달았다.

서우재……. 어떻게 네가 이런 식으로 내 앞에 나타나…….

진우는 이대로 벌떡 일어나 뛰쳐나갈까, 아니면 그녀를 휘어잡고 추궁을 할까 고민했다. 하지만 곧 우재가 그의 옆자리로 미끄러지듯 내려앉자 감정을 다스리기 위해 양 주먹을 꽉 쥔 채 눈을 감았다.

우재는 자신을 본 순간부터 뻣뻣하게 굳은 표정을 풀지 않는 진우를 훔쳐보며 극도로 긴장하기 시작했다. 그는 한동안 멍한 표정을 짓는가 싶더니 그녀가 옆자리에 앉을 즈음 좌석에 머리를 기댄 채 눈을 감고 있었다. 7년 만에 그를 알아본 그녀의 심장은 미친 듯이 두근거리며 온몸을 사정없이 뒤흔들어 대고 있었다.

아, 어떡해. 앞으로 이 사람과 열 시간을 어떻게 갇혀 있지? 우재는 무섭도록 긴장하고 있는 속마음을 들키고 싶지 않아 땀으로 축축해진 손을 마주 잡고 창밖을 바라보았다. 비행기가 움직이기 시작했다.

"어떻게 된 거야."

이륙을 준비하는 비행기의 소음에 자신의 긴장까지 함께 겹쳐지면서 처음에는 그가 중얼거리는 소리를 알아듣지 못했다. 하지만 계속해서 들려오는 인기척에 우재는 가까스로 고개를 돌렸고, 그가 흑요석 같은 눈으로 그녀를 뚫어지게 바라보고 있었다. 그와 눈이 마주치자 우재의 맥박은 최고조로 뛰어오르기 시작했다. 끈질긴 그의 시선에 우재는 애써 눈을 피했다.

"보시다시피."

우재가 간단하게 설명하려고 했지만 그는 호락호락하지 않았다.

"네가 내 통역사라니. 어떻게 된 거야. 똑바로 설명해."

비행기가 이륙을 위해 가속도를 내며 활주로를 달리기 시작했다. 갑자기 심장이 미친 듯이 두근거렸다. 우재는 자신의 이 감정이 비행기의 출발로 인한 것인지, 진우의 시선을 온몸으로 받아들이고 있는 자신의 상황으로 인한 것인지 헷갈리기 시작했다.

귀가 먹먹하게 막혀 갈 즈음 비행기 벨이 울리면서 승무원들이 서비스를 위해 벨트를 풀고 일어나는 것이 보였다.

드디어 진우와 제대로 마주할 시간이 왔다. 금방이라도 무엇이든 베어 낼 것처럼 날을 세우는 진우를 보며 우재는 마른 입술에 침을 축였다. 그러곤 승무원을 향해 손을 번쩍 들었다.

"여기 죄송하지만 물 한 잔만 주시겠어요?"

진우는 자신의 시선을 무시한 채 승무원에게 물을 부탁하는 우재를 타들어 갈 것 같은 눈빛으로 쏘아보았다.

찰나임에도 불구하고 억겁의 시간이 지나는 것 같았다. 그는 무서운 표정을 풀지 않은 채 승무원에게서 물을 건네받는 우재를 노려보았다. 우재의 손이 떨리고 있는지 종이컵 속의 물에 잔물결이 일었다.

"언제까지 그렇게 노려보고 있을 건데요?"

"만족할 만한 대답을 얻을 때까지."

무뚝뚝한 그의 말에 우재의 입술이 살짝 떨리는 것이 보였다. 지난 7년, 무수한 꿈속에서 자신을 유혹하던 그녀의 입술이 자꾸만 의식되어 진우는 시선을 돌려 허공을 노려보았다.

제기랄, 그렇게 찾아 헤매던 당사자가 눈앞에 있는데도 이렇게 무력한 기분이라니…….

그는 그녀에게 모든 감각을 집중하고 있는 자신을 제어하고 싶어 아예 눈을 감아 버렸다.

서우재는 생애 처음 '혹시 이 여자라면.' 하고 기대를 하게 만든 여자였다. 가랑비에 옷 젖듯 자신의 마음을 흔들어 놓더니 온다 간다 말도 없이 사라져 버렸다. 정말 이 세상에 존재했던 사람이 맞나 싶을 정도로 감쪽같이. 가끔 술이나 신경안정제에 취한 날이면 우재가 사라지던 날의 마지막 모습이 한없이 재생되곤 했다. 그 날, 산책에서 돌아와 식구들이 자신을 데리러 온다며 먼저 가서 미안하다고 배시시 웃던 모습이…….

'이 밤에? 널 데리러 이곳까지 오신다고?'

우재의 그 말을 한 번쯤은 의심해 봤어야 했는데, 그때만 해도 진우는 그녀 때문에 한껏 흐트러져 버린 마음을 추스르느라 그럴 여유가 없었다. 얼마 지나지 않아 자신의 출국 일정이 정해져 우재에게 전화했을 때에야 그는 비로소 그녀가 감쪽같이 사라져 버렸다는 사실을 알았다.

갑작스럽게 없어진 전화번호, 도둑맞은 듯 난장판이 된 채 활짝 열려 있던 우재의 집이 그 사실을 증명하고 있었다. 집안 살림도 모두 그대로였는데 사람들만 감쪽같이 사라진 유령의 집. 금방 쫓는다면 찾아낼 수 있을 것 같아 진우는 사람을 의뢰해 풀었다. 하지만 1년이 2년이 되고, 2년이 3년이 되어 현재에 이르렀다. 그런데 그런 그녀가 이제야 그의 앞에 모습을 드러낸 것이다.

'만약에 말이에요, 선생님. 내가 스무 살이 돼서 선생님한테 사귀어 보자고 한다면 나 받아 줄 거예요? 안 된다고만 하지 말고, 먼 훗날 혹시라도 연애 감정 들면 바로 연애 걸어요. 내가 안 튕기고 바로 받아 줄게요. 난 선생님 좋아하니까.'

그렇게 오글거리는 말들도 서슴없이 내뱉던 주제에……. 그날 밤 네가 내 입술에 남겨 놓고 간 낙인이 이렇게나 생생한데…….

갑자기 주변이 조용해진 것 같아 진우는 지난 생각의 늪에서 빠져나와 천천히 눈을 떴다. 슬쩍 우재가 있어야 할 자리를 바라보는데 그녀가 없었다.

정신이 번쩍 든 진우는 주변을 두리번거렸다. 설마. 아니야. 아니겠지. 진우는 벌떡 일어나서 기내를 뒤지기 시작했다. 설마 이 하늘 위에서까지 사라질 리가 없는데……. 이렇게 갇힌 공간에서까지 널 잃어버리고 나면 난…….

도대체 어디에 간 걸까. 진우가 금방이라도 무너질 것 같은 표정으로 우재를 찾고 있는데 복도 중간 갤리 커튼이 걷히더니 우재가 걸어 나왔다.

"고맙습니다."

우재의 인사말 뒤로 남자 승무원이 그녀를 뒤따라 나왔다.

"별다른 도움을 드리지 못해서 어떡하죠? 조금만 기다리시면 승무원이 드라이기를 가져올 텐데."

"아, 아니에요. 수건이 어딘데요. 금방 마르겠죠, 뭐."

우재가 예쁜 웃음을 승무원에게 지어 보이자, 진우는 자신도 모르게 빠르게 다가가 우재의 팔을 잡아챘다. 그러고선 승무원을 물끄러미 응시했다. 깔끔하게 정리한 헤어스타일에 승무원답게 훤칠한 외모였다. 그는 승무원을 무표정하게 쏘아보는가 싶더니 우재의 팔을 거칠게 자신의 몸 쪽으로 당겼다.

그 모습을 지켜보던 승무원이 물었다.

"같은 일행이십니까?"

우재는 진우에게 잡힌 손목을 풀려고 애를 쓰다 포기했다.

"혹시 나 찾았어요? 아까 승무원분이 건네준 물을 스커트에 쏟아서 부랴부랴 수건을 찾느라고요."

우재는 여전히 의심의 눈길을 거두지 못하는 승무원을 향해 진우를 소개했다.

"제 동행이에요. 이분은 제…… 선생님. 아니, 보스? 아, 저기나 이제부터 뭐라고 불러야 하죠?"

우재가 물었지만 진우는 그녀에게 친절을 베푸는 승무원을 경계하며 무뚝뚝하게 한마디 내뱉었다.

"보호자! 잠시 한눈을 팔게 놔뒀더니 그새를 못 참고 쓰잘머리 없는 먼지를 묻히고 돌아다니는군."

그렇게 우재를 끌고 간 진우는 그녀를 쾅 소리가 나도록 의자로 밀쳤다. 그가 의자가 흔들거릴 정도로 무력을 쓰자 우재는 민망함에 일어서서 뒷좌석 사람들에게 양해를 구했다.

"아프잖아요? 그렇게 밀면 어떡해요?"

"아파? 널 찾으러 다닌 나는 어떻고! 민폐 끼치러 왔어? 자꾸 사람 신경 거슬리게 하지 말고 조용히 구석에 찌그러져 있어. 아니, 그러지 말고 그냥 LA 도착하는 대로 리턴 비행기 알아봐. LA에 가 봤자 네가 할 일이란 없어!"

진우는 화를 주체할 수 없다는 듯 거칠게 말했다. 우재는 그를 뚫어지게 바라보았다. 이제부터 본격적인 그와의 전쟁이 시작된 걸까? 이걸 다행이라고 생각해야 하나? 그래도 마음에 드는 것이 있다면 그가 그녀의 일에 예민하게 반응하고 있다는 사실이었다. 혹시라도 오랜만에 만나 자신을 보고 반갑게 인사한다거나 아예 무시를 해 버리면 어쩌나 걱정하고 있었기 때문이다. 그래도 이렇게 화라도 낸다는 건 아직 0.001퍼센트의 희망이 남아 있다는 뜻일까?

"정말 돌아가요? 나 비행기도 굉장히 오랜만에 타 보는 건데……."

우재가 자신의 사정을 털어놓자 진우의 얼음장 같은 시선이 그녀를 좇았다.

"한국 떠나 있는 동안 우리 가족의 이동 수단은 전부 배였거든요. 호주에서 다시 한국으로 오기까지 꼬박 한 달이 걸렸어요."

호주, 배. 전혀 예상하지 못했던 우재의 말에 진우는 이를 갈았다. LA에 도착하자마자 이 무능한 흥신소 놈들을 싹 쓸어버리리라. 망할 자식들. 돈은 그렇게 많이 가져가 놓고 지금껏 엉뚱한 곳만 뒤지고 있었다.

"이번 일 지원하고 일할 곳이 선생님 사무실이라고 해서 굉장히 기뻤는데……. 이제 한국에는 나 혼자밖에 없는데 그래도 생판 모르는 사람에게 둘러싸인 것보다야 한 번이라도 안면 있는 사람이 낫잖아요."

의도했던 게 아니야? 진우가 우재의 속뜻을 가늠하느라 눈을 가늘게 뜨자 그녀는 에라 모르겠다 싶어 더욱 과장되게 말했다.

"알았어요. 내가 그렇게 싫다면 공항에 내리는 대로 리턴 비행기 알아볼게요. 이 비행기가 리턴 비행기라던데, 아까 그 승무원에게 물어 둬야겠네요. 혹시 바로 돌아갈 방법은 없는지."

우재가 다시 자리에서 일어나려고 하자 진우는 그녀의 어깨를 잡고 놔주지 않았다.

"보내도 내가 보내. 그러니까 더 이상 쓸데없는 일 벌이지 마."

그 말을 내뱉고는 더는 너와 말 섞기 싫다는 듯 입을 닫는 진우를 바라보며 우재는 눈을 흘겼다.

LA 공항에 도착해서도 진우는 비행기가 멈춰 서자마자 우재를 기다려 주지도 않은 채 출구를 향해 빠져나갔다. 빈 몸이었던 진우와 달리 캐리어까지 챙겨야 했던 우재는 그를 쫓아가느라 혼비백산했다. 공항이야 어떻게 빠져나간다지만 진짜 저 사람이 날 버리고 가 버린다면…….

"이진우 씨, 이진우 씨 기다려요! 기다려요!"

우재가 수선을 떠는 사이 아까 그 승무원이 다가왔다.

"급하신 것 같은데 제가 짐을 좀 들어 드릴까요?"

앞서가던 진우의 귀에 우재와 남자가 도란도란 이야기를 나누는 목소리가 들려왔다. 그의 걸음이 우뚝 멈춰 섰다. 그러곤 돌아서서 왔던 길을 다시 빠르게 되돌아 걸으며 승무원이 들고 있던 우재의 캐리어를 가로챘다.

"미안하지만 지금 시간이 없어서."

그러고는 다시 성큼성큼 걷기 시작했다. 진우는 우재의 손목 대신 캐리어 손잡이를 힘주어 잡았다. 이제 캐리어가 내 손안에 있으니 공항에서 홀연히 사라지는 짓까지는 못 하겠지.

그는 주머니에서 휴대폰을 꺼내어 어디론가 전화를 걸었다. 우재가 나타났던 순간부터 머릿속을 빙빙 돌던 질문들을 해소해야 숨이라도 제대로 쉴 수 있을 것 같았다. 수차례의 전화 시도 끝에 비서실장과 연락이 닿았다.

— 네, 도련님. 말씀하십시오.

"제게 설명해 주실 게 있으실 텐데요."

다짜고짜 설명을 요구하는 진우에게 비서실장은 부드러운 목소리로 이야기를 꺼냈다.

— 보신 그대로입니다. 서우재 양께서 저희 그룹 통역사 채용공고를 보고 지원하셨고, 저희는 뽑았고.

미리 짜 놓은 듯한 대답에 이를 악문 진우의 양쪽 턱이 불거졌다.

"회장님께서는 전혀 모르시는 일이고요?"

— 치울까요?

비서실장의 입에서 그 말이 떨어지자 진우는 눈을 가늘게 떴다.

— 회장님께서는 우재 양을 딱 6개월만 보호하고 있겠다고 하셨습니다. 알고 계시는지 모르겠지만 아직도 대한민국에는 서우재 양 아버님이 박살 낸 서주환 의원의 입김이 미치지 않는 곳이 없습니다. 저희 그룹이 자선 사업 하는 곳도 아니고, 거의 난민이나 다름없는 우재 양을 받아들이는 건 꽤 큰 결단이었습니다. 아무래도 서주환 의원과 척을 지는 선택일 테니까요. 그러니 우재 양이 도련님 가까이에 있는 것이 그렇게 불편하시다면…….

그 말에 진우는 자신의 뒤를 따르고 있는 우재를 무의식중에 확인했다. 치마폭 좁아 그를 따라오는 데 상당히 애를 먹고 있는 눈치였다. 서주환, 서우재, 호주. 제길. 진우는 우재를 두고 벌어지고 있는 모든 일들에 너무 화가 나서 휴대폰을 쥔 손에 힘을 꽉 주었다.

진우 또한 우재의 가족이 감쪽같이 사라진 직후 터진 서주환 게이트를 모르지 않았다. 그것은 온 나라를 뒤흔들 만큼 거대한 게이트였고, 그 당시 정재계에서 수많은 사람들이 구치소에 수감되는 기록까지 세웠다. 그래서 진우 역시 우재를 찾으면서 서주환의 동태를 살피고 있었는데 아무래도 그가 한참 늦었던 모양이다. 그렇다면 서우재는 그동안 어떤 삶을 살았다는 말인가.

— 도련님, 제 이야기 듣고 계신 겁니까? 정말 철수시킵니까?

비서실장의 말에 진우는 주먹을 꽉 틀어쥐었다. 겨우 제 손안에 들어온 우재를 한순간의 감정으로 놓치고 싶지는 않았다.

"일단은 LA에 체류할 동안만큼이라도 데리고 있어 보겠습니다. 하지만 여기에 또 다른 꿍꿍이가 숨어 있는 거라면 그때는 이야기가 달라지겠죠."

진우는 비서실장에게 더 이상 자신을 두고 장난칠 생각 하지 말라는 경고 아닌 경고를 내뱉고는 전화를 끊어 버렸다.

호텔에 도착한 진우는 혹시나 하는 마음에 싱글 룸 두 개를 스위트룸으로 변경하였다. 그래야 바로 눈앞에서 우재를 감시할 수 있으니까.

진우가 객실 문을 열자 우재의 입에서 탄성이 흘러나왔다.

"여기에 꼼짝 말고 있도록 해. 나는 지금 나가 봐야 하니까."

"어, 나도 가야죠. 통역인데!"

"공항에서 그대로 돌아가지 않은 것만으로도 다행이라고 생각해. 옛정을 생각해서 이곳에 체류하는 동안은 옆에 있게 해 줄 테니까."

서슬 퍼런 눈빛을 빛내며 얄미운 말을 던지는 그를 보며 우재는 입술을 깨물었다.

"전 대한그룹과 6개월 계약이 되어 있는 몸이에요. 이진우 씨가 싫어해도 나는 계속 이진우 씨한테 일하러 갈 거예요. 나는 이것저것 따질 형편이 아니라서 닥치는 대로 일을 해야 해요. 혹시 아는지 모르겠는데, 우리 가족이 한국에서의 모든 것을 버리고 떠난 터라 난 바닥부터 다시 시작해야 하거든요. 한국에는 집도 절도 심지어는 통장도 하나 없어요. 호주에서 한국에 올 때 여비하고 단돈 5,000불(약 450만 원) 들고 들어왔어요."

지지 않고 받아치는 우재를 진우가 뚫어질 듯 쏘아보았다.

"그건 네가 선택했던 삶 아닌가? 너 스스로 떠났고 너 스스로 돌아왔어. 그런데 왜 하필 나한테 와서 난리야. 아무 상관 없는 사람까지 귀찮게 하는 건 예의가 아니지 않나? 내가 이해해 줄 수 있는 선은 여기까지야. 아무리 너라도 그 선을 넘는 건 절대 용서 못 해!"

진우의 야멸찬 말에 우재는 그를 물끄러미 바라보았다.

"그래도 조금만 더 참아 주면 안 돼요? 다른 것도 아니고 그냥 옆에만 있게 해 달라는 거잖아요. 안 그러면 나는 다른 곳으로 가야 하는데 낯선 곳에 가느니 선생님 곁에 있는 게 낫잖아요."

우재의 말을 들으니 그녀를 다시 만난 순간부터 들끓기 시작했던 피가 차갑게 식었다. 서우재, 넌 나에게 돌아온 게 아니었네. 돌아온 곳에 우연히 내가 있었을 뿐. 하지만 진우는 이런 말을 하고 있는 녀석에게 흔들려서 또다시 홀랑 마음을 내줄 뻔했다.

진우는 이내 결심한 듯 우재를 두고 대차게 돌아섰다. 하지만 다시는 안 돼. 서우재가 더 이상 나를 쥐고 흔들게 놔둘 수는 없어!

"정말 나 안 데리고 가요? 첫날부터 직무유기시키며 나 골탕 먹이지 말고요!"

허공에서 울리는 우재의 목소리를 무시한 채 진우는 스위트룸을 나섰다.

제발 얌전히 좀 있어라 서우재. 지금은 잠시 너와 떨어져서 앞으로 어떻게 할지 냉정하게 생각해 볼 시간이 필요해. 그러니까 내 옆에 계속 붙어 있고 싶다면 거리를 지켜. 그게 나를 돕는 길이야.

진우는 그녀가 있는 객실의 문을 한 번 흘끗 바라보고는 내키지 않는 발걸음을 천천히 옮겼다.

진우가 자신을 호텔 방에 남겨 두고 녹음실로 갔을 때 우재는 비서실장에게 혹시 녹음실 위치를 알고 있느냐며 전화를 걸었다.

진우의 말을 들어주기에는 우재의 마음이 너무 급했다. 호텔 방에 멍하니 앉아 오랫동안 이 날만을 기다려 온 만큼 단 하루라도 낭비하고 싶지 않았다.

비서실장은 그럴 줄 알았다는 듯 너무도 친절하게 진우가 잘 가는 단골집과 자주 연락하는 사람들의 연락처까지 이메일로 보내주었다. 세상에 이렇게 적나라하게 수집되는 정보들이라니. 이진우가 그룹의 이야기가 나올 때마다 예민해진 이유가 있긴 했구나. 저 사람에게는 사생활이라는 게 없어.

우재는 건물을 바라보며 한참 동안 생각했다. 이렇게 이진우를 쫓아다니는 것이 민폐가 된다면 어떻게 하지? 난 도움이 되고 싶어서 찾아왔지, 방해가 되고 싶어 찾아온 것이 아닌데…….

그녀가 마음의 결정을 내리고 조용히 녹음실로 들어갔을 때, 우재는 생각지 못했던 한국인 관계자들을 만날 수 있었다.

"저, 실례지만 이진우 씨 녹음은 언제 끝이 나나요?"

우재에게서 들려오는 다정한 한국말에 그들이 화들짝 놀라며 일어났다.

"한국분이세요? 와! 전 일본 사람인 줄 알았는데?"

"나는 중국인!"

까무잡잡한 피부 덕에 외국에만 나가면 국적 불명의 사람이 되곤 해 우재는 그들의 놀라움이 하나도 낯설지 않았다. 그녀가 살짝 한숨을 쉬며 비서실장이 미리 준비해 준 명함을 그들에게 돌렸다.

"어? 진우 씨 사무실에 계시네요. 통역사?"

우재는 뭔가 살짝 양심의 가책을 느꼈다. 제발 이 명함을 이진우가 보면 안 되는데. 또 뒤에서 자신이 일을 꾸미고 있다고 노발대발할지도 모르겠다.

"앞으로 세 시간은 더 걸릴 것 같은데요. 뭐라도 좀 사다 줄까? 지금 커비까지 지쳐 하는 눈치인데. 이진우만 쌩쌩하지 다들 그로기 상태야. 아니, 어디 가서 혼자 홍삼 먹고 왔나? 오늘 오전에 도착했다면서 왜 저렇게 스태미나가 넘쳐서 난리야? 저 모습을 보니 초창기의 그 사람이 돌아온 듯해서 좋아 보이기는 하는데……."

"아함. 나는 피곤해 죽겠다. 아무리 그래도 여긴 한국이 아니라 LA인데 네 시간 논스톱은 좀 그렇지."

그들의 수다를 유심히 듣던 우재는 좋은 아이디어가 떠올라 잠시 다녀오겠다고 한 뒤 근처 커피숍과 상점에서 커피와 오렌지 주스, 간단한 간식거리를 사 들고 돌아왔다. 그것을 보고 남자들의 눈이 휘둥그레졌다.

"말씀 듣고 보니 점심도 거르신 거죠? 그리고 분명히 저분도 엄청 지쳐 있을 게 분명하고."

우재의 말이 끝나기 무섭게 관계자 중 한 명이 녹음실 문을 똑똑 두드렸다. 그러더니 빠끔히 문을 열고 우재가 사 온 커피를 한 번 흔들었다. 잠시 후 외국인 두 명과 진우, 그리고 TV에서 자주 보는 유명 보이 그룹이 우르르 쏟아져 나왔다.

"녹음하느라 다들 힘드셨죠."

그들은 갑작스러운 우재의 등장에 놀란 듯 눈을 휘둥그레 떴다. 진우 또한 그녀를 발견하고 불편한 표정을 지었다. 진우가 못마땅한 얼굴로 우재를 뚫어져라 바라보자 그녀는 빙긋 웃으며 손에 들고 있던 주스를 내밀었다.

"근처에 비타민 제조 음료가 있길래 일부러 작곡가님 건 이걸로 가져왔어요."

우재가 음료를 내밀었지만 진우는 받지 않았다.

"와, 이진우. 쑥스럽냐? 이것도 다 미녀 통역사님이 사 가지고 오신 거야. 실은 우리가 했어야 하는 걸 통역사님이 먼저 선수 치셨다. 음료도 얼마나 센스 있게 준비하셨는지. 애들아 이거 먹고 힘내서 오늘 녹음 빨리 끝내 버리자."

우재가 준비한 간식을 먹으면서 한 마디씩 얹는 소속사 관계자들을 향해 눈인사를 한 우재가 음료를 다시 내밀었고, 진우는 그것이 독약이라도 되는 양 한참을 바라보다가 이내 낚아채 갔다.

"돌아가."

진우의 굵직한 한마디에 다들 아우성을 쳤다.

"왜에? 우리도 좀 꽃향기 맡고 있자. 너만 맡냐? 시커먼 남자들만 우글거리다가 난데없이 나타난 한 떨기 꽃을 보니 좋아 죽겠다."

누군가의 농담에 진우의 이마가 찌푸려졌다.

"그나저나 향수 뭐 쓰세요? 통역사님 처음 보는 순간 '샤랄라 랄라라' 하는 광고 음악 이 들리는 것 같았어요. 마스크만 봐도 통역사 말고 연예인 하셔야 되겠는데요?"

엔터테인먼트 관계자답게 우재의 머리끝부터 발끝까지 모든 것을 스캔하고 있는 느낌이 들자 기분 나빠진 진우는 그녀의 팔을 잡아 자신 쪽으로 끌어당겼다.

"우리는 좀 나갔다 올게."

우재를 끌고 녹음실 밖으로 나가는 진우의 뒤로 남자들이 수군거리는 소리가 들렸다.

"어, 저거 좀 뭔가 수상한데? 통역사를 빙자한 애인 아니야?"

"그럴지도 모르지. 그래도 그동안 봐 왔던 여자들 중에서 가장 나은데? 난 항상 이진우가 왜 이상한 여자들하고만 어울리는지 궁금했어. 더군다나 한 번 자고 나면 관계 끝이라며."

그들의 대화는 진우와 우재에게까지 들려왔다. 우재의 귀가 쫑긋하니 솟아올랐다. 하지만 진우가 거세게 그녀를 잡아당기는 통에 더 이상 버틸 수가 없었다.

"어, 어디 가요? 식사 안 해요? 내가 선생님 먹으라고 특별하게 포장해 온 샌드위치도 있단 말이에요. 그거 정말 비싼 건데? 다른 사람들 건 스페셜로 사고 선생님 건 프리미엄으로 샀단 말이야."

오랜만에 듣는 '선생님' 이란 호칭에 진우는 우재를 물끄러미 내려다보았다. 우재를 다시 만나고 지금 이 순간까지 그녀의 팔은 이렇게 그에게 잡혀 혹사를 당하고 있었다. 하도 잡혀서 내일 아침에는 근육통까지 생기는 건 아닐까. 갑자기 그런 생각이 든 진우가 손을 내려 그녀의 손목을 조심스레 그러쥐었다.

"그래도 이렇게 쉬는 시간에 요기라도 좀 하고 쉬죠. 선생님 눈 되게 빨개."

자신을 계속 걱정해 주는 우재의 모습에 기분이 살짝 나아진 진우는 비타민 음료를 한 모금 들이켰다.

그 순간 우재의 배에서 조그맣게 꼬르륵 소리가 들렸다. 부끄러운 듯 우재의 얼굴이 빨개지더니 그에게서 떨어지려고 몸을 비틀었다.

생각해 보니 인천공항에서 전날 오후 3시에 출발해서 미국 시간으로 오전 9시에 떨어지는 일정이었다. 그리고 지금은 오후 2시가 훌쩍 넘은 시간. 자신과 함께 있는 동안 우재가 무엇을 먹는 것을 한 번도 본 적이 없는 진우였다. 진우는 민망함에 우재에게 자신이 마시던 비타민 음료를 내밀었다.

"네?"

"일단 이거로라도 그 애들 잠재우라고."

우재의 얼굴이 시뻘게졌다. 어디 쥐구멍이 있다면 들어가고 싶은 심정이었다.

자신이 마실 때까지 꿈쩍도 않겠다는 듯 주시하고 있는 진우를 보며 우재는 그가 입을 댄 빨대를 립스틱이 묻지 않도록 조심스럽게 물었다.

"힘껏 빨아. 내가 남은 음료를 잘 마시길 바란다면."

진우의 그 말에 우재는 갑자기 뿔이 나서 쭈욱 하고 음료를 들이켰다. 시고도 달콤한 맛이 우재의 목구멍을 통해 꿀꺽꿀꺽 넘어갔다. 나중에는 이 달콤함으로 인해 갈증이 오겠지만 이 순간만큼은 그를 만난 후 지속되어 왔던 타들어 갈 것 같은 갈증이 한순간에 해소되는 느낌이 들었다.

어느 정도 허기를 채운 우재가 진우에게 음료를 넘기자 그는 그런 그녀가 기특하다는 듯 씩 웃더니 그녀가 입을 댄 빨대에 자연스럽게 자신의 입을 가져다 댔다. 그러더니 아까와는 달리 볼까지 홀쭉이며 맛있게 음료를 빨아들이기 시작했다.

"밥 먹으러 가자. 생각해 보니 어제 이후로 한 끼도 못 먹었네."

아프게 그러쥐었던 팔뚝 대신 그녀의 손목을 조심스럽게 잡고 있는 진우를 보며 우재는 잠시 행복한 생각을 했다.

하지만 진우는 참 일관성 있는 사람이었다. 레스토랑에서 그녀에게 든든하게 밥을 먹이고는 택시를 잡아 싫다는 우재를 강제로 밀어 넣었다.

"호텔로 가. 여기저기 기웃거리지 말고."

"어, 하지만!"

"명령이야. 다시는 녹음실에 코빼기도 보이지 마. 만약 녹음실

근처에서 털끝 하나라도 보이는 날에는 넌 그대로 한국행이야. 알겠어?"

진우의 일방적인 행동에 우재가 화가 난 표정으로 노려보았지만 그는 아랑곳 않고 택시 기사에게 목적지를 말해 주며 현금을 건넸다.

"선생님은 언제 오는데요?"

"그건 알 수가 없지. 일을 끝내야 하니까. 그러니까 기다리지 말고 먼저 자."

"함께 가면 안 돼요? 호텔 방에서 내가 할 일이 뭐가 있다구요. 차라리 그냥 녹음실에서 기다릴게요. 거기 있다 보면 일거리가 생길지도 모르잖아요. 아까처럼 잔심부름할 일이 생길 수도 있고!"

하지만 지금 녹음실에는 남자 녀석들로만 가득 차 있었다. 진우는 그런 곳에 우재를 들여놓고 신경을 분산시키고 싶지 않았다.

"안 돼. 일에 방해돼. 그러니까 호텔 방에 있어."

"그럼 호텔 주변을 둘러보는 건 괜찮아요?"

반항이 가득한 목소리로 묻는 우재를 보며 진우의 인상이 험악해졌다. 혼자 돌아다니다가 혹시나 나쁜 일이라도 생기면 어쩌려고!

"지금 네가 여기에 와 있는 이유를 잊었나? 놀러 왔어?"

"정말 이런 식으로 나올 거예요? 일도 안 된다, 관광도 안 된다!"

우재가 자신의 처지를 잊고 그를 긁어 대자 진우의 입꼬리가 살짝 올라갔다. 이러고 있으니 예전으로 돌아간 것 같군. 나는 악덕 선생, 넌 되바라진 개망나니 학생이었던 시절로.

"그러니까 얌전하게 기다려. 내가 일을 마치고 호텔로 돌아올 때까지. 네가 할 일은 바로 그거야."

우재가 진우를 노려보자 그는 알아서 하라는 표정을 지으며 택시 문을 닫으려고 했다.

"도대체 언제까지요! 자꾸 이런 식으로 따돌릴 거예요? 6시까지 근무니까 그 이후에는 내 마음대로 해도 상관없겠죠?"

지지 않고 받아치는 우재로 인해 진우의 눈썹이 꿈틀댔다. 개망나니, 이게 아직도 네 주제를 모르고!

"그래, 어디 네 마음대로 해 봐!"

진우의 외마디에 우재는 흥 하고 코웃음을 치면서 그제야 고개를 돌렸다.

우재가 한 말은 빈말이 아니었다. 진짜 서우재가 없다.

진우는 텅 빈 스위트룸을 보고는 머리에서 화가 뻗쳐오르기 시작했다. 외국에서의 작업 환경상 녹음은 이미 오후 5시쯤 마감을 한 상태였다. 그렇지만 진우는 일부러 남은 사람들과 저녁 식사를 하고 간단하게 술 한잔을 하며 하루 종일 쌓여 있던 긴장을 풀었다.

'그 아가씨는 어디 갔어? 호텔 방에 혼자 있어? 와. 진짜 야박하네, 이진우. 데리고 오지. 오늘도 아가씨 덕분에 힘나서 녹음 더 일찍 끝난 거잖아. 그 아가씨 센스도 좋던데……. 커비 몸매 보고 무슨 생각을 했는지 워렌 버핏이 먹는다던 캔디 상자까지 들고 왔더라니까? 커비가 엄청 좋아하는 사탕이라는데 그거 보고 눈이 휘둥그레져서 계속 툴툴대던 사람이 갑자기 디렉션도 잘 주고 애들이 이해 못 하면 바로 불러서 이해시키고. 근래 들어 가장 만족스러운 작업을 했어. 오늘 그 아가씨가 녹음실 분위기 살

려 준 덕분에 양질의 녹음 뽑아냈어. 살인적으로 부려 먹고도 오늘처럼 기분 좋게 헤어진 적 있었어?'

그 잠깐 사이 사람들을 얼마나 구워삶았는지 오늘 우재를 만났던 사람들 모두 그녀를 칭찬하기 바빴다. 그런데 진짜 이렇게 호텔을 탈출할 줄 알았더라면 차라리 녹음실에 데려다 놓을 걸 그랬나.

진우는 갑자기 떠오른 이상한 생각에 그녀가 짐을 푼 방에 들어갔다. 아직까지는 침대 주변에 짐들이 널려 있는 걸 보니 어디 멀리 가지 않은 게 분명했다. 그렇다면 도대체 어디에 갔다는 말인가. 언어라도 통하지 않았으면 멀리 못 갔을 텐데, 우재는 어릴 적부터 외국 생활에 길들여져 있는 베테랑 중 베테랑이었다.

그나저나 저녁 식사는 어떻게 했을까? 저녁은 들어와서 함께 할 걸 그랬나? 진우는 착잡한 마음에 호텔에 딸린 로비와 레스토랑까지 둘러보았다. 혹시나 룸서비스를 시켰을까 해서 직원에게 문의했지만 아무것도 시키지 않았다고 했다.

「대신 라운지 바 위치를 물어보셨어요. 6시 이후에 영업을 한다고 말씀드렸더니 알겠다고 하셨습니다.」

라운지 바라. 진우는 뭔가 찜찜한 마음이 들어 서둘러 라운지 바로 내려갔다.

'음. 이 옷은 진짜 마성의 옷이지. 우리가 만들어 놓고 클럽에 가서 다섯 번이나 시험해 봤는데, 백이면 백 모두 남자를 불렀어.'

진희에게 사정상 어떤 남자에게 어필을 해야 하는데 혹시 거기에 맞춰서 옷을 준비해 주실 수 있겠느냐고 물었을 때, 그녀는 너무나 즐거운 표정을 지으며 눈을 찡긋했었다.

'아주 잘 왔어. 내가 또 그런 데는 일가견이 있잖아. 어떻게 죽여주면 되는데? 레어, 미디엄, 웰던? 아예 그 자리에서 심정지 시킬까?'

'마성의 옷' 이라는 말이 허풍은 아닌 듯했다. 진희가 골라 준 드레스를 입고 라운지 바에 도착한 순간부터 우재는 모든 사람들의 시선을 한눈에 받고 있었다. 은색의 짧은 드레스였는데 은빛 반짝이가 묻어 있는 검은 스타킹과 어우러져 굉장히 섹시했다. 더군다나 굴곡은 사정없이 드러나고 깊게 파인 등엔 가느다란 끈 하나가 전부였다.

'우…… 우와. 어떻게 사람이 이런 옷을 입어요?'

'그럼, 사람 입으라고 만들지 동물 입으라고 만들었겠어? 이건 담당 디자이너가 여체의 신비를 연구하며 만든 옷이라고! 너처럼 이야기하면 담당 디자이너 게거품 문다.'

우재를 타박하던 진희는 그녀에게 옷을 입혀 놓고 매우 흡족한 미소를 지었다.

'예술이구만. 내 눈이 아직까지는 썩지 않았어. 아주 훌륭해, 서우재.'

하지만 나는 오직 한 사람에게만 훌륭했으면 좋겠는데. 그런데 이상하게 걸리라는 사람은 안 걸리고 이상한 피라미만 자꾸 끼어드네. 갑자기 우재의 앞으로 또다시 누군가가 보낸 술잔이 들이밀어졌다.

「저기 오른편의 손님분께서 한잔 사고 싶다고 하십니다.」

오늘 저녁만 해도 세 번째. 오라는 이진우는 코빼기도 보이지 않는데, 그냥 방으로 올라갈까? 역시 이 방법도 아닌 건가. 계속 이런 식으로 날 피한다면 곤란한데?

우재가 고민하는 사이 오른편에 앉아 있던 남자가 그녀에게 다가왔다.

「일행이 없으시다면 오늘 밤 저와 함께 술 한잔 하시겠습니까?」

우재가 심드렁한 표정으로 고개를 돌리는데, 순간 입구 쪽에서 누군가의 다급한 발걸음이 느껴졌다. 라운지 바 안으로 빠르게 걸어 들어오는 이는 진우였다. 우재는 서둘러 고개를 돌렸다. 됐다! 이제는 그가 그녀의 모습을 알아채기만 하면 되는데…….

우재는 조마조마한 마음으로 자신의 곁에 있는 남자를 바라보았다.

「일행을 만나기로 해서 술은 좀 그렇고, 그냥 간단히 대화나 나눌까요?」

남자는 자신의 호의를 거절하는 우재의 몸매를 뜯어보았다. 적당한 가슴과 허리, 그리고 날씬한 허벅지까지 남자의 가운데 다리를 제법 움찔움찔하게 만드는 절세의 미인이었다. 동양적인 매력이 어우러져 신비감이 돋보이는 데다가 지금 그녀에게서는 독특한 꽃향기까지 풍겼다. 이런 여자를 홀로 놓아두는 남자라니.

「저기, 지금 입구로 들어서는 사람이 제 남편인데 저희가 아까 오후에 다툼이 있었거든요. 질투를 좀 유발하고 싶은데 도와주실 수 있나요?」

여자가 가리키는 곳을 바라보니 동양 남자가 인상을 잔뜩 찌푸린 채 고개를 두리번거리며 누군가를 열심히 찾고 있었다. 하긴, 이런 여자라면 남자의 저런 표정이 조금은 이해가 간다. 있을 때 잘할 것이지. 사내새끼들은 꼭 소중한 걸 잃어 놓고서야 뒤늦게 후회를 한다. 오늘 밤 먹잇감을 놓친 것도 분해 죽겠는데 오랜만에 제대로 실력 발휘나 해 볼까.

남자가 고개를 끄덕이자 우재는 고맙다는 듯 살짝 웃어 보였다. 남자가 우재 쪽으로 가까이 다가오더니 등이 깊게 파여 있는 옷 속으로 손을 집어넣었다. 그러자 우재가 화들짝 놀라며 몸을 피하려고 하자, 남자는 그녀의 의자를 가까이 잡아당겼다.

「뿌리를 뽑읍시다. 남자들의 허세 같은 건. 오늘 아주 뜨거운 밤을 만들어 줄까요?」

그렇게 이야기를 하며 남자가 우재의 얼굴 가까이 다가온다 싶은 순간, 갑자기 퍽 하는 소리가 들리며 남자의 몸이 바닥으로 굴러떨어졌다. 놀란 우재가 소리를 질렀지만 진우는 그런 우재를 무시한 채 남자에게 주먹을 휘두르고는 주머니에서 지갑을 꺼냈다.

「이건 네 치료비, 이건 너와 이 여자가 마신 술값. 그리고 이 나머지는 바 수리비.」

그렇게 진우는 쓰러진 남자에게 지폐를 흩뿌리더니 거칠게 우재의 손목을 그러쥐고 성큼성큼 바를 걸어 나갔다.

스위트룸의 문이 열리자마자 진우는 겁에 질린 우재를 거칠게 자신의 침대 위로 밀쳤다. 침대가 출렁하며 진우가 재빨리 그녀를 덮쳤다.

"서우재, 잘 놀았나? 내가 네 손바닥 위에서 놀아 주니 세상이 다 네 것처럼 보이지?"

그의 독설이 우재의 피를 타고 온몸을 돌아다니는 것 같았다. 무섭게 일그러진 얼굴로 자신을 쏘아보는 그를 보고 있노라니 우재의 마음이 찢어졌다.

"오해예요, 선생님. 그렇지 않아!"

우재는 그를 말려 보려고 했지만 그는 어떤 말도 들리지 않는 것 같았다.

“내가 네 장단에 맞춰 주니 호구로 보이나? 7년 전부터 내 주변만 빙빙 돌더니 도대체 무슨 수작을 부리려고 또다시 내 앞에 나타났어. 나를 도대체 어디까지 몰고 가려고!”

갑자기 우재의 온몸이 바르르 떨리기 시작했다. 무슨 말이라도 해야 하는데 악에 받쳐 시뻘게진 눈으로 소리치는 그를 보니 엄두가 나지 않았다.

“내가 최대한 배려해 줬잖아. 7년 동안 감쪽같이 사라졌다가 나타났는데도 아무것도 묻지 않았잖아! 다시 바닥부터 시작해야 한다는 너를 위해 이 회장이 내게 장난을 걸고 있다는 사실을 뻔히 알면서도 눈감아 줬잖아! 그런데도 부족했나? 더 많은 걸 원해? 또 뭐가 필요한데? 남자?”

잔뜩 일그러진 표정의 그가 그녀를 노려보며 중얼거렸다.

“내가 옛정을 생각해서 꽤 신사적으로 굴고 있는데도 못 알아챈 모양이지? 재계의 망나니 이진우의 통역사로 제안받았을 때 그 업무 안에 이진우의 밤 시중도 들어 있을지 모른다는 생각은 안 해 봤나?”

진우의 거친 손길에 의해 우재의 빛나는 드레스가 뜯겨져 나갔다. 그러자 지금껏 드레스에 감추어져 있던 우재의 맨가슴이 드러났다.

“이러지 말아요, 제발! 선생님이 오해하는 거예요. 난 단지!”

순간 진우는 아까 그 녀석이 우재의 맨등을 쓰다듬던 모습이 생각났다. 더럽게 어디다 감히 손을 대. 진우가 아까 그 남자가 만졌던 부근으로 손을 밀어 넣자 우재의 몸이 뻣뻣하게 굳었다. 아슬아슬한 옷을 입고 침대 위에 무방비하게 누워 있는 우재를 보고 있자니 진우의 눈이 알 수 없는 욕망으로 까맣게 물들었다.

7년 동안 쌓아 둔 긴장감이 넘치다 못해 터져 버렸다. 우재의 향기로 질식할 것 같은 기분이 들자 진우는 더 이상 참지 못하고 그녀의 입술을 틀어막았다. 우재가 눈물을 흘리며 공포의 비명을 질러 댔지만 무자비한 진우의 키스는 그녀를 더욱 잠식해 왔다. 그의 혀가 입 안을 가르고 나머지 한 손으론 그녀의 맨가슴을 아프게 더듬기 시작했다.

진우의 거센 공격에 부르르 떨던 우재의 눈가로 굵은 눈물방울이 하염없이 내렸다.

7. 흉물스럽게 벌어진 상처

열여덟 살, 그때도 진우와 키스를 나눈 적이 있었지만 이렇게 수치스럽지는 않았다. 욕망이 잔뜩 서린 입술로 그녀의 몸을 어루만지고 게걸스럽게 입술을 탐하는 그가 무섭게 느껴져 우재는 자신도 모르게 속삭였다.

"선생님. 제발, 제발요!"

바르르 떨리는 목소리로 그에게 애원하던 그녀의 손이 떨리다 못해 침대 위로 툭 떨어졌을 때 진우는 모든 동작을 멈추고 힘겹게 버티고 있는 우재를 내려다보았다. 우재는 그에 대한 공포심으로 겨우 숨만 쉬고 있을 뿐이었다.

우리가 왜 이렇게 되었을까? 어쩌자고 이런 괴물이 되어 보여주고 싶지 않는 모습만 보여 주게 되었을까. 진우는 생명줄이라도 되는 듯 꽉 붙잡았던 우재의 손을 조심스레 내려놓았다.

"그만하자, 서우재. 제발…… 그만해."

힘없이 중얼거린 진우는 엉망으로 흐트러진 우재을 내버려 둔 채 침대에서 내려갔다.

잠시 후 침실 문이 닫히는 소리가 들렸다. 그 소리가 또다시 그와의 벽을 세우는 소리 같아 우재는 입술을 바르르 떨다가 두 손으로 자신의 얼굴을 가리고 펑펑 울었다.

거의 쓰러질 듯한 몸을 이끌고 욕실로 들어갔을 때 우재는 잔뜩 흐트러진 자신의 모습에 또 한 번 입술을 깨물었다.

머리는 잔뜩 헝클어져 있었고 입술은 진우의 키스로 잔뜩 부어 있었다. 가슴 부분은 흉하게 뜯겨 나가 맨가슴을 내보이고 있었고 모든 솔기가 엉망으로 틀어져 있었다. 아름다웠던 드레스가 자신의 욕심에 넝마가 되어 버렸다.

드레스를 입고 서 있는 자신의 모습은 물불 안 가리고 사람을 이용하던, 자신이 그렇게나 혐오스럽게 생각했던 어른의 모습이었다. 자신이 얼마나 힘들고 괴로웠는지 아직도 또렷이 기억하고 있으면서 그것을 그대로 답습하고 있는 꼴이라니. 우재의 눈에서 눈물이 후드득 떨어져 내렸다.

차가운 물이 쏟아지는 욕조에 앉아 한참을 울었는데도 울음이 그치지 않았다. 쓰리고 아픈 상처에 누군가 굵은 소금을 뿌려 문질러 대는 것 같았다. 그러다 문득 이곳에 오기 전 이 회장이 이야기했던 말이 떠올랐다.

'난 이 바둑을 멈추지 않을 거다. 때로는 네가 다치기도 하고 아픈 날도 있겠지. 하지만 네가 견뎌 보겠다고 했으니 지금 여기와 있는 게 아니겠니?'

이 회장의 말이 이제야 이해가 되기 시작했다. 성난 말을 다스리기 위한 당근. 나는 바로 그런 목적이었던가 보다. 그런 주제에

곱디고운 꿈을 꿨다. 한국에 가면 이진우와 못다 한 꽃을 피울 수 있을지도 모르겠다는.

그런데 그 꿈이 이런 식으로 망가져 버릴 줄이야. 그렇다면 난 이 덫에서 어떻게 헤어날 수 있을까.

두 눈이 붓도록 실컷 울고 난 뒤 두꺼운 목욕 가운을 입고 조용히 거실로 나갔다. 그렇지만 그는 어디로 간 건지 흔적조차 보이지 않았다.

그 순간 객실에 노크 소리가 들려왔다. 우재가 문을 열자 중절모를 쓴 한 중년의 신사가 주변을 살펴보는 듯했다.

「방을 잘못 찾으셨나요?」

「Mr. Lee를 찾으러 왔는데요. 오늘 만나기로 한 것 같은데 연락이 되지 않아서.」

그의 말에 우재는 그를 물끄러미 올려다보았다.

「누구라고 말씀드릴까요.」

「그러는 댁은 누구십니까?」

「그의 통역사인데요. 어르신은 누구…….」

우재의 얼굴을 뚫어져라 바라보던 노신사는 뭔가가 이상했는지 자신의 휴대폰에서 사진을 불러내 그녀와 비교해 보더니 무뚝뚝한 표정으로 이름을 물어 왔다. 외국 사람들은 이렇게 무례하게 개인정보를 묻지 않는데 묻는 것이 신기하여 우재는 "서우재."라고 당당히 대답했다.

그 순간 잠시 그의 얼굴에 허를 찔린 듯 멍한 표정이 지나갔다. 그러더니 금세 표정을 갈무리하고 묘한 웃음을 짓더니 작은 카드 한 장을 내밀었다.

「그에게 전해 주십시오. 필요는 없을 것 같지만 돈을 받았으니 후속 자료를 내드릴 의향이 있다고 전해 주세요.」

그는 기묘한 말과 카드 한 장을 남긴 채 떠나갔다. 우재가 카드를 살펴보자 거기에는 이렇게 적혀 있었다.

『서우재를 찾았다.』

그 문구를 보는 순간 가슴이 쿵 하고 떨어지는 듯했다. 우재는 정신없이 노신사가 떠난 방향으로 쫓아갔다.

엘리베이터에도 없고 계단에도 없었다. 우재가 목욕 가운 차림 그대로 정신없이 복도를 둘러보는 사이 코너를 도는 익숙한 옷자락 하나가 보였다.

「저기요. 저기요! 잠깐만요!」

노신사는 가던 길을 멈추고 우재를 물끄러미 바라보았다. 객실 문 앞에서도 느꼈지만 여자는 무척 매력적이었다. 이제 막 샤워를 마친 듯 화장기가 하나도 없는 얼굴에 칠흑 같은 머리가 길게 늘어져 있었다. 거기다 그를 쫓느라 달아오른 빨간 볼까지.

남자가 미칠 만하군.

「죄송해요. 제가 너무 급해서 그만. 그런데 이게 뭔가요?」

「Mr. Lee가 지난 1년 동안 당신을 찾았던 흔적입니다.」

우재의 입술이 살짝 떨려 왔다. 울음이 뒤섞인 목소리로 우재는 다시 그에게 물었다.

「그가 나를 찾고 있었다고요?」

「네. 내가 Mr. Lee를 만난 것이 1년 전입니다. 한국에서는 7년 전부터 찾고 있었다고 하더군요. 국내에서는 도저히 행방을 알 길이 없어 저희 쪽으로 다시 의뢰를 하셨습니다.」

「뭘 찾아 달라 하던가요. 행방? 위치?」

노신사는 잠시 고민했다. 진우가 오래전부터 자신을 찾고 있었다는 말에 울컥하는 감정을 내보이는 여자에게 따뜻한 말 한마디라도 더 건네고 싶었다.

「당신의 모든 것. 뭘 하는지 뭘 먹는지, 잘 사는지 등등의 모든 것이요. 그런데 당신들 묘하게 얽혀 있더군요. 서로의 행방만 몰랐지 지난 시간 동안 유기적으로 얽혀 있었습니다.」

「그건 무슨 말씀이세요?」

「당신이 너무 슬퍼 보여서 드리는 말씀일 뿐, 나머지는 Mr. Lee를 통해서 들으세요. 내 고객은 Mr. Lee니까. 당신을 위해서라면 돈이 얼마가 들던 아낌없이 내주던 남자입니다.」

우재의 얼굴 가득 수많은 감정들이 스쳐 지나갔다.

폭주하는 자신을 견뎌 내지 못하는 우재를 보며 진우의 마음은 갈기갈기 찢어지는 것 같았다.

우재가 처음 사라졌을 때만 해도 그는 몰랐다. 그녀가 얼마나 자신의 마음속에 스며들었는지. 겨우 '좋아한다'는 말만 남겨 놓은 채, 그냥 자신이 좋아하고 있다는 부담감 정도만 떠안아 달라는 그녀에게 속절없이 빠져든 건 바로 자신이면서 그는 그동안 그녀를 수없이 원망했다.

그렇게 떠날 거라면 마음 한 터럭이라도 남겨 놓지 말지. 우리는 한 팀이라면서, 다음번에는 꼭 이기고 돌아오라고 자신을 응원하던 그녀였기에 그가 느끼는 배신감과 공허감은 깊었다.

그래서 닥치는 대로 일을 하고 닥치는 대로 사람을 만났다. 그녀의 향기를 자신의 코끝에서 지울 수만 있다면, 그녀에 대한 생각을 지울 수만 있다면 어떤 일이건, 그게 어떤 사람이든 닥치는 대로 받아들였다.

하지만 그렇게 자신을 혹사시킬수록 더욱더 그녀가 선명해지는 아이러니. 서서히 망가져 가는 자신의 앞에 그녀가 불쑥 나타났다. 또다시 신기루처럼 사라질 것이 두려운 나머지 자신의 마음을 감히 꺼내 보지도 못하고 꾹꾹 눌러 참고 있는데 겁도 없이 자신의 도화선에 불을 붙였다. 언제까지 감추고 있나 해 보자는 듯.

그러나 자신의 아래에서 몸을 축 늘어뜨린 채 숨만 가르랑대는 그녀를 보는 순간, 그는 미치도록 울부짖고 싶었다. 괴물이 되어 가는 자신이 한심하고 비참해서.

난 결국 이번 생애 내가 사랑하는 사람들마다 빼앗기는 벌을 받아야 하는 건가?

우재를 내버려 둔 채 호텔 방을 나온 진우는 불이 켜진 작은 식당을 찾아 들어갔다. 머릿속을 어지럽게 만들 술보다 정신을 또렷하게 만들어 줄 진한 카페인 한 잔이 절실하게 필요했다. 더 이상은 그녀 앞에서 추한 꼴을 보이고 싶지가 않았다.

진한 커피를 한 잔 시켜 놓고 멍하니 앉아 있는데 집시인 듯한 여자가 나타나 그에게 구걸했다. 실내까지 들어와 구걸하는 모습이 안타까워 올려다보자 오히려 그녀가 그를 바라보며 안타까운 탄식을 흘렸다.

「당신만 아팠던 게 아니야. 모두가 다 아프고 힘든 세월이었어.」

말을 마친 집시는 돈도 받지 않고 다른 테이블로 자리를 옮겼다. 진우는 의자에서 벌떡 일어나 구걸하고 있는 그녀의 모자에 10달러짜리 지폐를 떨구었다. 그녀는 고맙다는 듯 누렇게 변색이 된 이를 드러내며 말했다.

「오! 불쌍한 자여! 모두가 당신을 끔찍하게 사랑하고 있어. 더 이상 거부하지 마!」

아무런 인연도 없는, 길거리를 떠도는 집시의 그 한마디에 그의 눈에서 눈물이 왈칵하고 쏟아질 것만 같았다.

그녀를 바라보던 진우는 주머니에서 휴대폰을 꺼냈다. 받지 못한 전화에 대한 경고음이 울렸던 것이다. 부재중 통화 5통. 핀커튼 탐정회사.

그제야 오늘로 예정되어 있던 약속이 생각났다. 서우재에게 온통 정신을 빼앗긴 나머지 그를 깜박 잊고 있었다.

진우는 재빨리 전화를 걸었다. 받을까? 받아야 하는데. 오늘이 아니면 시간이 없을 텐데. 진우가 초조한 마음으로 기다리는데 상대는 여전히 전화를 받지 않았다. 역시 무리인가 하며 전화를 끊으려는 순간, 응답하는 목소리가 들렸다.

밤새도록 그는 돌아오지 않았다. 낯선 도시의 호텔 방에서 우재는 멍하니 하늘을 바라보았다. 갑자기 너무나 미치게 가족들이 보고 싶었다.

우재는 결심을 한 뒤 전화 다이얼을 눌렀다. 잠시간 발신음이 들린 후 누군가 전화를 받았다. 세련된 영어로 이야기를 하라고 말하고 있는 사람은 우재의 언니, 효재였다.

"언니."

전화기 저편에서 효재가 소리를 질렀다.

— 너, 왜 이제야 전화해? 어? 내가 숱하게 천하한테 전화 달라는 연락도 남겼는데!

"나 LA 출장 와 있어."

— 괜찮아? 언니가 분명히 도착하는 대로 전화하라고 했잖아. 식구들 말려 죽일 일 있어? 아무 일 없는 거지?

자신을 걱정하는 언니의 목소리에 우재는 또다시 눈물이 쏟아져 나왔다. 오랜 시간을 떨어져 있어 모르는 줄 알았는데 언니는 역시 달랐다. 언니의 '괜찮냐' 라는 말이 들려오는 순간, 우재는 울컥하는 감정을 참을 수가 없었다.

"언니."

우재가 울먹거리자 태평양 너머의 언니는 깊은 한숨을 쉬었다.

— 그래서 가지 말라고 했잖아. 네가 다치게 될 거라고 했잖아. 그쪽하고의 관계는 우리를 무사히 탈출시켜 준 거기까지가 좋았었다고 몇 번을 말해!

"그 사람이 지난 7년 동안 나를 찾고 있었대. 아무리 찾아봐도 찾을 수가 없어서 미국의 탐정회사에까지 나를 의뢰했었대. 돈이 얼마나 들던 상관없으니까 찾아만 달라고 했었대. 언니 나……."

효재에게 말을 하고 보니 감정이 북받쳐 올라 우재의 흐느낌이 더욱더 거세졌다.

"언니, 나 그 사람한테 너무 미안해서 가슴이 아파! 너무 아픈데 도대체 어디서부터 다시 시작해야 하는지 모르겠어. 언니 나 어떡해?"

아픈 밤이 지나고 또다시 해가 떴다.

'그만하자, 서우재. 제발…… 그만해.'

그 말이 자꾸만 우재의 귓가를 떠나지 않았다. 이제 진짜 그만 보자고 하면 어떡하지? 그러면 난 어떻게 그 사람에게 다가가야 하지? 밤새 진우에 대한 고민을 하다 까무룩 잠이 든 것 같았다.

시간이 얼마나 지났을까. 우재는 조용한 음악이 흐르는 곳에서 눈을 떴다. 그녀가 침대에 일어나 앉자 머리가 어질하고 온몸이 두드려 맞은 듯 아파 왔다.

침대에서 몸을 일으켜 주변을 둘러보았다. 우재가 있는 이곳은 진우가 자신을 홀로 남겨 놓은 호텔 방이 아니었다.

여기는 어디지? 낯선 장소에 있다는 사실에 혼란스러움을 느끼는 사이 누군가가 수건과 차가운 물을 들고 방으로 들어왔다.

"어머, 우재야 일어났어? 머리는 좀 어때? 아직도 어지럽니?"

그녀에게 말을 걸어온 사람의 목소리를 듣자마자 우재는 입을 가리며 그녀를 마주 보았다.

"진짜 이게 뭐니? 온다 간다 말도 없이 사라져 놓고 이런 식으로 날 만나러 와?"

현정 언니! 우재는 더 이상 말을 잇지 못하고 왈칵하고 눈물부터 쏟아 내었다.

"우리 꼬마 아가씨가 이렇게 예쁘게 자랐을 줄 어떻게 알았겠어. 너무 이뻐졌다, 너."

"언니!"

"진우에게 이야기 다 들었어. 타지에서도 고생이 많았다면서. 그런데도 이렇게 예쁘게 커 주다니 너무 고맙다, 나는."

현정은 다정스럽게 그녀의 머리를 쓰다듬어 주며 우재의 눈을 들여다보았다.

"언니. 어떻게 된 거예요? 한국에 도착해서 언니한테 찾아갔었는데 '플라이 투 더 문'은 이미 없어져 버리고……."

별안간 현정이 우재의 손을 잡더니 자신의 배에 가져다 댔다. 불룩하고 솟아오른 배.

우재가 눈을 휘둥그레 뜨자 그녀는 우재를 보며 웃었다.

"내가 결혼하는 바람에. 너 떠나고 3년 후에 결혼하고 미국으로 건너왔어. 이 녀석이 벌써 둘째다. 첫째 녀석은 너 아픈데 하도 부산하게 굴어서 진우랑 제 아빠가 데리고 나갔어."

갑작스러운 변화에 우재가 혼란스러워하자 현정은 우재가 열여덟 살 때 보았던 다정한 모습 그대로 그녀의 머리를 한없이 쓰다듬어 주었다.

"이진우 참 못났지 않니? 오랜만에 돌아온 아이를 울리다 못해 열까지 펄펄 끓게 만들고. 널 안아 들고 한밤중에 불쑥 찾아온 그 자식을 내가 개 패듯 좀 패 줬다."

현정이 파리한 우재의 손을 따뜻하게 붙잡더니 그녀의 눈을 바라보았다.

"그제 밤에 진우가 아픈 널 안아 들고 거의 다 죽을 것 같은 표정으로 데려왔는데 널 간호하면서도 내가 바보처럼 히죽 웃었다? 이제는 됐다 싶어서. 오죽하면 널 찾아 7년이나 헤맸을까. 남자들은 바보처럼 좋아한다는 표현으로 고무줄 자르고 도망가고 아이스케키 하지 않니? 이진우가 그래. 자기가 이렇게 사랑받는 줄도 모르고 그렇게 또 사랑하고 있는 줄도 모르고 자신의 인생에는 사랑은 없다면서 심통을 놓는다니까?"

그녀의 말이 끝나기 무섭게 현관문이 열리는 소리와 함께 아이의 속사포 같은 영어가 들리기 시작했다. 뒤이어 성실하게 답변해 주는 진우의 목소리도 들려왔다.

「샐리. 조심해. 샐리!」

아빠인 듯 낯선 남자의 목소리가 뒤따르고 곧 우재가 있는 방의 문이 열렸다. 엄마 옆에 있는 우재를 뚫어져라 바라보던 아이가 물었다.

「당신이 진짜 천사예요? 정말 삼촌이 날개를 부러뜨렸어요?」

“몸이 많이 약하다는데 열에 취약해서 스트레스받지 않게 조심하라더라. 이건 의사가 처방해 준 약인데 잊지 말고 꼭 먹고.”

현정은 우재를 바라보며 신신당부를 했다.

우재는 겨우 자리를 털고 일어나 현정을 도와 그녀의 식구들과 저녁 식사를 함께 했다. 까다로운 이진우를 소리소리 질러 가며 호령하는 현정을 보는 것도 놀라웠고, 그녀의 딸 샐리에게 살갑게 구는 그의 모습을 보는 것도 신기했다.

그렇게 꿈같은 시간을 보내고 헤어질 시간이 다가왔다. 현정은 우재의 얼굴을 한참 바라보고 있다가 아직도 헤어지는 것이 못내 아쉬운지 그녀를 꼭 껴안았다.

“언제라도 와. 이제 언니 여기 있는 거 다 알았으니까.”

현정의 다정한 그 말에 우재의 눈에서 또다시 아쉬운 눈물이 흘러나왔다.

“죄송해요, 언니. 너무 기뻐서요. 저는 영영 그때의 시간들을 되찾지 못할 줄 알았거든요.”

“왜에? 승혜도 요즘 잘나가는 재즈보컬로 인기를 얻고 있고, 수명이는 진우 사무실에서 일 도와주고 있고, 상민이는 다른 재즈그룹에서 활발하게 자기 갈 길 가고 있는데, 뭘. 진우가 그런 말도 안 해 줬니?”

오랜만에 듣는 그리운 사람들의 소식에 우재가 반가운 얼굴을 하자 현정은 두 손으로 자신의 옆에 서 있던 진우의 등짝을 사정없이 내려쳤다.

“너 한 번만 더 우리 우재한테 함부로 대해 봐. 다음부터는 내 집 안에 발도 들여놓지 못할 테니까!”

현정의 서슬에 진우가 맞은 등을 만지면서 오만상을 썼다.

「천사 이모는 근데 왜 자꾸 울어? 이모가 우니까 샐리 슬퍼.」

샐리의 말에 우재가 웃음을 지었다.

「어. 가끔씩 너무 행복하면 이렇게 눈물이 나는 거야. 샐리. 다음번에 이모가 올 때는 샐리만 한 곰 인형 꼭 사 가지고 올게. 그때까지 이모도 꼭 기억해 줘. 알겠지?」

샐리는 우재의 말이 좋았는지 예쁜 미소를 지으며 자신의 엄마를 바라보았다.

그 모습을 지켜보던 진우가 샐리을 안아 들더니 공중으로 한 번 던졌다가 다시 받아 들었다.

꺄르르 웃는 아이를 보는 진우의 입가가 더욱 부드러워졌다.

「삼촌이 했던 말도 잊지 마? 삼촌하고 결혼하려면 밥 잘 먹고 엄마 말씀 잘 듣고 열심히 커.」

「알았어. 열심히 커서 삼촌이랑 결혼해 줄게.」

「어우 얘. 뭘 해 주기까지 하니? 그렇잖아도 동생뻘인 사위 본다고 생각하면 뒷골이 땡기는데!」

질색하는 현정을 보며 다들 웃음을 지었다.

밤길을 뚫고 호텔로 돌아오는 길. 두 사람은 어색하게 차 안에 앉아 있었다.

어디서부터 다시 시작해야 하는 걸까. 내가 할 수 있는 게 뭐가 있지? 우재가 마음속으로 열심히 고민하고 있는데 진우가 먼저 말을 걸었다.

"청바지랑 셔츠 사이즈 괜찮아? 현정 누나가 시키는 대로 사 온 건데."

하얀 잠옷만 입은 채 열에 들떠 끙끙대는 우재를 현정의 집으로 데려온 사람은 진우였다. 우재는 조용히 고개를 끄덕였다.

아직도 그녀는 그날 진우가 '그만하자' 고 했던 말의 충격이 채 가시지 않은 상태였다.

"고마워요."

"뭐가?"

"그냥. 모두가 다."

진우가 씁쓸하게 웃었다.

"작정하고 울리는데도 고마워?"

우재의 코끝이 찡해졌다. 아…… 아직은 울면 안 돼. 버티자 서우재.

"한국에 돌아가면…… 더 이상 나에게 얽매일 필요 없어. 이제부터는 네 갈 길 가도록 해."

갑작스러운 그의 말에 꽉 쥔 그녀의 주먹이 하얗게 질려 갔다.

"아직 계약이……."

"내가 가서 그 계약 깰 거야. 이제부터 너는 프리야. 아무도 너를 구속하지 못해."

우재의 두 눈이 갈 곳을 잃고 흔들렸다. 결국 이렇게 되는 건가? 난 고작 이런 모습을 보여 주려고 그렇게 설레며 그 먼 길을 돌아왔던 걸까?

"넌 지난 시간 동안 믿고 의지할 데가 없었던 것뿐이야. 이제는 모든 것을 털고 훌훌 날아가. 그럴 수 있게 내가 지켜봐 줄게."

이제부터는 내가 지켜봐 줄게. 그렇게 듣고 싶었던 그 말이 이렇게도 쓰이는구나.

그런데 왜 떠나야 해? 지켜봐 준다며. 그럼 계속 가까이서 지켜봐 주면 되는 거잖아. 우재는 눈물이 날 것 같아 고개를 들어 먼 하늘을 바라보았다.

그 순간 우재의 머리로 그의 손이 망설이며 다가왔다. 그러더니 어색한 손짓으로 머리를 조심스럽게 쓰다듬었다.

"그동안 열심히 살아오느라 고생이 많았다. 기특하게도 잘 견뎌냈어!"

진우의 따스한 손길과 위로에 우재의 두 눈에 그렁그렁 맺혀 있던 눈물이 더는 참지 못하고 툭 떨어지기 시작했다.

자신의 두 손에 얼굴을 묻고 울어 버리는 우재를 보며 진우는 몇 번이나 그녀의 머리를 말없이 쓰다듬어 주었다.

우재와 그 사건이 일어났던 날 밤, 진우는 핀커튼 탐정회사의 마이클과 뒤늦게 연락이 닿아 지난 1년간 애타게 찾아 헤매었던 우재의 조사 결과를 들었다.

「서우재 양의 가족은 호주에 난민 신청을 했습니다. 정치적인 문제로 식구들이 목숨을 위협받고 있다는 것이 이유였는데 처음 신청에서는 거절당했습니다. 거듭 심사를 넣은 끝에 우재 양의 아버님은 통과가 되었는데, 우재 양와 어머니가 끝내 거절되었습니다. 그리고 그 후로는 이렇다 할 흔적이 없습니다. 아마도 불법체류자 신분으로 숨어 살지 않았나 추정하고 있습니다.」

진우의 손이 분노에 찬 듯 서류를 구기자 그것을 관찰하던 마이클이 의미심장하게 한마디를 덧붙였다.

「그런데 조사를 거듭하다 보니 어쩌면 누군가가 그들의 뒷정리를 하고 있지는 않나 하는 생각이 들었습니다. 흔적들이 너무나 깔끔하게 지워져 있었습니다. 그들이 호주로 흘러들어 온 경로, 이동한 흔적들, 그들이 살았던 형태, 그 어떤 것도 남아 있는 게 없었습니다. 그래서 제가 조사할 수 있었던 부분도 그들이 비자를 받은 후부터입니다.」

진우가 조용히 고개를 들자 마이클이 고개를 끄덕였다.

「그 세력이 아마도 대한그룹이 아닌가 생각합니다. 몇 달이 흐른 후 대한그룹의 호주지사가 본격적으로 나서서 그들을 보호하기 시작했습니다. 남은 가족들이 안전하게 비자를 받을 수 있도록 지원하고, 특히 우재 양에겐 대한장학재단을 소개하여 학업을 계속 이어 나갈 수 있게 지원하였으니까요.」

진우의 얼굴에 묘한 감정이 스쳐 지나갔다. 눈을 뜨고 코를 베인 꼴이라니……. 분노와 회한이 몸을 훑고 지나가기 시작했다. 정말 꼴이 우습게 됐군. 우재를 지척에 두고…….

「그래서 그 이후로는 평온하게 잘 살았습니까?」

마이클은 조용히 진우를 응시했다. 그러더니 고개를 가로저었다.

「물리적으로 말하자면 아니요, 입니다.」

진우의 얼굴이 눈에 띄게 일그러졌다. 서우재, 도대체 넌 무슨 이야기를 숨기고 있는 거야! 도대체 어디까지 할 건데!

「장학재단의 도움을 받긴 했지만 매일 손이 부르트도록 일을 했다고 하더군요. 기숙사에서 나왔을 때는 사람이 많은 쉐어하우스만 골라 썼고요. 아마도 신변의 위협 때문이 아닌가 합니다. 대학 시절 그녀의 룸메이트까지 찾아봤는데 그녀를 이국에서 온 가난한 고학생으로 기억하고 있었습니다. 그래서 그녀에 관해 자세히 알고 있는 대학 동기들도 없었습니다. 그녀는 대학 시절 내내 아르바이트로 바빴으니까요. 다만 그녀를 고용했던 식당 주인만이 그녀에 대해 기억하고 있더군요. 돌아가야 할 곳이 있기에 조금도 멈출 수 없다고 말했답니다.」

「돌아가야 할 곳?」

그 순간 진우의 심장이 덜컹거리기 시작했다. 돌아가야 할 곳이라니. 그곳이 어디인데. 도대체 뭘 위해 그렇게 열심히 살았어?

결코 녹록지 않았던 그녀의 지난날을 엿본 그는 비척대는 걸음으로 호텔로 돌아와 그녀의 방문을 확 열어젖혔다. 하지만 우재는 이미 침대 위에서 열에 들떠 끙끙 앓고 있었다. 그런 아이를 품에 안고 응급실로 달려가며 그는 수십 번도 더 중얼거렸던 것 같다.

'만약 세상에 신이 있다면 제발 이 가여운 아이를 보살펴 주세요.'

열이 너무 높아 의식 없이 축 늘어진 그녀의 손을 조심스럽게 잡았을 때 진우는 그만 비명이 터져 나오려는 것을 간신히 막았다. 보드라웠던 그녀의 손은 찢기고 상처가 난 흔적들로 무성했기 때문이다.

이런 고생을 하고도 널 이렇게 만든 나라로 달려온 네게 난 도대체 무슨 짓을 했단 말인가. 너를 상처 내고 헐뜯지 못해 안달인 나를 보며 너는 또 무슨 생각을 했을까.

수액을 맞고서도 좀처럼 기운을 차리지 못하는 그녀를 데리고 진우는 현정의 집으로 차를 몰았다. 아프고 힘들게만 하는 자신 대신 따뜻하게 그녀를 감싸 안아 줄 누군가가 필요했다. 계속 그녀를 옆에 두려다가는 자신의 손으로 우재를 망가뜨리고 말 거라는 불안감이 들었기 때문이다.

그리고 그곳에서 우재가 자신에게는 한 번도 보여 주지 않았던 따뜻한 미소가 흘러나왔을 때 진우는 결심했다. 차라리 훨훨 날려 보내자. 그동안 고생한 만큼 자신이 하고 싶은 일, 가고 싶은 바를 이루게 돕는 것이 자신의 몫이라고 생각했다.

그렇게 생각의 소용돌이에 빠져 있는 사이 호텔에 도착했다. 스위트룸이 위치한 복도를 걸으며 진우는 조소를 흘렸다. 아마도 저 문이 열리면 이제 그만 내 곁을 떠나라고 이야기하겠지.

카드키를 문에 꽂는데 등 뒤에서 우재의 목소리가 흘러나왔다.

"아까 그 말 진심이었어요?"

진우는 몸을 돌려 우재를 마주 바라보았다. 또 무슨 말을 하려고.

"말해 봐요. 내가 정말 선생님을 훌훌 떠나 버려도 괜찮겠는지. 이번에는 못 찾는 곳으로, 설사 찾는다고 해도 선생님과 닿지 않는 곳으로 가 버려도 상관없어요?"

진우는 씁쓸하게 웃으며 객실 문을 확 열고 먼저 안으로 들어갔다. 우재가 그를 좇아 들어왔다.

"이제는 내 마음까지 네 마음대로 하려고?"

진우가 꽤 불량스러운 어조로 말했지만 우재는 속지 않았다.

"그런데 왜 나를 7년이나 찾아 헤맸어요? 왜 그 비싼 돈을 내면서 미국 탐정에게까지 나를 의뢰했는데요."

진우의 표정이 살짝 굳어졌다. 자신이 우재를 찾고 있었다는 사실은 비밀이었는데, 어떻게 안 거지?

"그래서 뭘 찾았는데? 뭘 봤는데? 아니 그것보다 처음부터 왜 찾았는데!"

우재가 비명을 쏟아 내며 그를 다그쳐 보았지만 진우는 시끄럽다는 듯 냉장고를 열어 맥주 캔을 하나 꺼내더니 숨도 안 쉬고 꿀꺽꿀꺽 목구멍으로 들이붓기 시작했다.

"그런데 그것까지는 조사 안 해 주던가요? 내가 어떤 마음으로 거기서 7년이나 이를 악물고 버텼는지. 게다가 2년간은 내가 돌아오는 것이 독이 될지 약이 될지 몰라 얼마나 치열하게 고민했었는지! 내가 다시 돌아온 이유를 알아내지 못했다면 선생님은 정말 엉뚱한 곳에 헛돈 쓴 거야."

우재의 말이 뼈아픈 나머지 진우는 맥주 캔을 우그러뜨렸다.

그러니까 가라잖아. 힘들고 아픈 기억은 버리고 새로운 곳에서 다시 시작하라잖아!

하지만 우재는 그런 진우의 마음을 알아채지 못했다.

"결국 난 이리저리 치여 미친개를 다스리는 도구로만 쓰이다가 버려질 모양인데, 도저히 분해서 안 되겠어요."

자신을 미친개라고 지칭하는 우재를 보며 진우는 기가 막히다는 듯 웃었다. 그러고는 붉은 핏발이 선 눈으로 그녀을 향해 천천히 돌아섰다.

"그래서 뭘 어쩌겠다는 거야. 네가 여기서 뭘 더 할 수 있는데?"

소리치듯 외치는 진우를 마주 보며 우재는 고집스럽게 맞섰다.

"나 안 갈 거예요. 미친개에게 인간을 존중하는 법 정도는 가르쳐 주고 발 뺄 거예요. 생각해 보니 나의 고용주는 이용하 회장님이지 당신이 아니더라구요. 그러니까 선생님은 나한테 함부로 그만둬라 마라 할 자격 같은 거 없어요."

진우는 우재의 말을 비아냥거렸다.

"미친개에게 호되게 물려 놓고도 아직도 정신 못 차렸나? 얼마나 더 망가지고 싶어서 그래? 제발 순순히 보내 줄 때……."

"난 뭐 선생님이 그런 사람이었던 거 몰랐나? 일관성 있는 태도로 그런 캐릭터를 유지하는 사람에게 달콤한 무언가를 바란다는 것 자체가 말도 안 되는 이야기였어요."

갑자기 모든 이야기들이 원점으로 돌아가는 것 같자 진우는 벌컥 성질이 돋아서 머리를 짚었다.

"네가 지금 무슨 소리를 하는 줄 알고 있기나 해? 가! 제발! 꺼지라고!"

진우의 거센 표현에도 우재는 오히려 담담한 표정을 지었다. 약한 모습을 보이는 이진우보다는 훨씬 나았다.

"그렇게 계속 나한테 함부로 하기만 해요. 미친개만 물 수 있는 줄 아나? 인간도 개를 물 수 있어요!"

결론이 나지 않은 채 계속 같은 이야기만 반복되자 진우는 처음부터 다시 정리하자는 듯 그녀를 조용히 불렀다.

"서우재!"

하지만 우재는 그의 말을 더는 듣지 않았다. 현정의 집에서 돌아오는 길에 이미 너무 많은 생각을 하느라 더 이상 진우의 말을 들어 줄 여유 따위는 없었다.

"지금껏 잘 견뎌 줘서 기특하다며! 그럼 선생님도 날 좀 참아주면 안 돼요? 날 안쓰럽게 생각하는 마음이 조금이라도 있다면 보내려고 하지 말고 데리고 있어 줘요. 내가 선생님에게 해가 되는 일을 하기 위해 여기 왔겠어요?"

무언가 말을 하려던 진우가 답답한 표정으로 이제 막 벨이 울리기 시작하는 휴대폰을 내려다보았다. 최 실장이라고 뜬 액정을 보며 진우는 인상을 구겼다.

타이밍 한번 기가 막히는군. 진우가 휴대폰을 천천히 귀에 가져다 댔다. 그 순간 다급하게 울리는 비서실장의 목소리가 들렸다.

— 도련님. 지금 바로 귀국하셔야겠습니다. 회장님께서 쓰러지셨습니다.

진우가 핏발이 선 눈을 꼭 감았다. 갑자기 하얗게 얼굴을 굳힌 진우에게 우재가 가까이 다가왔다.

"선생님 괜찮아요?"

우재가 진우의 팔을 잡았지만 진우의 몸은 굳은 돌처럼 움직일 줄 몰랐다.

"지금 바로 출발하죠."

진우는 비서실장에게 조용히 이야기하며 전화를 끊었다.

오늘처럼 열 시간이 영원 같았던 적도 없었다. 감정의 동요를 드러내지 않는 비서실장의 목소리마저 무겁게 가라앉았다면 이 회장의 상태가 생각보다 심각할 수도 있었다.

이런 묘한 감정은 뭐야. 그딴 노인네 따위 어떻게 되든 상관없어야 하는 게 정상 아닌가. 하지만 왜 이렇게 기분이 안 좋은가 말이다.

우재의 일에 이 회장의 일까지 겹치면서 극도로 신경이 날카로워진 탓에 갑자기 숨을 쉴 수 없을 정도로 심장이 뻐근해 오기 시작했다. 처음에는 단순히 답답한 정도였지만 시간이 점점 더 흐를수록 그 파도는 조금씩 더 거세졌다.

언젠가부터 심심치 않게 찾아온 증상이었다. 서우재 앞에서만큼은 들키고 싶지 않은데.

하지만 고통의 파도는 날름거리며 진우를 삼켜 대기 시작했고 도저히 견딜 수 없었던 그는 참다 못해 결국 주머니를 뒤져 작은 약병 하나를 꺼냈다.

호텔에서부터 계속 그의 옆에 있었던 우재는 평소와 달리 어딘가 아파 보이는 진우를 걱정스레 바라보았다.

뭔가 이상해. 비서실장의 전화를 받은 순간부터 진우의 상태가 이상했다.

"선생님, 괜찮아요?"

우재의 말은 무시한 채 진우는 거칠게 벨을 눌렀다. 승무원이 다가오자 진우는 물을 달라고 요청했다. 알약을 꺼내는 그의 손이 바르르 떨리는 것이 보였다.

하지만 입구를 막은 솜에 의해 약이 나오지 않자 진우는 성마르게 약을 털기 시작했고 그 바람에 사방으로 알약이 튀었다.

그것을 보다 못한 우재가 그의 손에서 약병을 빼앗았다. 약병에 적힌 이름을 보는 순간 우재의 동공이 흔들렸다.

"이리 줘."

"언제부터예요?"

"넌 알 거 없잖아."

때마침 승무원이 물 한 잔을 들고 그들을 찾아왔다.

진우는 유재의 손에서 약병을 가져갔지만 약은 여전히 쉽게 빠지지 않았다. 우재는 그의 손에서 약병을 빼앗아 알약을 하나 꺼내더니 그의 입 안으로 하나 밀어 넣었다.

머리카락 그림자에 가려진 어두운 그의 눈이 그녀를 살펴보는 게 느껴졌다.

우재가 그에게 물을 건네주자 진우는 아무 말 없이 물을 꿀꺽 삼켰다. 그 모습을 지켜보던 우재는 그에게 아무 말이나 지껄여 댔던 자신이 떠올라 입술을 깨물었다.

팔걸이에 걸쳐진 그의 손이 하얗게 질려 있었다. 우재는 그의 손을 조심스럽게 감싸 쥐었다.

"회장님은 괜찮으실 거예요. 그러니까 너무 그렇게 마음 졸이지 말아요."

진우는 조용히 눈을 감았다. 하지만 내면은 정신없이 소용돌이치고 있었다. 진우는 주머니에서 이어폰을 꺼내 귀에 꽂고는 무언가를 틀었다.

현정이 결혼을 하기 전 선물이라면서 전달해 준 서우재의 '문리버'. 잔잔한 노래가 진우의 귀로 흘러들어 와 마음을 달래기 시작했다.

외롭고 아프고 힘들 때면 위로하는 듯한 그 노래를 몇 번이나 돌려 가며 들었다. 그런데 지금은 그 노래를 부른 사람이 자신의 바로 옆에 있었다. 바로 옆에 있지만 함부로 잡을 수는 없는 사람.

제기랄. 무슨 운명이 이다지도 지랄맞다는 말인가.

열 시간을 뜬눈으로 새운 두 사람이 공항에 도착했을 때 진우는 그들을 데리러 온 사람들을 대면했다.

"너 차 운전 할 줄 알아? 내 차가……."

"나도 함께 갈 거예요. 나도 회장님 상태 궁금해."

자신이 할 말만 하고 진우의 대답은 듣지도 않은 채 앞서가는 우재를 바라보다 진우는 깊은숨을 들이쉬었다 내쉬어 보았다. 약의 후유증이 남아 몸이 젖은 솜처럼 무거웠지만 그래도 버텨 내야

했다.

“그래도 내가 아직 네게 아비는 아비였던가 보구나. 연락이 들어가고 바로 귀국한 걸 보니.”

이 회장의 뼈 있는 말에도 진우는 인상을 풀지 않았다. 이 회장은 가벼운 과로 증상이었다고 했지만 주변 사람들의 얼굴에 근심이 가득한 것을 보니 쉽지는 않은 상황이었던가 보다.

이 회장은 진우와 우재가 나란히 서 있는 모습을 보고 묘한 기분을 느꼈다. 진우와 긴히 할 이야기가 있다는 말로 다른 사람들을 접견실로 물리고 나서 이 회장은 진우에게 물었다.

“내가 보낸 선물은 어떻더냐?”

진우는 심술궂게 답했다.

“아주 스펙터클하더군요.”

이 회장의 입술이 그럴 줄 알았다는 듯 살짝 치켜 올라갔다.

“왜 우재를 이곳까지 불러들이신 겁니까. 우재는 지금까지도 평탄하게 살아온 아이가 아님을 잘 알고 계실 텐데요.”

“그래. 하지만 너 또한 평탄하지는 않았지.”

진우는 삐딱한 미소를 지었다. 도대체 이 사람 머릿속에는 무엇이 들어 있길래.

“그 아이 말마따나 진짜 미친개를 다스리기에 최적이지 않습니까?”

조용하게 중얼거리는 진우의 말에 이 회장의 눈이 날카롭게 빛났다.

“그게 무슨 말이냐? 미친개라니?”

“하지만 우재는 대한그룹과 상관없이 제 갈 길 갈 겁니다. 회장님께서 굳이 다리를 걸지 않아도 충분히 값을 치른 아이입니다. 그러니까 더는 묶어 두려 하지 마십시오."

뭔가 결심을 단단히 하고 온 것 같은 진우에게 이 회장은 일부러 가슴을 짚으며 불편한 표정을 지었다. 정말 가슴이 불편했는지 진우의 말이 불편했는지 그건 잘 모르겠지만.

"네가 우재를 찾아다닌다는 건 오래전부터 알고 있었는데……. 우재에 관해 얼마나 알고 있지?"

진우는 마지못해 대답했다.

"제가 찾아낸 것은 우재의 대학 시절 이후의 삶입니다. 그 전의 흔적들은 깔끔하게 지우셨더군요."

"생각보다 훌륭하군. 우재 가족은 여전히 여러 위험에 노출되어 있다. 네가 의뢰한 탐정이 꽤 솜씨가 좋은가 보구나. 그들을 추적하기란 쉽지 않았을 텐데……."

이 회장의 꽤 오래전부터 관여해 온 것 같은 어투에 진우는 불편한 듯 인상을 썼다.

"어쩌다가 우재 가족을 돕게 되신 겁니까. 불법체류자였던 우재 가족들을 최초로 도왔던 것도 저희 그룹이라던데요."

진우가 빨리 사실을 이야기하라는 듯 날카로운 눈으로 자신의 아버지를 바라보자 이 회장은 묘한 웃음을 띤 채 진우를 마주 보았다.

"네가 지금 어디까지 알고 있지? 30주년 창립 기념 파티가 있던 날부터 이야기를 시작해야 하나? 아니면 우재 가족이 안전하게 한국을 빠져나갈 수 있게 도운 이야기부터?"

진우의 눈썹이 꿈틀거리자 이 회장이 손을 젓더니 핵심부터 이야기했다.

"우재가 호주에서 크게 아팠다."

우재가 아팠었다는 이야기를 하자 진우의 얼굴이 움찔하는 것이 보였다. 진우가 자신의 이야기에 집중하기 시작하자 이 회장은 비로소 줄줄 읊기 시작했다.

"나도 우재가 고단했다는 건 잘 안다. 어린 시절부터 부모의 불화로 가슴앓이하다가 어느 날 갑자기 모든 것을 버리고 불안정한 가족과 함께 떠날지, 아니면 남은 생을 홀로 견딜지 선택했어야 하는 아이였어. 그 어느 것도 그 애에게 좋은 선택은 아니었다. 하지만 우재는 가족과 함께 가는 것을 선택했지. 살면서 그렇게 힘들었던 적이 없었다는데, 왜였을 것 같니."

진우가 잠시 먼 곳을 바라보는 것이 느껴졌다. 아마도 우재의 지난날을 떠올리고 있으리라.

"아직 힘도 없는 자신이 홀로 남겨져 누구에게도 부담을 주고 싶지 않았다고 하던데, 그 누구가 누구일까?"

진우의 얼굴이 삽시간에 굳어졌다.

만약 그때 우재가 남아 있었다면……. 난 어떻게 했을까. 유학을 포기했을까? 아니, 그렇지만 미국에 가 있었더라도 이곳에 마음을 남겨 놓았겠지? 아니, 그것도 잘 모르겠다.

하지만 만약 우재가 한국에 남아 있었다고 한들 쉽지는 않은 상황이었을 것은 불 보듯 뻔했다.

"가족과 함께 낯선 환경에 떨어졌지만 그 사람들이 어디 우재에게 따뜻한 가족이었나? 네 사람이 뭉치기조차 쉽지 않은 일이었을 거다. 그러다 결국 아이에게 탈이 났어. 단순 감기가 폐렴으로 발전했다. 피를 토하며 쓰러졌다지? 불법체류자 신분으로 병원은 엄두도 못 낼 때였고 병원에 간다고 하더라도 감당할 수 없는 병원비가 나올 텐데 아버지로서는 달리 방법이 없었겠지. 결국 우재의 아버지가 나에게 연락을 해 왔더군. 한 번만 더 아이를 살려 주실 수 없느냐고 말이다."

진우의 눈빛이 빛나기 시작했다.

"병원에 입원할 수 있게 절차를 밟았는데 운이 나빴는지 젊은 친구들에게 가끔 발생하곤 하는 면역 폭풍이 일어나서 곧바로 의식을 잃었다. 일주일간 사경을 헤맸지. 아마 그 주를 못 버틸 것 같다고 하길래 호주로 날아갔었다. 내가 벌인 일을 그런 식으로 끝내고 싶지 않아서."

생각보다 더욱더 처참했던 우재의 상황에 진우는 급속도로 무너지기 시작했다. 서우재. 도대체 넌 나에게 얼마나 많은 것을 숨기고 있는 거야. 도대체 너에 대한 이야기가 어디까지 있는 건데.

"구사일생으로 깨어났지만, 너무 무력했지. 눈이 그야말로 텅 비어 버렸더구나. 그런 딸의 죽은 눈을 바라보는 부모 마음이 오죽했을까. 그런데 역시 우재 아버지는 다르더구나. 매일 정성으로 쓸고 닦고 아이가 다시 일어날 수 있게 열심히 간호하더구나. 아이를 멀리서 지켜보던 어느 날, 보다 못한 내가 나섰다. 언제까지 그런 얼굴로 겨우 버티고 있는 식구들을 힘들게 할 거냐고 말했다. 무력한 얼굴로 민폐가 되는 사람으로 살지 말고 누군가가 기댈 수 있는 사람으로 살 수는 없겠느냐고 했다."

이 회장의 시선이 진우에게 닿았다. 말없이 듣고 있기는 했지만 진우의 마음은 지금쯤 엉망으로 흐트러져 있을 것이다.

"그즈음 넌 원하던 곳에서 새롭게 공부를 시작했고 작곡일도 승승장구하는데 점점 더 미쳐 가더구나. 신경안정제를 먹고 안 하던 유흥을 시작하고. 뭉쳐 놓았을 때는 예쁜 짓도 곧잘 하던 녀석들이 떨어지자마자 무슨 사고를 그렇게 쳐 대는지……."

이 회장의 입에서 흘러나오는 자신의 이야기를 들으며 진우는 자조적인 웃음을 지었다. 그렇다면 그렇게 숨 막힐 듯한 감시는 이 회장의 경고였던가. 결국 이 회장의 손안에서 앞뒤 분간 못 하고 바보짓을 해 왔던 것은 자기 자신. 그래 놓고 성공적으로 독립했다는 생각을 했었다니……. 진우는 그런 자신이 너무나 한심하게 느껴져서 핏기가 가실 정도로 양 주먹을 꽉 틀어쥐었다.

진우가 잔뜩 인상을 쓰자 이 회장은 슬며시 입가에 미소를 띠었다.

"왜 그때 너에게 사실을 알리지 않았느냐고 물어보지 않을 테냐?"

하지만 진우는 다른 것을 물어 왔다.

"서주환의 위협이 그렇게 강력한 겁니까? 한 가족이 그 위협을 피해 자신의 나라를 떠나고 회장님마저 촉각을 곤두세우실 정도로 말입니다."

이번에는 이 회장의 얼굴이 굳어졌다.

"한두 해 쌓아 온 권력이 아니다. 그들이 세운 조직은 씨실과 날실처럼 기묘하게 얽혀 있지. 자신들이 수십 년간 이뤄 온 것들을 흔들고 있는데 그것을 방해는 자를 가만히 놔두려고 할까. 더군다나 그는 사업하는 사람 못지않게 수완이 좋은 사람이었다. 남을 움직여서 자신이 원하는 걸 취하는 데 능숙한 사람이었지. 그런데 동생의 배신으로 수십 년 쌓아 왔던 것들이 한순간에 붕괴되었지. 너라면 그것을 용서할 수 있을 것 같나? 한국에 있었다면 우재 가족은 살아남지 못했을 거다. 아주 교묘하게 보복을 당했겠지."

자신의 생각보다 서주환이 더욱더 위험한 사람이라는 생각에 진우는 깊은 생각에 잠겼다. 그때 병실 문이 똑똑 울리면서 간호사가 체온계와 혈압기를 들고 들어왔다.

"말씀 중에 죄송합니다, 회장님. 세 시간에 한 번씩은 재야 해서요. 시술 직후라 굉장히 중요합니다."

이 회장이 고개를 끄적이자 간호사는 체온을 재고 혈압계를 그의 팔에 둘렀다.

"그래서 하는 말인데, 우재를 혼자 놔두지 마라."

간호사가 주의를 주었다.

"회장님 혈압 재실 때 말씀하시면 안 됩니다."

진우가 이 회장을 바라보자 그는 말없이 고개를 끄덕였다.

혈압기의 바람을 빼던 간호사가 이 회장을 바라보며 똑바로 말했다.

"회장님, 아까보다 혈압이 훨씬 높으시네요. 다시 한번 잴게요."

간호사가 혈압을 재는 사이 이 회장의 처치를 위해 진우가 병실을 나서려 하는데, 그는 간호사의 말을 무시한 채 진우의 뒤에서 한 번 더 소리쳤다.

"누군가 나서서 그 아이를 보호하지 않으면 우재의 안전은 보장할 수가 없어!"

그렇게 말하고도 부족했는지 이 회장은 결국 간호사에게 양해를 구했다.

"미안하지만 잠시 비켜 주겠나. 아무래도 내 아들과 좀 더 이야기를 나눠야 할 것 같으니."

간호사는 고개를 끄덕이고는 혈압기를 챙기며 진우에게 살짝 속삭였다.

"환자를 자극하지 말아 주세요. 약을 드시는데도 150/100이에요. 이러다가 진짜 큰일 나요."

순간 진우의 눈에 측은함이 깃들었다. 아직 바위도 씹어 먹을 것 같은 모습인데 역시나 당신도 우리와 똑같은 인간이던가.

이 회장이 진우에게 눈길을 주자 진우는 병실을 나서려는 걸음을 포기하고 이 회장의 가까이로 다가왔다. 그러자 이 회장은 피곤한 듯 침대 머리맡에 머리를 가져다 댔다.

"너는 스스로 성공적인 독립을 이루었다 자부할지 모르겠지만 내가 보기에 너의 내면은 여섯 살짜리 꼬마에서 하나도 자라지 않았다."

진우의 동공이 눈에 띄게 흔들렸다.

"술에 잔뜩 취해서 들어온 날, 너는 내게 잘 살고 있는 너와 네 엄마를 왜 이 감옥 같은 집에 데려다 놓았느냐고 소리친 적 있었지?"

진우가 천천히 고개를 들었다. 아마도 이 이야기는 그들이 평생 처음 나누는 이야기일 것이다. 이 회장은 지친 듯한 목소리로 중얼거리기 시작했다.

"죽을 것 같았거든. 아무도 없는 적막, 끝이 보이지 않는 어둠. 나는 금방이라도 질식할 것 같았다. 그 사람의 존재를 몰랐다면 그냥 잊고 살았을 수도 있었겠지만 나는 알아 버렸거든. 네 엄마의 목소리가 얼마나 따뜻하고 나를 평온하게 만드는지. 하지만 어느 날 갑자기 네 엄마가 떠난다고 했을 때 난 일부러 붙잡지 않았다. 오히려 담담하게 그러라고 했지. 그때까지만 해도 그런 감정들이 나 같은 남자에게 일어날 수 없는 잠시 잠깐의 일탈이라고 생각했으니까."

이 회장이 진우를 바라보았다. 그의 눈 속에는 자신보다 앞서간 사람의 여유가 서려 있었다.

“그런데 결국 무참하게 무너진 건 나였지. 네 엄마와 네가 아니라. 시간이 갈수록 더욱 선명해지고 사람을 만나면 만날수록 그 사람의 자리가 더욱 강렬하게 느껴지더구나.”

진우의 입술이 바르르 떨렸다. 그 생각을 하면서 자신도 모르게 입가에 미소를 짓는 이 회장을 보는 진우의 마음이 어지럽게 흐트러졌다.

“그래서 엄마를 데려다 놓고 행복하셨습니까? 정말 한 번도 후회하신 적도 없고요? 회장님 때문에 저와 엄마가 어떤 고통을 받으며 살았는지에 대해선 한 번도 생각해 보지 않으셨습니까?”

진우가 억누른 목소리로 으르렁거리며 묻자 이 회장은 그를 조용히 바라보았다.

“매일매일 생각한다. 우리가 정말 제대로 된 가족이 될 수는 없는지 매일 생각하고 끊임없이 고민해! 그런 나의 노력을 너희들은 조금이라도 이해하려고 해 봤나? 너희들 스스로 벽을 치고 너희들을 감싸고 있는 알에서 깨어날 생각은 제대로 해 보지도 않았다고는 생각하지 않나?”

처음으로 마음속에 감춰 두었던 감정을 드러내며 싸우는 아버지와의 설전이었다. 하긴, 자라는 내내 이 회장을 피해 왔던 것은 자신이었으니까.

진우는 앉아 있던 자리에서 벌떡 일어났다. 그러자 이 회장은 마지막 말처럼 한마디를 더했다.

“앞으로 우재 일은 네가 맡아서 처리하도록 해. 보다시피 이제 나도 좀 쉬어야겠다.”

자신의 의중을 읽기 위해 온 신경을 집중하고 있는 진우를 바라보며 이 회장은 그를 꾸짖었다.

"우재는 그 힘든 와중에도 누구에게 기댈 만한 어깨가 되고 싶어 돌아왔다는데, 정작 그 아이는 도대체 누구에게 기대야 한단 말이냐? 제발 성장을 해라, 아들아. 그 무게를 견뎌 보라고 네게 우재를 보냈더니 너는 회피하고 도망칠 궁리부터 하고 있었어?"

도망칠 궁리! 자신의 행동을 정확하게 짚어 주는 이 회장의 말에 진우의 마음이 눈에 띄게 흔들리기 시작했다.

"보이지 않는 곳에서 돌볼 겁니다."

"후, 그래? 지난 7년 동안 우재의 병원비, 우재의 대학등록금 등등이 너의 주머니에서 빠져나가는데도 까맣게 몰랐으면서?"

이 회장의 지적에 진우의 눈에서 푸른빛이 일었다.

"지금 무슨 말씀을……."

진우의 표정이 허를 찔린 듯 순식간에 뒤바뀌자 이 회장은 고소하다는 듯 웃었다.

"나는 사랑해서 떠난다는 말 따위 믿지 않는다. 사랑한다면 곁에서 지켜 줘야지 도대체 누구 손으로 그 사랑을 지켜 낸다는 말이냐? 그건 비겁한 남자들의 변명일 뿐이야! 더군다나 사방에 적이 깔린 이 마당에 우재를 풀어놓아 주면 그 작자들에게 아주 잘 잡아 잡수라고 떠미는 꼴이겠구나."

이 회장의 그 말에 진우의 얼굴이 또다시 꿈틀거렸다. 진우가 속시원하게 대답하지 않자 이 회장은 다시 한번 화가 치미는지 진우에게 화를 터트렸다.

"너는 왜 스스로 상대에게 그런 미래를 만들어 줄 생각은 못 하는 거지?"

이 회장은 그런 자신의 막내아들을 보는 것이 가슴 아렸다. 평생 양보만 하다 보니 아이는 너무나 무력해졌다. 결국, 내가 이 아이에게 이렇게 아픈 마음만 잔뜩 심어 준 건가.

"넌 허락도 없이 너와 네 엄마를 데려왔냐고 따져 놓고 정작 너도 그 아이의 의사는 무시한 채 네 마음대로 시작하고 끝내는구나. 그런 너는 나와 무엇이 다르지?"

순간 진우의 머릿속이 하얘지기 시작했다. 그런가? 내 속이 검은 줄도 모른 채 상대방만 열심히 비난하고 있었다. 하긴, 생각해 보니 그랬다. 한 번도 제대로 맞설 생각은 안 하고 피하고 도망칠 기회만 엿보고 있었다. 그 결과 과연 내가 얻은 건 뭐였지. 여전히 난 깊은 상실감과 지독한 외로움에 허우적거리고 있을 뿐이었다.

그렇다면 서우재, 과연 너에게는 내가 어떻게 하는 것이 옳은 일일까.

우재는 접견실에서 놀란 얼굴로 자신을 응시하고 있는 진희를 바라보고 있었다.

"저…… 사장님?"

"그러게 이게 무슨 일인지. 아무래도 우리 이야기 좀 나누어 봐야 할 것 같지?"

꽤 흥미로운 얼굴로 눈빛을 반짝 빛내는 진희에게 우재는 고개를 끄덕였다.

병원 로비에 있는 카페에서 두 사람은 따뜻한 차를 두고 마주 앉았다.

"우재 씨가 일전에 말한 그 사람이 바로 내 동생 이진우였단 말이지?"

진우가 진희의 동생이라는 말에 우재는 진희를 뜯어보았다. 정말 까맣게 몰랐다. 진희가 진우의 누나였다니!

지금껏 느끼기로 진희는 한 기업에 소속된 사람이기보다 집시처럼 자유로운 영혼의 소유자였는데……. 그렇지만 생각해 보니 이상한 점이 한둘이 아니었다. 진희를 처음 만났던 곳도 대한그룹 화장실이다. 왜 진희가 대한그룹과 연관되어 있을 거라곤 한 번도 생각하지 못했을까?

"진우가 진짜 우재 씨의 과외 선생이었다는 말이야?"

진우와의 지난 세월에 꽤 흥미를 보이는 진희를 보며 우재는 조심스럽게 고개를 끄덕였다.

"그런데 7년 만에 다시 만나게 되었고? 더군다나 사주 일가를 돕는 통역사로?"

우재는 자신에게 지대한 관심을 보이는 진희를 바라보았다.

"죄송합니다, 사장님. 그래서 드리는 말씀인데 당분간은 피팅 모델일 도와 드릴 수가 없을 것 같아요. 지금 제가 상황이 별로 좋지가 않아서 한 가지 일에 집중해야 할 것 같거든요. 그리고 또 하나 죄송스러운 말씀을 드려야 하는데, 빌려주신 은색 드레스는 이번에 함께 오지 못했어요. 파손되었거든요. 제가 월급 받으면 꼭 갚을게요."

우재의 조심스러운 말에 진희는 자신의 귀를 의심했다.

"뭐? 파손돼?"

"어, 그게…… 많이 찢어져서 도저히 수선할 수가 없었어요."

"그게 찢어질 이유가 뭐가 있어서. 누군가 작정하고 찢지 않는 이상."

진희가 무심결에 말을 흘리자, 우재의 얼굴이 순식간에 붉게 물들었다. 요것 봐라?

"혹시 이진우가 찢은 건 아닐 테고."

우재의 고개가 더욱더 수그러졌다. 진희가 팔짱을 끼고 설명을 원한다는 듯 분위기를 잡자 우재는 마지못해 입을 떼었다.

"제가 저답지 못한 일을 저질렀어요. 솔직하게 저답게 그 사람에게 다가갈 생각은 해 보지도 않고 뻔히 보이는 술수와 계략으로 그를 상대하려고 했어요."

우재의 그 말에 진희는 그녀를 바라보았다.

"그럼 그거 말고 어떻게 남자의 마음을 잡을 수 있는데?"

우재의 까만 눈동자가 더욱더 빛을 발하는 순간이었다.

"진심이요. 화가 났으면 화가 풀릴 때까지 기다려 주고 설명을 필요로 한다면 알아들을 때까지 차분하게 설명해 주었어야 했어요."

우재의 70년대 신파 같은 말에 진희는 코웃음을 쳤다.

"여자가 무슨 호구니? 네가 무슨 잘못을 그렇게 많이 했다고 저자세를 취해?"

"저자세라기보다 솔직한 거요. 그 사람의 감정만 떠볼 것이 아니라 제 감정부터 올바르게 이야기해야 했다고요. 그냥 당신이 너무 보고 싶어서 돌아왔다고, 그 한마디면 될 것을……. 다른 말은 실컷 해 줬으면서 정작 그 한마디 말은 못 했네요."

진희의 얼굴이 묘하게 씰룩였다. 이진우, 넌 형제 복은 없지만 여자 복은 확실히 타고난 것 같구나.

"그 남자가 그렇게까지 할 만한 가치가 있어?"

진희의 질문에 우재는 고개를 끄덕였다.

"네. 전 이미 오래전에 그 사람의 속살을 봐 버렸거든요. 그 사람이 어떤 것에 웃고 어떤 것에 강하고 또 어떤 것에 약한지. 겉모습과 전혀 다른 그 사람의 모습에 그렇게 속절없이 빠져들었으면서 저 또한 그 시절을 까맣게 잊고 있었네요."

진희는 마침 로비를 걸어오고 있는 진우를 발견했다.

호랑이도 제 말 하면 온다더니, 이제부터는 꽤 흥미진진해지겠는데?

진우는 테이블 가까이 다가오더니 진희에게 인사를 전했다.

"오랜만이네요. 누나."

갑작스럽게 나타난 진우 때문에 우재는 가슴이 덜컹거려 주변을 두리번거렸다. 내가 여기 있는 건 어떻게 알았지? 혹시 지금 내가 한 말 다 들은 건 아니겠지? 근데 뭐, 들었으면 어때?

하지만 머리끝부터 발끝까지 온몸이 붉게 달아오르는 건 어쩔 수가 없었다.

진우는 그런 우재는 아랑곳하지 않고 진희를 바라보았다.

"아버지 뵙고 나오는 길이니? 아버지는 좀 어때 보이셔? 어젠 진짜 큰일 나는 줄 알았어. 갑자기 숨을 쉬지 못하면서 주저앉으셨거든."

"겉으로는 괜찮아 보이지만, 당분간 스트레스받는 일은 피하셔야 할 것 같습니다."

진희는 평소와 달리 아버지를 걱정하는 듯한 진우를 바라보았다. 한동안 자신과 이 녀석 사이에는 절대 섞일 수 없는 혈통이 가로막고 있다고 강력하게 믿어 왔다. 남들 눈에 띄게 무시한 적은 없지만, 그렇다고 따뜻하게 안아 준 적도 없었던 막냇동생이었다. 진희는 갑자기 벌떡 일어나 진우를 마주 보았다.

"올라가 보시죠. 아버지 혼자 계십니다."

아버지라니. 진우에게선 처음 들어 보는 호칭에 진희가 눈을 휘둥그레 떴다. 태어나서 한 번도 '아버지'라고 부른 적이 없는 아이였다.

"진우야."

"호되게 혼나고 오는 길입니다. 시술하시고 약을 드시는데도 절 만나는 동안에는 혈압이 150까지 치솟으시더군요."

진우의 신랄한 말에 진희와 우재의 눈에 근심이 서렸다.

"이렇게 한 번씩 생명에 위협을 받고 나면 인생에서 더는 미뤄선 안 될 것들이 생겨나는데 회장님의 경우에는 가족에 관한 일들이 태반이라고 하시더군요. 더 늦기 전에 호칭부터 고치지 않으면 엉덩이를 걷어차 줄 테니 연습이나 열심히 해 오라고 하셨어요. 생각해 보니 저 또한 제대로 부르지 못해 평생을 후회하며 사느니 이제부터는 좀 불러 볼까 하고요. 정작 당사자 앞에서 부를 수 있을지는 모르겠지만."

진희가 진우의 손을 덥석 잡아챘다.

"잘 생각했다. 아버지랑 엄마가 정말 좋아하실 거야."

진희는 진우의 손을 매만지면서 우재을 향해 고개를 돌렸다.

"내가 내 동생 손 만지작거려서 기분 나빠?"

갑자기 엉뚱한 화살이 자신에게로 쏟아지자 우재는 화들짝 놀랐다. 우재를 바라보는 진우의 시선 또한 나른하게 빛났다.

"어…… 사장님. 일단 저희는 그럴 단계가 아닌데요?"

"진우는 그 드레스 입은 널 보고 기분 나빠서 쫙쫙 찢었다며. 그런데 넌 다른 여자가 네 남자 손 잡고 있는데도 기분이 안 나빠? 아직 사랑에 덜 빠졌구나?"

우재와 진우의 시선이 부딪쳤다. 갑자기 이야기가 왜 이렇게 되는 거지? 우재가 큼큼거리며 목을 가다듬었다.

"사장님. 지금 그런 말씀 하실 때가……."

진희가 우재의 말은 무시한 채 다시 고개를 돌려 진우를 바라보았다.

"그나저나 우재, 앞으로 고시원에서 묵겠다는데 방법 좀 없니? 어떻게 너는 대한그룹 사주 가족 통역사를 고시원에서 묵게 해? 우리가 아무리 야박해도 그렇지."

진우가 우재를 뚫어져라 바라보자 우재는 어색하게 웃었다. 제발 지금은 그냥 넘어가죠, 선생님.

"고시원?"

진우가 묻자 우재는 안 되겠다는 듯 한숨을 쉬었다.

"천하네서 언제까지 묵을 수는 없잖아요. 그간 옥탑방도 줄곧 알아봤는데 조건에 맞는 곳이 없어서 당분간은 그곳에 있으려고요."

진우의 머리가 어지럽게 돌아가기 시작했다. 갑자기 그 옛날 우재가 가출했던 시절의 이야기가 떠올랐다. 사람들의 무시, 천대, 성희롱. 그래서 자신이 얼마나 행복하게 살았었는지 뼈저리게 느끼게 된 계기가 되었던.

"돈 빌려줄 테니 다른 곳 알아봐."

진우가 무뚝뚝하게 한마디 하자 우재는 두 손을 꽉 쥐고 진우에게 맞불을 놓았다.

"싫어요. 이제 저보고 훌훌 떠나가라면서요. 그러니까 선생님도 내 일에 상관할 권리 없어요."

진우와 우재의 이야기를 듣던 진희의 입에서 절로 감탄이 흘러나왔다.

"계속 지켜는 보겠다고 했잖아!"

"어떻게요? 아, 사람 시켜서 보고받는 거? 그것도 하지 마요. 선생님이 무슨 권리로 날 지켜봐?"

그 말에 진우가 멈칫했다.

"그럼 널 지켜보려면 무슨 자격이라도 꼭 갖춰야 해?"

"당연하죠. 그 사람을 지켜본다는 건 애정이 있어서 그러는 건데 그런 애정조차 없는 사람을 뭐하러 돈 들여 지켜봐요. 그냥 무시하면 그만이지!"

진희의 두 눈이 진우의 얼굴로 옮겨 갔다. 얼굴이 울긋불긋한 것을 보니 아마도 그는 꽤 참고 있는 눈치였다. 오호라. 서우재 너, 보통내기 아니다?

두 사람을 지켜보던 진희에게 좋은 생각이 떠올랐다. 시선을 모으기 위해 손뼉을 탁 치자 진우와 우재의 시선이 그녀에게로 향했다.

"그럼 우재가 진우 집으로 들어가는 건 어때? 어차피 두 사람 6개월간은 함께 움직일 것 같다며, 진우네 집 빈방도 많잖아?"

진희의 그 말에 갑자기 우재의 가슴이 콩닥거리기 시작했다.

진우가 잠시 생각하는 듯하더니 우재에게 물었다.

"갈래?"

내가 선생님 집에?

"누나 말마따나 그 방법도 괜찮겠네. 너 나한테 뭐라고 그랬더라? 미친개에게 인간을 존중하는 법 정도는 가르쳐 주고 발 빼겠다며!"

두근거리는 자신의 마음과는 전혀 다른 진우의 의도에 우재가 입술을 깨물며 그를 쏘아보자 진우도 무표정인 얼굴로 우재를 내려다보고 있었다.

"좋아요. 가죠, 뭐. 선생님도 날 코앞에 두고 보면서 한 번 더 진지하게 생각해 봐요. 정말 내게 했던 그 말들이 선생님의 진심이었는지. 내가 넓은 마음으로 한 번 더 기회를 주겠어요."

그런 우재의 말에 진우의 입술이 얄궂게 구겨지는 것을 그때는 미처 알아채지 못했다.

8. 그들이 사는 세상

진우의 집은 한적한 고급 빌라촌에 있었다. 입구와 출구가 달라 누가 오가는지 전혀 알 수 없는 동네였다. 이런 철통 경비가 되는 곳에서 선생님은 살고 있었구나.

“여긴 무슨 일이 일어나도 전혀 모르겠네요. 미로의 나라 같아.”

“다른 사람의 시선이 지겨운 사람들에겐 최적이지.”

아까부터 계속 느꼈던 거지만 이 사람은 사람들의 시선이 자신에게 집중되는 것을 극도로 싫어한다.

그를 따라 집 안으로 들어가자 넓은 실내가 눈앞에 펼쳐졌다. 군더더기를 싫어하는 그의 성격답게 인테리어조차 모노톤이어서 우재는 그의 집이 조금 쓸쓸해 보였다.

“어때. 고시원보다는 훨씬 낫겠지?”

진우의 말에 우재는 그를 흘겨보았다. 흥! 자기가 데려오고 싶어서 데려온 것도 아니면서. 하지만 금세 표정을 바꾸고 우재는 빙긋 웃었다. 결정하기 전까지는 많은 생각을 하던 사람이지만 한번 결정하고 나니 일사천리로 움직였기 때문이다. 우재는 '비록 단기간 머물 객에 불과하지만 이제 이 집에 온기를 불어넣어야지.' 라며 결심했다.

"네가 이 집에 있게 되더라도 일전에 내가 한 이야기는 유효해. 나에게 얽매이지 말고 네 할 일 해. 너도 해야 할 일이 있지 않아?"

"내 일이요?"

"탐정회사 중에서도 꽤 유명한 핀커튼에서 널 조사했어. 내가 너에 관해 모르는 게 있을 거라 생각해?"

우재의 얼굴이 빨갛게 달아올랐다.

"진짜 그런 이유로 내 길 가랬어요?"

"넌 그 길로 계속 가는 게 훨씬 행복해 보였거든. 대신 조건이 있어. 말이 7년이지, 너 진짜 나 좋아해? 날 좋아한 기억을 좋아하는 게 아니고?"

진우는 거실에 우뚝 서서 그녀를 담담하게 바라보며 운을 뗐다. 언젠가 천희 언니에게서 들었던 그 말. 하지만 그와 며칠간 LA에 있으면서 이미 결론을 내렸다. 이 사람만이 유일하게 내 심장을 뛰게 해. 하지만 이 사람에게 난……. 순간 우재의 표정이 어두워졌다.

"설마 지금 내 순정을 무시하는 거예요?"

"그렇게 좋아한다는 애가 나를 두고 약을 올려?"

아! 그렇구나. 황당한 재회 이후 선생님에게 지난 7년 동안 어디를 갔었는지, 왜 그렇게 갑자기 떠날 수밖에 없었는지 설명하지 못했다. 입장을 바꿔 놓고 생각해 보면 우재 자신도 꽤 황당했을 것이다. 하지만 그렇다고는 하나 그의 방식은 옳지 못했다.

"그런 선생님은 나 좋아해서 여기 데려왔어요? 단순히 선생님 말에 반박하는 나한테 지기 싫으니까……."

"아마도."

갑작스러운 진우의 말에 그를 비난하기 위해 준비해 두었던 말이 목구멍에 컥 하고 막혀 버렸다.

"선생님 지금 뭐라고 했어요?"

"아마도 너를 좋아하는 것 같다고 했어."

아무런 감정도 실리지 않은 무표정한 얼굴. 그런데 저 얼굴로 자신을 좋아한단다.

"설마."

"오래됐어. 12월 31일 네가 어설픈 키스를 남기고 간 후로는 상태가 점점 더 이상해졌어."

갑자기 우재는 심장이 미칠 듯이 뛰는 것 같았다. 아니, 이 남자는 무슨 고백조차 이렇게 무심하게 해?

"그런데 나한테 그동안 왜 그랬어요? 왜 나한테……."

"정리가 안 돼서."

그녀를 바라보는 진우의 눈이 사뭇 진지했다.

"적어도 머릿속으로만 너를 찾고 너와 만나고 너와 이야기할 때와는 다를 거 아니야. 내가 머릿속으로 상상할 때와는 달리 내 눈앞에서 숨 쉬고 돌아다니고 내게 말을 걸고 있는데, 나는 어떻게 해야 할지 혼란스럽기만 했어. 잡으면 바스러질 것 같고 놓치면 한순간에 사라질 것 같고. 결국 그새를 못 참고 꽉 움켜잡아 봤는데 네가 심하게 아파 버렸잖아. 그래서 역시 안 되겠다고 생각했지."

진우의 말이 이제야 이해되는 우재였다.

"그럼 앞으로 어쩌려고요? 날 왜 이곳으로 데려왔는데요."

"널 다른 곳에 풀어놓고 매일 전전긍긍하느니 내 앞에 데려다 놓고 면역력을 키우려고. 하지만 세상에 공짜가 어디 있어. 네가 받아들여 달라고 하면 내가 순순히 그래야 돼? 그러니까 너도 내 마음에 대한 부담감 정도는 안고 시작해!"

자신을 뚫어져라 바라보는 진우의 시선에 우재는 가슴이 두근거렸다.

"이미 오래전에 각오했다 대답하면 난 어떻게 되는 거예요?"

"그럼 견뎌 봐. 나는 원래 한번 결정하면 직진만 하는 사람이거든. 좌회전, 우회전, 유턴 이런 거 절대 안 해. 오로지 직진만. 어때? 견딜 자신 있어?"

진우의 그 말에 우재의 얼굴이 빨개졌다. 그렇게 엄청나게 무시무시한 말을 꺼내 놓는 사람의 표정치고 그는 너무 담담했다.

"그럼 나랑 사귀기라도 하게요?"

"넌 내가 그 말 꺼내면 바로 사귀어야 해. 기억이 안 나나 보지? 내가 사귀자고 말하면 안 튕기고 바로 받아들이겠다며."

우재의 얼굴이 붉어지다 못해 터질 것 같았다.

"선생님 오늘 정말 이상해요. 너무나 냉정했던 사람이 이렇게 나오니까 내 머리가 핑핑 돌아 버릴 것 같다고요. 그냥 간단하게 말해 주면 안 돼요?"

"일부러 그러라고 하는 말이야. 내 스위치는 과열해서 폭발할 정도로 올려놓고 너만 그렇게 고고하면 돼? 그러니까 나도 네 스위치 미리 올려놓는 거야. 네가 예열될 때까지. 그래야 내가 진짜 밀어붙일 때 제대로 따라와 줄 거 아니야."

우재가 그를 향해 혼잣말하듯 중얼거렸다.

"도대체 뭘 밀어붙일 건데요?"

"그러게. 내가 뭘 밀어붙일까. 이제는 스스로 성인이라고 우기시는 서우재 씨."

순간 진우가 빨간 망토 아가씨를 군침을 흘리며 바라보는 늑대처럼 보였다.

진우는 어릴 때부터 쓰던 통장을 열어 보았다. 재벌가의 자제였지만 대학을 들어가면서부터 진우는 아버지의 손을 빌리지 않고 장학재단을 통해 학자금을 마련해 왔다. 그 후 작곡가의 길로 들어서면서부터 이 장학재단에 후원해 오기 시작했는데 사는 일이 바빠 내가 누구를 돕고 있고, 후원한 돈이 어디로 빠져나가는지 신경도 쓰지 않았다. 그런데 자신이 낸 후원금으로 그동안 서우재가 공부하고 있었다니.

갑자기 안도의 한숨이 밀려들기 시작했다. 적어도 너의 7년이라는 시간 안에는 내가 있었구나.

아까 집으로 돌아오면서 그들의 지난 시간이 담긴 통장을 정리해 가지고 들어왔다. 우재가 자신의 방으로 들어간 사이에 그는 조심스럽게 통장을 열어 보았다. 그 통장을 보던 진우의 눈이 별안간 커졌다가 급기야는 미소로 춤을 추기 시작했다. 통장에는 서우재가 돈이 생길 때마다 차곡차곡 빌린 돈을 갚으며 남긴 메시지가 남겨져 있었다.

『이름 모를 키다리 아저씨께.

이역만리 타향에 와서 너무 힘들어 도망치고 싶은 날도 많았는데 당신 덕분에 다시 사는 의미를 깨닫곤 합니다. 항상 감사드립니다.

조금만 더 지켜봐 주세요. 은혜에 보답하는 사람이 될게요.』

진우는 갑자기 눈물이 솟아올라 통장에 얼굴을 박고 한참 동안 고개를 들지 못했다. 이런 너를 몰라보고 나는 지금껏 무슨 짓을 하고 돌아다닌 걸까. 진우는 그런 그녀가 너무 예뻐서 통장을 손에서 놓지 못하고 한참 동안 만지작거렸다.

순간 병원을 방문했던 날 이 회장과 나눈 마지막 대화가 생각이 났다.

'우재가 마음에 드시는 겁니까?'

진우의 의미심장한 말에 이 회장은 조용히 웃었다.

'내가 무슨 상관이야. 내 아들이 좋다는데…….'

이 회장의 일축에 진우가 그를 묘한 눈으로 바라보았다.

'살면서 한 번도 네 편이 되어 준 적이 없었지. 네 형과 숱하게 싸우던 날에도 네가 폭력 사건에 연루되었을 때도 난 너에게 이유를 묻기는커녕 재떨이만 던질 줄 알았지 너희들을 마음으로 안아 주지 못했다. 그런데 저 아이는 달랐지. 의식불명에 빠진 우재를 지켜보고 있는데 네가 우재의 행방을 알아보고 있다는 소식을 접했다. 그때 결심했지. 지금껏 네 편이 되어 주지 못해 후회해 왔다면 지금이 바로 그때라고 생각했다.'

이 회장의 뼈아픈 고백에 이제야 마음속으로 커다란 울림이 찾아왔다. 그래서 이런 선물을 남겨 주신 겁니까? 이제는 꼴도 보기 싫은 아버지라고 욕도 할 수가 없겠네요. 진우는 통장을 매만지며 씁쓸하게 웃었다.

우재가 지척에 있다는 긴장감에 새벽에 잠이 든 진우는 아까부터 계속되는 이상한 소음에 침대에서 뒤척이기 시작했다.

그 순간 들려오는 때아닌 비명.

"아! 어떡해! 사람 살려!"

벌떡 일어난 진우는 벗어 놓은 옷을 꿰어 입고 맨발로 방 밖으로 튀어 나갔다. 피어나는 연기로 자욱해진 실내, 그 와중에 부엌에서 시커먼 연기가 올라오는 것이 보였다.

"이게 지금 무슨 상황이야?"

"아, 아침 준비를 하려고 했는데 그게……."

진우는 아비규환의 현장이 되어 버린 부엌을 바라보았다. 밀가루는 사방으로 튀고 달걀 프라이와 베이컨은 프라이팬 위에서 시커먼 숯덩이가 되어 가고 있었으며 믹서기에서는 과일 주스가 넘쳐 나고 있었다.

"어…… 모든 기기가 최신형이라 약간만 건드린 것 같은데 굉장히 민감하게 반응하네요."

우재는 그렇게 말하더니 멋쩍게 웃었다. 진우는 우재에게 소리를 지르고 싶은 것을 꾹 참고 일단 가스 불을 끄고 지글지글 타고 있는 프라이팬을 들어 개수대에 옮겨 놓은 뒤 믹서기를 껐다.

"뭘 어떻게 하고 싶었다고?"

진우가 소리를 지르듯 묻자 우재는 기어들어 가는 목소리로 중얼거렸다.

"아침이요. 내가 월세 낸다는 것도 됐다면서요. 선생님 어제 아침 이후로 한 끼도 못 드셨잖아요."

우재의 그 말에 벼락같이 고함을 치려던 진우는 꾹 하고 입을 다물었다.

"내가 솔직히 이 정도까지 엉망은 아닌데 오늘은 긴장한 데다가 마음이 급한 나머지……."

진우는 한숨을 내쉬고는 우재가 꺼내 놓은 식재료를 바라보다 주변을 정리하기 시작했다.

"뭘 먹고 싶은데. 한식, 양식?"

프라이팬을 닦으며 물어 오는 진우를 보며 우재는 그의 옆으로 냉큼 다가갔다.

"한식도 돼요?"

눈을 동그랗게 뜨며 묻는 우재를 흘끗 보던 진우는 팬에 기름을 두르고 냉장고에서 밥을 꺼내 볶기 시작했다. 그러고는 김치를 볼에 넣고 가위로 썰어 요리사처럼 프라이팬에 넣었다.

진우의 신들린 손놀림에 우재가 감탄을 금치 못하자 진우는 달걀을 가리켰다.

"계란 두 개 꺼내서 풀어. 파도 좀 썰고."

진우의 지시에 우재는 재료 준비를 하고 진우는 음식을 볶기 시작했다.

"우리 이러고 있으니까 꼭 가족 같아요."

우재의 종알거림에 진우가 미소 짓고 있는 것도 모른 채 우재는 신나게 떠들었다.

진우는 가스레인지 위에 올려 둔 작은 냄비에서 물이 끓자 멸치를 넣고 우려내더니 우재가 풀어 놓은 달걀과 파를 넣고 휘저었다. 간을 보던 진우가 우재에게 수저를 들이밀었다.

"자, 이제 간 좀 봐."

국물 한 모금을 들이켜자 구수하고 시원한 맛이 혀끝을 맴돌았다. 우재가 혀로 입술 끝을 맛보자 그 모습을 진우가 뚫어지게 바라보았다.

"왜요? 나 뭐 이상해요?"

우재의 질문에 진우는 자신의 태도가 어색하다고 느꼈는지 갑자기 팔을 올려 우재의 정수리를 마구 흐트러뜨렸다.

"다 된 것 같으면 수저 놔. 그 정도는 해야지. 객이라면."

여전히 고자세를 유지하는 진우를 보며 우재는 방금 전까지 그가 만졌던 자신의 정수리를 쓰다듬다가 식탁을 치웠다. 제발 선생님 마음도 내 마음처럼 말랑말랑해졌으면.

그로부터 30분 후, 우재는 진우가 차린 아침 밥상을 보고 눈을 휘둥그레 떴다.

진우가 만든 따뜻한 계란국에 김이 모락모락 나는 김치볶음밥을 받아 든 우재는 감탄의 시선으로 진우를 바라보았다.

"선생님, 지금 내 눈에 하트 뿅뿅 뜬 거 보여요? 완전 감동이야!"

"설거지 정도는 네가 해."

진우는 퉁명스럽게 한마디 쏟아 냈지만 우재는 그에 굴하지 않았다.

김치볶음밥을 한 술 뜨고 감동의 표정을 짓는 우재를 보며 진우도 살짝 미소를 지었다.

"우와. 대박! 그럼 나 이제 이런 음식 자주 먹을 수 있어요?"

우재의 말에 진우는 개수대에 잔뜩 쌓여 있는 처참한 흔적들을 보고 한숨을 내쉬었다.

"선생님이 요리한다니. 지금껏 상상도 못 했어요."

"자취 생활이 몇 년인데. 밥도 못하면 굶어 죽게?"

진우는 무뚝뚝하게 말했지만 우재는 그렇게 말하는 진우를 안쓰럽게 바라보았다.

"그래도 내가 와서 밥 친구도 해 주고 좋지 않아요? LA에 있을 때도 보니까 선생님 밥 한 끼도 잘 안 먹는 거 같던데? LA 녹음실에서 주변 사람들한테 들으니까 작업 있으면 거의 끼니를 거른다면서요. 그러니까 사람이 그렇게 예민하죠. 내가 함께 있으면서 밥 친구 해 줄게요.”

쉬지도 않고 종알거리는 우재를 보며 진우는 가까스로 한 술을 떴다. 오늘따라 양념은 뭉쳐 있고 김치는 덜 볶아졌지만 우재는 다시 만난 날 중 그 어느 때보다 맛있게 음식을 먹었다. 누구는 먹는 입만 봐도 배가 부르다던데 진우는 지금 자신이 그런 기분이었다.

“넌 이게 맛있냐?”

“응. 세상에서 제일.”

그를 향해 방긋 웃어 주는 우재를 보며 진우는 자신도 모르게 미소를 지었다.

함께 살면서 지켜본 바에 따르면 우재는 부지런했다. 지난 시절 고생을 많이 해 봐서 손이 야무질 줄 알았더니 우재는 잘하는 것만 잘했다.

그리고 생각보다 허술한 구석이 많았다. 단추를 달다가 바늘에 자신의 손을 찌르지 않나, 어떤 날은 진우가 아끼는 셔츠를 다림질한답시고 소매를 두 줄로 만들어 놓았다. 아무것도 건드리지 말라는 진우의 말을 무시하고 서재에 정리해 놓은 악보들을 청소한답시고 우르르 무너뜨려 엉망을 만들어 놓고, 어느 날은 세탁기에 가루세제를 넣고 문을 꽉 닫지 않는 바람에 다용도실을 거품 바다로 만들어 놓기도 했다.

처음에는 무엇이든 열심히 하는 우재를 말리지 못해 가만 두고 보던 진우는 마지막으로 우재가 커튼을 다시 달겠다며 의자 위에 올라갔다가 삐끗하여 바닥으로 떨어지는 것을 받아 낸 이후 벼락 같은 소리를 질렀다.

"너 하지 마! 아무것도 하지 말라고!"

서슬이 퍼런 진우를 보며 우재도 가만히 있지 않았다.

"그럼 내게도 일을 나눠 줘요. 월급까지 받으면서 가만히 있기가 쉬운 줄 알아요? 내가 이 집 지키는 마네킹이에요?"

"도우미 아주머니 일주일에 두 번 다녀가신다는 말을 내가 몇 번이나 해. 그러니까 모든 건 그냥 놔두라고! 너 강박증 있어? 그냥 즐겨. TV 보고 싶으면 TV 보고, 음악 듣고 싶으면 음악 듣고, 책 보고 싶으면 책 보라고. 그런 기본적인 것도 못 해?"

진우의 그 말에 우재는 입술을 콱 깨물었다.

"지난 시간 동안 뭘 안 하고 지내 본 적이 없어서요. 하물며 비는 시간조차 테이블에 올려 두는 냅킨 접기라도 했었다고요."

진우가 당황한 듯 그녀를 바라보았다.

"한 번도 제대로 놀아 본 적이 없어?"

"그럴 여유가 없었어요. 학자금이니 뭐니 죄다 누군가의 도움이 아니었으면 그 시간을 버티지도 못했어요. 그래서 뭐라도 하나 더 해서 그 마음을 갚아 드리고 싶었어요."

진우가 인상을 찡그렸다. 자신이 향락의 소용돌이에 휘말려 있는 동안 이 아이의 손은 쉬는 시간 없이 바삐 움직였다는 게 그의 마음을 아프게 만들었다.

"그럼 나가자."

난데없는 진우의 말에 우재는 그를 흘끔 바라보았다.

"나에게 도움이 되고 싶다며. 그럼 따라와. 집에만 있으려니 너 때문에 정신이 산란해서 못살겠다."

우재는 마지못해 그를 따라나섰다. 그와 함께 도착한 곳은 시내의 대형서점이었다.

"여긴 왜요?"

"왜긴 왜야. 책 사러. 너도 보고 싶은 책 있으면 골라. 집 안에서 계속 사고만 치는 너를 보고 있느니 여기 풀어놓고 잠시 잠깐 마음의 여유를 되찾고 싶어서 그래."

우재는 그의 눈치를 살살 보다가 몇 걸음 떨어져 나갔다. 그러더니 잠시 어딘가로 사라졌다가 다시 나타나서 진우에게 다가왔다.

"저기요, 선생님. 나한테 딱 10분만 시간을 주면 안 될까요?"

"한 시간 줄게. 그러니까 나한테 좀 떨어져서 네 일 좀 보지 않으련?"

진우의 무뚝뚝한 말에 우재는 욱하는 마음이 들어 발을 구르며 걸었다. 얄미운 남자, 나를 좋아한다는 말도 다 거짓말이었을 거야.

멀어지는 우재를 보며 진우 또한 소설책을 찾는 척하면서 그녀의 뒤를 어슬렁어슬렁 따라다녔다.

우재는 진우에게 서운하다고 투덜거린 것이 무색하게 첫 번째는 한국 소설, 그리고 두 번째는 외국 서적이 있는 원서 코너를 활발하게 왔다 갔다 하더니 구매한 책들로 가득한 쇼핑백을 들고 그의 앞에 다시 나타났다.

"볼일은 다 봤어?"

집에서와는 달리 환해진 우재의 표정에 진우는 그녀의 콧등을 가볍게 때렸다.

"앞으로 내 눈치 보지 말고 나오고 싶으면 언제든지 나와. 널 집에 묶어 두려고 함께 있자고 했던 건 아니니까."

"고마워요."

자신을 따뜻한 눈길로 바라보는 우재를 향해 진우는 여전히 무뚝뚝한 어조로 말했다.

"뭐가."

"내가 무슨 일 하는지 잘 안다면서요. 일부러 나 위해서 여기 나와 준 거 다 알고 있어요."

우재의 말에 진우는 더는 대답하지 않았다. 그 순간 우재가 그의 앞으로 성큼 다가오더니 불쑥 그에게 팔짱을 꼈다. 우재의 행동에 진우가 깜짝 놀라는 몸짓을 하자 우재는 그에게 눈을 흘겼다.

"나 좋아한다면서요. 그럼 우리 이 정도는 괜찮은 거 아니에요?"

진우는 어이가 없다는 듯 웃었다.

"지금 나 유혹하는 거야?"

"유혹? 에이. 유혹이라면 이 정도는 돼야죠."

우재가 발끝을 세워 진우의 뺨에 쪽 하고 키스를 하자 우재의 립글로스가 살짝 진우의 뺨에 묻어났다.

"아. 미안해요. 립글로스 바른 거 깜박했어."

우재가 미안하다는 듯 진우의 뺨에 손을 가져다 대는 사이 진우가 우재의 허리에 손을 넣어 그녀를 자신의 가까이 끌어당겼다. 두 사람은 자연스럽게 서로를 마주 보았다.

"회장님께 병문안 갔다가 이야기 들었어요. 내 지난 사정에 관해 전부 들었다면서요."

우재의 말에 진우가 눈을 마주 보았다. 가을 하늘처럼 투명하고 맑은 눈이 그를 뚫어지게 응시하자 그는 마지못해 운을 뗐다.

"남자 대 남자로 대화한 것뿐이야."

그때 무슨 이야기가 오고 갔는지 모르겠지만, 이 회장에게 다녀온 이후 혼란스러워 보이던 진우의 생각이 어느 정도 정리된 것처럼 보였다. 그리고 그녀를 대하는 태도 또한 확연히 달라졌다. 단지 모든 면에서 그녀의 보호자처럼 구는 게 문제지만.

"나한테 뭔가를 보상해 주고 싶어요? 선생님은 지금도 나에게 자꾸 뭔가를 해 주고 싶어 하잖아요."

내가 그랬었나? 생각지 못한 우재의 말에 진우가 콧등을 찡긋거리자 우재는 그의 가슴에 두 손을 올렸다.

"근데요 선생님. 나도 살아 있는 사람이에요. 말하고 움직일 수 있다고요. 내가 얼마나 있을지는 모르겠지만 있는 동안만이라도 선생님 집에 내가 있었던 흔적이 남았으면 좋겠어요. 그래야 선생님이 날 기억해 줄 거 아니에요. 이것마저 안 하면 난……."

자신과의 관계에서 불안감을 나타내는 우재의 말에 진우는 그녀의 뺨을 조심스럽게 감싸 쥐고는 입술을 머금었다. 나른하게 다가왔던 입술이 처음에는 탐색하는가 싶더니 우재가 피하지 않자 더욱 적극적으로 그녀의 구석구석을 훔쳤다.

영원할 것 같던 진우의 입술이 갑자기 떨어졌다. 아직 키스의 여운을 즐기는 듯 몽롱한 우재에게서 쇼핑백을 빼앗고 그녀의 손을 감싸 쥐자 우재는 그에게 잡힌 자신의 손을 멍하니 바라보았다. 여전히 멍한 그녀의 모습에 진우가 소리 내며 웃었다.

"이래도 네가 여전히 존재감이 없는 사람 같아?"

"어. 그래도 이건 너무 파격적인데요? 갑자기 고생했던 순간들이 스쳐 지나가네요."

진우가 그녀의 손을 다시 깍지 껴 잡아 쥐자 우재는 울먹일 듯한 표정으로 그를 올려다보았다.

"이런 거 맨날 해 주면 안 돼요? 이제야 비로소 내가 살아 있기를 잘했다는 생각이 들어."

몽롱하게 말하는 우재의 말투에 진우는 실로 오랜만에 소리를 내며 웃었다.

"너 하는 거 봐서."

끝까지 튕기는 그에게 끌려가며 우재는 이 순간이 끝나지 않았으면 좋겠다는 생각을 했다.

그와 함께 시내를 돌아다니다가 집으로 돌아왔을 때는 8시가 훌쩍 넘은 시간이었다.

"그냥 저녁 먹고 돌아올걸. 시내가 이렇게 붐빌지 어떻게 알았겠어요."

우재가 진우에게 조잘거리며 집 안으로 들어서는데 거기에는 난데없는 손님이 거실을 지키고 있었다.

"그럼 저녁에는 스파게티 어……. 어머니."

진우가 거실에 앉아 있는 선경을 바라보며 걸음을 멈추었다.

"손님이 계신 걸 몰랐구나. 그냥 나는 얼굴이라도 볼까 싶어서."

진우는 우재와 함께 있는 자신을 보는 선경의 손이 바르르 떨리는 것이 느껴졌다. 아무래도 그녀는 여자와 함께 있는 자신의 아들을 보러 온 모양이었다. 아니면 그 반대든가.

"인사해. 우리 어머니셔."

우재는 실로 오랜만에 보는 선경을 바라보며 두 손을 모아 허리 숙여 공손히 인사를 했다.

"그동안 안녕하셨어요. 서우재라고 합니다."

별안간 선경의 시선이 우재에게로 넘어왔다. 평소에는 누구에게나 친절한 선경이였지만 지금은 아들의 모습이 걱정스러운 마음에 우재의 인사는 보는 둥 마는 둥 했다.

"진우야. 우리 이야기 좀 할까?"

선경의 기색에 우재가 재빨리 자리를 피해 주려고 했다. 하지만 선경에게 선언하는 진우의 목소리가 들렸다.

"이제 이 친구도 이곳에서 살 거예요, 어머니."

우재의 등에 소름이 돋았다. 하여간 선생님은 어른 비위 맞추는 건 절대 못 한다니까. 하필 이런 때 저런 말을…….

우재가 차라도 준비하기 위해 부엌에 들어가려고 하자 선경의 목소리가 우재를 향해 날아왔다.

"언제까지 이곳에 있을 생각인가요?"

자신의 어머니답지 않게 우재에게 무례한 질문을 던지는 선경을 보며 진우는 이 상황을 어떻게 해결해야 할지 고민이 되기 시작했다.

"난 우재 씨가 우리 아들 집에서 나가 줬으면 좋겠는데. 미혼의 남녀가 함께 산다는 것 자체가 얼마나 많은 입방아를 찧을지는 생각 안 해 봤나요? 필요하다면 내가 직접 거처를 마련해 줄게요."

우재의 걸음이 우뚝 멈추어 섰다. 역시 그 어느 것 하나 쉬운 단계가 없구나. 어쩐지 오늘 너무 행복하다 싶었다. 우재는 자신도 모르게 진우를 바라보았다.

"네 방에 들어가 있어."

일부러 진우는 '네 방'을 강조하며 말했다.

"진우야!"

"어서. 서우재 내 말대로 해. 어머니와 난 긴히 나눌 이야기 있으니까."

진우가 다시 한번 우재에게 고개를 까닥거리자 우재는 몸을 돌렸다.

우재는 선경을 피해 가는 것 같아 마음이 내심 불편했지만, 지금만큼은 진우의 말을 들어야 할 때인 것 같았다.

"어머니."

"쟤 내보내. 저 아이 데리고 있다가 네가 서주환 의원 측으로부터 해코지라도 당하면 어떡하니?"

선경의 진심이 쏟아져 나왔다.

"이제까지 너에게 부모로서 해 준 것도 없는데 네가 다치기라도 하면 엄마 못 살아. 지금도 하루하루가 피가 말라 죽겠는데 그런 두려움 속에서 어떻게 살아가려고!"

"어머니."

"진우야!"

두 사람의 눈싸움이 팽팽해질 무렵이었다.

"제 몫이에요. 누구나 살면서 아픈 구석 하나 정도는 있게 마련이고, 제가 선택한 사람에게 묻어 있는 아픔까지 다 감당할 준비가 되어 있어요. 저 아이를 데리고 있기로 했을 때 우리가 앞으로 어떻게 하면 함께할 수 있을까란 생각만 했지 다른 건 눈에 들어오지 않았어요."

"네가 다치더라도?"

선경을 달래듯 진우가 입을 열었다.

“네, 제가 다치더라도 저 아이는 영영 절 떠나지 못할 테니 오히려 그게 더 잘된 일인지도 모르죠.”

그의 말에 선경이 입을 가렸다.

“이제 겨우 하나 찾았습니다. 어머니에겐 늘 엄마의 손길을 더 필요로 하는 배다른 형제들이 있었어요. 인간은 누구나 혼자라고 하지만 저에겐 지독히도 외로웠던 시간이었어요. 하지만 돌아보면 제겐 저 아이가 있었어요. 같은 편이라고 말해 주고, 함께 싸워 주겠다 말하고, 내가 나가서 뭘 하든 이기고 돌아오라고 말하는 아이예요. 우리가 얼마나 더 발전할 수 있을지는 잘 모르겠지만 전 가볼 겁니다. 그 끝이 어디든.”

진우의 진심을 들은 선경의 눈가에 눈물이 글썽거리기 시작했다.

“너 정도면 얼마든지 더 좋은 사람 만날 수 있잖니. 벌써 여러 집안에서 너에게 관심을 보이고 있다는데 너는 왜 하필 문제 많은 아이를 데려다가 이러고 있어?”

선경의 그 말에 진우는 오히려 더 크게 미소를 지었다.

“일찍이 그룹을 버린 저에게 돈과 명예가 더는 필요할 리 없을 테고, 저에게는 그 무엇보다 내 코앞에서 함께 밥 먹어 주고, 내가 뭔가 엇나가면 타박해 주고, 술 취해 비틀거리며 들어오면 몸 버린다 잔소리하면서도 이불 따뜻하게 덮어 주는 사람이 필요해요.”

결국 선경의 눈에 고여 있던 눈물이 흘러 버렸다.

“그동안 왜 한마디도 말해 주지 않았니. 그런 마음을 끌어안고 어떻게 살았어. 왜 엄마에게 더 빨리 말하지 못하고…….”

여전히 애달파하는 자신의 어머니를 바라보며 진우는 조용히 그녀가 우는 것을 내버려 두었다. 너무 오랜 시간 떨어져 있어 이제는 달래는 법조차 모르는 아들로 진우는 그렇게 묵묵히 선경의 옆을 지켰다.

“그래서 지금 우리 엄마를 만나고 싶다는 거니?”

우재는 고개를 끄덕였다.

“네. 사장님. 저에게 하실 말씀이 있어서 오신 것 같은데 선생님이 중간에서 막는 바람에 그냥 돌아가셨거든요. 그런데 무슨 말씀이 오갔는지 선생님도 그 이후로 상태가 영 안 좋아요.”

진희는 여린 한숨을 쉬었다. 이제 내가 나설 때인가.

“진우가 어떻게 안 좋은데?”

“그냥 좀 우울해 보여요. 사모님께서는 제가 선생님 댁에 묵고 있는 걸 반대하고 계셨거든요.”

아, 그래. 엄마라면 당연히 그럴 수 있다. 엄마는 철없는 우리 때문에 친아들을 마음껏 안아 주지도 못하고 평생 마음 졸이기만 했으니까.

“반대한다는데 너는 또 거기까지 쫓아가려고 그래. 좀 가만히 있지. 진우가 알아서 하게 놔둬.”

“허락까지는 안 되더라도 양해 정도는 구할 수 있지 않을까 해서요. 선생님 곁에 계속 있으려면 반드시 통과해야 하는 관문인 것 같아요.”

“넌 진우를 어느 정도까지 생각하고 있는데?”

“글쎄요. 아직 깊이 생각해 보지는 않았지만 제가 옆에 있는 동안만이라도 선생님이 행복해졌으면 좋겠어요.”

우재의 말에 진희가 입술을 비틀었다. 하여간 귀찮은 커플이라니까?

"우재가요?"

진희에게서 우재의 이야기를 전해 들은 진우는 살짝 긴장하기 시작했다.

"그래. 헷갈리면 차라리 당사자에게 물어라, 아버지 지론 아니니? 그래서 어떻게 하면 좋겠는지 너에게 묻는 거야. 우재가 이야기하기를 자신이 있는 동안만이라도 네가 행복해졌으면 좋겠대."

진희의 말에 진우는 문득 고개를 들었다. 우울한 사람의 특성답게 '네가 행복해졌으면 좋겠대' 라는 말 대신 '자신이 있는 동안만이라도' 가 먼저 들어왔다.

우재는 거대한 성 같은 저택을 물끄러미 올려다보았다. 지금 머물고 있는 진우의 집도 참 컸지만 본가는 더 대단했다. 이런 순간을 대면할 때마다 우재는 더더욱 진우와의 벽을 느끼곤 했다.

우재는 심호흡을 하고 벨을 있는 힘껏 눌렀다. 그러자 잠시 후 가정부가 대답하는 소리가 들렸다.

우재가 저택 안으로 들어가자 그녀를 기다리고 있던 선경이 가정부를 부르더니 잠시 장을 좀 봐 오라며 그녀를 내보냈다.

"이제 이 집 안에 우리 둘만 남았네요."

선경의 말에 우재는 잠깐 멈칫했다.

"차는 뭐로 하겠어요? 커피? 아니면 내가 만들어 둔 대추차가 있는데 그걸로 하겠어요?"

"네. 그렇게 하겠습니다."

선경은 따뜻한 차를 앞에 두고 우재를 물끄러미 바라보았다.

"진희가 이야기를 하더군요. 허락까지는 안 되더라도 내게 양해를 구하고 싶어 한다고."

우재는 고개를 끄덕였다.

"네, 사모님. 제가 탐탁지 않으실 줄은 압니다. 다만 전……."

"내가 왜 그렇게 우재 양을 반대하는지 그 이유는 알아요?"

선경의 말에 우재가 눈을 들자 그녀는 한숨부터 쉬었다.

"대한그룹은 우재 씨와의 인연 이전부터 서주환 의원과 척을 지고 있었어요. 서주환 의원이 요구하는 것들을 회장님이 거듭 거절한 모양이더군요."

우재의 눈이 휘둥그레졌다.

"회장님이 자신의 말을 듣지 않자 서주환 의원은 대한그룹에 관해 샅샅이 뒤지기 시작했고 드디어 약점을 하나 찾아냈어요. 가족에 관한 이야기 같은 거 말이에요."

우재는 두근거리는 가슴을 매만졌지만 선경은 비교적 안정적인 자세로 이야기를 이어 갔다.

"이용하 회장에게는 세 자녀가 있어요. 그중에 진우는 제일 막내이고. 그리고 회장님의 유일한 친자예요."

우재가 들고 있는 찻잔이 덜걱거리는 소리를 냈다. 우재는 손이 떨려서 자신도 모르게 테이블 위에 잔을 내려놓았다.

선경은 우재의 동요를 눈치챘고, 두 사람의 시선이 마주쳤다. 그녀의 눈에 가득 고인 슬픔 때문에 우재는 자신의 손을 꽉 틀어쥐었다.

"회장님의 첫 번째 부인은 정략결혼으로 맺어진 분이었어요. 그

분과 회장님은 전략적 제휴를 위해 결혼을 했고 그때만 해도 회장님께선 가정을 돌보는 것보다 사업 확장에 더 관심을 갖고 계셨죠. 이렇게 저렇게 두 아이가 생겼지만, 아이들은 부모의 방관 속 행복하지 못한 유년 시절을 보냈어요. 그리고 진희가 다섯 살, 진상이가 세 살이었던 무렵 내가 비서실 직원으로 발령이 났어요. 당시 수행 비서를 담당했던 난 여자라는 이유로 그 아이들을 돌보는 일이 주된 업무였죠. 사모님께서 돌보지 않으셨으니까."

그 말을 하는 선경의 눈이 유난히 슬퍼 보였다.

"그런데 그즈음 사모님의 교통사고가 일어났어요. 우재 씨가 어려서 기억하는지 모르겠는데 그 끝은 입에 올리고 싶지 않을 정도로 좋지 않았어요. 그리고 난 얼마 후 진상이의 간단한 수술 때문에 수술 기록을 정리하다가 이상한 점을 하나 발견했죠. 이 회장님에게서는 나올 수 없는 혈액형이 나온 거예요. 그 사실을 보고하고 극비리에 유전자 검사가 진행되었어요. 결과는 진희와 진상이 모두 이 회장님의 친자가 아니었어요. 게다가 진희와 진상이 또한 아버지가 달랐어요."

우재의 얼굴이 충격으로 얼룩졌다.

"회장님이 방황하시더군요. 철벽같던 성이 한순간에 무너져 내리기 시작했어요. 그 무렵 나 또한 첫사랑에 대한 미련을 못 버리고 회장님이 약해졌을 때 순정을 바치고 말았죠. 그래서 진우가 생겼어요."

처녀의 몸으로 겪기에 첫사랑의 대가는 너무 혹독했다. 우재는 순간 선경의 손을 잡아 주고 싶은 충동을 느꼈다.

"하지만 나는 이미 진희와 진상이의 어린 시절을 지켜봐 왔기 때문에 더한 것은 원하지 않았어요. 아낌없이 사랑했고 원 없이 곁에서 돌봐 주고 싶었던 마음뿐이었고, 그냥 거기까지만 하려고 했거든요."

선경의 눈이 아련해졌다.

"하지만 회장님의 생각은 다르셨던 것 같아요. 회장님이 어느 날부터 사표를 내고 사라진 나를 추적해 오기 시작했어요. 그리고 진우가 여섯 살 되던 무렵 우린 다시 만났죠. 떠나보내고 나서야 사무치게 그리우셨대요. 그 마음이 너무 아파서 다시는 놓지 못하겠다 하셨어요. 그리고 난 바보처럼 회장님의 그 말에 다시 무너져 내렸죠. 그렇게 회장님의 자식을 데리고 난 이 거대한 성으로 들어왔어요."

그러고 나서 선경은 한참 동안 아무 말도 하지 않았다.

"그런데 아무래도 그게 나의 잘못이었던가 봐요. 두 아이는 진우를 받아들이지 못했어요. 어린 시절부터 철저하게 황제 교육을 받았던 두 아이에게 내 아이는 이미 이 집안에 이물질 같은 존재나 다름없었으니까. 진희는 싸늘했고 진상이는 사사건건 진우를 괴롭히기 시작했어요. 처음 시작은 단순했는데 해를 거듭할수록 그 괴롭힘은 단순하지 않았어요. 진우마저 폭력 사건에 연루되기도 했으니까요. 그런 아이들을 감싸 안지도 그렇다고 멀리 떨어뜨려 놓지도 못해 괴로운 날들이 이어지는 사이 어느덧 아이들은 성인이 되었죠."

우재는 갑자기 자신의 눈에서 물기가 떨어지자 서둘러 눈물을 닦아 냈다.

"진희도 진상이도 유학을 떠나면서 잠잠해진다 싶었는데, 진우가 스무 살 무렵 회장님의 건강에 문제가 생겼어요. 간에 종양이 생겼는데 나중에는 단순 종양으로 밝혀졌지만 처음에만 해도 간

이식이 거론될 만큼 심각했었어요. 그때까지도 서자라고 무시하고 면박 주던 친척들까지 모두 나서서 진우를 설득하기 시작했죠. 그런 일련의 소용돌이가 진우에게는 너무나 감당하기가 힘든 큰 산이었는지 덜컥 군입대를 지원하더군요."

말을 잇기 힘든지 선경이 테이블 위에 놓인 차를 한 모금 마셨다.

"입대를 앞둔 어느 날 평소 내색도 잘 안 하던 아이가 하루는 술에 잔뜩 취해서 더러운 피라고 무시당하고 괴롭힘을 당했던 세월이 숱했는데 왜 그동안 한마디도 하지 않았느냐며 나에게 따져 묻더군요. 도대체 자신은 어떤 마음으로 살아야 하느냐며 절규했어요."

선경의 눈이 다시 촉촉하게 젖어 들기 시작했다. 우재가 두리번거리다가 휴지를 발견하고 그녀에게 건넸다.

"그 이후로 진우는 대한그룹과 관련된 모든 것에서 해방되고 싶어 했어요. 형제는 물론 아버지와 나에게서까지. 이런 피 따위 자신의 몸에서 모조리 뽑아 버렸으면 좋겠다고 이야기하더군요. 지금까지의 희생과 배려가 무색할 만큼 우리는 그 아이에게 너무 많은 것을 짐 지워 왔으니까."

날카로운 눈빛, 온몸에 묻어 있던 까칠함. 그를 처음 보았을 때 당시의 모습이 떠올랐다. 선생님에게 그런 아픔이 숨어 있었을 줄이야.

"어제 내가 우재 씨를 찾아갔었다는 말에 남편이 이야기를 꺼내더군요. 이제는 잘못을 잘못이라고 시인할 수 있는 용기가 필요한 것 같다고 말이에요. 나눠야 할 짐이라면 함께 나누는 것이 가족 아니냐며 자라는 내내 아픔만 주었던 진우에게 이제부턴 힘을 실어 주라며 절 설득하시더군요."

선경의 그 말에 우재의 입술이 바르르 떨려 왔다. 도대체 이 답답한 사람들을 어떻게 해야 해? 그들은 수년 동안 이미 한 사람에게 수많은 폭력을 휘둘러 왔다. 일이 이렇게 악화되고 나서야 수습한다 한들 이미 상처받은 사람의 마음이 돌아올까?

"사모님께서는 한 번이라도 말씀 안 하셨어요? 그 옛날 선생님이 엄마가 애타게 필요한 시절에 충분히 안아 주지 못해서 미안했노라고."

우재의 그 말에 선경은 그대로 무너지고 말았다.

선생님은 아직도 고파요. 그리고 좀처럼 사람을 믿지 않아요. 그래서 가끔씩 선생님이 두르고 있는 가시에 찔릴 때마다 그런 선생님을 사랑하는 나도 아파요.

"선생님은 항상 겉과 속이 다른 사람 같아요. 사모님께서는 선생님이 사모님에게 차갑게 대한다 하시지만 제가 보기엔 선생님은 여전히 사모님의 손길을 기다리거든요. 제가 선생님 집에 묵게 되면서 선생님에 관해 새롭게 알게 된 사실 몇 가지가 있는데요, 첫 번째는 선생님은 입이 아주 짧아졌다는 것이고, 두 번째는 그 와중에도 어떤 음식만 차려지면 항상 그릇을 싹싹 비웠어요. 바로 사모님 음식이요. 사모님께서 보내 주신 음식이 차려질 때면 게 눈 감추듯 사라지는 그릇을 보면서 제가 질투할 때가 꽤 많았어요. 그런데 지금 생각해 보니 그렇게라도 선생님은 사모님의 사랑을 느끼고 싶었나 보네요."

선경이 얼굴을 두 손으로 가리고 오열하기 시작했다.

한참 오열하던 선경의 울음이 잦아들 즈음 그녀는 고맙다는 듯 우재를 바라보았다.

"우재 씨가 보면 내가 참 추하겠네요. 이미 모든 것을 잃어 놓고 쓸데없이 외양간이나 고쳐 보려고 안간힘을 쓰는 내가."

우재는 조용히 그녀를 응시했다.

"신기하게도 회장님도 그러시고 사모님, 진희 사장님도 다들 엄청나게 선생님을 위하고 아끼시는 것 같은데, 다들 고집스럽게 과묵하신 것 같아요. 그런 마음을 한 번이라도 표현해 주셨다면 선생님 마음이 저렇게 사막 같지는 않을 텐데……. 비록 많이 늦고 상황이 좋지 않았다 하더라도 적어도 그때 내가 그러지 못해서 미안했다는 말 한마디라도 해 주면 풀리는 게 사람 속이잖아요."

거대하고도 외로운 성을 나와 한참을 터덜터덜 걷다가 우재는 문득 뒤를 돌아보았다. 거대하고 화려해 보이지만 지독하게 외로운 집단이기도 했다.

도대체 그동안 그들은 무엇을 위해 살아왔을까? 저렇게 안타까운 소통의 부재라니…….

우재는 생각을 정리하려고 일부러 옛 집터를 찾아갔다. 자신의 상처와 이진우의 상처가 고스란히 남아 있는 곳. 자신의 상처는 지난 7년이란 세월을 보내면서 새살이 차고 올라왔는데 이진우의 상처는 세월이 가면 갈수록 더욱더 깊이 패는 느낌이 들었다.

우재가 카페의 문을 밀고 들어서자 남자 직원 하나가 책을 보다가 천천히 일어났다.

"어서 오십시……."

우재가 그 직원을 보고 멈칫하는 사이 직원 또한 우재를 보며 놀란 표정을 감추지 못했다.

"서우재?"

"수명 오빠!"

"너 어떻게 된 거야! 도대체 어디 갔었어!"

갑자기 벼락불 같은 비명이 들리더니 수명이 계산대를 돌아 그녀 앞으로 쫓아 나왔다.

"세상에, 세상에! 진짜네. 진짜 서우재야!"

거듭되는 수명의 감탄에 우재는 더욱더 함박웃음을 지어 보였다.

"그나저나 오빠는 여기 어쩐 일이에요?"

"어. 낮에는 진우 사무실에 있고 저녁에는 이곳에 나와서 마감을 해. 아무래도 진우보다는 내가 이런 쪽으로 감각은 있잖아?"

그 순간, 우재를 마주 보며 웃고 있던 수명의 웃음이 뚝 끊기고 말았다.

"너구나. 서우재."

"네?"

"이진우가 이 집 사고 카페 만들면서 그랬거든. 아마 돌아오면 이곳으로 제일 먼저 찾아올 사람이 하나 있다고. 힘들어서 모든 걸 다 버리고 갔을지도 모르지만 극복했다면 지난날이 그리워 한 번 더 찾게 될 거라고 하던데. 서우재가 맞았구나."

"설마요."

순간 울컥한 마음에 우재의 코끝이 찡해졌다. 그 모습을 바라보던 수명이 잔잔하게 웃으면서 고개를 끄덕였다.

"그래. 이 카페, 진우가 주인이야. 누군가가 꼭 찾아올 거라며 네가 사라지고 이 집이 경매에 나온 이후 진우가 제일 먼저 사들였지."

기어코 우재의 눈 속에 물기가 반짝이기 시작했다.

"아. 이진우 씨 당신은 도대체 어디까지 나를……."

늦은 밤, 진우는 비틀거리는 걸음으로 현관문을 열고 들어왔다. 현관에 놓인 신발을 보니 아직 서우재가 있었다.

하지만 이 모습을 언제까지 지켜볼 수 있을지. 진우는 축 처지고 비틀거리는 걸음으로 부엌으로 가서 냉장고에서 차가운 물을 꺼냈다.

"많이 늦었네요?"

갑자기 거실에 불이 켜지더니 우재가 부엌으로 천천히 걸어왔다.

"아직 안 잤어?"

"동거인이 들어오셔야 말이죠. 사모님께서 하신 말씀도 있고 해서 걱정하고 있던 차였어요."

언제나 의뭉스럽게 감추는 것이 없는 우재답게 그녀는 그를 걱정하고 있었노라고 말했다.

"나 오늘 사모님 뵙고 왔어요."

우재는 담담하게 진우에게 이야기를 꺼내 놓았다.

"알고 있어. 진희 누나에게 들었어."

우재가 인상을 찌푸리자 진우는 숨도 쉬지 않고 물을 벌컥벌컥 마시고는 다시 한번 컵에 물을 따랐다.

"갔던 일은 어땠느냐고 안 물어봐요?"

진우는 삐딱한 웃음을 한 번 짓더니 갑자기 상의 주머니를 뒤지기 시작했다.

"들어가서 자. 1시가 넘었잖아."

진우의 그 말에 우재는 그에게 한 발 더 가까이 다가갔다. 그러자 그에게서 독한 술 냄새가 훅 끼쳐 왔다.

"도대체 어디서 얼마나 마신 거예요?"

우재의 말에도 아랑곳하지 않은 그가 주머니에서 약병을 꺼내더니 뚜껑을 열었다. LA에서 한국으로 오면서 먹던 약! 진우가 약을 털어 내는데 우재가 그의 손을 잡았다.

"지금 술 마셔 놓고 그 약 먹으려고 그러는 거예요? 안 돼요. 하지 마요."

하지만 진우는 그녀의 방해를 뿌리치려고 안간힘을 썼다.

"너까지 왜 이래? 저리 가!"

"안 돼요. 내가 우리 엄마 조울증 때문에 얼마나 힘들었는지 눈으로 봤으면서 선생님도 그 나락으로 떨어지려고 그래. 절대 안 돼. 절대로 그 꼴은 못 봐! 선생님만큼은 안 돼."

"나 하나쯤 어떻게 된다 한들 눈 깜박할 사람 하나 없어. 그러니까 방해하지 말고 들어가 자!"

날카로운 그의 말이 준비도 안 된 우재의 마음을 푹 하고 찔러 댔다. 이 못난 남자. 그럼 당신 때문에 그 먼 곳을 헤매다 온 나는 뭐가 돼?

"왜 그렇게 생각해요? 선생님이 힘들어할수록 주변 사람들 모두가 마음 아파한다는 생각 안 해 봤어요? 게다가 나는?"

진우가 코웃음을 치면서 고개를 흔들었다.

"주변 사람들? 글쎄. 내가 사라지면 속시원해할 사람들만 많겠지."

그 말을 들은 우재가 손의 힘을 놓아 버리면서 약병이 공중에 뜨는가 싶더니 대리석 바닥에 떨어져 산산조각이 나 버렸다.

"왜 그렇게 생각하는데요? 설마 내가 없어진 7년 내내 이런 식으로 살았어요?"

갑자기 이 회장이 우재에게 '가족 중 한 사람의 무너짐이 다른 가족을 얼마나 힘들게 만드는지' 라고 언급하던 대목이 생각났다.

"무슨 상관이야. 어차피 너도 말도 없이 떠난 전적이 있잖아. 사람이 또 그러지 말란 법 있나?"

진우는 그 말을 내뱉고 떨어진 약을 줍기 위해 허리를 굽혔다. 그 순간 우재가 맨발로 깨진 약병을 밟았다. 그것을 본 진우가 화들짝 놀라면서 우재의 허리를 잡아챘다.

"너 미쳤어? 맨발로 깨진 병을 밟으면 어떡해! 죽고 싶어?"

"이게 어때서. 이게 선생님 마음만큼이나 아파?"

갑자기 술이 확 깬 진우는 그녀를 번쩍 안아 들고 거실 소파에 앉혔다. 벌써 깨진 유리 조각이 그녀의 발 안쪽을 스치고 지나가 붉은 피가 배어 나오고 있었다.

"어떻게 그렇게 네 상처에 무심할 수가 있어! 어떻게 내 앞에서 감히 깨진 병을 밟을 수가 있냐고!"

우재의 빨간 피를 본 후 이성을 잃은 진우의 외침에 그녀는 후드득 눈물을 흘렸다.

"잘 들어. 내 집에 얌전히 있고 싶으면 너부터 보존 잘해. 네 몸에 상처 내는 일, 절대 하지 말라고. 알아들었어!"

격앙되게 화를 내는 그를 우재는 물끄러미 바라보았다.

"처음이야. 내 상처에 화낸 사람."

약상자를 가져와 그녀의 발을 지혈하던 그에게 우재가 운을 떼자 진우는 갑자기 움찔했다.

"상처에 무디다고 화낸 것도 선생님이 처음이야. 그런데 왜 내 마음은 못 봐요? 선생님 때문에 피 흘리고 엉망으로 뭉개진 내 마음은 못 왜 보냐고요. 내가 무슨 마음으로 선생님을 찾아왔는데 어떻게 나한테 그런 말을 할 수가 있어요! 그런 나한테 어떻게 자기 하나쯤 사라져도 상관없다는 말을 서슴없이 내뱉을 수가 있냐고요!"

우재가 거세게 항의를 하며 닭똥 같은 눈물을 떨어뜨렸다.

우재의 발에서 계속 피가 배어 나오자 진우는 솜뭉치를 뭉쳐 우재의 발을 압박했다.

"피가 안 멈추면 바로 병원 갈 거야. 그러니까 자꾸 움직이지 마."

다른 세계에 있는 것처럼 다른 말만 하는 진우를 보며 우재는 자신의 발을 감싼 그의 팔을 거칠게 잡아당겼다.

"사과해요."

"뭘."

"내가 좋아하는 선생님 자신, 함부로 굴린 거 사과하라고!"

두 사람의 눈빛이 거칠게 부딪쳤다. 눈물이 가득 고여 그녀의 맑은 눈동자가 더 이상 보이지 않았다. 서우재, 도대체 네가 뭔데 나한테 이래. 도대체 너 따위가 뭔데 나를…….

갑자기 우재가 진우의 목을 와락 껴안자 그의 두 팔은 감전된 듯 떨다가 허공에서 길을 잃었다.

"선생님. 제발요. 거기서 멈춰요. 선생님이 그럴 때마다 내 마음이 자꾸 피를 흘려요."

진우의 얼굴이 흉하게 일그러졌다. 그녀에게 동요하지 않으려고 애써 마음을 다잡아 보았지만 더 이상 버티기 힘들었다. 그녀의 어깨에 코를 묻고 그녀의 향기에 취해 펑펑 울고 싶었다. 우재가 자신의 목을 감싸 쥔 팔을 더욱 세게 조이자 진우는 우재의 등을 조심스럽게 감싸 안았다.

"서우재."

"오늘 본가 가서 다 들었어요. 선생님의 어릴 적 이야기부터 선생님이 7년 동안 어떻게 살았는지. 듣는 내내 선생님이 너무 아파서 내 마음조차 너무 시렸어. 그래서 선생님이 돌아오면 이렇게 안아 주려고 기다리고 있었는데, 왜 그렇게 못된 말만 해요?"

진우의 가슴이 꽉 막혀 오는 듯했다. 어머니를 만나고 돌아오면 우재가 또다시 떠난다는 말을 할 거라고 생각했다. 처음부터 혼자였으니 별다를 게 없을 거라고 애써 달래 보았이지만 한번 자라기 시작한 마음은 도저히 없어지지가 않았다. 진우는 그녀의 등을 안을 팔에 힘을 주었다. 우재가 숨이 막힐 만큼 안아 든 그의 등을 우재는 안심하라는 듯 하염없이 쓸어 주었다.

"우재야."

"선생님, 난 떠나기 싫어요. 선생님 곁에 있고 싶어요. 사모님에게도 들었어요. 큰아버지와 대한그룹과의 이야기. 내가 있어서 선생님이 더 위험해질지도 모른다면서요. 정말 선생님을 위한다면 떠나는 게 맞지 않느냐고 하셨지만 나는 아무리 생각해도 모르겠어요. 도대체 어떻게 하는 게 옳은 거예요?"

자신을 떠나고 싶지 않다는 그녀의 말에 진우는 여전히 눈물 자국이 남아 있는 우재의 눈가를 닦아 주며 피식 웃었다.

"지금 나 걱정하는 거야?"

진우의 말에 우재의 입술이 바르르 떨렸다. 자동 인형 같다. 나 스스로를 상처 낼수록 부르르 떨며 우는 인형.

"생각보다 기분 괜찮은데? 나 때문에 울어 주는 사람도 생겨서."

지금 놀리냐는 듯 우재가 두 손을 들어 진우의 가슴을 때렸다. 그런 우재가 너무 예뻐서 진우는 우재를 자신의 품으로 끌어당겼다.

"우리 그냥 이대로 있자. 네 큰아버지쯤은 하나도 무섭지 않아."

우재는 그제야 마음을 놓은 듯 그의 등을 끌어안은 자신의 팔에 힘을 주었다.

우재를 달래 주던 진우가 자리에서 일어나려 하자 우재는 진우의 옷자락을 잡아당겼다.

"왜? 저 깨진 병이나 일단 치우자."

"약속해요. 신경안정제 따위 더는 먹지 않기로."

우재의 말에 진우는 한숨을 쉬며 우재의 곁으로 다시 내려앉았다.

"신체적 반응이 극명하게 나타나면 안 먹을 수는 없어."

"그럼 날 봐서 노력해 줘요. 적어도 술 마신 날에는 피할 수 있잖아요."

우재의 고집에 진우는 겨우 고개를 끄덕였다.

"하지만 그래도 참을 수 없을 만큼 반응이 오면 내가 도와줄게요."

진우의 시선이 그녀의 얼굴에 닿았다.

"어떻게?"

진우의 양 뺨을 우재가 손으로 감싸더니 우재의 입술이 수줍게 다가왔다. 진우의 입술을 맛보던 그녀의 입술이 더욱 크게 벌어졌다.

"서우재."

진우가 우재를 말리려는 듯 얼굴을 피했지만 우재는 그의 목을 휘어잡고 그의 입 속으로 자신의 혀를 집어넣었다. 당신은 나를 보호해야 할 여동생으로 취급하고 있지만 정작 난, 나는 당신에게 여자이고 싶어. 내가 원하는 건 당신의 마음이지 당신이 배경 따위가 아니라고.

우재의 때아닌 공격에 진우의 숨결이 흐트러지기 시작했다. 처음에는 당황스러워하던 진우의 손이 자신도 모르게 우재의 옷 속으로 들어가 그녀의 매끄러운 살을 매만졌다.

"조금만 더요."

짙어지는 키스에 우재가 진우에게 더욱더 무게를 싣는 순간, 진우의 몸에서 비상 신호가 울렸다. 그와 동시에 우재의 입술이 떨어졌다. 헝클어진 머리카락과 시접이 틀어진 차림새, 잔뜩 부풀어 오른 우재의 입술을 보며 진우는 가슴이 방망이 치듯 두근거렸다.

"갑자기 왜 그래?"

"저번부터 느낀 거지만 선생님은 나를 보호의 대상으로만 보는 것 같아서요. 나도 여잔데."

우재의 말에 진우의 눈이 빛나기 시작했다.

"나는 우리가 서로 마주 볼 수 있기를 바라요. 선생님이 나를 걱정하는 만큼 나도 선생님을 걱정하고 있어요. 그 마음은 사제지간이 아닌 여자로서의 마음이야. 이렇게까지 내가 이야기하는데도 계속 모른 척할 거예요?"

우재의 솔직한 말에 진우의 심장이 아까와는 다른 의미로 두근거리기 시작했다. 그런 진우에게 달라붙은 우재는 다시 한번 그의 목에 팔을 두르며 소리 나게 키스를 했다.

"그럼 이제 깨진 유리 조각부터 한번 치워 볼까요?"

우재가 부끄러운 나머지 자리를 피하려고 일어났지만 붕대를 감은 발에 통증을 느끼면서 잔뜩 부풀어 오른 그의 몸 위로 그대로 주저앉고 말았다.

"어. 방금 건 절대 의도한 거 아니에요. 잠깐 발을 헛디뎌서 그래."

우재가 당황하며 그의 몸 위에서 일어나려 하자 진우는 오히려 그녀의 허리를 껴안고 자신을 바라보게 만들었다. 자신을 도발하려 안간힘을 쏟는 우재에게 무언가를 가르쳐 주고 싶었기 때문이다.

"어이. 하나만 알고 둘을 몰라서는 안 돼지. 네가 그렇게 도발할 때마다 내가 어떻게 되는 줄 알아?"

진우는 우재의 한 손의 잡아 쥐더니 자신의 중심부에 가져다 댔다. 금방이라도 터질 듯 심하게 부풀어 오른 진우의 그곳. 갑자기 우재의 얼굴이 새빨갛게 달아올랐다.

"그래도 내가 다친 사람에게 달려들 만큼 그렇게까지 비신사적인 사람은 아니라서."

얼굴이 새빨개진 우재를 남겨 두고 이번만큼은 봐주겠다는 듯 소파에서 일어나는데 우재의 목소리가 뒤를 이었다.

"언제까지 신사적일 건데요? 난 신사적인 사람보다 짐승 같은 사람이 더 좋은데?"

우재의 말에 눈을 부릅뜬 진우의 시선이 뺨에 닿았다. 진우의 벗은 모습이 상상되자 우재의 얼굴이 더욱더 새빨갛게 변했다. 아무래도 오늘은 안 되겠다. 아직 마음의 준비가 안 되어 있어.

"하지만 오늘은 안 되겠네. 생각보다 발이 좀 아파서."

슬금슬금 자신의 방으로 도망가는 우재를 보면서 진우는 이를 악물며 그녀를 쏘아보았다.

맹랑한 서우재, 여전히 사람 약 올리는 데는 일가견이 있네.

그는 깨진 약병을 치우면서 자신도 모르게 조용히 웃었다.

네 말대로 이 약이 내게 마지막 약이 되길 빈다. 그러려면 서우재, 이제부터 제대로 각오해.

깨진 파편들을 쓰레기통에 쓸어 넣으며 진우는 새롭게 각오를 다졌다.

9. 영원으로 가기 위한 전 단계

“수명이 형. 요즘 진우 형 뭔가 좀 달라진 것 같지 않아요?”

“뭐가 달라졌는데?”

“언제나 무표정했던 사람이 휴대폰 보면서 히죽 웃을 때도 있고, 평상시에는 가시 돋친 사람처럼 정말 예민했잖아요. 이제 말 붙여도 부드럽게 대해 줘요. 제일 중요한 건 약도 안 드시는 것 같아요.”

엔지니어 철영의 말에 수명은 속으로 빙긋 웃었다.

“효과가 있기는 한가 보네?”

“효과요? 진우 형 뭐 해요?”

“어. 그런 게 있다. 애들은 몰라도 돼.”

그때였다. 똑똑. 지하 사무실 유리문으로 사람의 형상이 나타났다.

철영이 일어나 유리문 너머의 상대를 마주 보며 묘한 표정을 지었다.

"어디서 오셨습니까?"

"아, 전 이진우 씨 통역사거든요. 잠시 도울 일이 있을 것 같다고 해서 찾아왔어요."

여가수들이 드나드는 곳이긴 했지만 통역사는 처음이었다. 철영은 우재의 대답을 듣고도 문을 열어 줄 생각은 못 한 채 한동안 꼼짝도 하지 않고 서 있었다.

보다 못한 수명이 대신 문을 열어 주었다.

"어. 우재 왔어? 들어와."

사무실 안으로 들어온 우재에게서는 묘한 꽃향기가 났다.

"미인이네요."

철영은 우재를 보며 자신도 모르게 중얼거렸다.

"그러게. 어릴 때도 예뻤지만 크더니 더 꽃이 피었어."

수명이 맞장구를 치며 우재를 진우의 방으로 안내하자 갑자기 철영은 정신이 번쩍 들었다.

잠시 후 진우가 문 앞에서 고개만 살짝 내민 채 말했다.

"밥 먹자."

"예?"

"이 친구가 점심 싸 왔대. 그렇다고 너무 큰 기대는 하지 말고. 곰손 중에 곰손이니…… 악, 아파!"

"그렇게 말하는 게 어디 있어? 그래도 여기 식구들 생각하며 오전 내내 내가 신경 쓴 건데?"

진우의 등 뒤로 무차별 스매싱이 날아오는 소리와 함께 여자가 항의하는 소리가 들렸다.

철영과 수명은 도시락의 실체를 확인하고서야 진우가 왜 그런 말을 했는지 깨달았다. 주먹밥의 모양은 울퉁불퉁했고 들고 오는 동안 한쪽으로 쏠린 듯 무참하게 밀려 있었다. 그리고 튀김과 샐러드는 숨이 폭삭 죽었다.

"아. 말도 안 돼. 새벽부터 준비한 건데 어떻게 이럴 수가 있어?"

무척 실망한 우재의 표정을 보며 진우가 빙그레 웃고 있었다.

그 모습을 지켜보던 수명이 용기백배하게 못생긴 주먹밥을 하나 집어 들었다.

"일단 먹어 보자. 우재가 정성스레 싸 온 건데……."

"야. 조금씩 맛보면서 먹어. 잘못했다간 소금 폭탄 맛을 수도 있다니까?"

진우가 수명에게 경고를 했다.

"아! 진짜 그런 말 하지 마라니까."

자연스럽게 진우의 입을 막는 여자와 그런 여자의 허리를 감으며 자신의 품으로 끌어당기는 진우를 보면서 철영은 입을 다물지 못했다.

그때 수명이 철영의 옆구리를 푹 찔렀다.

"야. 그렇게 죽을 맛은 아니다. 그러니까 먹어. 적어도 식당의 조미료투성이 밥보단 나으니까."

철영도 젓가락으로 주먹밥을 집어 한입 가득 베어 먹었다. 수명의 말처럼 보는 것과 달리 맛은 그다지 나쁘지 않았다. 처음 의도는 한쪽은 불고기, 반대쪽은 김치로 생각하고 만들어 왔던 모양인데 다 으스러져 맛이 섞여 있었다.

"맛있는데요? 근데 형, 그냥 막 비벼 먹을까요? 김치도 맛있고 불고기도 맛있어요. 우리 솔직히 모양 상관없잖아요."

진우가 두 가지 주먹밥을 섞기 시작했다. 다 비비고 난 뒤 맛을 보니 더욱 기가 막혔다.

"와. 그래도 우리가 도시락을 받아 보고. 살다 살다 별일이 다 있네요."

철영이 너스레를 떨자 우재가 눈을 반짝였다.

"그럼 제가 일주일에 두세 번은 만들어서 나올까요?"

세 남자가 펄쩍 뛰더니 우재에게 손사래를 쳤다.

"아까 형이 말한 효과 알 것 같긴 하네요."

수명이 우재와 진우를 넘겨다보며 살짝 고개를 끄덕였다.

"여자분 정신력이 더 대단해. 어떻게 저런 남자를 다스렸지?"

"그래서 한 번에 공략하지 않고 볼 때마다 불굴의 의지로 오자미를 던진 케이스지. 계속해서 던지니 결국 터지더라."

수명의 알쏭달쏭한 말에 철영이 입술을 삐죽였다. 두 사람 사이가 뭔가 더 끈끈한 것으로 얽혀 있는 줄 알았더니.

철영은 진우와 우재에 대해 더 이상 알아내는 것을 포기하고 아까부터 찜찜한 문제를 들고 진우의 방으로 가서 노크했다.

"형?"

"응."

영문 문서를 함께 확인하고 있던 진우와 우재가 철영을 향해 고개를 들었다.

"이번에 '시소' 라는 작곡가가 보내온 곡들 말입니다. 노래들이 다 이상하게 귀에 익어요. 그래서 말인데요 표절 검사 한번 해 봐야 할 것 같은데요. 어디서부터 시작하죠?"

진우가 잠시 고민하더니 철영에게 문제 되는 곡들을 틀어 보라했다. 결국 세 사람은 진우의 컴퓨터 앞에 모여 문제가 된다는 노래를 들어 보았다.

"어. 이거 Ephemera의 Balloons And Champagne에서 보컬만 걷어 냈는데?"

우재의 그 말에 진우는 철영을 바라보았다.

"저, 노래 제목이……."

그 이후로도 우재는 철영이 들려주는 멜로디만 듣고도 내리 세 곡의 곡명을 철영에게 적어 주었다. 순간 진우의 입술이 틀어졌다.

"고등학교 때부터 주야장천 음악만 듣더니 이제는 주크박스까지 하려고?"

"아, 그럼 나한테도 들리는데 어떡해요? 이거 나가면 선생님 개망신이야!"

그리고 철영이 우재가 적어 준 노래를 찾아 두 개의 곡을 함께 틀었을 때 그들을 그대로 기함하고 말았다.

"여덟 마디가 아니라 열여섯 마디를 통째로 베꼈어."

진우는 한숨을 쉬면서 철영에게 지시했다.

"그거 그대로 보내 주고 계약 해지 통보해. 만약 뭐라고 덤비면 제작사에 싹 다 뿌려 버리겠다고 이야기해. 인적 사항도 우리가 다 알고 있으니까 허튼수작은 못 할 거야."

철영이 고개를 끄덕이자 진우는 눈빛을 빛내며 중얼거렸다.

"개쓰레기 같은 자식."

"그래도 표절 의뢰를 해 봐야 정확하게 알 수 있는 거 아닐까요? 내 귀가……."

"우리 셋이 들어도 똑같았다면 대중들한테 이 정도는 거의 허리케인급 사고야."

진우의 의견에 동의한 철영이 우재 덕분에 수월하게 일을 끝냈다며 감사하다는 손 인사를 건넨 뒤 방을 나섰다.

"그런데 왜 선생님이 하지 않고 다른 작곡가를 구했어요?"

"맡은 작업이 이미 두 곳 정도 있고, 영상 작업 하려고 보니 시간이 딸려서."

이제는 순순히 자신의 사정에 관해서 이야기해 주는 진우를 보며 우재는 눈을 반짝반짝 빛냈다.

"왜? 그런 눈빛으로 바라봐? 상당히 부담스러운데?"

"이제는 무슨 말이든 다 말해 주네요?"

"너도 다 말해 주니까."

부드럽게 말하는 진우의 시선이 우재의 얼굴에 와 닿는 순간 또다시 문 두드리는 소리가 들렸다.

"자, 알콩달콩한 눈빛 교환 시간을 방해해서 미안한데 지금 방송국에 미팅 갈 시간입니다. 이진우 감독?"

아쉬움이 잔뜩 묻어난 얼굴로 우재에게서 시선을 거둔 진우가 말했다.

"사고 치지 말고 여기서 기다려. 끝나고 다 같이 갈 곳이 있으니까."

"어? 어디요?"

진우는 빙긋 웃기만 할 뿐 끝내 어딘지는 말해 주지 않은 채 수명과 미팅을 위해 방송국으로 떠났다.

한동안 사무실에서 진우가 지시한 일들을 모두 처리한 우재는 사무실에서 나와 철영 옆에 털썩 앉았다.

"아직도 심각하세요?"

우재의 말에 철영은 고개를 휙 돌렸다가 깜짝 놀란 표정을 지었다.

"아, 죄송합니다. 표절한 작곡가 쪽에서 쓸데없는 모함이라며 진우 형을 가만두지 않겠다고 길길이 날뛰는데……. 아, 어째 감이 좋지 않아서요."

우재는 입술을 깨물었다. 정말 누구 말마따나 유명해질수록 이진우의 적이 늘어나고 있었다.

"그런데 그쪽은 나이가 어떻게 되세요? 올 때마다 맨날 '저기요' 라고 할 수도 없고."

"김철영입니다. 엔지니어고, 스물여섯 살입니다."

"어머! 전 스물다섯 살인데. 그럼 '오빠' 라고 불러도 되죠?"

갑자기 훅 들어오는 우재의 애교에 철영의 입이 벌어졌다.

"그런데 진우 형님이 그쪽에게 선생님이에요?"

"네. 고등학생 시절 과외 선생님이셨는데, 이제는 입에 붙어서 계속 그렇게만 부르게 되네요."

"형에 관해서 많이 알아요?"

순간 우재의 눈동자가 한 바퀴 굴렀다. 그래. 아직 이진우는 온전하게 자신을 노출하지 않았다. 우재가 궁금하지 않을 만큼만 자신을 풀어놓는 중이다.

"그럼 혹시 이 사람도 아나 해서……."

"누군데요?"

"형의 뮤즈요. 가끔 일이 안 풀릴 때면 형 방에서 들려오는 목소리인데, 이 사람 노래를 들을 때마다 형이 왜 다른 곳에 가서 헤매고 있나 할 때가 있거든요."

철영이 음악을 틀었다. 그것은 서우재가 부른 '문 리버' 였다.

"이 사람이 선생님의 뮤즈라고요?"

철영이 우재의 기색을 살피며 말을 이었다.

"형이 자리 비웠을 때 여기 오시는 프로듀서분들에게 잠시 들려드린 적도 있는데 누군지 모르겠다는 말만 들었어요. 그런데도 다들 이 사람이 나타나기만을 학수고대하고 있어요. 잔잔한 노래를 굉장히 호소력 있게 불러서 이 사람에 대한 관심이 지대해요."

철영의 말이 이어질수록 우재의 얼굴이 점점 더 빨개졌다.

"이 목소리가 진짜 선생님에게 도움이 될 일이 있을까요?"

"도움이 될 일? 이 사람은 진우 형 영감의 원천이에요. 작업이 안 풀릴 때마다 이 곡만 주야장천 듣는 바람에 내가 거의 토할 지경이라고요!"

철영이 하소연을 하자 우재가 키득거리며 웃었다.

"그렇게 토할 정도면 이제 다른 노래도 좀 부르라고 할까요?"

철영이 화들짝 놀라 우재의 두 손을 재빠르게 그러쥐었다.

"이 사람 알아요? 그럼 대신 말 좀 전해 줄래요? 제발 부탁이니까 한 곡, 아니, 다섯 곡만 불러 달라고. 내 귀 좀 호강해 봅시다."

그 순간이었다.

"너희 지금 뭐 해?"

철영이 우재의 양손을 붙잡고 처절하게 애원하는 모습을 외출에서 돌아온 진우와 수명이 내려다보고 있었다.

"형. 어떡해요. 나 이제 진우 형한테 쫓겨나는 거예요?"

철영이 열심히 수명을 찔렀지만, 수명도 의외의 광경에 웃음을 멈추지 못했다.

"그러게 왜 폭탄을 만져서 이 모양이야. 너는 굿이나 보고 떡이나 먹어. 저것들이 알아서 하게. 그러고 보니 이진우 인생에 있어 질투라는 게 있었던가?"

수명은 뭔가를 가늠해 보는 표정이었다. 그 순간 진우의 방에서 쾅 하고 무언가가 책상을 내려치는 소리가 났다.

"오빠? 너는 어중이떠중이 다 오빠야?"

진우가 무섭게 화를 내자 우재는 눈을 가늘게 뜨고 진우를 노려보았다.

"그럼, 내가 올 때마다 서로 불편하게 지내는 게 좋겠어요? 수명 오빠 말 들어 보니 철영이라는 분 오빠가 굉장히 탐내서 데려온 엔지니어였다면서요. 그래서 나도!"

"수명이도 오빠, 철영이도 오빠. 그런데 나는!"

다른 남자와의 신체 접촉도 모자라 이제는 호칭까지 단속하려는 진우에게 질려 우재는 하늘로 두 손을 쳐들고는 비명을 한 번 질렀다.

"그러면 선생님도 오빠 해요. 오빠. 오빠. 진우 오빠! 이제 됐어요?"

감정이 북받친 우재는 진우의 얼굴이 살짝 누그러진 것을 알아차리지 못했다.

"어쨌든 너는 너보다 나이 많으면 무조건 다 오빠야?"

팔짱을 끼고 뾰로통한 표정으로 진우를 노려보던 우재는 뭔가 결심한 듯 자세를 똑바로 하고 진지한 표정으로 진우를 바라보았다.

"그러면 선생님은 나중에 '아빠' 되는 '오빠' 해요. 그럼 되잖아요.”

“뭐?”

우재의 황당한 발언에 진우가 되물었고 우재는 답답한 듯 발을 굴렀다.

“어휴, 진짜! 내가 정말 중요한 말 했는데 그것도 못 알아듣고!”

우재가 밖으로 나가려고 하는 걸 진우가 다시 붙들었다.

“제대로 설명 안 해?”

“그럼 나 두고 언제까지 제사 지내려고 했어요? 사방에 이렇게 많은 경쟁자 두고 불안해서 어디 살겠나? 그럴 바엔 깔끔하게 데려가요, 나.”

예상 밖의 상황에 진우는 머리가 아프다는 듯 눈을 감고 머리를 짚었다.

“정말 멋대가리 없게 이번에도 내가 먼저 프러포즈하게 만들었어. 이진우. 이제부터 두고 봐! 사는 내내 바가지 긁어 줄 거야!”

우재가 몸을 획 돌려 사무실을 나갔다. 그런 우재를 보며 진우는 더 이상 화를 낼 기운조차 사라졌다.

저런 개망나니를 두고 그렇게 몸부림을 쳤다니! 하지만 순간 밀려드는 이 기분은 뭔가.

언제나 무채색이었던 자신의 세상이 저 아이를 다시 만나고 총천연색을 띠고 있었다.

“아니! 이게 누구야. 서우재!”

진우가 사무실 식구와 함께 우재를 데려간 곳은 국내에서 내로라하는 재즈 가수들이 공연하는 무대였다.

진우에게 이끌려 간 대기실에서 승혜를 만난 우재는 기쁨의 재회를 나누었다.

"내가 이날을 얼마나 학수고대했는지 몰라. 현정 언니한테 이야기 듣고 진짜 얼마나 놀랐는지. 잘 왔어, 우재야."

승혜가 우재를 꼭 껴안았다. 그 모습을 바라보는 진우의 표정 또한 부드러웠다.

승혜의 무대는 가장 마지막에 배치되어 있었다.

공연을 감상하던 우재가 기쁜 듯이 진우의 손을 잡아당겨 깍지를 꼈다.

"와! 진짜. 내가 승혜 언니, 수명 오빠 보고 싶다고 노래 부른 거 잊지 않고 있었어요?"

우재의 말에 진우는 말없이 그녀의 손을 쥔 손에 힘을 주었다.

"선생님은 볼 때마다 날 감동하게 하네?"

"오빠라며. 그것도 아주 특별한 오빠."

우재가 그를 향해 눈을 흘기자 진우는 귀엽다는 듯 그녀의 의자를 끌어당기더니 주위 시선에 아랑곳없이 우재에게 입을 맞추었다.

그 모습을 바라보던 철영이 입을 틀어막자 진우가 으르렁거렸다.

"눈 깔아라, 김철영."

철영이 곧바로 눈을 내리깔았고 수명은 팔짱을 끼며 한숨을 쉬었다.

"그만해. 서우재 숨넘어가겠네. 공연 좀 감상하게 해라."

어느덧 열정적인 무대가 끝나고 승혜의 멘트가 들렸다.

"오늘은 여러분께 특별히 소개해 드릴 두 사람이 있어요. 제가 몸담고 있던 재즈그룹 '지금'의 작곡가였고 지금은 영상 음악 감독으로 일하고 있는 이진우 씨와 그리고 그의 뮤즈 서우재 양을 소개합니다."

갑작스럽게 무대에 오르게 된 상황에 놓이자 우재의 눈이 오백 원 동전만큼 커졌다.

"어, 어, 나는 왜요? 나는?"

어서 올라가 보라는 듯 수명이 미친 듯이 손뼉을 치기 시작했고 승혜도 무대 위에서 두 사람을 향해 박수를 보내고 있었다.

"선생님?"

"오빠."

진우는 호칭을 다시 정정하고는 그녀의 손을 잡았다.

"힘들면 내 피아노 옆에 인형처럼 서 있어. 나도 너와 추억 하나쯤 만들어 보고 싶어서 그러는 거니까."

두 사람이 무대 위로 올라갔을 때 승혜가 우재를 보며 소곤거렸다.

"진우가 신신당부했어. 만약 네가 무언가를 극복했다면 노래를 부를 것이고 극복하지 못했다면 그냥 놔두라고. 그러니까 우재야."

진우를 바라보는 우재의 눈빛이 급격하게 흐려지기 시작했다. 하지만 아직 그 상처는 내 기억 속에 뚜렷이 남아 있는데. 어떡하지? 더군다나 지금은 오픈된 무대에 수많은 사람이 나를 지켜보고 있는데…….

"나만 봐. 일단. 나만."

진우의 그 말에 우재는 승혜로부터 마이크를 받아 들고 바르르 떨었다.

"선생님. 나는……."

"상관없다니까? 그냥 즐겨 지금 이 순간을. 먼 훗날 떠올려 보면 아마 이 피아노 선율이 아름다운 추억으로 남아 있을걸?"

우재는 심호흡을 하고 무대를 바라보았다.

그 옛날 끝이 보이지 않을 정도로 꽉 들어찼던 객석에 비해 지금은 카페를 하나를 메운 수준. 그럼에도 불구하고 온몸이 떨리면서 식은땀이 흘렀다.

진우의 '문 리버' 가 조용하게 연주되기 시작했다. 하지만 피아노만 연주될 뿐 눈부신 조명과 관객들의 웅성거림 등, 그 모든 것에 얼어 버린 우재는 결국 노래를 부르지 못했다.

스스로에게 깊은 실망감을 느낄 무렵 또 다른 노래가 연주되었다. 우재가 '플라이 투 더 문' 에서 듣고 울음을 터트렸던 진우가 작곡한 노래 '길' .

스스로의 모습과 너무나 닮은 노래를 듣고 아프게 울던 열여덟 살의 자신이 오버랩 되며 조용히 노래를 연주하는 진우가 눈에 들어왔다.

맞아. 비로소 기억이 났어. 내가 왜 저 사람에게 마음을 빼앗겼는지. 아무도 거들떠보지 않았던 나를 저 사람이 만든 노래가 위로해 줬어. 삶에 지치고 상처받은 내 영혼을 어루만져 주는 것 같은 느낌이 들었지. 그래서 만약 어른이 되면 저 사람과 함께 저 노래를 불러 보고 싶었는데……. 저 노래에 위로받았던 내가 또 누군가를 위로할 수 있다면…… 그것이 저 사람이 진정 원하는 바가 아닐까?

우재가 마음속으로 고민하는 사이 노래의 전주가 끝났다. 그런데 진우가 전주를 연주하고도 우재의 노래를 기다리듯 다시 한 번 더 전주를 연주했다.

그리고 거짓말처럼 오랜 시간 마음만 가다듬던 우재가 조용한 목소리로 노래를 부르기 시작했다.

가도 가도 끝이 없는 험한 길
난 어디로 가는 걸까, 무엇을 향해 가는 걸까
이 못난 가슴이, 이 고독한 마음이
차마 녹지 못해 고인 길
오! 사랑하는 나의 그대여
당신의 사랑조차 독이 되어 버린 길
오! 사랑하는 나의 그대여
이제는 아픈 사슬 끊고 떠나가려오
오! 나의 사랑하는 님이여
내가 떠난 빈자리는 비워 두지 마오
당신을 사랑했던 나의 흔적마저도
내가 길 끝에서 빛이 되어 지켜 주려오

우재의 노랫소리가 울려 퍼지자 시끄러웠던 관객석이 조용해졌다.

"지금 저 목소리가 말이 됩니까? 형님?"

철영의 말에 수명도 놀란 듯 우재와 진우를 바라보았다.

"우리가 지금 말도 안 되는 노래를 듣고 있잖아. 이진우. 이 괴물이 옳았네."

어렵사리 시작된 우재의 노래를 들으며 승혜는 거의 기도를 하고 있었다.

아까 방송국에 다녀오면서 진우는 승혜에게 전화를 걸어 혹시 무대가 허락된다면 우재와 자신을 위해 단 몇 분간만이라도 무대에 설 기회를 줄 수 있겠느냐고 물었다. 한번 노력해 보겠다는 승혜에게 진우는 진심을 담아 고맙다고 말했다.

이런 무대를 보여 주려고 네가 그렇게 애를 썼던 거구나.

다시 한번 우재가 반복된 구간을 부르기 시작했다. 긴장했던 처음보다 목이 풀리면서 더욱더 맑고 깨끗한 음색이 퍼져 나왔다.

짧은 순간이었지만 자리에 있던 관객들 모두 무엇에 홀린 듯 우재의 목소리에 귀를 기울였다.

그리고 드디어 우재의 노래가 끝이 났다.

조용했던 관객석에서 우레와 같은 박수 소리가 터져 나오더니 하나둘씩 자리에서 일어나며 휘파람을 부는 소리가 들려왔다.

그제야 눈을 뜬 우재는 갑자기 돌변한 관객석을 멍하니 바라보고, 진우는 피아노 의자에서 일어나 얼굴에 미소를 띤 채 우재를 향해 손뼉을 쳤다.

오랜만에 듣는 박수 소리에 여러 가지 감정이 스쳐 지나갔다. 우재는 터져 나오려는 울음을 겨우 참았다.

공연이 끝나고 다 같이 뒤풀이를 하는 자리에서 철영은 갑자기 우재의 두 손을 덥석 잡아 쥐었다.

“야야!”

수명이 화들짝 놀라 두 사람을 말리려고 하는데 철영의 입에서 예상치 못한 말이 쏟아져 나왔다.

“형수. 제발 우리 진우 형님이랑 결혼해서 백년해로해 주세요! 아니 이런 사람을 어디서 데려왔어?”

과장된 철영의 행동을 지켜보던 수명과 승혜가 너털웃음을 터트리며 철영에게 야유를 보냈다.

"와. 이 자식 아부가 장난이 아닌데?"

"우재 목소리는 더욱 성숙해졌어. 아까 노래 듣고 나까지 울었잖아."

승혜는 그런 우재가 자랑스러운 듯 껴안고 다정하게 등을 쓸어주었다.

"진짜 우재는 가수 해 볼 생각 없니?"

승혜의 말에 우재는 진우를 바라보았다.

"아, 아니요. 아까도 떨려서 죽는 줄 알았어요. 이제는 옛날에 어떻게 그렇게 관객 앞에 서서 노래를 할 수 있었을까 의아하다니까요. 그냥 전 초야에 묻혀 있을래요. 여러 사람 앞에 나서는 건 역시 부담스러워요."

"정말 아까운 목소리예요."

철영이 안타깝다는 듯 한마디 덧붙이자 우재는 또다시 진우를 바라보았다.

"그래도 잘했어. 솔직히 이번에 그렇게까지 잘해 낼 줄은 몰랐는데."

진우는 손으로 우재의 정수리를 흐트러뜨렸다.

"이진우 너 솔직히 감동했지? 예전에 내가 노래 부를 때는 감정과잉이라고 엄청 잔소리했잖아. 근데 우재 노래 듣고 무척 흡족한 표정 지었어 너."

"누나는 원래가 관능적인 목소리고 우재는……."

우재를 바라보며 진우가 말을 끌자 다들 진우의 평가를 들어 보고 싶어 했다.

"우재는 담백해!"

"너 담백한 목소리 좋아하잖아. 기교도 안 부리고 담담하게 부르는 목소리. 그래서 우재한테 반한 거 아니야?"

다들 난리를 치자 우재가 의외라는 듯 진우를 바라보았다.

"정말 나한테 반했어요? 내 노래 듣고? 내 외모가 아니라?"

우재가 한술 더 뜨자 진우는 시끄럽다는 듯 그녀의 얼굴을 손으로 쓸었다.

"아, 진짜 나보고 맨날 개망나니라고 놀리고. 못생겼다고 저리 떨어지라고 하고. 우리 진짜 사귀는 거 맞아요?"

그 말에 다들 호기심 어린 눈초리로 우재를 바라보았다. 이진우에게 떼쓰는 여자라. 요거 아주 간땡이가 부었네?

"진짜 모두 있는 데서 말해 봐요. 이진우 씨 나랑 사귀는 거 맞아요?"

우재가 대답을 재촉하자 진우는 들리지 않는다는 듯 자신의 양쪽 손으로 귀를 막았다.

"언니. 보셨죠? 시종일관 이런다니까요. 내가 자꾸 좋아한다고 하고 안 떨어지겠다고 하니까 배가 부른 모양인데, 내가 진짜!"

우재는 뭔가를 각오한 듯 독한 소주를 원샷 하더니 입을 쓱 닦았다.

"내가 진짜 나한테 절절매며 매달리게 만들어 줄 거야."

수명과 승혜와 철영은 그런 우재와 진우를 번갈아 보며 흥미를 느꼈다.

"참 징하다, 이진우. 너희는 어떻게 그렇게 일관성 있게 싸우니? 사귀고 있으면 그렇다고 말 좀 해 줘라. 너 그러다 진짜 라이벌 생기면 화딱지 나서 어쩌려고 그래."

"아까 철영이 오빠한테 오빠라고 그랬다고 화내 놓고 사귀는 거 맞냐니까 대답도 안 해 주고."

빨개진 얼굴로 또다시 소주잔을 들이켜는 우재를 보며 수명과 승혜는 한숨을 쉬었다.

우재가 다시 한 잔을 더 들이켜려고 하자 이번에는 진우가 우재의 잔을 꽉 잡고 놓아주지 않았다.

"와. 진짜 이거 봐, 이거. 이젠 하다 하다 술도 못 먹게 한다니까?"

계속해서 우재의 불만이 이어졌지만 진우는 무시한 채 우재의 손에 들려 있는 잔을 빼앗은 뒤 새로운 잔을 가져와 물을 따라 주었다.

"절대 취하지 마. 취하면 버리고 간다."

진우의 단속에 우재가 입술을 삐죽거렸다.

"그래도 이번에는 우재가 화장실로 뛰어가지는 않네. 노래만 하면 나쁜 기억이 떠오른다더니."

"그러니까 자꾸 술로 머릿속을 어지럽게 만드는 건지도 모르지. 무엇에 빌어서라도 일단 잊어야겠거든."

승혜와 수명이 안타깝다는 듯 우재를 바라보았다. 그 순간 갑자기 우재가 입을 막으며 화장실로 뛰어나갔다.

모두와 헤어지고 난 이후 알딸딸하게 술이 오른 우재와 그런 우재를 챙기느라 술은 한 방울도 입에 대지 못한 진우가 밤길을 걸었다. 대리 운전을 부르자는 진우와 달리 우재가 걷고 싶다고 떼를 썼기 때문이다.

우재가 진우의 주머니로 손을 집어넣었다.

"손잡아 줘요. 오빠."

우재의 그 말에 진우의 따뜻한 손이 그의 주머니 안에서 손을 잡아 왔다.

"오늘 고마웠어요."

우재가 그를 올려다보자 진우는 한숨을 쉬면서 앞을 바라보았다. 그래. 여자 화장실에서 네 등 두드려 주느라 내가 여자들의 비명을 몇 번이나 들어야 했는지 모른다.

"노래도 고맙고, 사람들도 고맙고. 열여덟 살 그때로 다시 돌아간 것 같은 기분이 들었어."

"기분은 좀 어때."

"예전처럼 그렇게 기분이 나쁘진 않아요. 다만 무대에 섰던 긴장감이 쉽게 가시진 않네요."

진우는 여운이 짙게 깔린 얼굴로 조용히 길을 걷는 우재의 옆모습을 내려다보았다. 선이 고운 그녀의 얼굴이 달빛에 더욱더 빛이 났다.

오늘 따라 열띤 진우의 시선을 알아챘는지 갑자기 우재가 그를 향해 고개를 돌렸다.

"그런데요. 진짜 끝까지 말 안 해 줄 거예요?"

"뭘?"

"나랑 사귀자는 이야기."

우재의 엉뚱한 집요함에 진우는 슬쩍 웃었다.

"뽀뽀하고 껴안고 키스했으면 우리는 이미 사귀는 사이 아닌가?"

진우의 싱거운 대답에 맥이 빠진 우재는 "에이, 김샜어!" 하고 구시렁거렸다. 그런데 그 순간 진우가 한마디를 더 덧붙였다.

"우재야, 우리 결혼할까?"

갑작스러운 프러포즈에 우재가 걸음을 우뚝 멈추었다.

"오빠 지금 나한테 뭐라고 했어요?"

우재가 눈을 휘둥그레 뜨고 진우를 바라보자 그는 그녀의 손을 꼭 잡은 채 가로등 불빛 아래에서 그녀를 내려다보았다.

"나는 가끔 너랑 자고 싶어."

누군가 라이터 불을 켜듯 빨간 불기둥이 그녀를 관통하다 못해 우주를 향해 뻗어 가는 느낌이 들었다.

"어, 아무리 그렇다 하더라도 어떻게……."

"할까?"

우재가 얼굴이 빨개진 채 그에게 물었다.

"뭐…… 뭘요?"

"둘 다."

'둘 다'를 강조하는 그를 보며 우재는 눈을 감았지만, 그는 걸음을 옮기면서 그녀를 재촉했다.

"저기 다음부터는 예고 좀 하고 그런 이야기 꺼내면 안 될까요?"

"예고? 그렇게 떨려?"

"어, 엄청. 지금도 가슴이 한 삼십 번은 쿵쾅거린 것 같아."

자신의 감정을 가감 없이 표현하는 그녀를 보며 진우는 피식 웃은 뒤 우재의 코를 쥐고 흔들었다.

"너와 키스하는 매 순간 그랬어. 그런데 오늘 너의 노래를 듣고 확실히 깨달았지. 내가 너에게 반하긴 반했구나."

우재는 어쩔 줄을 몰라 하면서 자신의 양 뺨을 두 손으로 감쌌다.

"아. 어떡해."

우재는 그를 물끄러미 바라보며 중얼거렸다.

"내가 또다시 사랑에 빠지네."

두 사람은 그렇게 가로등 불빛 아래에서 서로를 다정하게 마주 보았다.

그로부터 며칠 후, 이 회장은 가볍게 저녁이나 하자면서 가족들을 한데 불러 모았다.

"흠, 이제야 좀 가족의 형태가 되어 가는 것 같구먼? 진희, 너만 빼고."

자신을 압박하는 이 회장의 말에 진희는 피식 웃었다.

"저도 이 아이들처럼 사랑에 죽고 사랑에 사는 사람을 데려올 테니까 기다리세요. 아버지가 그러셨잖아요? 다시는 정략결혼의 피해자를 만드는 일은 없게 하겠다고."

전 약혼자와의 이별로 깊고 어두운 터널을 지나고 있는 이후로는 별다른 소식이 없는 자신의 딸을 이 회장은 따뜻한 눈길로 바라보았다.

"그래. 더 이상은 관여하지 않기로 했지. 그때만 해도 내가 참 어리석었다."

진희도 이제는 다 잊었다는 듯 어깨를 으쓱했다.

"그러나저러나 너희들은 서로 인사를 나누었던가?"

진상은 우재에게 씩 웃어 보였다.

"전 우재 씨와 몇 번 만난 적이 있습니다. 당신은 처음이던가?"

진상의 말에 효린은 뭔가 불편한 표정을 지었다.

"네. 처음인 것 같네요."

4년 전에 결혼식을 올린 진상 부부는 진우와 우재를 번갈아 바라보았다.

"우재는 요즘 어떻게 지내고 있지? 진우가 잘 도와주고 있나?"

우재가 효린을 바라보던 시선을 거두고 이 회장을 응시했다.

"아, 네. 꽤 많이요. 그런데……."

순간 진우의 두 손가락이 우재의 입술을 잡았다.

"또 무슨 이야기를 하려고 그래."

우재가 눈을 흘기자 진우는 밥이나 먹으라는 듯 "먹어." 하고 속삭이더니 우재의 접시에 그녀가 좋아하는 회를 또다시 올려 주었다.

"너희들 그렇게 지낼 바엔 그냥 결혼하는 건 어떠냐."

이 회장의 말에 다들 눈이 휘둥그레졌지만, 진우는 여유로운 표정으로 대답했다.

"그렇지 않아도 생각 중입니다."

당황한 가족들이 갑자기 숨을 훅 하고 들이켰다. 중간에 끼인 우재 역시 당황스럽기는 마찬가지라 먹던 음식이 목에 걸려 가까스로 꿀꺽 삼켰다.

그러나 음식이 잘 내려가지 않아 가슴을 치며 물을 마시자 진우가 우재의 등을 두드려 주었다.

"뭘 그렇게 놀라고 그래? 이런 분위기 전혀 예상 못 한 것도 아니잖아?"

"진우야."

선경이 진우를 나무랐다.

"그래도 속도위반은 안 된다. 순서 지켜."

진희가 농담을 걸자 진우가 우재를 향해 의미심장하게 말했다.

"아! 그런 방법도 있었네. 너도 생각 있어?"

진우의 놀림에 우재의 손이 진우의 허벅지를 비틀었다.

우재가 눈빛으로 진우를 나무라자 그는 피식 웃었다. 그 모습을 본 모든 사람이 신기하게 진우를 바라보았다. 가족들의 식사 시간에 나타나서 벌써 두 번째로 웃고 있다. 이진우가.

"도련님은 웃음이 많아지셨네요. 모임 때마다 내내 무표정하게 계시거나 불참하기 일쑤였는데."

효린의 그 말에 진우의 눈빛이 그녀에게 닿았다.

"그런가요? 요즘은 옆에서 누가 하도 부산하게 구니 제가 원래 어떤 사람인지도 가끔 깜박 잊어서요."

진상이 우재에게 호기심 어린 시선을 보냈다.

"예를 들면?"

"함께 있으면 하루가 지루하지 않아. 이 친구에겐 매일 색다른 이벤트가 있거든. 어떤 날은 부엌을 통째로 불태워 버리려고 하지 않나, 또 어떤 날은 도저히 정체를 알 수 없는 음식들을 싸 와서 내 사무실 직원들을 자신의 편으로 흡수하질 않나, 어떤 날은 갑작스럽게 청혼을 해 오지 않나."

진우의 이야기가 계속될수록 우재의 얼굴이 하얗게 들떴다. 그건 두 사람만의 이야기이지 이렇게 가족들 앞에서까지 꺼낼 이야기가 아니었다. 그런데 왜!

우재는 걱정스러운 눈빛으로 이 회장 내외를 훔쳐보았다. 이 회장은 애써 웃음을 참고 있었고, 선경은 진우에게 화가 난 듯 보였다.

"그 와중에 우재가 청혼을 해?"

이 회장조차 그 뒷이야기가 궁금하다는 듯 이야기를 재촉했다.

"저는 아직도 머릿속으로 수없이 재고 따지고 수많은 경우의 수를 계산하고 있는데 이 친구는 여전히 직진입니다. 이 친구라고 해서 한 가정의 이단아로 태어나 모나고 상처 많은 사람을 남편으로 맞고 싶은 건 아닐 거 아닙니까?"

자신을 깎아내리는 진우를 보며 식구들의 표정이 뻣뻣하게 굳었다. 갑자기 그 순간 선경이 벌떡 일어났다.

"이진우! 너 언제까지 그럴 거니. 그 말 엄마 들으라고 하는 말이니?"

이 회장이 얼굴을 찌푸리며 선경의 팔을 잡았다.

"자네도 앉아. 이제 그만 흥분하고."

"회장님."

"아, 글쎄. 어른이 되어서는 그렇게 감정에 휘둘려서야 되겠나."

이 회장의 손이 선경의 손을 꼭 쥐었다.

"이제 자식들이 우리가 껴안지 못할 만큼 훌쩍 자랐다는 뜻임을 자네는 왜 그렇게 인정을 못 해. 이제 포기할 건 포기하시오, 부인."

선경은 바르르 떨면서 자리에 털썩 주저앉았다.

"일단 오늘은 식사를 하러 왔으니 맛있게 먹자. 오랜만에 너희들을 보니 나는 흐뭇하구나."

"아버지 혹시 하실 말씀 있으셔서 저희 부르신 거 아니에요? 하실 말씀은 하시는 게……."

이 회장은 조용히 웃기만 했다.

"가끔은 그런 말들도 다 잔소리가 될 수가 있지. 때로는 어른으로서 입을 다물어 줄 때도 있어야 하는 법이다. 대신 의문이 생기면 언제든 찾아오너라. 나와 네 엄마는 너희들에게 항상 문을 열어 놓고 있으니까."

말을 마친 이 회장은 다시 젓가락을 들어 식사를 시작했다.

그로부터 며칠 후.

『대한그룹 임원 인사, 대한어패럴 상무 이진희, 대한그룹 경영기획실 경영전략 팀장 및 상무 이진상 내정.』

진희는 사내에 뜬 인사공고를 보고는 이내 이마에 내 천 자를 새겼다. 절대 직원들에게 사주 가족인 것을 드러내지 말라고 하셔 놓고는 아버지는 왜 갑자기 이런 결정을 하셨을까. 분명 오래전부터 마음의 결정을 내리신 게 분명한데 일언반구도 없이…….

직원들이 하나둘씩 고개를 내밀더니 팀장 자리에 앉아 있는 진희의 눈치를 살피는 것이 보였다.

"이제 점심시간인데 점심들 하러 가시죠?"

진희가 다들 빨리 꺼지라는 듯 손을 흔들었다. 그러자 직원들이 썰물이 되어 우르르 사무실을 빠져나갔다.

몇 해 전, 아버지의 건강검진에서 이상한 징후가 발견된 이후 진희는 자신과 진상이 아버지의 친자식이 아니라는 사실을 알게 되었다. 그때의 참담함이 생각나서 갑자기 속이 쓰렸다.

아버지는 끝까지 말씀하지 하지 않으실 모양이지만 그 당시 진희의 마음은 몹시도 망가져 있었다. 그래서 예정되어 있었던 결혼도 미룬 채 진상과 자신의 뿌리를 찾아보기로 했다.

그 와중에 교통사고로 운명을 달리한 엄마의 방탕했던 지난날이 드러났다. 게다가 어렵사리 찾아낸 자신의 생부는 알코올과 도박에 중독되어 거의 폐인이 되어 있었다. 구역질이 날 만큼 역겹고 더러웠다.

지금껏 자신이 알고 있던 세계가 무너졌을 때 진희는 그동안 대한그룹의 상속녀라고 힘주고 살아왔던 자신의 지난날을 되돌아보았다. 자기 자신까지 속이면서 결혼할 자신이 없었던 그녀는 결국 파혼을 선택했다.

그런 진희의 고집에 이 회장은 그 뜻을 받아들여 주며 대신 너무 오랜 시간 동안 아파하지 않았으면 좋겠다는 말로 그녀를 위로했다.

어린 시절, 책임과 의무만 강조하고 너무 바빠서 자신들을 돌볼 여력이 없었던 아버지에게 진희, 진상 남매는 묘한 거리감을 느끼고 있었다.

더군다나 엄마가 죽고 나서 아버지가 방황하는 사이 그들에게 선경은 엄마이자 아버지보다 가까운 보호자가 되었다.

그런데 어느 날 감쪽같이 사라졌던 선경이 배다른 동생을 데리고 나타났다. 그리고 진희와 진상에게는 보여 주지 않았던 따사로운 눈빛을 보내는 아버지가 미워 진희는 일부러 그 화를 새엄마와 어린 동생게 풀었다.

아버지보다 더 믿고 의지했던 그 사람이 갑자기 자신들을 두고 사라져 배신감을 느꼈고, 이제껏 받아 보지 못했던 아버지의 사랑을 한 몸에 받고 있는 그들이 그때는 너무 미웠다.

진희는 철없었던 그때의 자신을 떠올리면 아직도 욕지기가 치밀어 올랐다.

저조차 역겨운 피를 타고난 주제에 자신들과는 출신이 다르다며 그들을 그렇게 홀대하며 냉정하게 굴었었다.

그 후 진희는 그제야 모든 것이 제대로 보이기 시작했다. 그 이전까지는 자신의 냉대와 진상의 괴롭힘을 묵묵하게 삼켜 내던 진우가 어느 순간부터 반항하고 대들고 어머니에게 함부로 하는 자신에게 이죽거리며 한마디를 얹기 시작한 때가 그 사실을 알았던 때임을.

그래서 진희는 집안의 주치의인 최 박사를 찾아갔다. 그때 최 박사는 순순하게 시인했다. 아버지 간에 생겼던 혈관종을 '암'으로 의심하여 혹시 모를 사태를 위해 가족들을 모두 검사시켰었다는 것을. 혹시 모를 사태를 위해 친자인 진우에게는 이식수술 가능성에 관해서도 설명해 놓았다는 것을.

사는 내내 배다른 자식, 혼외자식이라며 손가락질을 받았고, 유난히 애착이 심했던 진상 때문에 자신의 엄마마저 빼앗겨 버린 막냇동생.

그런데 결국 절체절명의 위기의 순간에서는 다들 친자인 그를 찾았고 더한 의무를 강요했다. 뒤늦게야 그런 그에게 안타깝고 미안한 마음을 전하고 싶었지만 항상 기회를 놓쳤다.

그래서 그녀는 대한그룹을 사직할 결심을 하고 대학 동기들과 '카오스'란 의류 브랜드를 출시했다. 그렇게 자연스럽게 그룹의 일에서 천천히 손을 떼려고 했는데 갑자기 상무 발령이라니.

진희가 옛 생각에 빠져 있는데 갑자기 사무실 문이 열리더니 익숙한 누군가가 그녀의 책상으로 다가왔다.

"형님 다행히 자리에 계셨네요? 혹시 이 사실, 형님도 알고 계셨어요?"

갑작스럽게 사무실로 들이닥친 효린이 다짜고짜 진희에게 따져 물었다.

"올케는 뭐야. 무슨 일인데 회사까지 찾아왔어? 오늘 인사 발령 난 거 못 봤어?"

"그러게요. 그런데 이런 중요한 때에 묘하게도 집으로 익명의 서류가 배달됐어요."

효린이 진희에게 서류를 내밀었고 진희는 그 안에 적혀 있는 이야기를 보고 깜짝 놀라 효린을 바라보았다. 거기에는 진희와 진상이 이용하 회장의 핏줄이 아니며 심지어는 두 사람이 아버지가 다르다는 사실이 적혀 있었다.

"이거 어디서 났어? 진상이도 알고 있는 사실이야?"

"아니요. 하지만 요즘 계속 이상한 일이 벌어져서요. 제 캐스팅도 계속 엎어지고 있어요. 절 아는 연예계 관계자가 윗선에서 이상한 압박이 들어온다면서 조심하라는 소리도 들은 터예요. 그런데 오늘 이런 서류까지 받고 보니 보통 일이 아닌 것 같아서 형님께 먼저 찾아와 본 거예요."

진희는 자신도 모르게 주먹을 꼭 쥐었다.

"올케는 이걸 보고 느끼는 거 없었니?"

진희가 조용한 말로 묻자 효린은 설마, 하는 표정을 짓고 있다가 이내 허를 찔린 사람처럼 진희를 응시했다.

진희가 아무 말도 없이 효린을 뚫어지게 바라보자 효린의 얼굴이 갑자기 백지장처럼 하얘지기 시작했다.

"설마요, 형님."

"안타깝지만 모두 사실이야."

효린의 손에서 값비싼 핸드백이 스르륵 떨어졌다.

선경은 오늘도 어김없이 현관에 나타난 우재를 보며 한숨을 쉬었다.

어머니의 자리까지는 완벽하게 채우지 못하더라도 일단 흉내는 내 보고 싶다며 우재는 선경의 음식을 배운다는 핑계로 일주일에 한 번씩 본가를 방문하고 있었다. 그런데 오늘은 마침 효린도 함께였다.

"우재 씨도 잘 알죠. 우리 며느리."

"네."

마음속으로 효린을 연적이라 생각하는 우재는 이 자리가 불편했지만 그녀를 향해 고개를 숙였다.

지난번에는 여럿이 함께하는 자리라 따로 이야기할 기회가 없었는데 이렇게 직접 대면한 적은 처음이었다.

"오랜만에 집안의 여자들끼리 티타임 좀 가져 볼까?"

오늘따라 지쳐 보이는 선경이 차를 내왔다. 시간이 조금씩 흘러가는데도 차 마시는 소리만 들릴 뿐 세 사람 중 누구의 입도 쉽게 열릴 줄 몰랐다.

조용한 침묵을 가장 먼저 깬 것은 선경이였다.

"오늘은 내가 우재 씨에게 음식을 가르쳐 주지 못할 것 같은데, 어쩌죠?"

"어머니 뵌 것만으로도 제 계획의 반은 다 한 걸요."

우재가 찾아오기 시작한 지 벌써 한 달 반. 그러다 말 거라고 생각했던 우재의 방문은 매주 목요일마다 계속 이어지고 있었다. 이제는 목요일만 되면 선경은 아침부터 우재가 기다려지기 시작했다. 이런 성실함으로 우리 아들도 함락시켰을까.

선경이 우재에 대해 생각하며 찻잔을 내려놓았을 때였다.

"정말 도련님이랑 결혼할 건가요?"

효린의 입에서 드디어 그 말이 흘러나왔다. 냉큼 긍정의 답을 내놓을 거라 생각한 선경의 예상과는 달리 우재는 애매모호한 말을 했다.

"아직은요. 아마 선생님도 그렇게 생각하실 거예요. 말은 항상 거칠게 하지만요."

"아직이라뇨?"

"아무것도 정리된 것이 없거든요."

"정리?"

효린의 말에 선경도 우재를 바라보았다. 아마도 지금 집안에 흐르고 있는 이상기류를 이야기하는 듯했다.

"당신도 무언가를 알고 있나요?"

"그래, 내가 이야기해 줬다. 진우는 내게 평생 아픈 손가락이었으니까."

선경이 우재를 이미 식구로 받아들인 듯한 태도를 보이자 인상을 구긴 효린이 선경에게 물었다.

"어머니도 진우의 결혼을 찬성하시는 거예요?"

우재는 효린의 말에서 '진우'라고 칭한 부분이 몹시 마음에 걸렸다. 아직도 이 사람은 선생님을 여전히 가깝게 여기고 있는 걸까.

"회장님 말씀 따라 내 품으로 껴안기에는 너무 커 버린 자식들이야. 너희들이 언제는 내 의견을 존중해 줬고? 보아하니 우재와 진우는 함께 손을 잡고 그 길을 헤쳐 나가겠다 약속한 모양인데 너희들은 어쩔 셈이니. 일이 벌어진 이상 효린아, 너도 진상이와 이 거친 물살을 이겨 내야만 해."

선경의 확고한 그 말에 효린이 벌떡 일어났다.

"어머니는 지금 이 상황이 참 좋으시겠네요. 지난 30년 동안 꽁꽁 묻어 두었던 비밀을 만방에 알릴 기회가 왔으니까요. 하지만 꼭 이런 식이어야 했나요? 꼭 이런 식으로 저희에게 알려 주실 필요는 없었잖아요. 하필 그 사람이 이제 막 그룹 내에서 자신의 입지를 굳히려는 이때!"

효린의 그 말에 우재는 선경이 무언가를 참아 내려는 듯 입술을 꽉 깨물고 있는 모습을 보았다.

"결국, 어머님은 진우만 자식이고 그 사람은 자식이 아니셨나 봐요. 그러니까 이 상황에서 그렇게 냉정하게 말씀하실 수 있는 거라고요."

효린은 자신이 하고픈 말만 쏟아 낸 뒤 거친 발걸음으로 저택을 빠져나갔다.

우재는 창백해진 얼굴을 한 채 두 손으로 머리를 짚은 선경을 바라보았다.

"어머니 괜찮으세요?"

"내 몸에 이렇게 많은 오물을 묻혀 놓고 우재 양을 나무랐네요. 결국 이런 꼴을 보여 주려고 그랬을까?"

선경의 아픈 말에 우재는 눈물을 글썽였다.

"아이들이 저렇게 상처받는 걸 보니 이제는 회장님이 왜 모든 것을 끝까지 숨기고 싶어 하셨는지 알 것 같아. 아이들이 아픈 것이 내 살을 에는 것보다 더 아프니. 이제야 나도 비로소 부모가 되는 건가."

선경의 한탄을 들으며 우재는 효린이 나간 방향을 바라보았다. 이 집안에 지금 뭔가 심상치 않은 폭풍이 불고 있었다.

본가에서 돌아와 한참 동안 방에 박혀 있던 우재는 골머리를 싸매고 있던 문제에서 고개를 들고 자신의 머리 주변을 눌렀다. 뾰족한 방법도 없으면서 이렇게 고민만 하고 있으니, 우재 또한 한숨이 늘었다.

우재가 뒷목을 주무르며 부엌으로 나갔을 때 진우는 이제 막 샤워를 마쳤는지 운동복 바지에 상의를 탈의한 모습으로 수건을 목에 두른 채 맥주를 마시고 있었다.

아! 깜짝이야. 분명 초인종 소리가 안 났는데?

"어, 언제 들어왔어요? 오늘은 퇴근이 이르시네요."

"밥은 먹었어?"

진우의 질문에 우재는 눈을 굴렸다. 다녀가시는 도우미 아줌마가 퇴근하시면서 뭐라고 하셨는데, 요즘 생각에 빠져 사느라 제대로 듣지 못했다.

"뭘 하든 밥은 좀 챙겨 먹고 해라. 난 건강하지 못한 여자는 안 키워."

우재는 입술을 삐죽이며 진우 옆으로 다가가 그가 마시다가 내려놓은 맥주를 한 모금 들이켰다. 그런 우재를 진우가 찬찬히 살펴보는 느낌이 들었다.

안갯속을 헤매다 나왔는데 눈앞에 님이 계시는 건 좋네!

"그런데요. 요즘 들어서 너무 복장에 신경 안 쓰시는 거 아니에요?"

냉장고에서 다른 맥주를 꺼내려던 진우가 이상하다는 듯 우재를 바라보았다.

"뭐?"

"아니, 너무 그렇게 벗고 다니니까 내가 요즘 어디다 눈을 둬야 되는지 모르겠잖아요."

자신의 몸을 보며 침을 꿀꺽 삼키는 우재가 귀여워 진우는 피식 웃으면서 그녀의 이마를 손가락으로 탁 하고 튕겼다.

"그렇게 말하는 네 눈빛 엄청 음흉했던 거 알아?"
우재가 설마 하는 표정을 지었다.
"너 요즘 일하느라 바쁘다고 나한테 소홀해졌더라? 이렇게 데면데면해서 조만간 우리 잘 수 있겠냐?"
갑자기 맥주를 마시던 우재가 팍 하고 코와 입으로 맥주를 뿜었다.
"아. 코로 나왔어."
진우가 웃으면서 그녀의 앞에 섰다. "너와 자고 싶다."라는 말을 내뱉은 이후 진우는 전보다 훨씬 더 노골적으로 우재에게 자신의 감정을 표현했다. 포옹과 스킨십은 기본이며 자신의 욕구 또한 숨기려 들지 않았다.
"저런. 칠칠찮게."
진우는 자신의 목에 걸어 놓은 수건으로 우재의 얼굴을 꼼꼼하게 닦아 준 뒤 그녀의 가슴 앞섶에서 흐르는 맥주를 닦았다. 얇은 티셔츠를 통해 그의 열기가 전달되는 것 같자 우재는 수건을 빼앗으려고 했다.
"아. 내가 할게요."
"왜? 내가 좀 닦아 주겠다는데, 안 돼?"
진우는 얼굴이 빨개진 우재의 턱을 잡더니 자신의 입술을 우재의 입술에 맞부딪쳤다.
그의 혀에서는 그가 방금 마신 흑맥주의 맛이 났다. 진우의 입술이 우재의 입술을 머금는 사이 별안간 우재의 몸이 번쩍 들려 아일랜드 식탁 위에 안착했다.
"이러려고 부엌에 나온 거 아닌데."
진우의 입술이 우재의 목선을 훑더니 쇄골로 내려왔다.

"저기, 있잖아요? 아무래도 오늘은 조금……."

우재의 얇은 티셔츠 안쪽으로 그의 손이 밀고 들어오더니 그녀의 브래지어 안으로 파고들었다.

"혹시나 젖었을까 봐."

진우의 손길에 우재가 허리를 뒤로 젖히자 그의 손바닥이 그녀의 맨가슴을 감싸고 엄지손가락은 잔뜩 긴장해 있던 정점을 건드렸다.

"음."

우재가 어쩔 줄을 몰라 하자 그의 입술이 다시 그녀의 입술을 덮었다. 그의 혀가 그녀의 구석구석을 쓸기 시작하자 우재의 몸에서 힘이 빠져나가기 시작했다.

가슴이 요동을 치고 얼굴이 붉어지며 아래에서 촉촉한 물기가 배어 나왔다. 조금만 더 가면 위험해지겠다 싶을 즈음 갑자기 현관벨이 울렸다.

우재가 놀라서 입술을 떼려고 했지만 진우는 그녀에게 자신을 더욱 밀어붙이면서 우재의 뺨을 잡아채 키스를 되돌렸다. 또다시 현관벨이 울려 댔다.

"누가 왔어요."

우재가 그에게서 입술을 떼고 가슴을 두 손으로 밀자 진우의 손이 아쉽다는 듯 그녀의 옷 속에서 빠져나왔다. 그녀가 당황한 기색이 역력한 얼굴로 바라보자 그는 웃으면서 그녀의 뺨을 툭 쳤다.

"5분만 더 있었으면 우린 현관문을 여는 대신 침실 문을 걷어차고 있었을 텐데……."

그의 말에 우재의 얼굴이 붉게 달아올랐다. 그가 아일랜드 식탁 위에 우재를 남겨 놓고 손님을 확인하러 갔다.

진우는 인터폰을 바라보며 얼굴을 찌푸리더니 말없이 자신의 방으로 들어가 옷을 꿰어 입고는 현관문을 나섰다.

아무리 기다려도 진우가 들어오지 않자 우재도 걱정이 된 나머지 밖으로 걸어 나갔다.

하지만 대문 밖에서 우재의 눈에 들어온 것은 진우를 껴안고 울고 있는 효린의 모습이었다.

10. 성장통

문 뒤에서 효린의 흐느끼는 울음소리를 듣고 있던 우재는 터벅터벅 집 안으로 들어가려다가 우뚝 멈춰 섰다.

나에게 그렇게 뜨겁게 키스해 놓고 저 여자를 안는 건 상도가 아니지. 설마 이진우가 그렇게 나쁜 사람이려고.

우재의 얼굴이 눈에 띄게 흐려졌다.

서우재, 피하지 말자. 네가 피할 일이 뭐가 있어? 별일 아닐 거야. 이런 마음도 모두 네가 만든 마음속 괴물일 뿐이야. 대신 내 뒤에서 그러는 건 기분이 나쁘다고 말을 하자.

우재가 마음을 굳게 먹고 뒤돌아서는데 문이 활짝 열리면서 진우와 효린이 나타났다. 우재를 보고 있던 진우가 무겁게 입을 열었다.

"이진상이 모든 사실을 알아 버렸대."

우재도 안타까운 시선을 들어 효린을 바라보았다.

"모든 사실을 알게 된 직후 그이가 집을 뛰쳐나갔어요. 너무 걱정돼서 여기까지 쫓아왔어요."

하지만 아무리 사람 좋은 우재라도 아까 그 장면이 머릿속에서 쉽게 지워지지 않았다.

도대체 진실은 뭘까?

순간 우재가 휘청거리자 진우는 재빨리 우재의 팔을 잡았다.

"조심해!"

단번에 날카로워지는 진우의 목소리에 우재는 원망 섞인 시선을 들어 진우를 바라보았다.

"누나도 들어와. 형이 갈 만한 곳을 찾아볼 테니까."

누나. 한 번도 들어 보지 못한 호칭이었는데.

우재가 눈을 깜박이자 진우가 우재의 손을 꽉 잡아 쥐더니 그녀를 집 안으로 데리고 들어갔다.

우재는 효린의 앞에 뜨거운 차를 내려놓았다.

화장기가 하나도 없는 투명한 피부가 하도 울어서 퉁퉁 부어올라 있었다.

"밤중에 쳐들어온 주제에 추태 부려서 미안해요. 하지만 그이가 걱정되어서 견딜 수가 없었어요. 더군다나 어머님 말씀이 요즘 대한그룹 주변에 적이 많다고 하더군요. 그런 때에 그 사람에게 무슨 일이라도 생긴다면……."

진상을 생각하는 효린의 마음을 듣고 보니 우재는 방금 전 자신의 나쁜 상상에 죄책감이 들었다.

"많이 힘들어하시나요?"

효린의 큰 눈에 눈물이 가득 고이더니 고개를 끄덕였다.

"혹시 어디 가서 섣부른 짓이라도 할까 봐 걱정돼서 죽겠어요.

진희 형님과도 연락이 안 되고. 도대체 이 사람은 어디로 갔는지……."

효린의 눈에서 금세 눈물이 방울방울 떨어졌다. 그때 방에서 진우가 겉옷을 입고 나타났다.

"형, BA호텔 라운지 바에 있대. 지금 가 봐야겠어."

"나도 가. 그 사람 무사한지 나도 가 봐야겠어."

진우를 따라나서는 효린을 바라보며 우재가 천천히 일어났다. 잘 다녀오라고 배웅하려는데 진우가 거실을 걸어가다 말고 우뚝 멈춰 섰다.

"너도 갈래?"

진우의 말에 우재가 눈을 크게 떴다.

"가자. 때론 백 마디 말보다 눈으로 보는 한순간이 더 중요할 때가 있지."

진우의 그 말에 우재는 그를 뚫어지게 바라보았다. 혹시 이 사람도 내가 신경 쓰고 있다는 걸 알고 있는 걸까?

BA호텔의 라운지 바는 개인 룸이 있어서 다른 사람의 눈치를 보지 않고 술을 마실 수 있는 곳이었다. 그들이 라운지 바로 들어가는데 그 입구를 진희가 지키고 있었다.

"누나가 어떻게 여기 있어요. 일부러 전화 안 받은 거예요? 형은요?"

"폭음 중. 마시게 그냥 놔둬. 그 사실을 듣고 제정신일 수 있는 사람은 아무도 없어. 설사 그게 진우 너였다 하더라도."

진희의 말에 진우가 그녀를 바라보았다. 효린이 그 방에 들어가려고 문을 여는 순간, 갑자기 진희의 날카로운 소리가 들렸다.

"올케도 그 문 열지 마. 정말 그 애를 위한다면 좀 기다려. 걔 속이 속이겠니? 나 자신을 부정당했는데. 제대로 망가져 봐야지! 더군다나 그런 모습 제일 보여 주고 싶지 않은 사람이 진우와 올케일 거야. 얼마나 대단한 핏줄을 가졌다고 자신의 동생에게 그 악다구니를 떨어 놨더니 모든 게 거짓이 된 거잖아. 지금 걔가 어떻게 제정신일 수 있겠니?"

문고리를 잡고 있던 효린의 손이 힘없이 떨어져 내렸다.

"그러니 조금 더 망가지고 나뒹굴라고 해. 그런 뼈저림 없어 어떻게 제정신으로 살 수 있겠어."

진우가 진희를 뚫어지게 바라보자 그녀는 진우를 미안한 눈으로 바라보았다.

생각해 보니 이 사람들은 모두가 아팠다. 모두가 상처 입고 피를 흘리며 서로에게 상처를 주고 또 상처를 입고.

곁에서 지켜보고 있던 우재의 마음이 슬픔으로 젖어 들었다.

도대체 뭐가 어디서부터 잘못된 걸까. 세 남매가 각자 다른 핏줄인 것, 그 사실을 감춘 것, 그것이 약점이 되도록 놓아둔 것?

그 순간 갑자기 진희가 진우 앞에 무릎을 꿇었다. 모두 소스라치게 놀라 진희를 일으키려 했지만 진희는 그 손길을 거부하고 여전히 무릎을 꿇은 채 진우에게 빌었다.

"진우야. 이 누나와 형을 용서해. 거짓된 가면과 허울 좋은 감투를 쓰고 잘난 척을 떨었던 우리들의 지난날이 너무나 부끄럽고 수치스러워. 잠깐의 사과가 네가 입은 상처에 비하면 얼마나 보잘것없는지 잘 알고 있어. 진우야. 하지만 언제고 반드시 너에게 지난 과거에 대해 사과해야 한다고 생각했어."

"누나."

진우가 다시 진희를 일으키려 손을 내밀었지만 그녀는 여전히 무릎을 꿇은 채 진우의 손을 잡았다.

"너무 늦은 사과라 소용없다고 해도 상관없고, 모든 사실이 드러나니 이제서 무릎을 꿇는다고 욕을 해도 상관없어. 하지만 그래도 해야만 하고, 하고 싶어. 지난 30년 동안 널 힘들게 하고 상처줬던 일…… 사과할게. 날 용서하지 않아도 좋아. 다만 진우야, 죽기 살기로 헐뜯으며 살지만은 말자. 내 동생, 나는 오래도록 보고 싶거든."

진우가 거칠게 진희를 일으켰다.

"누나까지 왜 이래요! 그래. 누나 말 하나 틀린 건 없지. 이미 그런 말 해 봤자 너무 늦은 사과이고 모든 사실이 드러난 지금에 와서야 하는 사과는 내 귀에 들릴 리가 없잖아. 그러니까 함부로 무릎 꿇지 마요. 함부로 사과하지 말라고! 이런 행동조차 위선 아니야? 이젠 당신들의 죄책감까지 나에게 전가하게?"

진우의 거센 비난에 진희의 눈에서 굵은 눈물이 떨어졌다.

그때 진상이 있는 방에서 와장창하는 소리가 들려왔다. 굳게 닫힌 방문을 서둘러 열어젖히자 진상이 독한 술 냄새를 풍기며 바닥에 쓰러져 있었다.

"진상 씨. 여보! 일어나요. 여보!"

진우는 무서운 눈으로 진상을 노려보더니 여전히 한쪽 구석에 망가져 있는 진희와 정신 못 차리는 진상을 챙겨 달라고 호텔 직원들에게 이른 후 돌아섰다.

"이대로 가게요?"

"내가 언제까지 자기들 뒤처리를 해 줘야 하는데. 이제 성인이라면 스스로 일어나야지."

진우는 무겁게 말을 내뱉더니 미련도 없이 그 자리를 떠났다.

그들을 호텔에 놓아두고 집으로 돌아오는 길, 진우는 마음이 답답한지 창문을 열었다. 차가운 밤바람이 그들을 훑고 지나갔다.

"기분은 좀 괜찮아요?"

아, 뭔가 대단히 복잡한 느와르 영화를 보고 나온 느낌이야. 도대체 이 사람의 어린 시절은 어떤 모습이었을까? 내가 사랑하는 사람에게 거부당하는 것만큼 잔인한 경험이 또 있을까.

우재는 손이 하얗게 변할 정도로 운전대를 쥐고 있는 진우의 손을 가만히 만져 보았다. 그러자 진우가 한쪽 손을 풀어 우재의 손을 마주 잡았다.

"손이 차네요. 이제 막 봄기운이 들려고 하는데……."

진우는 그녀의 손을 잡은 손에 힘을 주더니 무심히 물었다.

"아까 그 사람들 보고 나서 뭘 느꼈어?"

의미심장한 진우의 질문에 창밖을 바라보던 우재의 시선이 그의 옆얼굴에 와 닿았다.

"다들 아주 많이 아팠겠구나."

"그리고 또?"

"또?"

우재가 중얼거리는 사이 진우가 백미러를 훑는 것이 느껴졌다. 질문의 의미를 파악하지 못한 우재가 진우의 눈치를 보며 눈을 들어 먼 곳을 바라보았다.

"내가 뭘 느꼈는가가 그렇게 중요한가요? 마음 다친 사람들이 문제지."

"아까 봤어. 대문 밖으로 나오려다가 화들짝 놀라 뒤로 숨는 거."

우재는 자신도 모르게 입술을 깨물었다. 아. 민효린에게서 뭘 봤냐는 말이구나.

"그게 뭐 어때서요?"

"왜 숨었어. 혹시 의심해? 민효린과 나 사이?"

진우의 질문에 우재는 그의 손을 뿌리쳤다. 진우가 인상을 쓰자 우재는 흥 하고 코웃음을 쳤다.

"그럼 바람피우는 사람이 바람피운다고 이야기하는 거 봤어요? 나한테 뜨겁게 키스해 놓고, 내 가슴까지 다 만져 놓고! 뽀르르 나가 다른 여자를 품에 안는 건 말이 돼요? 만약 죽어도 정리 못 하겠으면 말만 해. 내가 먼저 깔끔하게 버려 줄 테니까."

다소 격앙된 우재의 말에 진우는 슬쩍 옅은 미소를 지었다.

"아, 그러셔? 얘가 아직도 날 잘 모르네. 여하튼 오늘부터 너하고 난 애매한 관계부터 뿌리 뽑자."

묘한 순간에 뭔가 어마어마한 말을 내뱉는 진우를 보며 우재는 민망한 마음이 들어 거칠게 항의했다.

"지금 뭐라는 거예요? 이렇게 암울한 광경을 보고 와 놓고도 그런 말이 나와요?"

진우가 거칠게 액셀러레이터를 밟더니 속도를 높여 빠르게 운전했다.

"꺅! 지금 뭐 하는 거예요? 운전을 왜 그렇게 해요?"

우재가 소리치자 다시 한번 백미러를 살펴보던 진우가 앞을 바라보며 말했다.

"열받잖아. 나 좋아한다며. 그럼 나만 생각해야 할 거 아냐. 넌 뭐가 그렇게 걱정되고 신경 쓰이는 사람이 많은 거야?"

"와. 사람이 어째 그래요? 가화만사성 몰라요? 주변이 편해야 우리도 안정을 되찾을 거 아니에요."

"형이랑 누나만 괴로워? 나는 그 터널 빠져나오기가 쉬웠는 줄 알아? 자기들도 한 번쯤 당해 봐야지! 언제까지 징징거릴 셈인데!"

처음으로 꺼내 놓는 진우의 속내에 우재는 가슴이 두근거렸다. 이 사람이 드디어 나에게 자신의 이야기를 털어놓고 있어.

"기가 막히고 코가 막히고 죽을 만큼 배신감도 느꼈지. 하지만 곧 모든 것이 허무하고 귀찮아지더군. 결국, 내가 내린 결론은 악바리처럼 그들을 원망하고 저주하며 세월을 허비하느니 나 스스로 굴레를 벗어던지기로 마음먹었어. 그래서 오랜 꿈이었던 작곡을 시작했고 외국 대학으로 편입을 결정했어. 그들이 나를 다시는 좌지우지 못 하게. 그 와중에 서우재가 끼어든 건 내 인생의 변수였지만."

그의 마지막 말에 우재는 억울한 듯 입술을 꽉 다물었다. 진우가 다시 백미러를 날카롭게 바라보더니 핸들을 꽉 잡았다.

"일단 여기까지 하고 내가 차 세우면 뒤에 쫓아오는 차로 바꿔 타."

갑작스러운 진우의 말에 우재는 뭔가에 홀린 듯 황급히 뒤를 바라보았다. 아까부터 진우가 백미러에 신경을 쓰며 이상한 운전을 할 때부터 알아채야 했는데. 설마 누군가 쫓아오는 걸까?

진우가 어디론가 전화 한 통을 걸었다.

"30미터 앞에 차 세울 겁니다. 나보다 서우재부터 주워요. 절대 튀어 나가지 못하게 감시 잘하고. 만약 일 생기면 뒤처리 잘 부탁합니다."

난데없는 진우의 말에 갑자기 우재가 난리 치기 시작했다.

"싫어요. 지금 뭐 하는 거예요? 날 어디로 보내게? 선생님이랑 같이 있을 거야!"

"말 들어. 너까지 말 안 들으면 나 진짜 화낼 거야. 내가 아끼는 여자라고 창밖으로 못 던질 것 같아? 더 질질 끄느니 이쯤에서 정리할 때가 됐어."

진우가 차를 세우고 우재의 안전띠를 풀더니 차 문을 열어 그녀를 밀었다.

"시간 없어. 나까지 죽이고 싶지 않으면 당장 나가."

진우는 힘으로 밀어 강제로 우재를 도로 쪽으로 떨어뜨린 후 급하게 차를 출발시켰다.

진우의 차가 떠난 후 또 다른 차가 다가와 우재의 앞에 섰다. 검은 양복을 입은 사람들이 우재를 향해 뛰어왔다. 지금껏 인지하지 못했었는데 두 사람은 아마도 줄곧 경호를 받고 있었던 모양이다.

"아가씨. 여기에 계시면 위험합니다. 차에 타세요."

하지만 우재는 경호원들의 권유를 거부한 채 도로 저편으로 사라져 가는 진우의 차 끝만 바라보았다.

힘차게 달리던 진우의 차 뒤로 갑자기 차 한 대가 무섭게 따라붙었다. 밤이 늦은 시간이라 도로에 차도 없는데 저 차는 어디서부터 온 거지?

진우의 뒤를 위협하던 차는 그의 속도에 따라 앞서거니 뒤서거니 하며 그대로 질주하기 시작했다.

진우의 차가 사거리에 거의 와 닿을 무렵이었다. 반대편에서 거대한 덤프트럭 한 대가 속도를 줄이지 않고 진우의 차를 향해 달려오는 것이 보였다.

멀리서 그것을 지켜보던 우재가 갑자기 차도 쪽으로 달려 나가기 시작했다.

아, 안 돼. 이진우! 안 돼! 차가 거의 부딪치는 순간 우재는 차마 그 모습을 보지 못하고 두 손으로 눈을 가렸다.

진우의 차가 그를 향해 달려오는 덤프트럭과 부딪치기 직전, 영화처럼 급회전을 하면서 꺾어질 듯 드리프트를 시도했다.

그 순간 아까부터 진우를 쫓던 뒤차가 끼익하고 브레이크를 밟았지만, 엄청난 굉음과 함께 차 한쪽이 트럭과 충돌하며 회전했다. 충격으로 인한 파편들이 먼 도로까지 흩어졌다.

"안 돼!"

자동차 사고 소리를 듣고 오열하는 우재의 비명이 밤하늘을 가득 수놓았다.

응급실 문이 열리면서 선경과 이 회장이 나타났다.

"진우는, 진우는 어디 있니?"

바짝 날이 선 모습의 선경이 우재를 다그치자 우재는 죄를 지은 사람처럼 자리에서 조심스럽게 일어났다.

"지금 처치 중이에요."

죄책감이 가득한 이 회장이 우재의 양어깨를 짚더니 여기저기를 살피기 시작했다.

"너는, 너는 괜찮은 거야? 어디 다치지는 않았고?"

자신의 걱정하는 이 회장에게 우재는 허리를 숙여 인사를 했다.

"죄송합니다. 회장님, 죄송합니다."

"그게 무슨 말이냐. 다치지 않았으면 됐어."

우재의 눈에서 후드득 눈물이 쏟아져 내렸다.

허리를 숙인 채 일으킬 줄을 모르는 우재를 보는 이 회장의 마음이 잔뜩 흐려졌다.

그 순간 휘장을 쳐 놓은 커튼이 열리더니 진우가 모습을 드러냈다.

"진우야!"

선경이 달려들어 진우의 머리를 감싸자 진우는 자신을 걱정하는 선경의 손을 붙들었다.

"괜찮아요. 가벼운 접촉 사고였어요. 이마에 고작 다섯 바늘."

"다섯 바늘은 다친 게 아니니?"

버럭 하고 성을 내는 선경을 보다 진우는 무겁게 이야기했다.

"오늘 그 사고로 다른 사람이 중상을 입었어요."

"그게 너였을 수도 있잖아. 아니 너였을 뻔했어!"

얼굴이 하얗게 질린 채 눈물을 글썽이며 말하는 선경의 모습에 진우는 어머니의 손을 오랜만에 꼭 쥐어 보았다.

"어릴 때부터 운전 기술하고, 무술 배워 놓기를 잘했어요. 자기 가족은 자기가 지켜야 한다는 아버지 지론이 다시 한번 맞았어요."

"어쩌면 마음 편안할 날이 하루도 없니. 어쩌면 다들이래."

진우는 자신의 어깨에 내려앉은 선경의 손을 꼭 한 번 쥐었다가 놓고는 침대에서 천천히 일어났다.

"최 실장이 그러는데 서주환 의원 쪽에서 움직인 것 같다며. 너도 그렇게 생각하고 있니?"

"원래 타깃은 아버지였어요. 저에겐 겁만 줄 요량이었던 거 같고, 그런데 제가 자꾸 약을 올리니 이 사람들도 흥분한 거겠죠."

진우의 설명에 선경은 두 다리가 풀려 주저앉을 뻔했다. 진우가 황급히 선경을 부축하자 그녀는 가까스로 침대에 내려앉았다.

"당분간은 조심하셔야 해요, 두 분. 일단 트럭 운전사를 포섭해 놓긴 했지만, 상황은 언제든 바뀔 수 있어요."

진우가 선경을 뚫어져라 바라보자 그녀는 자신의 어깨에 있는 진우의 손을 짚었다. 도대체 이게 무슨 일일까. 이게…….

눈을 드니 처치실 너머에서는 우재가 여전히 이 회장의 앞에서 고개를 수그린 채 일어나지 않고 있었다.

진우의 집으로 돌아온 우재는 곧바로 자신의 방에 틀어박혔다. 여기저기 늘어져 있는 자신의 짐들을 멍하니 바라보다가 미친 듯이 가방에 담기 시작했다.

그동안 진우가 주는 달콤함에 빠져 자신의 처지를 까맣게 잊고 있었다. 서주환의 잔재, 서주환의 저주. 우재는 동요하지 않으려고 안간힘을 썼다.

하지만 진우를 생각하자 또다시 눈물이 후드득 떨어지면서 짐을 싸는 그녀의 손이 느려지기 시작했다.

'떠나고 싶지 않아요.'

언젠가 그에게 속삭였던 바람이 이명처럼 그녀의 귀를 울려 댔다. 그 순간 진우가 우재의 방을 노크하는 소리가 들렸다.

"서우재. 대답 안 해? 나 다친 것도 안 봐 줄 거야?"

우재가 고개를 번쩍 들었다. 얼마나 다친 걸까?

진우가 선경과 이야기하는 동안 등을 돌려 응급실을 나왔던 우재였다. 큰아버지의 위협에 굴복하고 싶지 않았지만 사람의 목숨이 왔다 갔다 하는 건 우재가 감당할 수 있는 문제가 아니었다.

"뭐 해. 얼굴 안 보여 줄 거야?"

진우의 목소리가 그치지 않자 우재는 가방 위에서 달달달 떨리는 자신의 손을 꽉 잡아 쥐며 그에게 소리쳤다.

"죄송해요. 지금 제 상태가 몹시 안 좋아요. 그러니까 조금만 더 마음 추스를 시간을 주세요. 안 그러면 나 선생님한테 후회할 말 할 것 같아요. 그러니까."

우재의 방문이 열리면서 진우가 들어섰다.

"뭐라고? 이 집 방음이 하도 뛰어나서 네가 하는 말이 하나도 안 들렸어."

자신이 한 말을 듣고도 모른 척하는 진우를 보며 우재는 싸다만 가방을 구석으로 밀었다.

우재의 뒤로 정신없이 캐리어에 던져 넣은 짐들이 눈에 띄자 진우의 표정도 함께 굳어졌다. 하늘까지 이들의 심기를 알아챘는지 대낮처럼 번개가 번쩍이며 비를 뿌릴 준비를 하고 있었다.

"저 좀 잠시만 혼자 있게 해 주시면 안 돼요?"

우재의 애원에 진우는 천천히 걸어오더니 그녀의 양팔을 잡아 일으켰다.

"내가 왜 그래야 하는데. 일 저지른 사람도 나고, 다친 사람도 난데."

"그러니까요. 그렇게 나 버리고 가더니 기어이 다쳤잖아. 내가 가지 말라고 했는데도 내 눈앞에서 차와 부딪쳤어! 어떻게 내 앞에서 그런 자살행위를 할 수가 있어? 어떻게 내가 보는 앞에서!"

우재의 두 눈 가득 눈물이 차올랐다. 막막했던 그 순간이 생각이 나는 듯 우재는 고개를 흔들었다.

"말은 바로 하자. 차에 부딪친 건 내가 아니라 날 쫓던 놈들 차였고, 나는 건방 떠느라 주차된 차와 살짝 부딪친 거고."

"아니, 나에게는 선생님 차가 부딪친 것과 같았어. 엄청난 굉음이 나고 내가 있는 바로 앞까지 파편이 튀었다고요. 나 혼자 얼마나 무서웠는지 알아요?"

흐느끼는 우재를 보며 진우는 손가락으로 우재의 턱을 들어 올렸다.

"하지만 녀석들을 수면으로 끌어 올리지 않았다면 식구들 중 누군가는 크게 다쳤을 수도 있어. 이미 덤프트럭까지 준비한 녀석들이었잖아. 원래는 아버지가 표적이었어."

진우의 말에 우재의 두 눈에서 폭포수처럼 눈물이 흘렀고, 창밖에서는 비가 주르륵 쏟아져 내리기 시작했다.

"죽다 살아온 사람을 이렇게 홀대해도 되나? 내가 아까 분명히 오늘부로 우리들의 애매한 관계 청산하자고 했던 것 같은데. 나 지금 너하고 무척 자고 싶어. 나라고 널 두고 그런 모험 하고 싶었는 줄 알아?"

진우가 그녀를 자신의 품에 안고 조용히 속삭였다.

"서우재 그렇게 화내지 말고 내게 키스해 줘. 나 지금 머리가 너무 아파서 돌아 버릴 것 같아."

우재가 눈물 젖은 얼굴을 들어 그를 바라보았다. 차갑게 식은 그녀의 손이 그의 뺨에 닿았다. 그가 자신의 뺨에 닿은 그녀의 손을 잡아 쥐자 그녀는 못 참겠다는 듯 오열했다.

그런 우재의 입술로 진우의 입술이 날아들었다. 우재의 머리카락 속으로 진우의 손가락이 들어와 그녀를 꽉 잡아챘다.

"난 환자니까 이제부터 내 마음대로 해도 되지?"

하지만 그 물음은 우재를 위한 것이 아니었던 모양이다. 뜨겁게 키스를 하며 그녀를 천천히 어루만지던 진우는 그녀의 등으로 손을 집어넣어 우재의 브래지어 버클을 풀었다.

우재의 입술이 진우의 거친 키스로 부풀어 오를 무렵 그녀의 상의를 벗겨 낸 그는 자신의 상의를 벗었다.

반라의 그녀를 끌어안고 진우는 우재의 침대 위로 자리를 잡았다. 그의 손길에 의해 하나하나 해체된 옷가지들이 우재의 침대 아래로 떨어져 내렸다. 드디어 나신이 된 진우가 우재를 침대에 눕히더니 자신의 몸을 겹쳐 왔다.

진우가 온몸에 키스를 퍼부으며 가슴을 어루만지자 우재는 몸을 떨었다. 그녀를 공략하던 진우가 급기야 귓불을 깨물자 심장이 두근대기 시작했다.

"괜찮아?"

진우의 다정한 물음에 우재는 두 팔을 벌리며 그의 목을 힘껏 껴안고 키스해 주었다. 그 와중에 그의 이마를 가리고 있던 거즈가 그녀의 얼굴에 닿자 우재는 그의 상처를 조심스럽게 매만졌다.

그의 상처를 만지는 우재의 눈가가 또다시 붉어졌다. 그가 그녀의 눈가를 훔치자 우재는 기어코 눈물 한 방울을 떨어뜨렸다.

진우의 입술이 다시 찾아들었다. 그의 키스는 그녀의 입술을 핥고 그의 손은 그녀의 가슴을 감싸 안았다. 적극적으로 변한 그녀의 변화가 대견했는지 진우의 손이 그녀의 중심부를 가르며 들어왔다.

우재가 깜짝 놀라 다리를 오므리자 진우는 연신 괜찮다고 속삭이며 그녀의 다리를 갈랐다.

그의 손이 그녀의 습지까지 조심스럽게 내려오더니 그녀의 처녀지를 가르고 그 안에 숨겨진 화구를 건드리기 시작했다. 그의 혀끝이 가슴 위에서 움직일 때마다 움찔움찔하던 화구가 촉촉이 젖어 들자 진우는 염치도 없이 그 안으로 손가락을 깊숙이 찔러 넣었다.

"아."

우재가 외마디 비명을 지르자 진우가 고개를 들더니 입술을 찾았다. 우재의 신음이 쏟아지는 가운데 진우의 야무진 손끝에서 뜨거운 마그마들이 뿜어져 나왔다.

"더는 안 되겠어요."

급기야 우재가 그의 팔을 잡고 애원하자 진우는 나른하게 입술을 맞부딪치며 준비가 된 그녀의 몸을 들어 천천히 자신을 묻었다.

우재가 난생처음 느껴 보는 고통에 비명을 지른 순간 번쩍하면서 커다란 낙뢰가 엄청난 굉음을 울리며 떨어졌다.

우재가 골반을 비틀며 고통을 호소하자 진우는 허리를 숙여 키스로 그녀의 입술을 막았고 이마에 땀이 송골송골 맺힐 정도로 힘겹게 그녀를 깊이 안아 들었다.

쏴 하고 비가 내리는 가운데 진우가 몸을 천천히 움직였다. 한참을 움직이던 진우의 이마에 핏줄 하나가 우뚝 서는 것이 보였다.

그 순간 하늘이 번쩍하면서 또 한 번의 낙뢰를 내리꽂는 사이 더욱 거센 비가 쏟아져 내렸다.

진우가 양팔로 그녀를 있는 힘껏 끌어안더니 참았던 숨을 한꺼번에 내뱉었다. 무언가 해묵은 것을 잔뜩 쏟아 낸 사람처럼 죽을 듯이 그녀를 꼭 끌어안고서는 이렇게 중얼거렸다.

"거짓말쟁이 서우재. 언제까지 나와 함께 있을 거라며. 하지만 이렇게 된 이상 너는 아무 데도 못 가. 넌 이제 내 거야."

우재는 얼굴을 간질이는 아침 햇살에 이불 속에서 눈을 떴다.

'너는 이제 아무 데도 못 가. 넌 이제 내 거야.'

진우가 그녀에게 속삭이던 말들이 떠오르면서 얼굴이 발그레해졌다. 밤새 내린 빗속에서 그들은 서로를 나누고 또 나누었다.

아무리 나누어도 모자란 시간. 갑자기 싸다 만 짐이 생각나서 침대에서 벌떡 일어나는데 온몸이 두드려 맞은 듯 아파 오는 은밀한 근육통에 우재는 다시 주저앉고 말았다.

우재는 애벌레처럼 꿈틀대다가 다시 눈을 들었다. 그런데 방구석으로 밀어 놓은 자신의 가방이 없었다.

화들짝 놀란 우재가 자리에서 벌떡 일어나 그녀의 가방을 찾아보았지만, 그녀의 방 어느 구석에서도 찾을 수가 없었다.

아, 정말 어떻게 된 거지? 갑자기 가슴이 두근거린다. 이 사람이 치웠나?

그때 똑똑 하는 노크 소리가 들렸다. 화들짝 놀란 우재가 침대 위로 미끄러질 듯 들어가 이불로 온몸을 감는데 진우가 모습을 드러냈다.

얼굴을 관리할 틈도 안 주고 들어오다니!

성큼성큼 들어온 그가 침대 위로 내려앉자 그녀의 몸이 튕겨져 올라왔다.

"아, 좀 살살 앉아요. 온몸이 바스라질 것 같아."

우재의 너스레에 진우가 피식 웃었다. 잘생긴 그의 이마는 어제의 흉물스러운 거즈 대신 반창고가 붙어 있었다.

"몸은 좀 어때?"

진우의 의미심장한 질문에 우재는 부끄러운 듯 이불로 자신의 얼굴을 덮었고 진우는 손을 뻗어 그녀의 머리를 흐트러뜨렸다.

"부끄러워서 못 나오나 싶어 일부러 들어온 거야."

우재는 침대에서 천천히 일어나 앉았다.

"근육통이 심하긴 하지만 선생님만 하겠어요. 선생님은 괜찮아요? 어디 더 아픈 곳은 없구요?"

자신의 상처에 관심을 보이는 우재를 바라보던 진우가 그녀의 뺨을 쓰다듬는가 싶더니 뒤통수를 잡아당겨 키스를 해 왔다. 예전처럼 탐색하듯 조심스러운 키스가 아니라 그녀를 잡아먹을 듯 거칠고 깊은 키스였다.

진공청소기처럼 모든 것을 빨아들일 것만 같은 그의 기세에 우재의 눈이 커졌다.

뭔가 달라, 이 사람. 아주 많이! 그녀가 놀란 눈으로 그를 바라보자 그는 조심스럽게 그녀의 뺨을 매만졌다.

"우리가 함께 밤을 보내고 나면 많은 것들이 달라질 거라고 했잖아."

그의 말에 우재는 뭉클해져서 자신도 모르게 그를 물끄러미 바라보았다.

"하지만……."

"더 이상의 실랑이는 안 돼. 서우재. 내가 이 정도 보여 줬으면 너도 이제 나한테 정착해. 더는 너 때문에 마음 졸이며 살고 싶지 않아."

흔들리는 자신을 감지하고 뿌리박으라는 말을 하는 남자. 우재는 갑자기 눈물이 핑 돌면서 코끝이 찡해졌다.

"하지만……."

우재의 불안이 진우에게까지 전달되었는지 진우는 그녀의 턱을 쓰다듬었다.

"앞으로 우리 앞에 무슨 일이 생기든 그건 내가 정리해. 나에게 있어 가장 큰 위협은 내가 애써 마음을 준 사람들이 날 버리는 거야. 그러니까 너만큼은 나에게 그런 아픔 남겨 주지 마라."

심금을 울리는 진우의 말에 우재는 그를 끌어안고 그의 어깨에 얼굴을 묻었다.

"미안해요. 선생님. 다시는 선생님 마음 아프게 하지 않을게요."

미안하다는 말만 연신 되뇌이는 우재를 진우는 다시 한번 거세게 끌어안았다.

그로부터 보름 후, 서주환 의원의 범죄 사실들이 베일을 벗기 시작했다. 7년 전 자신이 정치적 희생양이 되었다고 토로했던 서주환 의원은 자신의 지시를 받은 사람들이 가지고 있던 녹음 파일이 증거가 되어 살인교사, 방조, 무고죄 등 여러 범죄가 합쳐져 가중처벌까지 받고 구치소에 수감되어 형을 기다리는 처지가 되었다.

우재는 집 근처 은행에 갔다가 연일 계속되는 큰아버지에 관한 뉴스 방송에 귀를 기울이고 있었다. 그런데 갑자기 콰르릉하고 하늘이 비를 뿌리기 시작했다.

아. 우산도 가져오지 않았는데 왜 이렇게 비가……. 하늘이 내 마음을 알아보나. 왜 이렇게 가슴이 답답한 거야.

그런 우재의 기분을 알았는지 눈치 없이 휴대폰이 울려 댔다. 우재는 난감한 표정으로 한참 동안 휴대폰을 바라보다가 이내 엄지손가락으로 액정을 매만졌다.

정말 귀신같단 말이야. 이 사람은 내가 외출했다는 사실을 어떻게 알았지?

— 어디야?

진우의 목소리에 우재는 어깨를 움찔거렸다. 진우의 사고 이후 보강된 경호원들도 물리치고 걸어온 길이었다.

"집 앞 은행이에요. 집에만 있기에는 답답해서. 이건 정말 비밀로 해 달라고 했는데? 어떻게 알았어요?"

우재의 원망 섞인 말에 진우의 나무라는 소리가 들려왔다.

— 서 의원 형이 확정될 때까지는 분명히 조심하자 했었잖아. 자꾸 이렇게 개인 행동 하면 곤란해.

우재는 자신도 모르게 한숨을 쉬었다. 진우는 자신이 차 사고를 당한 직후부터 더더욱 우재를 예민하게 감싸고돌았다. 우재는 은행을 벗어나려고 출입문 가까이 섰다.

"조심하고 있어요. 그러니까 너무 걱정하지 말아요. 그리고……."

그 순간이었다. 우재의 앞에 어두운 그림자가 생기더니 누군가가 앞을 가로막았다. 우재가 고개를 들어 상대방을 확인하고는 드디어 올 것이 왔다는 듯 진우에게 두 사람만이 정한 암호를 이야기했다.

"저…… 선생님. 이만 끊을게요. 이번에는 아무래도 1번을 눌러야 할 것 같아요."

전화를 끊은 우재는 비로소 자신을 막고 있는 사람을 마주 보았다.

"안녕하세요. 오랜만에 뵙네요, 큰어머니."

서둘러 끊긴 우재의 전화에 진우가 자리에서 벌떡 일어났다. 우재가 말한 1번은 지금 긴급한 상황에 있다는 뜻이었다.

"왜 그래? 무슨 일인데?"

"아무래도 우재에게 무슨 일이 생긴 것 같아. 가 봐야겠어."

진우는 재빨리 우재의 위치를 경호원에게 알린 뒤 사무실을 빠져나갔다.

"뭔가 또 일이 생긴 건가? 요즘 불안해서 살 수가 있나. 그나저나 우재는 어디 가서 찾겠다는 거야?"

"우재 씨랑 휴대폰에 위치추적기 설치하셨더라고요. 무슨 일이 있더라도 서로 행방을 알 수 있게. 그래도 형은 불안해했지만……."

근처의 커피숍에서 자리를 잡은 우재는 그동안 많이 수척해진 큰어머니의 얼굴을 마주 보고 있었다.

"이 양반이 네가 한국에 들어와 있다고 해도 믿지 않았는데 진짜구나. 진짜 네가 한국에 있어."

큰어머니의 화가 난 듯한 말투에 우재는 조용히 한숨을 쉬었다.

평소 그렇게 따뜻한 큰어머니도 아니었지만 그렇다고 무턱대고 사람을 비난하는 분도 아니었는데 많은 고초를 겪다 보니 큰어머니의 인상도 꽤 변해 있었다.

"네가 무슨 낯짝으로 한국을 활보하고 다닐 수 있어!"

갑자기 테이블이 쾅 하고 흔들리면서 자신의 앞에 놓인 컵 속의 물이 사정없이 흔들리기 시작했다.

"거리에 나앉게 생긴 동생들 거둬들여 지난 10년 동안 배부르게 먹고살게 해 주었더니 은혜를 배신으로 되갚은 것도 모자라 더 남은 거니? 도대체 네 큰아버지가 뭘 그렇게 잘못했길래 모함을 하는 거야. 도대체 어디에서 그 죄가 성립되는지 네 말이나 들어 보자!"

큰어머니의 말에 우재는 조용히 한숨을 쉬었다. 테이블 아래에서 꽉 움켜쥔 주먹과 달리 우재의 얼굴 표정만큼은 단단해 보였다.

“다시는 까불지 못하게 단단히 밟아 주라고 말씀하셨어요. 그 말씀이 증거로 제출되었고요.”

“어떻게 그 말이 살인교사야. 어디 그 말 중에 사람을 죽이라는 말이 있었어? 그런데도 그 사람을 고소한 것이 대한그룹이라며! 네 아버지는 어디 있어? 아직도 우리에게 원한이 남았다니? 도대체 우리가 너희 가족에게 무슨 잘못을 했길래? 그동안 우리 그이 돈 관리하면서 콩고물 잘 훔쳐 먹었으면 감사합니다, 하고 엎드릴 일이지 어떻게 뒤에서 이런 일까지 꾸며?”

큰어머니의 이런 반응은 우재도 어느 정도 예상하고 있었다.

“네가 지금 있는 곳도 대한그룹 아들래미의 집이라지? 왜, 이제 먹을 게 없으니 대한그룹에 붙었냐? 하긴 우리 집에서 정치자금 관리 하는 것보다야 아예 대기업에 들어앉아 그 사람들 자금 관리해 주는 것이 더 나을지도 모르지. 그렇다고 지금껏 먹이고 입혀 준 은혜를 배신해!”

하지만 도를 넘는 말에 우재의 눈빛도 달라졌다.

“지금도 큰아버지가 하신 일로 다친 사람들이 있어요. 한 사람은 죽을 뻔했고, 또 한 사람은 실제로 트럭과 부딪쳐 생사를 오가고 있다고요! 그 일이 얼마나 심각한 건지 모르시겠어요? 더군다나 큰아버지께서 이번 기회에 대한그룹 이 회장이 회생하지 못하게 밟아 주라는 말씀까지 하셨다고요.”

우재의 그 말에 큰어머니의 눈이 빛났다.

“어쨌든 이 회장은 죽지 않았잖아. 쓸데없는 피라미 같은 자식들 하나 죽는다고 세상이 뒤바뀌기라도 해?”

큰어머니는 테이블 위로 우재의 멱살을 잡아 마구 흔들면서 소리쳤다.

"그러니까 얼른 네가 이 사태 수습해. 그 사람 이제 들어가면 언제 나올지도 모르는데 범죄자가 돼서 어떻게 우리가 한국 땅에서 고개를 들고 살라는 거야. 그러니까 네가 어서 수습해! 그 양반이 네가 한국으로 흘러들어 왔다고 했을 때만 해도 흘려들었다만, 결국 이런 일이 벌어지고 보니 이건 다 너와 네 가족이 꾸민 일이라고 볼 수밖에 없어. 그러니까 그 양반 제대로 돌려놓겠다고 약속해!"

하지만 우재는 큰어머니의 위협에도 눈 하나 깜짝하지 않았다.

"전 못 해요. 죄를 저지르셨다면 이제 죗값을 받으셔야죠. 어떻게 큰아버지, 큰어머니는 하나도 변함이 없으세요? 큰어머니는 기억도 안 나시나 봐요. 15년 전 사람을 매수해 저희 아빠를 함정에 빠뜨려 그것을 빌미로 평생 사람을 쥐고 사신 분들이세요."

큰어머니의 눈이 가늘어졌다.

"그때 그 일을 당한 건 아빠뿐만이 아니라 저희 식구 모두였어요. 아빠는 가장으로서의 명예가 더렵혀졌고 엄마의 신경쇠약은 그때부터 시작됐죠. 그리고 그 장면을 목격한 저희들은 사막같이 바짝 마르고 갈라진 마음이 되어 꿈도 희망도 없이 하루하루를 버티듯 살았죠. 정말이지 사는 게 사는 게 아니었어요. 그런데 큰어머니에게는 그런 저희 가족이 잘 먹고 잘사는 것처럼 보이셨나요?"

우재의 멱살을 잡고 있는 큰어머니의 손이 부들부들 떨리기 시작했다.

"그리고 쓸데없는 피라미 자식이라고 말씀하셨죠. 저는 그 사람이 제 눈앞에서 차에 부딪치는 장면을 목격했어요. 도대체 큰아버지는 제게 무슨 억하심정을 가지고 계시길래 저에게 그렇게 엄청

난 장면들을 목격하게 하시나요. 제가 그런 기억을 가지고 제대로 살 수 있을 거라고 생각하세요?"

갑자기 우재의 뺨으로 큰어머니의 따귀가 날아왔다.

"이런 배은망덕한 년. 그동안 네가 공부하고 먹고 입은 돈은 땅에서 나왔는 줄 알아? 그럼 길거리에 나앉아 손가락을 쪽쪽 빨고 있어야 시원하겠니? 모든 일에는 대가라는 게 있어! 그런 희생도 없이 남의 돈 먹기가 쉬운 줄 알아!"

더럽다, 돈돈돈! 이 사람들은 돈이 아니면 할 이야기가 없나?

"그 돈도 잘 쓸 때나 돈이죠. 그게 아니라면 모든 것이 재앙이에요. 우리 가족이 큰아버지를 만난 건 재앙이었어요."

표독스럽게 말하는 우재를 향해 큰어머니가 앞에 놓인 물 잔을 뿌렸다.

그 순간 그들 사이로 검은 그림자가 막아섰다. 자신의 앞을 가로막고 있는 검은 그림자의 정체를 확인한 우재는 안도감에 입술이 부들부들 떨려 왔다.

"너 참 말 안 듣는다. 벌써부터 이렇게 말 안 들으면 나중에 어떻게 하려고 그래? 응? 더군다나 털끝 하나 다치면 안 된다고 그렇게 신신당부를 했는데, 이거 봐라, 뺨에 줄이 세 개나 그어졌네."

큰어머니가 뿌린 물을 등에 잔뜩 뒤집어쓴 진우는 눈물을 글썽이는 우재의 턱을 들어 그녀의 얼굴을 유심히 살폈다. 우재의 얼굴에 그려진 폭행의 흔적에 진우의 눈에서 순간 레이저 광선이 쏟아지는 것 같은 착각이 일었다.

진우가 뒤돌아서자 큰어머니가 빈 컵을 든 채 무척 놀란 얼굴로 진우를 바라보고 있었다.

"뿌리신 물이 뜨거운 물이 아니었다는 걸 다행이었다고 여겨야 할까요? 교양 있으신 분이 공공장소에서까지 이러시면 안 되죠. 더군다나 지금 하신 모든 행동은 녹화되어 추후 폭행죄로 고소되실 수도 있고요."

진우가 어딘가를 가리키자 누군가 휴대폰을 들고 그들을 촬영하고 있었다.

"부군에 이어 사모님까지 감옥 구경 한번 해 보시게요? 사모님 대우만 받으시던 분이 빵에 가면 그렇게 치도곤을 당한다는 말이 있던데, 견디실 수 있을까?"

큰어머니의 얼굴이 하얗게 질려 갔다. 그 모습을 지켜보던 진우가 거칠게 우재를 자리에서 일으켰다.

"그리고 한 가지 더 말씀드리지만 앞으로 이 아이의 몸에 털끝 하나라도 손대는 일 있으면 가만있지 않을 겁니다. 당신들이 은닉한 재산까지 탈탈 털어 국고에 박아 줄 테니까!"

우재를 데리고 진우가 걸음을 옮기자 큰어머니의 표독스러운 말이 들려왔다.

"도대체 당신이 무슨 수로! 내가 눈이라도 깜빡할 줄 알았어? 우리 그 양반이나 제대로 돌려놔! 안 그러면 우리도 가만있지 않을 거야!"

큰어머니의 말에 진우는 잡고 있던 우재의 팔을 놓고는 다시 큰어머니에게 뚜벅뚜벅 다가갔다.

"이 정도 참고 넘어가 줬으면 사람이 양심이 좀 있어야지 어디까지 달려갑니까? 당신들은 남겨질 자손들 생각은 안 합니까? 그렇게 여러 사람들의 약점을 잡아 피눈물을 짜내어 사는 동안 그 사람들이라고 당신들의 약점을 모를 줄 알았습니까? 당신 자식들 또한 꽤나 많이 해 처드셨던데, 엉망인 부모 아래에서 꼭 그런 편법들만 배워서 회계 조작이니 탈세니 뭐니 털면 털수록 우수수 떨어지던데, 우리는 뭐 바보들이라서 눈감고 있었나? 우재네 가족들은 그래도 당신들을 친척이라고 생각해서 전혀 그런 쪽으로는 생각 안 한 모양인데, 나는 아닙니다. 눈에는 눈 이에는 이. 다시 한 번만 더 건드려. 나랑 우재를 쑤시는 만큼 당신들도 벌집 쑤시듯 쑤셔 줄 테니까."

진우는 여전히 물이 뚝뚝 떨어지는 코트를 휘날리며 우재의 손을 잡고 커피숍을 빠져나왔다. 커피숍에 있는 동안 한바탕 비가 내렸는지 땅이 촉촉하게 젖어 있었다.

우재는 언젠가부터 마음을 무겁게 짓누르고 있던 짐을 살짝 덜어 낸 느낌도 들었다.

진우는 화가 난 듯 걷고 있었지만 그녀의 손을 잡은 그의 손만큼은 한없이 부드러웠다.

"많이 화났어요?"

"어."

진우의 퉁명스러운 대답에 우재는 민망한 기분이 들었지만 다시 한번 말을 걸었다.

"이 코트 물 닿으면 안 되는 재질 같은데 이제 어떡해요?"

한참을 말없이 걷던 진우가 어렵사리 입을 열었다.

"서우재, 우리 결혼할까?"

우재의 표정이 살짝 흐려졌다.

"왜 답이 없어?"

진우의 말에 우재는 시리게 웃었다.

"조금만 더 이따가요. 아직은 모든 것들이 제자리를 찾지 못했잖아요. 그런 와중에 나 혼자 행복해지겠다고 덥석 선생님의 제안을 받아들이는 건 아닌 것 같아서요."

진우의 이마에 불뚝하니 핏줄이 서고 턱이 딱 하고 다물어지는 게 보였다. 실망했을까?

하지만 이 회장 내외도, 진상도 진희도 심지어 진우도 빛이 조그맣게 보이는 터널을 지나가고 있었다. 더군다나 큰아버지의 처벌이 확정되지도 않은 상태에서 우재는 한 발자국도 움직일 수 없다고 생각했다.

오늘은 이 사태를 어떻게든 막았다 하더라도 만약 그들에게 있었던 일들이 다시 반복된다면 우재는 더 이상 견딜 수 없을지도 모른다.

"후회할 거야."

앞뒤를 자른 진우의 말에 우재는 그를 올려다보았다.

"너 자꾸 내 말 안 들어?"

우재는 빙긋 웃었다. 그러고는 그의 멱살을 잡아당겨 그의 뺨에 뜨거운 자신의 입술 낙인을 찍었다.

"그래도 오늘 선생님 슈퍼맨처럼 정말 멋있었어요."

사람의 마음을 녹이는 우재의 애교에 진우는 코웃음을 쳐 보려 했지만 우재는 그렇게 놓아두지 않았다.

"대신에 오늘 선생님 속상하게 만든 죄는 반드시 보답할게요. 선생님이 그렇게 소원이라는 거품 목욕 함께. 오케이?"

우재의 손을 잡은 진우의 손에 힘이 바짝 들어갔다. 그러더니 진우가 어디론가 전화를 걸었다.

"네. 접니다. 오늘 서우재는 집으로 복귀합니다. 그러니까 저희들 집으로 들어가면 퇴근하셔도 좋습니다."

활을 그리고 있는 진우의 입가를 바라보며 우재는 빙그레 웃었다. 항상 센 척은 하는데 자신이 단순한 구석이 있다는 건 정말 모르는 것 같다니까.

11. 시작과 끝의 연장선

서 의원의 공판이 계속 진행되는 가운데 진우는 녹음 작업을 위해 LA로 출국한 상태였고, 우재는 몇 달 동안 작업하던 원고를 보내기 직전에 있었다. 한국에 돌아오고 여러 가지 일이 겹쳐 오랜 기간 붙잡고 있었던 일감이라 우재는 메일을 띄우면서도 시원섭섭한 마음이 들었다.

"으."

그동안 작업 마무리를 하느라 제대로 펴지도 못한 어깨를 움직이며 기지개를 쭉 펴 보았다. 이런 환난 속에서도 우재의 일들은 다행히 잘 풀려 가고 있었다. 그런데 오늘따라 함께 축하해 줄 사람이 없네. 우재는 책상 위에 놓인 물을 한 모금 들이켜며 휴대폰을 들었다.

"네. 편집장님. 이제 막 원고 보냈습니다. 제가 시간을 너무 많이 잡아먹어서 어떨지 모르겠어요. 죄송해요. 제 편의까지 봐주셨는데……."

편집장은 그런 우재에게 원고를 맡아 줘서 고맙다는 인사를 했다.

— 그리고 또 하나 좋은 소식이 있는데 이번에 인디펜던트 해외 문학 소설상에 최승 선생님 책이 후보에 올랐어요. 번역자인 우재 씨 덕이 커요. 지난해에는 미국 비평가상도 타게 하더니. 이러다가 너무 몸값 올라가서 우재 씨랑 일 못 하면 어떻게 하지?

"아이참. 저 비행기 그만 태우세요. 그간 사건 사고가 많아서 일 많이 못 도와 드려서 죄송했어요."

— 아 참, 그렇잖아도 말이에요. 이준이라는 분이 저희 출판사로 전화하셨더라고요. 갑작스럽게 큰돈이 입금되어서 잘못 들어온 줄 알았다며.

편집장의 그 말에 우재는 빙긋 웃었다.

"제 후원자세요. 항상 푼돈만 넣어 드렸는데 갑자기 큰돈이 입금되니 놀라셨나 봐요. 나중에 제가 다시 인사드릴게요. 감사합니다, 편집장님."

— 이번 고료도 그분께 드리면 될까요? 그렇게 다 보내면 우재 씨는 뭐 먹고 살아요?

"아시잖아요. 저 6개월 계약직으로 있는 거. 이제 한 달 후면 그 일도 모두 끝납니다."

— 아. 그러면 거취를 정했나요?

"네. 그런 것 같아요."

— 혹시 한국 떠나도 우리 일 거절하면 안 됩니다? 우재 씨는 우리들의 구세주니까.

편집장의 말에 우재는 씨익 웃었다.

공항에서는 진우와 철영을 태운 비행기가 연착 끝에 도착해 있었다.

“어휴. 이게 며칠 만이에요. 한국 오니까 진짜 공기가 다르긴 하네.”

철영의 말은 무시한 채 진우는 열심히 걸었다. LA 스튜디오에 가 있는 동안 며칠간 우재와 연락이 되지 않아 애를 먹었다. 그녀가 그의 삶에 파고들어 온 지 불과 5개월. 그런데 이렇게 그녀에게 물들어 버리다니. 위험하다, 이진우.

진우는 무거워진 머리를 안고는 주차장으로 걸어갔다.

“진짜 이번에 성학이 형님이랑 함께 콜라보 하시는 겁니까. 성학이 형 진짜 한국에 와요? 형이 작곡하고 성학이 형이 감독하고?”

진우는 가만히 있다가 삐죽 웃었다. 얼마 만에 보여 주는 이진우의 미소지? 이번 LA 출장에 서우재도 데려가는 건데. 이번에는 진짜 최악의 녹음이었다. 논스톱도 그런 논스톱이 없을 정도. 진우가 몰아치는 바람에 녹음하는 가수들까지 대량으로 뻗는 사태가 벌어졌다. 그런데 정작 자신은 3일 밤낮을 세워 놓고도 유유자적이라니.

“아이참, 형! 왜 그렇게 빨리 걸어요. 집에서 기다릴 누구 때문에 그런 겁니까?”

“응.”

“와. 진짜 애인 없는 사람은 서러워서 살겠나. 그래도 뭐 보기는 좋아요. 항상 구역질 나는 향기에 섞여 있는 형을 볼 때보다는. 그녀에게서 나는 꽃향기도 단아한 게 참 마음에 들고.”

진우는 피식 웃으면서 철영을 바라보았다.

하긴 그렇다. 괴로움을 잊지 못해 하이에나처럼 항상 그녀와 반대되는 여자만 찾았다. 자신이 서우재에게 얽매여 있다는 사실을 부정하고 싶어서……. 하지만 그들을 감싸고 있는 향기는 돈과 탐욕, 향락에 물들어 언제나 악취가 났다. 그것을 잊기 위해 그는 더 더욱 술을 마셨고 정착할 곳이 없어 헤매는 자신의 마음이 다스려지지 않아 약을 먹었다. 그러고 보니 서우재가 자신의 깨진 약병을 밟은 이후 약만 보면 끔찍해서 한동안은 먹지 않았는데 오히려 증상이 훨씬 완화되었다.

진우가 공항 밖으로 나와 눈을 찌르는 듯한 햇빛을 바라보았다. 몇 시간 만에 보는 햇빛이지?

그때였다. 누군가가 진우가 쬐고 있던 햇빛을 가리며 그를 막아섰다.

"오랜만이야. 진우 씨?"

진우가 섬세한 모양을 한 눈을 들어 자신의 앞을 가로막은 사람을 흘끗 보았다. 그녀도 선글라스를 벗고 진우를 바라보았다. 톱모델 최지윤이었다.

"요즘은 어떻게 지내시나? 아직도 술독과 약물에 허우적대고 계신가?"

무례한 언사에 뒤에 있던 철영이 나서려 했지만 진우가 그를 조용히 제지했다.

"일은 좀 어때?"

"보시다시피. 떨려 나지 않으려고 안간힘 쓰고 있고. 진우 씨는 그럼에도 제법 잘나가는 것 같던데? 거긴 외압도 없나?"

그를 만난 직후 시종일관 까칠 일변도인 지윤을 향해 진우는 주머니에 손을 꽂은 채 그녀의 말을 주워 담았다.

"아직도 내게 원한이 그렇게 많아?"

그녀의 얼굴이 흉하게 일그러졌다.

"지, 지금 무슨 말을 하는 거야? 누가 너같이 방탕한 놈 따위……."

진우는 주머니에서 담배를 하나 꺼내 입에 물었다. 하긴 요즘 우재 때문에 이 담배도 꺼내 문 적이 별로 없다만.

"미안했다. 그때는."

자신의 도발에도 여전히 무반응인 진우에게 화가 난 지윤이 돌아서려고 하는데 진우가 한마디 던졌다.

"그렇게 망가져 있지 않고서는 햇빛을 마주 보기 싫을 때라서."

"사과하지 마. 있는 대로 상처받은 사람에게 그게 할 소리라고 생각해?"

지윤이 몸을 돌려 진우를 똑바로 바라보았다.

"그래서 처음부터 이야기했잖아. 아마 아무것도 얻어 갈 게 없을 거라고. 나는 빈 쭉정이뿐이라고. 그럼에도 불구하고 도전해 보겠다고 했던 건 너 아니었던가?"

"하지만 그렇게까지 없을 줄은 몰랐지. 마음이 텅 빈 건 알겠는데 온몸이 텅 빈 것까지는 몰랐지. 옆에 있으면서도 너무 시렸어. 너무 차가워서 죽는 줄 알았다고. 근데 웃긴 게 뭔지 알아? 당신과 염문설이 난 이후 아주 애매한 위치에 있던 내가 여기저기에서 부름을 받았다는 거야. 이진우랑 함께 있는 걸 보니 분명 재한테 뭔가가 있나 보다 다들 그렇게 생각했다는 거지. 그건 고맙게 생각하고 있어."

지윤은 다시 걸음을 옮기려다 말고 자신의 휴대폰을 꺼내더니 그의 얼굴을 향해 내밀었다.

"참 이상하게 당신의 포스 때문인지 사진에 잘 찍혀? 이제 막

공항에서 내린 모양인데 오래 비행기 탔다면 이 사실은 모를 것 같아서."

그녀가 내민 기사에는 '영화배우 민효린, 시동생인 작곡가 이진우와 한밤중의 밀회?' 라는 헤드라인이 적혀 있었고, 효린이 진우의 어깨에 기대 울고 있는 사진이 게재되어 있었다.

"무감각한 당신에게 이런 기사는 안 어울리지만, 그래도 대중은 사실 여부보다 화제성을 좋아하니까. 그러니까 제발 이제부터라도 바르게 살아. 이 사람들은 뭔가 더한 걸 원했겠지만, 대중이 기대하는 그런 각이 나올 리 없지. 안 그래? 이고자 씨!"

지윤이 마지막 말을 강조하며 내뱉더니 공항 안쪽으로 걸어가 버렸다.

고자? 설마 우리 진우 형이? 옆에서 지윤의 말을 함께 듣고 있던 철영의 눈이 휘둥그레졌다.

"형. 지금 이게 무슨 일이에요? 재 뭐라고 중얼거리고 간 거예요? 예? 형!"

옆에서 닦달하는 철영을 무시하고 진우는 정신없이 휴대폰을 켜 아까 지윤이 보여 준 기사를 찾았다.

제기랄, 사진 속 두 사람의 모습은 연인처럼 다정해 보였다. 우재가 설마 이걸 보고 화가 나서 전화를 안 받나? 진우는 단축번호 1번을 눌러 우재에게 통화를 시도해 보았지만 여전히 전화를 받지 않았다.

우재는 원고를 보내 놓고 배가 고파 부엌으로 나갔다. 그런데 후두두 떨어지는 코피에 아침 먹는 것을 포기하고 얼음을 꺼내 머리 위에 올려놓은 뒤 소파 등받이에 머리를 기댄 채 휴식을 취했다. 다행이다. 이진우가 없어서. 만약 내가 코피 흘리는 장면을 봤다면 지금쯤 저 컴퓨터를 두 동강 내겠다고 난리 쳤을 것이다.

잠시만 안정을 취한다는 것이 우재는 소파에 기대 졸고 있었다.

갑자기 벌컥 하고 문이 열리는 소리가 들렸다. 그 소리에 잠에서 깬 우재는 집 안으로 들어오는 진우를 보고 화들짝 놀라 자신의 이마 위에 올려놓았던 수건과 얼음주머니를 등 뒤로 감추었다.

"어! 오, 오빠! 오빠가 이른 아침부터 어쩐 일이에요?"

얇은 실내복만 걸치고 있던 우재는 그의 뒤를 따라 뛰어 들어오는 철영을 보고 눈을 휘둥그레 떴다.

"아, 미안. 형이 미친 듯이 달려와서 내가 중간에 내릴 타이밍을 못 찾았어."

철영의 '안녕' 과 함께 우재는 눈을 굴렸다. 내가 과로했다는 사실을 알게 되면 이 사람 또 펄펄 뛸 텐데, 어떻게 자연스럽게 빠져나가지? 우재가 한 발자국 뒤로 물러서자 진우는 한 발자국 앞으로 다가왔다.

"왜 피해. 너 설마 그런 거야?"

그런 거? 이 사람 벌써 알아챘나? 내 얼굴이 아직 안 좋나? 진우의 말에 꽁꽁 얼어붙은 우재는 가까스로 웃으면서 다시 한 발 뒤로 물러났다.

"그런 거라니. 절대 아니지."

'절대 아니' 란 말에 진우는 안도의 한숨을 내쉬었다. 하지만 그것도 잠시 진우가 몸을 세우고 우재를 노려봤다.

"그런데 왜 전화는 안 받아. 날 피할 이유가 뭐가 있어서?"

전화! 마감이 코앞인데 시도 때도 없이 전화를 해 대는 사람 때문에 휴대폰을 꺼 두었던 것이 화근이 된 모양이다. 어떡하지? 사실대로 말하면 화낼 텐데.

"아휴. 배터리가 불량인가? 아직 휴대폰 산 지 1년도 안 됐는데 벌써 고장이 났네."

진우가 못 믿겠다는 듯 눈을 가늘게 뜨자 우재는 찔리는 마음에 외려 큰소리부터 냈다.

"아, 그럼 어떡해. 오빠가 자꾸 전화해서 안 끊는 통에 작업이 밀리는데. 오빠는 낮이지만 난 밤이었잖아. 너무 졸렸단 말이야."

우재의 그 말에 진우는 시차조차 계산하지 못한 자신이 미련하게 느껴져서 주먹을 꽉 쥐었다.

"그런데 너 왜 자꾸 아까부터 슬금슬금 피해. 나한테 뭐 잘못한 거 있어?"

아니라는 말을 하기 위해 우재가 팔을 앞으로 빼는 순간 등 뒤에 감춰 두었던 얼음주머니와 수건을 내보이고 말았다.

갑자기 진우의 손에 콱 잡혀 버린 우재. 곧이어 눈에 띄는 흔적에 진우가 그녀의 옷을 움켜쥐었다. 진우의 손에 상의 앞품이 펄럭거렸다.

"뭐 하는 거예요. 철영 오빠도 있는데?"

"너 이거 뭐야. 피야? 또 코피 흘렸어?"

아직도 선명한 핏자국이 한두 방울 떨어져 있는 상의를 내려다보고는 우재가 자신도 모르게 눈을 질끈 감았다.

"죽고 싶지. 서우재?"

진우가 굉장히 무서운 어조로 중얼거리자 우재는 소리를 질렀다.

"왜 오빠는 내 몸 가지고 난리야! 젊은 시절에 열심히 일 좀 할 수 있지! 남들 놀 때 팡팡 놀고 언제 성공해요? 그런 자기는 밤 안

새 봤나?"

우재의 비명 섞인 항의에 철영이 뒤에서 얄밉게 손가락 세 개를 들어 보였다.

"어. 형은 3일 밤 꼬박 새웠어. 함께 녹음했던 가수들 지금쯤 뻗어서 링거 맞고 있을걸?"

철영에게로 진우의 불타는 눈길이 쏟아졌다.

"너 가!"

"왜! 싸움 구경 재미있는데. 그리고 형 나 필요할 텐데? 이 시점에서 며칠 동안 형의 결백을 증명해 줄 증인."

두 사람을 번갈아 바라보던 우재가 묘한 표정을 지으며 얼굴을 찌푸렸다.

"증인이라니? 결백은 또 뭐예요? 무슨 일 있었어요?"

진우와 철영은 불길한 예감이 들었다.

"너 알고 있는 거 아니었어? 나 절대 오해 안 한다며."

진우의 질문에 우재가 팔짱까지 낀 채 진우를 노려보았다. 돌변한 우재의 태도에 철영이 현관문 쪽으로 걸어가려고 하는데 진우의 목소리가 들렸다.

"김철영, 스톱! 거기서 한 발짝 더 나가기만 해. 넌 죽어."

그러자 우재는 진우를 노려보았다. 철영을 붙잡아 둔 진우는 한숨을 쉬면서 자신과 효린의 사진이 실린 기사를 우재의 눈앞에 펼쳐 들었다. 입고 있는 옷을 보니 우재가 오해했던 그날인 것 같았다. 결국 이 모습이 언론에까지 노출되다니. 우재는 분노가 치솟아 두 주먹을 불끈 쥐고는 진우의 가슴을 사정없이 내리쳤다.

"나 믿는다며."

진우가 억울하다는 듯 항변하자 우재는 그를 째려보며 한마디 덧붙였다.

"어. 하지만 나 혼자 오해하는 것과 다른 사람들의 입에 오르내리는 스캔들이 터지는 건 별개의 문제야. 나 진짜 열받았어, 이진우!"

말을 마친 우재는 자신의 방으로 들어가 온 집 안이 울릴 정도로 방문을 쾅 닫아 버렸다.

"어휴. 그러니까 어쩌자고 그런 일을 저질러서는."

맛있는 밥을 얻어먹고도 아이스크림까지 받아먹는 천하를 보며 진우는 자신의 것까지 그녀에게 넘겼다.

"아, 미안해요. 정정할게요. 왜 그런 사진까지 찍혀서는. 우재, 그 민효린이라는 언니 굉장히 신경 쓰고 있거든요."

뜻밖의 말에 진우의 표정이 실룩였다. 무표정하던 진우의 표정에 열기가 피어오르자 천하는 주변을 살피더니 그에게 속닥거렸다.

"완전 인형이라면서요. 실물이 사진보다 몇백 배나 더 예쁘고. 그런데 그런 사람이 선생님을 쫓아다닌다며 자신은 게임도 안 되는 것 같다고 열여덟 살 때부터 우울해했어요."

기분이 좋아진 진우가 메뉴판을 짚으며 천하에게 물었다.

"뭘 좀 더 드실래요? 아예 집으로 포장 하나 해 갈까?"

천하는 빙그레 웃으면서 가장 큰 포장 용기를 선택했다.

"우리 집 식구들이 많잖아요. 첫째 천수 언니네 가족이 오면 한 자리에서 뚝딱이에요!"

진우는 고개를 끄덕였다. 3일이 지나도 여전히 냉랭한 우재 때문에 혹시나 그녀의 화를 풀 실마리라도 찾을 수 있을까 싶어 천하를 찾아왔다. 우재가 천하에게는 다 이야기하는 편이니까.

"지금껏 그런 가십에 신경도 쓰지 않았던 사람이라 우재가 화를 내는 이유를 솔직히 잘 모르겠어요. 내가 떳떳하면 되는 거 아닙니까."

천하가 갑자기 입을 쭉 내밀었다.

"웅, 우리 우재 불쌍하다. 이렇게 여자 마음을 몰라주는 남자라니."

진우가 갑자기 인내심을 잃고 이를 악문 어조로 물었다.

"그러니까 내가 천하 씨를 찾아온 거 아닙니까. 도대체 어떻게 해야 하는지!"

천하가 눈을 가늘게 뜬 채 진우를 바라보았다.

"그러나저러나 민효린과는 깔끔하게 끝난 거 맞아요?"

깔끔하게 끝낸다라. 우리가 끝나고 자시고 할 사이이긴 했나? 어릴 적 잠깐 사귄 거 외에는. 지금껏 억지 소문들에 신경 쓰지 않았던 자신의 삶이 살짝 후회되기 시작했다. 오히려 소문을 부풀려 망나니 이미지를 구축하는 데에만 애를 써 와서.

"그리고 정말 궁금한 게 있는데, 오빠에게 우재는 몇 번째 사랑이에요?"

진우는 당돌하게 자신의 사생활까지 묻는 천하를 우려 섞인 시선으로 바라보았다. 이 사람들 내가 조금 잘해 준다고 나를 벗겨 먹을 속셈인가?

"정말 우재랑 백년해로하고 싶다면 사실이든 아니든 네가 첫 번째 사랑이라고 이야기해요."

갑작스러운 말에 진우가 인상을 찡그렸다. 그게 무슨 상관이라고.

"이미 오라버니의 문란한 생활은 온 천하에 드러난 것 같고, 이제 형수하고 염문설까지 난 마당에 이미지가 쉽게 깨끗해지기는 어려울 것 같은데. 그럼 뭐 있어. 마음까진 안 줬다 그 계획으로 가야지."

갑자기 소설을 쓰는 천하를 보며 진우는 불안감이 밀려들었다.

"아! 잘 먹었다. 유치해도 어쩔 수 없어요. 우재 그 계집애 엄청 순진해 가지고 그렇게 말하면 감동받을지도 모르니까. 다른 건 몰라도 이진우 씨를 좋아하는 마음은 쉽게 가라앉지 않을 것 같아요. 그럼 일어날까요?"

"첫사랑 맞는 것 같은데. 난."

천하가 자리에서 일어나려던 순간 진우가 나직이 말했다.

"천하 씨 주장대로 한다면 서우재가 나에겐 첫사랑이라고. 내가 처음으로 마음을 준."

그렇게 말하는 진우의 눈빛에 천하는 자신의 심장이 간지러워지는 것 같았다. 첫사랑이라고 말하는 진우의 표정이 무척 상기되어 보였다. 그런 말을 처음 배운 사람처럼.

"다행이네요. 그럼, 아! 근데 이건 알고 계세요. 우재에게는 오빠가 첫사랑은 아니에요. 이미 중3 때 순정을 바쳤던 남정네가 있었지."

순간 진우의 들떠 보였던 얼굴 표정에 균열이 일기 시작했다.

"지금 뭐라고 했습니까?"

"노파심에 드리는 말씀인데, 우재는 연애도 제법 했어요. 비록 그 기간이 한 달, 보름, 이런 식으로 짧아서 그렇지. 그래도 안 한 건 아니니까. 그것도 남자가 하도 매달리는 바람에 우재가 울며 겨자 먹기로 받아 준 거지만요. 종합하면 이진우 씨는 우재에겐 한

서너 번째 남자쯤 돼요. 그러니까 앞으로는 사고 치지 말고 한 여자에게만 충실합시다. 나이 들고 미모까지 출중해졌는데 우재가 밖에 나가 봐. 남자들이 가만 놔두나?"

말을 마친 천하는 진우를 두고 먼저 가게를 빠져나갔다. 멀어지는 천하의 뒷모습을 바라보던 진우는 뒤늦게 허탈한 듯 웃음을 터트렸다.

"아! 내가 저 여자를 우재 곁에 두는 게 아니었는데."

진우는 갑자기 화가 치밀어 올라 자신의 뒷목을 주무르기 시작했다.

"미안해요. 아침 일찍부터 찾아와서."

아침 댓바람부터 우재를 찾아온 효린을 보며 우재는 그녀의 앞에 따뜻한 차를 내놓았다. 효린은 그날 밤보다 훨씬 안정을 찾은 모습이었다.

"갑자기 뵙고 싶다고 연락드려서 놀라셨죠. 제가 찾아뵈려고 연락드린 건데……."

"마침 진우에게서도 전화가 왔던데요. 우재 씨에게 정확하게 해명을 해 줬으면 좋겠다고. 정말 끝까지 미운 남자 아니에요? 나한텐 예의도 안 지켜."

효린의 말에 우재가 불편한 표정을 지었다.

"그래서 내가 일부러 찾아왔어요. 여전히 밖은 듣는 귀가 많고 잘못도 없는데 내외하기는 더 싫고요. 혹시 내가 이 집 드나들어 우재 씨가 노출되려나?"

"어차피 전 상관없어요."

효린은 차를 한 모금 들이켜며 고개를 끄덕였다.

"차를 참 잘 끓이네요. 그때도 느꼈지만."

난데없는 칭찬에 우재는 물끄러미 그녀를 바라보았다.

"내가 이 집안과 연이 있다는 건 언제부터 알았어요?"

"7년 전부터요. 제가 열여덟 살이었을 때 진우 오빠와 함께 계신 모습을 몇 번 보게 되었거든요. 그때 느낌이 남아 있어서 그런지 전 효린 씨가 진우 오빠와 함께 계신 걸 보면 괜스레 신경이 쓰여요."

솔직한 우재의 말에 효린은 고개를 끄덕였다.

"진우랑은 어디까지 생각하고 있어요?"

진우. 아까부터 효린은 진상과 결혼했음에도 계속 그를 '진우'라고 부르고 있었다.

"아, 미안해요. 도련님이라고 해야 하는데도 아직 입에 붙질 않아서."

우재의 마음을 눈치라도 챈 듯 효린이 말했지만 그녀는 순순히 우재를 안심시켜 주는 눈치가 아니었다. 우재는 그녀의 뜻을 가늠해 보기 위해서 애를 썼다.

"이변이 없는 한 결혼하지 않을까요?"

"왜요. 습관처럼 좋아한 사람이라서? 더욱이 평판까지 바닥인데 다른 남자 만나 볼 생각도 안 하고?"

집 안으로 들어선 이래 계속해서 자신을 떠보는 듯한 효린을 보며 우재는 생각했다. 어쩌면 그녀도 나를 시험하고 있는 걸까?

효린의 자극에 우재는 그녀의 눈을 똑바로 바라보며 말했다.

"이진우는 저한테도 처음엔 곁을 주지 않았어요. 저도 다른 여자들과 같은 선상에서 시작했다는 말씀을 드리고 있는 거예요. 수많은 사람들이 그를 찾아왔다 떠났지만 전 움직이지 않았던 것뿐이에요. 사랑이 어떻게 변하니, 하고 묻는 영화 속 남자 주인공처럼 저도 분명 변하지 않는 사랑도 있다고 믿거든요. 다만 상황에 따라 형태가 바뀌는 거겠죠. 전 그냥 쭉 믿어 주고 싶었어요. 딱 그거 하나? 힘든 일이 있어도 내가 있다는 그 사실만큼은 잊지 않기를 바랐거든요. 그래도 무엇보다 제가 그 사람 곁에 계속 머무를 수 있었던 건 이진우 씨에게는 제가 움틀 수 있는 작은 공간이 있었기 때문이에요. 그런 빈구석조차 없는 완벽한 남자였다면 전 오래전에 실연당했을걸요?"

효린은 그 나이답지 않게 뭔가 참 대견한 말을 하는 우재를 바라보았다.

"난 굶주린 하이에나 같은 눈빛을 한 진우를 처음에는 동정했어요. 묘하게 끌려서 다가갔지만 난 늘 그 아이에게 할퀴만 당했죠. 그러다 어느 순간부터 화가 나더라고요. 그 자식 아니어도 나에게 구애하는 사람도 많은데 왜 난 그 녀석일까. 열렬히 구애하던 사람들 중에는 지금 우리 그이도 있었어요. 그러다 고등학교 1학년 때 파티에서 엔터테인먼트 사장에게 발탁되어 배우 제의를 받았어요. 더욱 돋보이고 싶어 그 제안을 받아들였죠. 하지만 지금 생각해 보면 누가 등 떠민 게 아닌 내가 선택한 길이었어요. 진우를 떠난 것도, 배우가 된 것도, 우리 그이와 만나 보기로 결정한 것도. 그러면서도 나는 이제껏 남 탓만 하고 있었어요. 그런데 지금 우재 씨 말을 듣고 보니 나는 사랑보다 탐욕을 중요시하는 여자였네."

우재는 조용히 효린에게 물었다.

"진상 형님을 사랑하세요?"

그 말에 효린이 조용히 웃었다.

"실은 네, 그래요. 그리고 진우보다 그이가 저랑 더 잘 맞아요.

그 사람과 나 4년이나 살 부대끼며 살았는데 요즘에서야 비로소 이래서 부부구나, 라는 걸 느끼거든요. 미안하지만 사진 찍히는 그 날도 말이에요. 모든 사실을 알고 시뻘게진 눈으로 집을 뛰쳐나간 그이만 생각했지 다른 건 아무것도 생각이 나지 않았어요. 그 사람의 안위만, 그 사람의 감정만 내게는 중요했거든요. 본의 아니게 우재 씨와 진우에게까지 민폐를 끼쳐서 대단히 미안하지만."

"말씀하시는 걸 보니 어느 정도 정리가 되어 가시는 것 같네요."

"결국 그 자료를 보낸 사람은 아버님이시더군요."

충격적인 효린의 말에 우재는 심장을 부여잡았다. 이 회장님이 왜? 그것을 감추기 위해 일평생을 다 바쳤는데…….

"아버님께선 그 사실이 그이의 약점이 될 수 없다는 걸 보여 주기 위해서 형님과 그이를 상무로 임명하신 거였어요. 아버님이 하루는 우리 부부를 부르시더니 그러시더군요. 혹시나 다른 곳에서 이야기를 듣느니 이렇게 밝히는 것이 더 나은 선택이었다 판단하셨다고. 떳떳해야 약점이 될 수 없는 것 같다고요. 그러시면서 그이에게 약점이 없는 사람이 되어 보라고 말씀하셨어요. 한 번도 널 내 핏줄이 아니라고 생각한 적이 없다며. 대신 벌도 주시겠다고 하셨어요. 만약 아버님이 돌아가시면 어머님께서 재산 상속을 받는데 그때는 재산의 50퍼센트가 어머님께 돌아가죠. 하지만 어머님이 돌아가시면 그 모든 재산은 친자인 진우 도련님에게만 상속돼요. 그때가 되면 진우 도련님이 그이와 맞먹는 주식을 상속받을 텐데……. 늙어서라도 어린 시절에 동생을 괴롭힌 만큼 동생의 견제를 받아 보라고 하시더군요. 그게 올바른 인과응보가 아니겠느냐며."

그렇게 말하는 효린의 표정이 무척 후련해 보였다. 뭔가 큰 산을 하나 넘은 사람의 표정이랄까.

"형님께서 받아들이실까요?"

"안 받아들이면 어쩌요. 자기가 한 짓이 있는데. 이씨 형제들 간의 반목은 수년간 곁에서 지켜봐 와서 내가 또 잘 알죠. 아버님께서 현명한 판단 하신 거예요. 아버님 말씀에 그이는 끝끝내 아무 말도 하지 않았고요. 그이의 속마음까지는 아직 들어 보지 못했지만 결국은 받아들이게 될 거예요. 그 사람 아버님에 대한 존경심과 장남이라는 책임감만큼은 대단하니까요."

효린은 웃으면서 우재를 바라보았다.

"도련님과 나의 관계는…… 우재 씨가 보기에 아직도 걱정해야 할 관계 같아요?"

여전히 자신을 떠보는 것 같은 그녀를 향해 우재는 주먹을 꼭 쥐었다.

"내가 잠정적 은퇴를 하고 그이 따라서 미국지사에 몇 년간 나가 있을 계획이라고 말해도 계속 불안할까요?"

우재의 입이 놀라움으로 벌어졌다.

"아까 내가 말했잖아요. 힘들어서 내가 스스로 진우를 떠난 거고 내가 좋아 배우가 되기로 한 거고 그이의 정성에 탄복해 그 사람과 평생을 함께하기로 한 건데 난 여전히 한발 늦게 깨닫는다고. 하지만 이번에는 늦지 않으려고요. 마음이 확실하다면 난 지금이 때라고 생각해요."

효린의 확고한 표정에 우재에게서 감탄이 흘러나왔다.

"그 사람과 날 닮은 아이를 가지고 싶어 지난 2년 동안 애를 써도 잘되지 않았어요. 이제부턴 정말 제대로 노력해 보려고요. 동서

한테 아이까지 추월당한다면 진짜 속상해질지도 모르거든요."

자신을 '동서'라고 지칭하는 효린의 말에 우재의 얼굴이 빨개졌다.

"진희 형님이 절 쿡 찌르며 그러시던데요. 진우네 커플 심상치 않으니 분발하라고. 그런데 왜 진우는 난봉꾼 이미지와 달리 묘한 소문을 달고 다닐까요?"

"네? 무슨 소문이요?"

"지금껏 한 번도 제정신으로 호텔 방에 들어간 적이 없다던데요. 항상 술에 절어 있어서. 그런데 진우와 하룻밤을 보냈다는 여자들은 넘쳐 나니 참 알다가도 모를 일이죠?"

효린은 묘한 웃음을 흘리면서 자리에서 일어났다.

구치소로 큰아버지의 면회를 가던 길에 우재는 그동안 신세를 졌던 장학재단으로부터 한 통의 전화를 받았다.

— 서우재 씨?

"네. 제가 서우재인데요."

— 일전에 문의 주셨던 분 연락처 말입니다.

"네. 이준 님."

— 그분께서 알려지는 것이 부담스럽다고 하셔서 연락처를 알려 드리기가 곤란할 것 같습니다. 대신 그동안 우재 양이 보낸 메시지는 잘 읽고 있다고 전해 달라 하셨습니다.

"제 메시지를 읽고 계시다고요?"

— 네. 그분도 우재 씨 덕분에 다시 사는 의미를 깨닫고 있으시답니다. 우재 씨를 돕는 건 자신의 큰 기쁨이라고 전해 달라고 하셨습니다. 그래서 드리는 말씀인데 혹시 더 공부할 생각이 없냐고

우재 양한테 의향을 물어보라고 하십니다. 이번에는 진짜 후원다운 후원을 해 보고 싶으시다며.

"하지만 전……."

— 급하지 않으니까 천천히 생각해 봐요. 우재 양. 이런 기회가 모두에게 오는 건 아니랍니다.

"네. 알겠습니다. 좀 더 생각해 볼게요."

우재는 자신의 앞에 서 있는 거대한 건물을 올려다보며 전화를 끊었다. 호주에 계신 아빠는 우재가 이곳에 가는 것을 극도로 싫어하셨지만 그래도 우재는 오고야 말았다. 이 산을 넘지 않는다면 두고두고 불안해하며 살아야 한다. 하지만 우재는 그렇게 살고 싶지 않았다.

면회 신청을 한 뒤 초조하게 결과를 기다리는데 드디어 문이 열리고 우재를 부르는 소리가 났다. 칸막이가 쳐져 있는 낯선 방에 들어서며 우재는 다시 한번 한숨을 들이켰다.

철컹 하고 문이 열리는 소리와 함께 큰아버지가 모습을 드러냈다. 우재가 천천히 일어나자 날카로운 눈을 가진 큰아버지가 우재를 머리부터 발끝까지 뜯어보기 시작했다.

"아주 몰라보게 컸구나."

우재는 떨지 않기 위해 주먹을 꽉 쥐었다.

"한번 뵈러 간다고 하면서도 인사가 늦었습니다. 큰아버지."

우재가 허리를 숙여 인사를 하자 그는 유리문 너머 우재의 맞은편 자리에 앉았다.

"왜 나를 찾아온 거냐."

"진정으로 행복해지고 싶어서 큰아버지를 찾아왔어요."

"행복해지고 싶어? 네가 감히? 내 앞에서 그런 말을 해!"

큰아버지의 고함에 우재는 입술을 깨물다가 다시 입을 열었다.

"저희도 사는 게 쉽지 않았어요. 큰아버지. 오죽하면 열여덟 살 소녀의 소원이 불치병으로 일찍 죽는 거였을까요. 엄마는 조울증에 아빠는 가정을 버린 채 집에 들어오지 않았던 날이 장장 13년이에요. 거기에 지독하게 힘들었던 도피 생활 7년까지. 저희들이 과연 편안하기만 했을까요?"

"내 돈 덕분에 떵떵거리고 살았으면서 끝끝내 나를 지옥의 구렁텅이로 밀어 넣고 너희는 떠나갔다. 내 등에 칼을 꽂아 넣고 너희 가족이 무사하기를 바랐느냐. 과연 너희가 잘 살기를 바라!"

큰아버지의 서슬 퍼런 역정에 우재는 주먹을 불끈 쥐었다.

"그렇다고 무고한 사람들의 목숨을 빼앗으실 권리는 없으셨어요. 그 사람들을 협박할 권리도 없으셨다고요. 더군다나 큰아버지께서는 그 사람들에게 가장 중요한 부분을 건드리셨어요. 바로 가족이요. 만약 누군가가 큰아버지를 위협하기 위해 수연 언니나 재연 오빠를 건드린다 생각해 보세요. 큰아버지에게서 많은 것이 환원된 지금도 수연 언니나 재연 오빠의 재산은 환수되지 않은 것으로 알아요. 하지만 그 욕심을 버리지 않으신다면 앞으로 더 많이 잃으실 거예요. 벌써 큰아버지부터 차가운 방에 갇혀 계시잖아요. 그동안 큰아버지를 도와주던 이들도 권력과 돈을 잃은 큰아버지에게서 등을 돌릴 거예요."

큰아버지가 비릿한 웃음을 흘렸다.

"아가. 감히 네가 와서 할 이야기가 아니다. 이건 어른들의 세계란다. 내가 살기 위해선 남을 밟는 과정은 어쩔 수 없는 일이지."

큰아버지의 눈이 우재를 향해 번뜩거렸다. 우재가 예상한 그대로였다. 그럴 줄 알면서도 그동안 뵙고 싶었다.

"네. 알고 있어요. 소용없다는 것도 잘 알지만, 혹시 모르잖아요. 아빠가 그러셨어요. 7년 전에 떠나올 때 최악의 경우를 대비해서 갖은 추적을 당하더라도 남겨 놓은 것이 있으셨대요. 큰아버지가 국회의원을 막 시작했던 시절의 창천동 저택과 큰아버지가 큰어머니와 같이 노후를 살아가실 신탁예금이라고 하셨어요. 노부부가 남은 여생을 살아가기에 비참하지 않을 정도의 돈. 더 많은 것을 지켜 드리지 못해 죄송하지만 아마도 그 정도는, 국민들이 큰아버지가 이 땅을 위해 이룩하신 업적을 생각한다면 그 정도만큼은 용인해 줄 수 있을지도 모르겠다고 생각하셨대요."

우재의 말을 들은 큰아버지는 눈에 띄게 동요하는 모습이었다.

"큰아버지. 혹시 알고 계시는지 모르겠지만 전 지금 대한그룹 막내아들인 이진우 씨와 교제를 하고 있어요. 어떻게 생각 하실지는 모르겠지만 제 학자금을 갚고 그 사람에게 가기 위해 코피까지 쏟아 가며 동분서주하고 있어요."

우재의 뜬금없는 말에 큰아버지가 눈을 깜빡거렸다.

"저희는 호주에서 난민 자격으로 있었어요. 보통의 신분보다 훨씬 열악했죠. 직장을 구하는 것도 사는 것도 결코 쉽지 않았어요. 저희는 정말 말 그대로 한국에서 몸만 빠져나왔던 경우니까. 식구들 모두 손톱이 다 빠질 정도로 일을 해야 입에 겨우 풀칠할 수 있었어요. 그런데도 그곳에 있는 동안 마음만큼은 정말 편안했어요."

큰아버지의 얼굴 표정이 꿈틀거렸다.

"돈을 보고 그를 선택했다고 오해하셔도 어쩔 수 없지만 그 사람에게 오기 위해 제가 했던 노력까지 폄하하진 말아 주세요. 그 사람에게 어울리는 사람이 되기 위해 전 지금도 제 나름대로 열심히 노력하고 있어요."

진심을 다해 마음을 전했음에도 기가 막히다는 듯 웃는 큰아버지를 보며 우재는 마음이 쓰렸다. 형제임에도 불구하고 결코 맞닿을 수 없었던 이들. 이제는 영영 돌이킬 수 없겠지?

"아빠가 끝까지 기다리겠다고 하셨어요. 평생."

큰아버지는 아무 말도 없이 자리에서 일어났다. 어쩌면 다시는 큰아버지를 뵈러 올 수 없을 것 같다는 예감이 들었다.

구치소를 나오는데 햇살이 너무 밝아서 우재는 하늘을 보며 눈을 감았다. 순간 어지러워 몸이 휘청거렸다.

"여기서까지 쓰러지면 곤란해. 코피에 실신에 도대체 내 심장은 어떻게 하라고 넌 자꾸 네 몸을 함부로 해?"

우재가 조용히 눈을 뜨자 진우가 햇빛을 등진 채 그녀를 내려다보고 있었다.

"내가 여기 온 거 어떻게 알았어요?"

우재가 울먹이자 진우는 코트 주머니에서 손을 빼고 우재의 흐트러진 머리를 가지런히 정리해 주었다

"내가 너에 관해 모르는 게 뭐가 있어? 더군다나 이렇게 험한 곳까지 왔다는데 와 보지 않을 수가 있어야지."

우재가 피곤한 듯 스르륵 쓰러지면서 그의 가슴에 이마를 댔다.

"이제 모든 여정은 마무리된 건가? 며칠 전에 내 코앞에서 방문을 쾅 닫고 들어가 놓고는 일주일째 얼굴 한 번도 안 보여 주더니?"

진우가 조심스럽게 우재의 머리를 쓰다듬자 우재는 그의 허리에 팔을 감고 가슴에 더욱더 깊이 얼굴을 묻었다.

"고마워요. 이진우 씨."

"뭐가 고마운데."

"항상 곁에 있었으면 좋겠다라고 생각한 순간마다 함께 있어 줘서."

진우의 입술이 우재의 정수리에 와 닿는 것이 느껴졌다. 그러자 우재의 팔이 그의 허리를 더욱더 힘차게 조였다.

집에 도착했을 때 우재는 주차장에서부터 진우에게 투정을 부렸다.

"뭐? 널 안고 들어가?"

"피곤해요."

"시끄러. 나도 힘들어. 더군다나 이진우 따위 필요 없다며?"

진우가 냉랭한 반응을 보이자 우재가 시무룩한 표정으로 차에서 내렸다. 풀이 죽은 우재를 보는 것은 오랜만이라 마음에 걸렸다. 혹시나 구치소에서 무슨 일이라도 있었나 싶어 진우는 우재를 유심히 살폈다.

힘없이 집으로 걸어가는 우재를 진우가 잡아당겨 번쩍 마주 안아 들었다.

"이렇게 말고. 공주님처럼 안아야지."

우재가 또다시 불만을 토로하자 진우는 그녀의 다리를 자신의 허리에 두르게 한 뒤 그녀를 올려다보았다.

"이래야 네 얼굴이 더 잘 보여. 무슨 일 있었어?"

오늘따라 유난히 다정한 진우의 목소리를 들으며 우재의 시선이 진우에게 내려앉았다. 여전히 잘생긴 사람. 우재는 자신도 모르게 그의 뺨을 부여잡고 입술에 따뜻한 키스를 했다.

"사랑해요. 이진우 씨."

우재의 작은 속삭임에 진우의 심장이 쿵쿵거리기 시작했다.

"뭐라는 거야. 너. 이건 또 무슨 속셈이야? 마음 들었다 놨다 작전인가? 실컷 마음 동하게 해 놓고 내빼려고 한다거나 뭐 이런……."

"치."

코웃음을 치면서도 눈가에 가득 눈물이 고이는 우재를 진우는 다시 한번 추어 안아 들었다.

"왜 그래. 서우재. 말은 바로 해야지. 자꾸 사람 마음 졸이게 하지 말고."

"오늘은 밤새 나 좀 안아 주면 안 돼요? 나 지금 이진우 씨가 몹시 필요한데. 마음이 천 갈래 만 갈래 갈라지는 것 같아. 심장이 타들어 가서 죽을 것 같아."

우재가 자신의 괴로운 심정을 토로하자 진우는 그녀를 집 안으로 데리고 들어가더니 자신의 방문을 뻥 걷어찼다.

"누구 말이라고 거스를까. 오늘 밤은 진짜 각오해. 밤새 잠 안 재운다!"

진우는 강하게 엄포를 놓고 우재의 입술에 자신의 입술을 맞부딪쳤다. 두 사람이 침대 위로 출렁 떨어졌을 때였다. 침대 아래에서 느껴지는 둔탁한 느낌에 우재는 화들짝 놀라 침대에서 벌떡 일어났다.

"꺄아아악! 누가 있어!"

우재의 서슬에 놀란 진우가 우재를 침대 위에서 걷어 내 자신의 뒤로 감추는데 갑자기 누군가가 이불 속에서 일어나더니 협탁에 있는 안경을 고쳐 썼다.

"으응. 결국 두 사람 결론이 이렇게 난 거야?"

그 순간 우재와 진우가 그 사람을 바라보며 동시에 소리쳤다.

"성학이 형."

"이성학 선생님!"

12. 짝사랑의 종착역

철영은 지금 녹음실에서 온갖 분위기를 다 잡으며 인상을 쓰고 있는 진우의 눈치를 열심히 살피는 중이었다.

희대의 방랑자 이성학이 돌아왔다. 한국에 머무를 때면 진우의 집에서 묵곤 하는 그의 습성대로 이성학은 주인도 없는 집에 들어가 밀린 잠을 자고 있었다고 한다.

녹음실 밖 사무실에서는 성학과 우재가 이야기를 나누며 웃고 있었다. 성학의 권유로 음악을 시작하여 유명한 음악감독이 되기까지 진우에게 성학이란 존재는 멘토 그 이상이었다. 그래서 성학이 한국에 돌아올 때면 그는 며칠 전부터 심하게 들떠 있었다.

그런데 아무래도 이번만큼은 예외가 아닐까 싶었다. 더군다나 이성학과 이진우 사이에 서우재가 끼어 있는 지금은.

"아니야. 아니라고! 이 노래를 부를 때 기교 쓰지 말라고 몇 번이나 말해!"

진우가 열세 번째 고함을 내질렀다. 부스 속에 들어가 있는 가수가 헤드폰을 벗더니 문을 벌컥 열었다.

"감독님 무슨 일 있으세요? 연습 때도 이렇게 불렀는데 이제 와서 아니라고 하시면 도대체 어떻게 부르라는 말씀이세요. 아. 도대체 뭘 어쩌라는 거야."

그녀는 실컷 욕을 내뱉더니 녹음실을 박차고 나가 버렸다.

"형, 진짜 왜 그래요. 요즘 형 스캔들 때문에 가수 구하기도 하늘의 별 따기야. 더군다나 그 와중에 깨끗하고 담백하게 부르는 사람도 몇 없잖아. 그런데 왜 자꾸 트집을 잡아요? 내가 보기에는 별 차이도 없구먼."

묵묵히 철영의 말을 듣고 있던 진우가 의자에서 벌떡 일어났다.

"나도 머리 좀 식히고 올게. 몇 시간 동안 녹음실에만 갇혀 있었더니 기분이 말이 아니야."

노래를 부르던 가수에 이어 진우까지 녹음실 밖으로 나오자 성학과 우재가 녹음실 안으로 들어왔다.

"무슨 일인데?"

"어. 아니에요. 형. 녹음한 게 마음에 들지 않나 봐요."

철영이 얼버무리려 하자 성학은 철영을 유심히 바라보았다. 그 사이 녹음실 밖으로 나간 진우가 담배라도 피우려는지 사무실을 나서자 성학은 철영에게 손을 내밀었다.

"악보 줘 봐. 한번 보자."

성학이 팔짱을 끼고 단호하게 말하자 철영은 아무 말도 하지 못하고 악보를 내밀었다.

"무슨 일 있었어요? 오빠가 계속 짜증 부리는 것 같던데."

진우가 화난 이유를 전혀 짐작도 하지 못하는 우재를 보며 철영은 묘한 표정을 지었다. 눈치 빠른 서우재가 설마 진우 형이 왜 저렇게까지 짜증을 내는 건지 모르는 건가?

"후, 이 녀석 보게? 제가 할 말을 남에게 시켜 놓고는 애먼 데서 제대로 안 한다고 짜증을 부리고 있어?"

유심히 악보를 살펴보던 성학이 중얼거렸다. 우재도 묘한 시선을 담고 성학을 바라보았다. 성학이 보고 있던 악보를 우재에게 넘겼다.

"너희 오빠는 너에게 하고 싶은 말이 산더미인 것 같은데? 너는 자기 마음대로 따라 주지 않는 것 같고……. 하여간 이 자식은 아직도 이렇게 모든 걸 담아 놓고 있어. 하긴 그러니까 그런 것들이 음악으로 탄생하는 거겠지만……."

우재의 표정이 살짝 얼어붙었다. 성학이 악보를 바라보고 있는 우재에게 물었다.

"너희들 관계가 제법 무르익은 것 같아 보기는 좋다만……. 서우재 너 요즘 너희 오빠 속 태우고 있었냐?"

우재는 뭔가 잔뜩 말하고 싶은 얼굴로 성학을 바라보았다.

"선생님도 아시다시피 저는 아직 할 일이 많이 남아 있잖아요. 그리고 아직 큰아버지 문제도 걸려 있고요. 그건 제가 끝을 내고 싶다고 끝낼 수 있는 문제가 아닌 것 같긴 하지만요."

성학은 뭔가를 골똘히 생각했다.

"그런데 선생님? 선생님은 왜 진우 오빠에게 절 맡기셨어요?"

성학은 우재를 바라보며 따사로운 표정을 지었다. 손을 올려 우재의 정수리를 쓱 쓰다듬었다.

"그래도 아직 이 세상이 살 만한 가치가 있다는 걸 깨닫게 하려고."

우재와 철영의 눈빛이 흔들리기 시작했다.

"그때만 해도 진우는 자신의 존재 이유가 궁금하다고 했었거든. 자신이 열렬한 사랑의 증거였던 여섯 살, 하지만 그런 사랑이 누군가에는 아픔을 주었다고 생각해서 모든 것을 인내해 왔던 십 대 시절, 하지만 그것조차 뒤바뀐 이십 대. 진우는 하늘이 원망스럽다고 했어. 도대체 어떤 장난을 치려고 자신을 이 땅에 태어나게 했는지 모르겠다고 했지. 그래서 자신을 헐뜯고 엉망으로 뒤집어 놓았어."

성학으로부터 처음 듣는 진우의 과거였다.

"그래서 너희 둘을 일부러 붙여 놓았지. 소리 없는 폭력에 너무나 오래 노출됐던 너희들은 이미 그것을 삭이다 못해 무뎌진 상태였으니까. 하지만 그것들이 어디로 갈까. 그것들은 분출된 것이 아니라 너희 안에 오랫동안 응축되고 단단하게 굳어져 있는걸. 그것들이 한순간에 터지게 된다면 어떤 형태로 터지게 될지 그건 아무도 모르니까. 적어도 난 내가 아끼고 사랑하는 너희들이 또다시 상처 입는 것을 두고 볼 수가 없었어."

우재의 입술이 바르르 떨려 왔다.

"하지만 나 또한 전문가는 아니니 너희들이 어떤 결말을 낼 수 있는지 자신할 수 없었지. 다만 그렇게 흘러가는 너희들을 지켜볼 뿐. 그런데 이 정도면 내가 생각했던 것보다 훨씬 더 훌륭한 성장을 했어."

성학의 칭찬에 우재가 뭔가 결심을 한 듯 걸터앉아 있던 테이블에서 내려와 성학을 마주 보았다.

"그럼 선생님, 저희를 아끼시는 김에 하나 더 부탁드려도 될까요?"

성학도 꽤 궁금하다는 표정으로 그녀를 바라보았다.

"그래, 꼬마 아가씨. 말만 해. 내가 도와줄 수 있는 거라면 얼마든지 도울 테니까."

"그럼 프로포즈송 하나만 만들어 주실 수 있어요? 작사는 제가 해 올게요."

우재의 귀엣말을 들은 성학이 놀리는 표정을 짓자 우재는 더 이상 발설하지 말라는 듯 고개를 설레설레 저었다.

"그래. 좋아. 그런 것쯤은 내가 얼마든지 도와줄 테니 네가 하고 싶은 대로 해 봐."

성학이 허락하자 우재가 성학에게 달려들어 목을 끌어안았고 그 순간을 귀신같이 알고 진우가 문을 밀고 들어왔다. 훈훈한 분위기가 감돌던 녹음실이 시베리아 벌판으로 변한 것은 한순간의 일이었다.

진우가 성학을 만난 것은 열다섯 살 때였다. 어린 시절 폭력 가정에서 자라난 성학은 불우한 환경에 비해 상당히 재능이 뛰어난 사람이었다.

그의 가능성을 알아보았던 중학교 음악 선생은 그를 대한그룹 장학재단에 소개해 주었고, 장학재단에서는 성학을 물심양면으로 지원했다. 장학생이 된 후 세계적으로 유명한 콩쿠르에서 입상을 거듭하던 성학을 기특하게 여긴 이 회장은 그를 회장의 저택으로 초대하기까지 했었다.

그때 이 회장은 성학에게 햇빛이 환한 방의 문을 열어 주었다.

'우리 집안에도 음악가 하나 정도는 나오지 않을까 해서 샀는데, 우리 아이들은 음악에 별로 관심이 없어서…….'

이 회장의 농담에 성학은 굉장히 값비싸 보이는 피아노 앞에 앉았다.

'너무 오래 안 썼더니 조율이 엉망일 거야. 이건 비밀인데 말이지 사실 내가 와서 칠 때가 있어.'

성학은 피아노를 만져 보았다.

'내가 그룹에 대한 책임감만 살짝 덜했더라도 난 음악을 해 보고 싶었지. 이제는 뭐 가끔 취미로 건반을 누르는 실력이 되었지만. 자네가 이 아이의 욕구를 실컷 분출해 주지 않겠나? 비싼 놈을 들여놓고 먼지만 쌓이게 하니 이 녀석에게 내가 항상 미안해 죽겠다니까?'

혼자 남겨진 피아노 방에서 성학은 신들린 듯이 손을 놀렸다. 한 30분쯤 뭔 없이 피아노를 치고 있는데 그때 갑자기 방문이 열리면서 한 아이가 나타났다.

키가 크고 마른 몸매에 알 수 없는 표정을 지었지만, 눈빛만은 제대로 살아 있던 아이였다. 어디에서 실컷 맞고 돌아왔는지 이미 볼과 입술이 터져 피가 나고 잔뜩 부어올라 있었다.

'누구세요?'

'그런 넌 누구냐?'

아이는 신경질적으로 성학이 치던 피아노로 다가오더니 무언가를 살피기 시작했다.

'지금 악보도 없이 그렇게 치고 있었던 거예요?'

피아노에 관심을 보이는 아이를 성학은 흥미롭게 바라보았다.

'네가 진상인가? 이 회장님 아들?'

그러자 아이가 날카로운 눈을 빛내며 말했다.

'전 진욱니다. 이 회장의 떨거지.'

자신을 '떨거지'라고 표현하는 아이를 보며 그는 더욱더 큰 관심이 생겼다. 아이는 우울한 기운을 담고 있었지만 보통 그런 아이들에게서 볼 수 없는 특유의 분위기가 살아 있었다.

'그럼 혹시 이 곡도 칠 줄 알아요?'

갑자기 아이는 그랜드 피아노 뚜껑을 열더니 거기에서 피아노 책 여러 개를 꺼내 놓았다. 쇼팽, 바흐 등 클래식에서부터 뉴에이지 악보까지 여러 가지가 있었다.

하지만 아이가 골라 온 것은 삐뚤빼뚤 음표를 그려 넣은 악보였다. 지금껏 한 번도 본 적이 없는 악보. 아이가 건넨 악보를 무심결에 보고 있던 성학은 한 손을 건반 위로 올려 건성으로 두드려 보았다.

'이렇게?'

'아니요. 음이 이렇게 붙어 있는데 어떻게 그렇게 쳐요. 이렇게.'

직접 시범을 보이는 진우를 보며 성학은 흥미를 느낀 나머지 자신의 옆자리를 두드렸다.

'일단 네가 친 걸 보고 하자. 어떤 느낌인지 알아야 나도 너처럼 재현해 내지?'

진우는 인상을 쓰더니 이내 그에게 다가와 멋들어지게 생소한 연주곡 하나를 연주해 냈다.

오! 제법인데? 그것을 듣던 성학이 턱을 매만지며 그를 바라보자 진우도 시선을 피하지 않은 채 그를 바라보았다.

'음. 이런 느낌이었어? 그럼 나도 이 악보를 본 느낌을 연주해 볼게.'

성학이 조금 전 진우가 친 음악을 조금 변주해서 연주하기 시작했다. 그러자 어색했던 부분이 조금 더 부드럽게 느껴졌다.

'어. 방금 어떻게 친 거예요. 샵 플랫? 한 음 더 높게? 그리고 세 번째 줄에서는 어떻게 한 건데요?'

성학의 연주에 아까의 경계심을 허물고 단번에 관심을 보이는 아이를 보며 성학은 그의 정수리를 뚫어져라 바라보았다.

'네가 진우라고? 회장님 둘째 아들?'

성학의 그 말에 아이가 정신이 번쩍 든 듯 갑자기 모든 행동을 멈추었다. 지금 그는 모든 악보를 챙겨 이 방을 나갈까 아니면 계속 이 사람과 말을 섞어도 될까 고민하는 것처럼 보였다.

하지만 고민도 잠시, 자신이 모르는 사람 앞에서 너무 많은 것을 오픈했다 싶었는지 재빠르게 악보를 챙겨 넣기 시작했다. 진우의 성급한 동작에 성학이 짐을 싸는 진우 손목을 잡았다.

'잠깐만. 넌 뭐가 그렇게 급해? 음악으로 이렇게 서로 통성명했으면 너에게 해가 되는 인물이 아닐 거라는 느낌이 들었을 텐데?'

성학이 진우를 보고 한마디 하자 아이는 그를 물끄러미 올려다보았다.

'그럼 내가 묻는 말에만 대답해 줘요. 이것저것 물어 가며 날 떠보려고 하지 말고! 그게 바로 당신이 할 일이야.'

자신의 신상에 관해서는 날이 서 있을 대로 서 있는 진우를 보며 성학은 아이를 가만히 바라보았다. 그러더니 스스럼없이 아이에게 딱밤을 때렸다.

'이놈 자식 보게? 갑자기 이 방에 쳐들어와서는 금 같은 내 시간을 방해한 건 너야. 그러더니 네가 묻는 것에만 대답하라고. 네 아버지가 회장이라고 너까지 갑질이야? 피도 안 마른 녀석이

벌써 나쁜 것부터 배웠어?'

성학의 조용한 꾸짖음에 진우는 그에게 맞은 이마를 비비며 성학을 올려다보았다.

'그럼, 당신의 정체는 뭔데? 정체를 알아야 나도 이야기를 할 거 아니야. 안 그래?'

진우가 무척 억울한 듯 성학을 쏘아보자 성학은 묘한 표정으로 진우를 바라보았다. 재벌가 자제치고 사람에 대한 경계심이 대단한 그를 보며 성학은 한숨을 쉬었다.

하긴 자신에 대해 설명도 하지 않고 험한 말부터 나누었네.

성학은 절도 있는 동작으로 그에게 한 손을 내밀었다.

'나는 이성학이라고 해. 한국대 기악과 3학년이지만 곧 줄리어드 음대 작곡 전공으로 편입할 예정이니 그것도 곧 바뀔 것 같고. 나이는 스물두 살이다. 넌 몇 살이냐?'

'열다섯.'

묻는 말에는 꼬박꼬박 대답은 다 하는 주제에 말투만큼은 공격적인 그를 보며 성학은 가만히 웃었다.

등치만 보면 한 열여덟 살은 되는 줄 알았더니 아직은 애였다. 이런 아이를 두고 내가 지금 무슨 말을……. 성학은 자신의 셔츠 주머니에서 펜 하나를 꺼내더니 진우의 이마를 다시 한번 딱 하고 때렸다.

'지금부터 잘 봐. 여기 이 부분. 부드럽게 가고 싶은데 음이 굉장히 불안해. 두 개의 높은음 사이 하나의 낮은음. 아까 어떻게 쳤냐고 네가 지적했던 부분 말이야. 조금 더 부드럽게 갔으면 해서 한 단계 낮췄어. 그리고 이 부분. 갑자기 너무 처지게 단조로 가잖아. 그러니까 듣기에 뭔가 좀 어색해. 그래서 장조로 가

는 대신 음을 두 개 내렸어.'

빨간 펜 선생처럼 성학은 몇 가지를 고쳐 준 후 또다시 한 번 자신이 고친 대로 부드럽게 연주를 해 주었다.

'어때. 좀 부드러워졌어? 하지만 이 느낌이 아니라면 나에게 확실하게 가고 싶은 방향을 설명을 해 봐. 어느 곡이나 원작자가 처음에 의도했던 방향이 있게 마련이니까.'

진우의 표정이 묘하게 변했다.

'혹시 용돈 벌이로 과외 같은 건 안 해요?'

진우의 뜬금없는 말에 성학이 의문의 눈빛을 담고 진우를 바라보았다.

'아니. 나는 그냥 물어보는 거예요. 그러자는 게 아니고!'

'나한테 과외까지 배우게? 오! 뭔가 순간 영감이 막 떠올랐나 보지?'

'아니에요. 됐어요. 내가 한 말들은 모두 잊어요.'

순식간에 표정을 험악하게 바꾼 아이가 또다시 급하게 악보와 책들을 챙기기 시작했다.

'이건 너의 몇 번째 곡이냐? 처음? 아니면 두 번째?'

성학의 그 말에 악보를 챙기던 아이의 손이 느려졌다.

'혹시 이거 말고도 또 있어?'

성학이 웃으면서 진우를 바라보자 진우도 성학을 멀거니 바라보았다. 그것이 그들의 시작이었다.

성학은 처음으로 자신이 이야기하기 전에 자신을 알아봐 주고 자신에게 신경 써 주던 사람이었다. 그는 그날 이후로 아무런 대가 없이 진우의 모든 것이 되어 주었다.

아무도 알아채지 못했던 그의 재능을 알아봐 주었고, 그의 숨겨진 욕구나 미처 풀지 못한 응어리를 어루만져 주었다. 성학은 그에게 형이자, 선생이자, 친구가 되어 주었고, 열다섯 살 이후부터 지금까지 진우에게 있어 가족보다도 더 소중하고 가족보다 더 위대한 존재가 되어 갔다.

그런 형을 질투하고 있는 자신의 모습이라니……. 아니 솔직히 이 질투가 누구를 향한 건지도 잘 모르겠다. 자신보다 먼저 우재를 알아본 형에게 있는지, 자신에게는 퉁퉁 부르튼 얼굴을 해도 형에게는 한없이 웃는 낯을 보여 주는 우재에게 있는 건지. 아니면 수 년 만에 다시 만난 이들이 서로에게 자연스럽게 녹아드는 모습을 보며 진우 내면에 묻혀 있던 위기의식이 고개를 든 건지 그건 잘 모르겠다.

그럼에도 불구하고 형은 여전히 나만의 형이었으면 좋겠고 우재는 나만의 우재였으면 좋겠는, 이율배반적인 감정과도 싸워 내야 하다니.

이진우, 넌 여전히 못났구나.

진우는 복잡한 심경에 작은 잔에서 찰랑거리는 독주를 또 한 번 들이켰다.

"진우 형, 왜 그렇게 급하게 마셔요. 좀 천천히 마셔요. 성학이 형도 오랜만에 보는데 형 앞에서 흔들거리게요? 그러다 실수하고 또다시 성학이 형한테 조인트 한번 까여 봐야지."

우재도 진우가 걱정되는 듯 진우가 다시 술을 따르자 그의 손을 잡았다.

"아까부터 기분이 왜 그래요?"

"그냥."

그를 걱정하는 우재의 말에 진우는 순간적으로 자신을 부여잡은 우재의 손을 밀쳐 내다가 우재와 눈이 마주치고 말았다.

진우는 순간 아차 싶었다. 또다시 흘러나오기 시작하는구나. 나의 악마 기질. 한번 감정의 구렁텅이 빠지면 옆에서 누가 떠들던지 땅굴을 파고 들어가는 습관.

진우를 지켜보고 있던 우재가 자신 앞에 놓인 잔에 투명한 소주를 들이붓더니 갑자기 연거푸 마셔 대기 시작했다.

"우재 씨까지 왜 그래요? 진우 형 취하면 우재 씨가 챙겨야 할 거 아닙니까."

우재는 진우를 흘끔 보더니 다시 한 잔의 술을 꿀꺽 마시고는 진우가 들으라는 듯 말했다.

"암만 봐도 오늘은 나 안 챙겨 갈 것 같은 분위기인 것 같아서요. 그래서 내가 오빠보다 먼저 취해 버릴려고요."

우재의 그 말에 성학과 철영이 관심을 보였다.

"와. 이제는 진우 표정만 보고도 앞을 내다보는 경지에 이른 거야? 대단한데?"

성학이 우재를 추켜세우자 우재는 그런 말조차 똥 씹은 표정을 하고 듣고 있는 진우를 바라보았다.

"그러나저러나 진우 형, 자청비 어떡할 거예요. 매니저에게 전화 왔는데 자청비가 우리 거 안 부른다고 고집부리고 있대. 도저히 이진우 작곡가랑 안 맞아서 일 못 해 먹겠다고. 어? 어떡할 거냐고!"

진우 대신 성학이 한마디 했다.

"갠 됐다고 해. 그 노래에는 여자가 맞지 않아. 남자가 불러야지."

진우가 양미간을 찌푸렸다.

"남자?"

"어. 솔직히 가창력 같은 것도 필요 없고 그냥 의미만 잘 전달되면 되는 거 아니었어?"

진우는 코웃음을 치며 다시 자신의 잔에 술을 따라 한 잔 쭉 들이켰다.

"그러니까. 그 노래는 네가 직접 불러. 네 목소리를 세상에 내놓기 싫다면 그걸 가이드로 어울리는 가수 찾아봐도 좋고. 그건 암만 봐도 남자 키였어."

진우는 한동안 아무 말이 없었다.

"어. 그런데 술이 없다. 선생님, 우리……."

우재가 술 투정을 하자 성학이 계산서를 들고 일어났다.

"우리 술 사 가지고 녹음실 가서 마실까? 표정들을 보니 지금 감정들이 무르익었어. 그냥 흘려보내기엔 너무 아쉬운 순간인데? 복잡하면서도 어지럽지만 그래도 결국 길은 하나인."

뭔가에 잔뜩 신이 난 듯 성학은 콧노래까지 불렀다. 우재가 그런 그를 가리키며 철영에게 물었다.

"저 선생님 갑자기 왜 저래요?"

철영이 머리를 쥐어뜯었다.

"지금이 성학이 형에게 영감이 떠오른 순간이거든요. 저럴 때 저 형은 둘 중 하나야. 대박 또는 쪽박. 하여간 일단 따라가 봅시다. 지금까지 형 말을 들어서 나빴던 적도 없었으니까."

철영이 일어나고 우재가 그의 뒤를 따라 일어나다가 다리가 삐끗거렸다. 그런 그녀를 진우가 얼른 받아 안았다.

우재가 정신이 번쩍 든 듯 그의 품에서 일어나 옷매무새를 가다듬자 진우는 그녀를 조용히 내려다보았다. 갑자기 그녀를 부축해 준 자신의 손이 머쓱해졌다.

술집을 나서는 우재의 걸음걸이가 갈지자로 흔들렸다.

"서우재는 똑바로 걸어. 넌 더 이상 알코올 금지."

진우가 조용하게 경고를 해 보았지만 우재는 딴생각을 하는지 대답하지 않았다.

"서우재 내 말 듣고 있어?"

"만약에 말예요. 성학 선생님이랑 나랑 바다에 빠졌어? 그러면 오빠는 누구부터 구할 거예요?"

우재의 뜬금없는 말에 진우는 자신을 한 발 짝 앞서 걷는 우재를 뚫어지게 바라보았다.

"뭐라고?"

"이성학 선생님과 나 둘 중에 고르라면 오빠는 누구를 고를 거냐구요!"

우재가 진우를 향해 직구를 던지자 진우가 난감한 표정을 지었다.

"와. 3초 내에 대답 못 했어!"

확실하게 대답하지 못했다면서 분해하는 우재를 보던 진우의 시선이 성학의 뒷모습을 향했다.

"성학 선생님은 누구부터 구할 거예요? 선생님 연인과 진우 오빠가 물에 빠지면 말이에요."

우재가 성학에게 묻자 성학이 뒤돌아서더니 우재와 진우를 바라보았다.

"이것들이 나를 왜 거기 껴 넣어서 난리야. 당연히 난 내 여자를 구해야지. 진우는 네가 구해 줄 거 아니야."

성학의 말에 진우가 머쓱해졌다.

“그래도 서효재는 안 돼요! 난 결사반대야. 여자가 가라고 한다고 자기 마음대로 훌쩍 떠나 버리는 남자 따위에게 우리 언니 줄까 보냐?”

“글쎄. 이제 네 맘대로 안 될걸? 이젠 빼도 박도 못하게 됐거든.”

“뭐라구요?”

“내년 봄에 너 이모 된단다.”

우재가 걸음을 멈추고는 두 손으로 자신의 입을 가렸다.

“말도 안 돼!”

“그러니까. 나도 이젠 더 이상 도망치면 안 되겠지. 그 무엇에게든.”

성학이 우재의 정수리를 마구 흐트러뜨린 채 녹음실을 향해 걸어가 버리자 길거리에는 우재와 진우만 남았다.

지나가는 행인들 때문에 진우가 가까이 다가와 섰지만 우재는 본능적으로 그를 피했다. 갑자기 진우의 손이 그녀의 손목을 끌어당겨 자신의 옆에 붙였다.

“아까부터 느꼈는데 너 자꾸 왜 나 피해? 뭐 잘못된 거 있어?”

진우가 한쪽 다리를 짚고 본격적으로 우재에게 따지기 시작하자 우재가 눈을 들었다.

“날 피한 건 오빠겠지. 녹음실에서부터 오빤 거의 얼음장 같았어. 아까도 오빠 붙잡는 내 손 밀쳐 냈잖아요. 성학 선생님이 도착한 이후로 오빤 날 줄곧 외면해 왔어. 이건 인정해?”

우재가 따지고 들자 진우는 무슨 말을 하려다가 입을 꾹 닫았다. 성학이 형과 널 질투한 나머지 아무것도 보이지 않았다는 사실을 이 아이에게 어떻게 설명해야 한다는 말인가.

"형이랑 네 언니 이야기는 왜 안했어. 일부러 그런 거야?"

"생각 중이었어. 방랑자 이성학은 언니에게도 방랑자 같았어. 선생님은 모르겠지만 언니는 선생님 때문에 많이 울었어. 어느 날 훌쩍 나타났다 어느 날 훌쩍 사라지고. 자신은 가정 같은 건 꾸리지 않을 거라고 입버릇처럼 말하는 남자 따위! 나에게는 은인 같은 선생님이지만 우리 언니에게는 정말 아픈 사람이었다구. 그래서 모른 척했어. 선생님 스스로 더 치열하게 고민하기 바랐거든. 그래야 어떤 결정을 내리든 먼 훗날 자신의 결정에 후회하지 않을 테니까!"

갑자기 진우는 이 모든 것이 코미디처럼 느껴졌다. 나는 혹시라도 네가 형에게 마음을 빼앗길까 전전긍긍하는 사이 너는 그런 생각을 하고 있었다 이 말이지?

"나에게 있어 형은 나의 아버지이자 형이자 선생님이자 내 모든 것이었어. 네가 나타나기 전까지 이 세상을 지탱하는 힘이었다고. 그런데 그 사이에 어느 날부터 네가 있었어. 솔직히 이 세상에서 누가 가장 소중하냐고 묻는다면 난 여전히 둘이야. 너와 형! 그런데 내가 사랑하는 여자가 내가 존경하는 형을 꽤 달뜬 표정으로 바라봐. 그걸 보는 내 심정이 어땠을 것 같아?"

우재가 황당하다는 듯 진우를 바라보았다.

"달뜬? 그건 신기해서겠지! 난 선생님을 열 살 이후로 처음 만났으니까. 여기저기 다른 사람을 통해서 말만 들었지 내가 직접 본 건 이번이 처음이니까!"

"하지만 넌 지금껏 형을 아는 모든 사람들을 선망 어린 시선으로 바라봤잖아. 당신도 성학이 형을 아냐는 듯이!"

"그건 뭔가 신의 계시 같았으니까! 효재 언니에게서 선생님에 관해 듣기 전까지만 해도 난 그 사람이 신인 줄 알았어. 상처로 신음하는 열 살 아이에게 선생님은 충분히 그럴 만한 행동을 했잖아!"

그 순간 차 한 대가 빠르게 골목길을 달려왔다. 진우가 본능적으로 우재를 길 안쪽으로 끌어당겼다. 그러자 우재가 그 틈을 타 포옹해 왔다.

"길거리에서 뭐 하는 거야? 이러다 우리 풍기문란죄로 잡혀 간다."

"생각해 보니 너무 억울해서. 선생님 오시고 나서 생이별한 것도 억울해 죽겠는데 오빤 그 후로 나한테 계속 무서운 얼굴만 보여 주잖아."

자신의 허리에 팔을 두르고 자신의 가슴에 얼굴을 묻고 있는 우재를 내려다보며 진우는 어쩔 수 없다는 듯 그녀의 머리를 끌어안으며 그녀의 머리카락에 자신의 얼굴을 묻었다.

그녀에게서 그가 쓰던 샤워코롱 향기가 풍겼다. 그가 사무치게 그리울 때면 그가 쓰던 욕실 제품을 쓰면서 허한 마음을 달랬다더니…….

진우는 그녀의 말이 생각나 결국은 헛웃음을 흘리고 말았다.

이런 여자에게 내가 지금까지 무슨 짓을 하고 있었던 거야. 서우재, 널 사랑하게 된 이후로 난 자꾸 겁쟁이가 되어 간다. 아니라고 말은 해도 옹졸하고 치졸하고 겁 많은.

어떻게 네가 나를 이렇게까지 만들어.

진우가 우재의 손목을 잡더니 걸음을 빨리 이어 갔다.

"어. 뭐예요?"

"가자. 녹음실. 형 말이 맞았어. 지금 딱 이 감정이야. 이럴 때 녹음해 둬야 해."

마음이 급한 듯 몹시 서두르는 그의 손에 이끌려 녹음실로 걸어가면서 우재는 그에게서 풍겨 나오는 온기에 종일 얼어붙어 있었던 마음이 사르르 녹는 것을 느꼈다.

녹음실로 들어가 담담한 목소리로 노래를 부르는 그를 지켜보며 우재는 가슴이 두근거리기 시작했다.

"어우. 저 형. 왜 저래? 갑자기 소름이 쫙 돋았어. 노래방에서도 노래 잘 안 하는데. 자청비가 물러나길 정말 잘했네."

눈을 감고 진우의 노래를 음미하던 성학은 갑자기 무슨 생각이 들었는지 자신의 가방에서 이미 빼곡히 그려져 있는 오선지를 꺼내 무언가를 다시 적어 내려갔다.

"우재도 준비해. 네가 이야기했던 거 오늘 녹음할 거야. 네 오빠는 널 사랑한 이후 모든 게 변했다는데. 그러니 옹졸해지고 겁이 많아진 저 남자에게 뭐라고 대답을 해 줘야 할 거 아니야."

성학이 올려다보자 우재는 비로소 마법에서 깨어난 사람처럼 자신의 눈가에 고인 눈물을 떨궈 냈다.

"그러게요. 선생님."

"형부."

성학이 호칭을 정정하자 우재의 눈썹이 사납게 치켜 올라갔다.

"전 아직 허락하지 않았어요."

"그래도 허락해 줘. 너도 네 남자 결국 용서해 줬잖아. 특히나 자신 안에는 사랑이 없다고 굳게 믿었던 사람으로서는 모든 과정이 어색하고 불편해. 불쑥불쑥 튀어나오는 감정의 파도에 휘말릴 때마다 얼마나 당황스러운지 알아? 상대가 내 마음을 따라 주지 않는다고 함부로 행동해 놓고 수없이 후회하곤 하지. 내 자신조차 몰랐던 옹졸한 내 마음과 초라한 자신을 발견할 때마다. 그래서 더 아파. 미안하고. 마음에 사무치지."

성학이 우재를 향해 눈을 들자 우재는 성학의 눈에 잔뜩 고인 감정의 파도를 훔쳐본 것 같았다.

"우리 언니 한 번만 더 울리기만 해 봐. 그때는 당장 쫓아가서 요절을 내고 말 테니까."

"그러게. 제발 내 앞에서 제대로 울기라도 했으면 좋겠다. 항상 냉기만 풀풀 흘리던 주제에 뒤에서 그렇게 혼자 눈물짓고 있었단 말이지?"

우재는 뒤에 있는 의자에 앉아 무언가를 한참 적어 내려가더니 종이 한 장을 성학에게 내밀고는 녹음실에 들어갔다. 마침 이제 막 녹음을 끝낸 진우가 헤드폰을 벗어 들고 있던 참이었다.

"왜 그동안 그런 말들 내 앞에서는 한 번도 안 했어요?"

우재의 퉁명스러운 항의에 진우가 부끄럽다는 듯 삐죽 웃었다.

"어떻게 남자가 번번이……."

순식간에 눈물이 번져 우재가 고개를 수그리자 진우는 마지못해 그녀에게로 다가가 뺨을 어루만져 주었다. 그 모습을 밖에서 지켜보고 있던 철영이 또다시 호들갑을 떨었다.

"형. 지금 나 못 볼 꼴 보고 있는 거 맞죠? 지금 닭살 돋고 그래야 하는 그런 순간인거 맞죠!"

"그래. 아마도 그런 것 같다."

"그런데 이상하게 마음이 경건해지네. 근데 우재 씨가 준 가사 보니까 제목이 '그냥' 이에요. 난 막 웅장한 가사가 쏟아져 나올 줄 알았는데 굉장히 담담해. 당신이 어떤 모습을 하든, 어떤 마음을 갖든 자신은 항상 그 자리에 있겠대. 그러니까 무슨 일이 있어도 자신이 함께 있다는 사실만큼만은 잊지 말아 달라니. 솔직히 잔뜩 기대했던 저로서는 좀 힘이 빠지는데요?"

"그래서 나도 곡을 더 잔잔하게 바꾸려고. 그게 저 아이들이 사랑하는 방식이야. 벽돌 쌓아 가듯 시작했으니 그렇게 쌓은 감정들도 천천히 소진해 가길 바라는 건지도 모르지. 어쨌든 드라마 속 주인공들과도 닮았어. 모든 사람들이 항상 불꽃 튀는 열정만 가지고 살아? 서로에게 녹아들며 닮아 가는 거지."

우재는 진우에게 이끌려 고급스러운 호텔 방으로 끌려들어 왔다. 호텔 방의 문을 여는 순간 들이닥친 그의 입술에 우재는 정신을 차릴 수가 없었다.

이게 얼마 만이더라? 성학이 다시 돌아오고 그가 남모르게 애를 태운 날수가 거의 한 달이 넘었다. 그동안 그의 마음이 얼마나 가난했었고 그녀에게 목이 말랐었는지 우재는 그녀의 몸에서 손을 떼지 못하는 진우를 보고 알았다.

"조금만 더 부드럽게 하면 안 될까요? 이빨이 부딪칠 때마다 부러질 것 같아."

우재가 중얼거리자 진우는 우재의 상의를 풀어 헤치고 그녀의 치마 지퍼를 끌어 내렸다.

"말리지 않겠다며. 재가 되어도 참아 낼 각오가 되어 있다며."

늦게까지 녹음을 마치고 집으로 가는 길, 도저히 못 참겠다며 진우가 눈앞에 보이는 호텔을 향해 손을 이끌었기 때문이다.

우재가 침대에 던져지자 그에 의해 순식간에 우재의 스타킹이 벗겨졌다.

“하지만 씻지도 않고!”

“서우재 넌, 이 와중에도 아직 정신이 그대로인가 보지? 난 지금 거의 미치기 일보 직전인데.”

녹음이 끝나고 조금 더 술을 마신 데다가 우재의 향기까지 더해지자 그는 거의 반미치광이 상태가 되었다. 결코, 신사답지 못할 거라고 으름장을 놓던 진우가 또다시 우재의 입술을 덮었다.

진우의 혀가 그녀의 입 안을 휘젓기 시작하자 우재는 신음을 울리며 그의 목을 더욱 끌어안았다. 진우의 손이 그녀의 가슴을 헤치더니 정점을 손가락으로 비비는 바람에 우재의 얼굴이 붉어지고 호흡이 가빠지기 시작했다.

“그래도 이건 너무 노골적이잖아.”

진우의 입술이 우재의 목을 타고 점점 내려오자 우재는 몸을 비틀었다. 진우의 입술이 우재의 가슴을 물자 우재는 참지 못하고 신음을 내뱉었다.

진우의 손이 그녀의 몸 깊숙한 곳을 파고 들어갔다. 진우의 손놀림에 우재가 흥분을 이기지 못하고 시트를 물었다.

우재가 진우의 공격에 요동을 치자 진우는 뭔가 꽤 만족스럽다는 표정을 짓더니 그녀의 몸 위로 올라왔다.

“실은 아까 네 몸에서 내 샤워코롱 향기가 풍긴 순간부터 이러고 싶었는데 그동안 꾹 참았어.”

그녀를 내려다보며 티셔츠를 벗어 던지는 그를 멍한 시선으로 바라보던 우재가 웅장한 그의 분신이 모습을 드러내자 눈을 휘둥그레 떴다.

“어. 얼마나 이런 상태로 있었던 거예요?”

“내내.”

"내내?"

"네가 아까 차 안에서 내 귀에 대고 다시 그 노래를 불러 줄 때는 거의 극에 달해 있었지. 도대체 나를 어디까지 몰고 갈 거야? 하루에도 몇 번씩 롤러코스터를 타는 바람에 내 심장이 제대로 굴러갈까 몰라. 이래서 너랑 백년해로할 수 있겠냐? 제발 부탁인데 서우재 하루에 하나씩만 하자. 응?"

진우는 그렇게 이야기하더니 키스를 하며 그녀의 깊숙한 곳에 자신의 몸을 밀어 넣었다. 갑작스러운 이물감에 우재가 신음을 흘리자 진우는 그녀의 허리를 잡아 더욱 자신에게 밀착시켰다. 우재의 뜨거운 온기가 진우를 감싸 안자 진우가 그제야 좀 살 것 같다는 듯 그녀의 어깨에 얼굴을 묻었다.

"이제는 좀 만족스러워요?"

진우가 고개를 들어 우재를 멀뚱히 바라보았다.

"아직은."

"그럼 내가 어떻게 해 주면 될까요?"

"오늘은 내가 뭘 하든 다 받아 줘."

불꽃이 튀는 진우의 눈을 바라보며 우재는 그의 목을 끌어당겨 입술에 키스를 해 주었다.

"좋아요. 죽은 사람 소원도 들어준다는데 산 사람 소원쯤이야!"

하지만, 우재는 10분도 지나지 않아 자신의 그 발언이 얼마나 무시무시한 발언이었는지 뼈저리게 깨달았다.

술에 취하면 아무것도 하지 못하는 남자라던 그의 소문은 모두 거짓말. 이미 오래전에 이성을 저당 잡히고 오로지 욕구만 남은 남자에게서는 이전에는 볼 수 없던 괴력이 솟아나고 있었다.

도저히 신음을 참을 수 없던 우재의 목구멍에서 새된 비명이 쏟아져 나오자 진우의 몸이 더욱더 탄력 있게 리듬을 타기 시작했다. 지금까지 알 수 없었던 묘한 흥분이 순간순간 찾아들기 시작하자 우재는 당황했다.

"잠깐만. 오빠. 잠깐만."

진우가 우재를 껴안자 우재가 흥분한 나머지 그의 등을 긁었다. 흥분해서 볼이 발개진 우재를 끌어안으며 진우는 그녀의 모습에서 눈을 떼지 않았다. 서우재, 그렇게 나한테 물들어라. 내가 아니면 아무것도 할 수 없게 나에게 물들어.

진우의 몸놀림이 극한으로 치달았는지 우재의 속 근육이 잔뜩 움츠러들며 그를 압박하기 시작했다. 진우는 생각지도 않은 우재의 수축에 자신도 모르게 우재의 몸속 깊숙한 곳에 자신을 쏟아 내었다. 제기랄. 조금은 더 여유가 있을 줄 알았는데.

지나가는 그의 욕설을 그녀가 들은 모양이었다.

"오빠도 느꼈어요. 방금?"

당황한 나머지 그녀에게서 몸을 일으키려던 그를 그녀가 다시 붙잡았다. 그녀가 다리를 오므려 그의 엉덩이를 치자 그녀의 몸속 깊숙한 곳에 휴식을 취하고 있던 그의 분신이 다시 꿈틀했다.

"나는 상관없을 것 같은데. 우리에게 좀 더 빨리 천사가 찾아와도."

진우가 그녀를 내려다보자 그녀는 보석 같은 두 눈을 들어 그를 마주 보았다.

"오늘은 그런 거 상관없이 마음껏 사랑하면 안 돼요? 아직도 오빠 마음 안에 두려운 게 남아 있어요?"

우재의 그 말에 진우가 꽁꽁 얼은 얼굴로 그녀에게 물었다.

"지금 네가 무슨 말 하고 있는지 알고 있어?"

"당신하고 결혼하고 싶어요. 나, 당신 아이도 가지고 싶고 당신의 미래에 내가 항상 함께 있었으면 좋겠어. 내가 아직도 너무 큰 욕심 부리는 거예요?"

프로포즈하는 솜씨하고는. 하필 이렇게 원초적인 모습으로 서로를 꼭 끌어안은 마당에 그녀는 그 어느 때보다 더 진지했다. 네가 그러니 내가 이성을 챙길 수가 없잖아.

진우의 손이 다가와 그녀를 으스러지게 끌어안더니 그녀의 입술이 그의 입술에 빨려들어 갔다. 진우가 허리를 튕기자 서로 맞닿은 하체가 다시 리듬을 타고 움직이기 시작했다. 진우의 저돌적인 속도에 우재가 흥분을 삼키지 못하고 자신의 손으로 입을 틀어막자 진우가 웃으면서 그녀의 손을 붙잡았다.

"마음껏 사랑하자며. 그럼 너도 더 이상 참지 말아야지."

우재가 부끄러운 듯 발을 흔들어 보았지만 그러는 사이 격한 흥분이 그녀의 몸을 치고 들어오기 시작했다. 진우는 그 모습이 너무 예뻐서 그녀를 끌어안으며 입술을 맞부딪쳤다.

지금껏 살면서 이렇게 완벽하게 만족스러운 관계를 가진 적이 있었던가? 앞으로도 그와 그녀는 울고 웃고 가끔은 서로를 할퀴고 상처를 주며 살게 될지도 모른다.

하지만 그럴 때마다 다시 회복할 길만 찾는다면 이것보다 더 나은 관계는 없을 거라는 생각이 들었다.

진우는 장시간의 관계로 축 늘어진 우재의 몸을 안아 들고 따뜻한 물이 가득 찬 욕조 안에 담갔다. 따뜻한 물이 온몸에 감겨들자 우재의 입에서 작은 비명이 퍼져 나갔다.

"반칙이야, 이진우."

"뭐가."

"오빠가 뭘 하든 다 받아 달라더니 날 아예 벗겨 먹으려고 작정했어!"

진우는 욕조 안으로 들어가 그녀를 감싸 안은 다음 그녀의 머리를 조심스럽게 자신의 가슴팍에 기대게 한 뒤 한숨을 내쉬었다.

"나야말로 며칠 동안 긴장 속에 살았더니 지친다. 하도 버라이어티하신 애인분 덕분에!"

우재가 그런 그의 말을 알아들은 건지 그의 가슴에 더욱 무게를 실어 왔다.

"그래도 너무했어. 아직까지 가슴 두근거림이 멈추지 않아요."

우재가 놀랍다는 듯 자신의 심장 부근을 매만지자 진우의 손이 다가오더니 그녀의 심장을 찾으며 그녀의 가슴을 스치고 지나갔다.

"내가 내 감정에 관해서 너에게 솔직히 털어놓았다면 네 결정이 좀 더 빨라졌을까? 아니면 너의 고민에 내 고민까지 합쳐져서 넌 중심 잡느라 더 힘들지 않았을까?"

여전히 우재에게 부담을 주고 싶어 하지 않는 진우의 말에 우재는 몸을 돌려 그를 바라보았다.

어쩌면 이런 거구나. 진우는 그녀에게 결혼하자 채근하면서도 한 번도 그녀를 압박한다거나 그녀가 하는 일에 부담을 준 적이 없었다.

하지만 정작 자신은 그런 그가 불안해 한 번씩 대놓고 투정을 부리긴 했지만.

"우리 그러면 언제 결혼할까요?"

우재가 진우를 바라보며 진지하게 묻자 진우는 말없이 두 손으로 자신의 머리카락만 쓸어 올릴 뿐이다. 우재는 대답이 없는 그가 초조한 나머지 자신도 모르게 마른 입술에 침을 발랐다.

"왜 이렇게 대답이 느려요? 나까지 나서니까 망설여져요?"

우재가 물었지만 진우는 욕조에 팔을 걸치고 대답 없이 우재를 뚫어져라 바라보았다.

나만 혼자 안달하는 줄 알았는데 서우재도 자신과 똑같다니! 사랑을 하면 이렇게 모두 바보가 되나. 자신의 감정만 소중했지 상대방의 감정 같은 건 보이지 않으니.

진우는 이제야 비로소 그녀의 감정이 손에 잡히는 것 같아 기분이 나아졌다. 미칠 듯이 행복하면서도 미칠 듯이 불안한.

진우가 조용히 그녀의 눈가에 눈물인지 수증기인지 모를 물방울을 슥 하고 훔쳤다.

"그런데도 넌 어떻게 그렇게 한결같을 수 있지? 어떻게 그렇게 한결같이 저돌적이야?"

진우의 그 말에 우재의 눈이 금세 붉어졌다.

"이렇게라도 하지 않으면 오빠 나를 거들떠보지도 않을 테니까. 더 많이 사랑하는 사람이 죄인인 걸 어떡해. 오빠를 잃고 사느니 백 번이고 천 번이고 내 마음을 이야기하는 편이 더 나아요."

아마도 그게 그와 그녀의 차이점이 아니었을까. 그는 사랑을 할수록 자신의 안으로 숨었고 그녀는 상대에게 한 발자국 더 다가왔다. 그래서 그는 우재를 잃을 뻔했고 우재는 그를 과감하게 되찾았다.

진우는 지금껏 그런 모든 과정을 혼자서 견뎌 왔을 그녀가 안쓰러워 우재를 자신의 품으로 끌어당겼다. 그러자 그녀의 심장과 자신의 심장이 쿵쿵대며 함께 울려 대기 시작했다.

"지금까지 너 혼자만 외로운 길을 걷게 만들어서 미안해. 이제부터는 내가 너보다 훨씬 더 너를 사랑하고 아낄게. 사랑해. 서우재."

진우의 고백에 우재는 얼굴을 발갛게 물들인 채 소리 없는 울음을 터트렸다.

"형, 진우 형이 부른 OST 음원 언제 정식 발매 하냐고 오늘만 해도 전화가 아홉 통이나 왔거든요? 정식 발매 안 하겠다는 걸 갖은 말로 꼬셔서 발매하기로 하길 잘했지. 안 그러면 폭동 일어나겠어요."

철영의 하소연에 성학은 피식 웃었다.

"오늘 우재가 부른 답가가 나가면 아예 전화기가 불이 나겠는데? 그 애들의 노래는 한 쌍이니까."

진우가 가이드임을 강조하고 녹음한 노래를 성학은 떡하니 드라마 주인공의 테마송으로 삽입했다. 반응은 그야말로 폭발적. 드라마가 단 2회밖에 방영되지 않았는데도 진우의 목소리를 담은 노래를 찾아 네티즌들이 들썩이기 시작했다.

"자청비가 진우 형 노래 듣고 홀딱 반해서 가창료 안 받아도 되니까 자기가 다시 OST에 참여하면 안 되겠냐고 연락해 왔어요."

"늦었지. 우재 노래는 더 기가 막힌데. 이번에는 노래 임자들이 따로 있어서 어쩔 수 없겠다고 정중하게 거절해."

"그런데 형. 왜 그 커플은 그렇게 좋은 재능을 썩히고 있는 거랍니까? 형도 그렇고 우재 씨도 그렇게 가사 전달력도 뛰어난 사람들이 가수는 극구 됐다 하며 거절하니."

음악을 고르고 있던 성학의 입술이 활이 휘듯 휘었다.

"진우는 모르겠지만 적어도 우재는 '엔젤리나' 시절에도 생각보다 노래하는 것을 즐기는 아이가 아니었어. 관계자들은 우재가 노래하는 것에 열광하곤 했지만 우재만큼은 그런 것에 관심이 없었지. 그래서 난 그 아이가 흥미로웠어. 대신 우재는 그때도 마음을 나누어 주는 걸 좋아했지. 사람을 좋아했거든. 정이 그리워서 그랬는지 어디를 가든 낯선 사람들을 친구로 만들었지. 그게 어쩜 우재가 가진 최고의 재능이 아닐까. 상대방의 빈 곳을 꿰뚫어 보는 능력."

성학의 말에 철영의 고개가 끄덕여졌다.

진우와 우재는 결혼 허락을 받으러 이 회장 댁에 들렀다가 돌아가는 길이었다.

두 사람은 이달 말, 이 회장의 저택 정원에서 조촐하게 가족만 참석한 결혼식을 올릴 예정이었다.

진우가 라디오를 켜자 며칠 전부터 전파를 탄 우재의 노래가 라디오를 통해 흘러나오고 있었다.

홀린 듯 듣고 있는 진우의 옆모습을 바라보던 우재는 자신도 모르게 그의 옆얼굴을 쓰다듬었다. 진우가 그제야 정신이 든 듯 자신의 뺨을 감싼 우재에게 손을 맞대어 왔다.

"아. 미안. 들을 때마다 바보같이 빠져들어서."

진우의 솔직한 그 말에 우재가 피식 웃었다.

"철영 오빠 말대로. 내가 오빠한테 노래 많이 불러 줘야겠네. 오빠가 문 리버 한 곡만 주야장천 들어서 철영 오빠는 그렇게 지겨웠다는데."

진우가 피식 웃었다.

"그건 그렇고 오늘 날짜 잡은 건 장모님하고 장인어른께도 말씀드려. 장모님과 장인어른을 위한 결혼식은 호주에 가서 치른다고 해도."

"네. 이미 그렇게 말씀드렸어요."

우재의 씩씩한 말에 진우는 대견하다는 듯 우재의 우재의 머리를 쓰다듬으며 한껏 흐트러뜨렸다.

"그런데요. 오빠. 우리 결혼 소식 전하면서 그동안 신세 진 분께 인사를 드리고 싶은데 혹시 오빠가 도와줄 수 있을까요?"

우재가 신세 진 분이라? 계속 이야기해 보라는 듯 진우가 우재를 바라보자 우재는 뭔가 긴장된 표정으로 그에게 말했다.

"아니 별건 아니고. 나 호주에 있을 때부터 날 도와준 후원자이신데, 그분 덕에 공부도 했고 한국에도 왔고 또 나 일할 때도 여러모로 도움을 많이 받아서 결혼한다고 인사를 드리고 싶은데 장학재단에서는 절대 신상에 대해 알려 줄 수가 없대. 혹시 오빠 배경으로라도 그분을 찾아낼 방법은 없을까요?"

우재의 그 말에 진우가 쿨럭쿨럭하고 별안간 기침을 해 댔다.

"자신을 알리고 싶지 않은 사람을 굳이 캐낼 필요가 있을까? 너에게 여전히 도움의 손길을 내밀고 싶은가 보지."

"그렇다면 또다시 끝이 없는 거잖아. 나보다 더 힘든 학생들도 많을 텐데 그런 학생들을 도와주시면 되잖아. 이제 나는 어엿한 일도 있고 이렇게 든든한 신랑도 있는데."

우재가 그렇게 말하고는 진우의 손을 잡아 왔다. 이제는 제법 진우를 어르는 방법도 늘었는지 우재가 이렇게 나오는 날이면 진우는 녹아서 흐물거릴 정도였다.

"그 사람 찾아내서 뭐라고 말할 건데?"

"무척 행복하다고. 당신이 지난 시간을 지켜 준 덕분에 이렇게 행복해졌다고. 그러니까 당신도 부디 행복해졌으면 좋겠다고."

진우는 그 말을 전하며 조용히 웃는 우재를 응시했다.

13. da capo al fine

우재가 결혼을 앞두고 자신의 웨딩드레스를 예비 시누인 진희에게 맡겼을 때 그녀는 흔쾌히 그 일을 수락했다.

하지만 진희가 그린 스케치를 보고 진우는 불을 뿜어냈다. 어깨가 오픈되고 치마 부분은 하늘하늘한, 우재의 각선미가 비치는 디자인이었기 때문이다.

“세상에. 살이 왜 이렇게 빠졌어? 결혼 앞두고 고민되는 거 있어?”

우재는 살짝 곤란하다는 듯 웃었다. 성학이 호주로 출국한 이후 진우와 합방을 해 버렸다는 사실을 차마 이야기할 수가 없었다. 서로의 마음을 확인한 남녀가 눈만 마주치면 할 만한 일이 딱 한 가지밖에 없더라는 말도.

“넌 저렇게 고루한 남자랑 어떻게 살려고 그러니? 흥! 예쁜 웨딩드레스 하나 제대로 못 입게 하는 남자라니!”

우재는 또다시 곤란해했다. 그녀의 옆에서 진우가 팔짱을 낀 채 무서운 표정으로 자신의 누나를 지켜보고 있었기 때문이다.

"누나가 너무 파격적이라는 생각은 안 해요? 그런 누나를 어떤 남자가 데려갈지 참."

이제는 제법 진희와 투닥거리기까지 하는 진우를 보며 우재는 빙그레 웃으면서 탈의실로 들어갔다. 그리고 벽에 걸려 있는 드레스를 보고는 너무 놀라 두 손으로 입을 가렸다.

"입어 봐. 이번에는 장난 안 치고 제대로 만들었으니까."

우재는 옷을 벗고 웨딩드레스로 갈아입었다. 레이스로 된 상의 부분은 피부처럼 자연스럽게 우재의 몸에 달라붙었고 치마 부분은 반짝이는 소재로 넓게 퍼져 있었다.

이런 드레스는 미니 웨딩이 아닌 성당에서 입어야 어울릴 것 같았다.

"정원 결혼식이니까 베일은 간단하게 만들었어. 어때, 마음에 드니?"

우재는 너무 감사하다는 말을 되뇌며 진희를 덥석 안았다.

"감사해요, 형님. 태어나서 이렇게 아름다운 드레스는 처음 봤어요."

말 한마디라도 예쁘게 하려는 예비 올케를 보는 진희의 눈빛이 따뜻해졌다.

"누나, 살이 3센티미터 이상 노출되는 건 절대 허락 못 합니다. 그러니까……."

커튼 너머로 진우의 경고가 날아오자 진희는 다시 눈썹을 추어올리면서 우재를 다그쳤다.

"너 진짜 다시 생각 안 할 거야?"

"제 인생에서 저 남자 꼬시는 일이 제일 어려웠어요. 그래서 전 그냥 저 남자가 모른 척해 줄 때 빨리 접수해 버리려고요. 저러다가 언제 마음 바뀌어서 결혼 안 한다고 할지 모른다니까요?"

세상에. 아무리 농담이라지만, 저렇게 모가 난 녀석이 뭐가 좋다고 넌 그렇게 한결같이 사랑해 주니. 아마 그런 네 마음 때문에 녀석이 점점 꽃이 피나 보다.

우재가 커튼 뒤로 사라진 지 10분이 지났고, 진우가 초조하게 그 앞을 서성이는데 갑자기 커튼이 쫙 걷히면서 우재가 나타났다. 가슴과 등이 파인 괴상한 드레스를 입힐 거라는 말과 달리 단아하고 경건해 보이는 드레스를 입은 우재의 모습에 진우는 자신도 모르게 입이 벌어졌다.

"어때. 좀 마음에 드니?"

진희의 너스레에 진우는 말없이 그녀를 향해 씩 웃어 보였다.

"세상에. 저 능글맞은 웃음 좀 봐. 하여튼 진심으로 결혼 축하한다. 결국, 이런 날이 진짜 오긴 하는구나?"

진희의 축하에 우재는 따뜻한 눈빛으로 진우를 바라보았다.

"진상이랑 효린이는 너희들 결혼식에 맞춰서 귀국할 거라고 하던데. 이야기 들었니?"

진우가 고개를 끄덕이자 진희가 빙긋 웃어 보였다.

"진상이가 그렇게 열심히 일한다더라. LA지사에서도 호평이 자자해. 효린이도 여배우답지 않게 수더분하게 내조 잘하고 있는 것 같고."

"누나가 뭘 걱정하는지 잘 알고 있어요. 하지만 한 번에 하나씩, 이진상과의 문제는 평생을 두고 풀고 싶어요. 내가 그렇게 누구처럼 속이 넓은 놈도 아니고."

진희는 피식 웃었다. 하긴 쉽게 풀릴 관계였다면 그렇게 오랫동안 벽을 쌓아 올리지도 않았을 것이다.

"그래, 알겠어. 그 아이들 소식을 들어 주는 것만으로도 어디니? 작은 것부터 시작해 보자."

두 사람이 이야기를 나누는 사이 옷을 갈아입고 나온 우재가 진희를 붙잡았다.

"형님, 저희랑 식사하러 가실 거죠?"

"아니, 너희들 때문에 점심시간 이용해 나온 거라 다시 사무실로 복귀해야 해."

진희는 여전히 대한어패럴 상무로 재직 중이었다.

"그럼 저녁은요?"

우재가 권하자 진희는 곤란하다는 듯 코를 찡긋거렸다.

"미안한데 저녁 시간은 좀 그래. 나 요즘 데이트하거든."

진희의 뜻밖의 말에 우재가 눈을 반짝였다.

"어떤 사람이에요, 형님? 이 사람도 형님 연애에 관심이 많아요. 자기가 무슨 형님 파수꾼인 줄 알아."

진희가 진우를 의외라는 시선으로 바라보자 그는 그만 이야기하라는 듯 우재의 입을 막았다.

"그래서 프랑스에서 공수했지. LK 아시아 지사장."

"대박! 그분 요즘 잡지에 소개되고 막 그런 분 아니에요? 모델 같다고 사람들이 호들갑 떨고 그랬던 것 같은데?"

우재가 그를 알아봐 주자 진희의 어깨가 으쓱했다.

"침대에서는 더 죽여. 그래서 내가 요즘 몇 년간 쌓아 올린 회포를 다 풀고 있지."

"서우재. 볼일 다 끝났으면 가자."

대화가 점점 노골적으로 변질하는 것 같자 진우는 우재를 끌어당겼다. 그러자 우재는 서운하다는 표정으로 진우에게 항의했다.

"넌 내가 밤마다 그렇게 예뻐해 주고 있는데 남의 베갯머리송사가 뭐가 그렇게 궁금해. 본디 연애란 폭 담가 놔야 성공할 확률이 커. 그러니까 초 치지 말고 얼른 일어나."

진우의 성화에 우재는 진희를 바라보았다.

"형님. 오늘은 이만 물러나더라도 다음번엔 꼭 풀 스토리 다 들려주셔야 해요. 꼭이요? 꼭!"

몇 번이나 그녀에게 다짐을 받고 가게를 떠나는 예비부부를 배웅하며 진희는 자신도 모르게 만족스러운 미소를 지었다. 그 순간 사무실에서 동업하는 동료 디자이너가 걸어 나왔다.

"진희? 어? 동생 부부는 갔어? 그 유명했던 드라마 OST 부른 주인공들이라며. 그래서 직접 얼굴이나 보려고 나왔더니."

"저기 걸어가잖아. 하여간 저 아이들 보고 있으면 지루하지가 않다니까?"

밖에서도 우재는 진우를 향해 발을 구르며 투정을 부리고 있었고, 진우는 시크하게 뭐라고 말을 던지며 차에 시동을 걸기 위해 운전석에 올라탔다. 진우가 뭐라고 이야기했는지 우재가 두 손까지 마구잡이로 흔들면서 항의하자 운전석이 다시 열리고 진우가 걸어 나오더니 우재의 허리를 끌어당겨 다짜고짜 키스하기 시작했다.

한동안 진한 키스가 이어지더니 진우가 뭐라고 이야기하며 우재의 뺨을 꼬집는 것이 보였다. 그러자 우재는 꽤 나른하고 만족스러운 표정으로 진우의 목에 팔을 둘렀다. 그 모습이 꼭 고양이를 닮았다. 쯧쯧. 매일 사랑하고 사랑받는다더니 길거리에서까지 그러고 싶니?

진희가 중얼거리는 사이 두 사람이 탄 차가 출발했다.

"어휴, 꽤 열정적인 커플이네. 보기 좋다 야. 저런 장면이 너의 워너비 아니었어?"

동료의 말에 진희의 입꼬리가 씩 올라갔다.

"그래, 누구라도 먼저 하면 어때. 저런 에너지를 널리 전파해 주는 게 중요하지. 나도 이제야 어떤 연애를 하고 싶은지 정확하게 알겠네."

"뭐?"

진희가 동료를 돌아보며 덧붙였다.

"솔직한 연애 말이야. 보고 싶으면 보고 싶다고 말하고, 사랑하면 사랑한다고 말하고. 장에게 당장 튀어 오라고 말해야겠어."

진희는 자신의 핸드백에서 휴대폰을 꺼내 들었다.

"아줌마. 그러니까 결혼식 때 부모님석에 앉아 주세요. 호주에서는 따로 식을 올릴 거예요."

우재의 말에 천하의 부모님은 눈물 바람을 했다.

"어린 시절부터 어머님께 천하 처제와 함께 등 맞으며 얻어먹던 김치찌개가 요즘도 그렇게 생각이 난답니다. 오랜 세월 부족한 우재 거둬 주셔서 감사합니다."

진우가 덧붙이자 천하의 엄마가 눈물을 글썽이며 요란하게 손사래를 쳤다.

"그렇다고 이렇게 많은 선물에 결혼식 초대에……. 과분해 죽겠네."

"아이고. 우리 엄마 또 명품 연기 나왔네. 며칠 전에는 대기업 회장님 저택에 초대받아 간다고 그렇게 마음 설레 했으면서.”

곧이어 천하의 등으로 엄마의 명품 스매싱이 날아들었다.

“이놈의 계집애가 이 서방 앞에서 못하는 소리가 없네.”

“괜찮습니다, 어머니. 천하 처제 말솜씨에 제가 한두 번 당해 보나요. 자신이 우재의 자매나 다름없다며 얼마나 저를 혹독하게 다뤄 주던지.”

진우의 말에 갑자기 과도한 천하의 헛기침이 이어졌고, 우재는 천하와 진우를 번갈아 바라보기 시작했다.

“너 아무리 친구 사이라도 이제 결혼하면 우재가 먼저 어른이 되는 거야. 그러니까 이제부터 이 서방 보면 깍듯이 어른 대접 해! 친구 신랑이랍시고 함부로 할 생각 하지 말고!”

천하의 아버지가 으름장을 놓자 진우의 입꼬리가 살짝 비틀렸다. 그것을 지켜보던 우재는 교묘하게 천하에게 한 방 먹이는 진우를 보며 입을 막고 웃었다.

유쾌하게 천하의 집에서 한바탕 소동을 치른 후 우재는 그의 손을 잡고 골목을 나섰다.

“오빠랑 손잡고 옛 동네를 걸으니까 기분이 이상하다.”

우재가 중얼거리자 진우가 그녀의 손을 더욱더 단단하게 잡아 쥐었다.

“뭐가 그렇게 이상한데?”

“아니, 오빠랑 함께 있으니까 열여덟 살의 나로 다시 돌아간 기분이 들어서.”

진우가 고개를 가로저었다.

“난 싫은데. 7년 전으로 다시 돌아가라면 난 단호하게 거절할 거야."

우재가 걸음을 멈추고 그를 물끄러미 올려다보았다.

"그렇게 끔찍했어요? 그때는 내가 오빠랑 함께 있었는데?"

"하지만 그땐 그게 사랑이었는지도 몰랐잖아. 순간의 달콤함에 혹해 기나긴 고독을 되새김하고 싶지는 않아."

우재가 퉁퉁거리며 불평을 해 댔다.

"흥! 정말 실망이다. 이진우, 날 사랑한다면 나에 대한 기억들도 모두 소중하게 간직해야지."

우재가 항의를 해 보았지만 진우는 조용히 웃기만 했다.

"그래도 싫어. 다시 되풀이하라면 너랑 처지 바꿔서 과거로 돌아갈 거야. 가서 7년 내내 나 때문에 속 좀 끓어 보라지."

"뭐라고요? 이 사람이 점점?"

"과거로 돌아간다면 다시는 그런 바보 같은 짓 안 할 거야. 널 그때처럼 어이없게 잃는 일도 없을 테지만 혹여나 그런 일이 다시 생기거든 미련하게 날 망가뜨리는 일 따위는 하지 않겠지."

진지해 보이는 진우의 표정을 보며 우재의 얼굴에도 지난 감정이 스쳐 지나갔다.

이 남자가 언제부터 이렇게 진지해졌지? 그 무엇이든 귀찮아하고 부정하던 사람이 이제는 모든 것을 받아들이고 잘못된 것은 되풀이하지 않으려 한다.

"그러니까 앞으로 잘해. 서우재를 영원히 이진우 옆에 붙들어 놓고 뼈를 묻게 만들 테니까."

진우의 말에 넘어간 우재는 자신도 모르게 그를 향해 해사하게 웃었다.

그때, 분위기를 깨며 우재의 휴대폰이 울렸다.

"아, 누구야. 어, 장학재단이다!"

장학재단이라는 말에 진우의 얼굴이 살짝 굳었다. 우재는 그것을 미처 알아차리지 못했지만.

— 아. 네, 우재 씨. 우재 씨의 간곡한 청원으로 이준 님으로부터 답이 왔는데 이제야 전해 드리네요. 오늘 이준 님께서 볼일 때문에 오후에는 모처에 계실 것 같다고 하는데, 시간 되시면 들러 보시겠습니까? 주소는 문자로 보내 드릴게요.

"네. 감사합니다. 뵐 수만 있다면 제가 당연히 찾아뵈어야죠."

우재는 전화를 끊고는 진우를 바라보았다.

"내 후원자가 드디어 주소를 알려 줬대요. 우리 옛집에 갔다가 바로 출발해요. 그러나저러나 우리 옛집에 차린 카페 이야기는 언제 하려던 참이에요?"

진우가 우뚝 걸음을 멈추었다.

"너 이미 알고 있었어?"

진우가 묻자 우재도 그를 향해 돌아섰다.

"응. 수명 오빠가 이야기해 줘서."

진우는 김이 샌 듯 그녀를 바라보았다.

"아, 미안. 혹시 오빠의 서프라이즈였나? 어머님께 오빠의 어릴 적 이야기를 듣던 날, 복잡한 마음에 정처 없이 떠돌다가 거짓말처럼 이 집으로 돌아왔어. 뭔가를 극복했다면 내가 이 집에 다시 찾아올 거라고 했다던 오빠의 말에 다시 힘이 불끈 솟았어. 그건 곧 오빠도 내가 돌아오기를 기다렸다는 뜻이잖아. 그래서 오빠에게 열심히 달려간 거예요. 나도 오빠에게 힘이 되고 싶었으니까."

진우가 감정을 삭이기 위해 조용히 눈을 감았다.

"그런데 그 말을 이제야 하네요. 고맙고, 감사해요. 잘생긴 내

애인님. 날 잊지 않아 줘서."

진우가 손을 뻗어 우재를 끌어안았다. 그녀에게서 7년 만에 재회했던 날 맡았던 꽃향기가 났다. 오묘하고 신비한. 그날도 난 이 향기에 취해 정신을 차릴 수가 없었지.

"오늘은 아니네?"

"뭐가?"

"너에게서 나는 향기. 너에게서 내 코롱 냄새가 나는 게 좋아."

진우가 웅얼거리자 우재는 키득키득 웃었다.

"요즘은 매일매일 넘치게 충전하니까."

우재의 의미심장한 말에 진우의 입술이 그녀의 옆머리에 닿았다.

"빨리 집으로 가서 침대에서 종일 뒹굴고 싶다. 우리 그냥 집으로 돌아갈까?"

"아이참. 내 전화 다 들어 놓고! 혹시 내 후원자 질투하는 거예요? 다른 건 내가 알아채기도 전에 먼저 도와주면서 유독 후원자 찾는 일만 미적미적하는 이유가 뭐예요, 대체!"

우재가 으르렁거리는 사이 휴대폰 문자 알림음이 울렸다.

"어! 왔다! 서울시 마포구 동교동……."

우재는 휴대폰에 찍혀 있는 자신의 옛 주소를 가만히 바라보았다. 우재가 조용히 진우의 품에서 떨어져 나오자 그는 한 걸음 물러나 그녀를 묵묵히 지켜봐 주었다.

"오! 세상에! 이건 말도 안 돼."

금방이라도 눈물을 떨어뜨릴 것처럼 우재의 코가 빨갛게 변하는 것을 바라보며 진우는 일부러 아무 말도 하지 않았다.

갑자기 우재가 달리기 시작했다. 옛집에 다다라 카페 문을 열고 들어가자 우재와 안면을 익힌 아르바이트생이 그녀를 보며 반색했다.

"어, 오셨어요?"

"미영 씨, 안녕."

주변을 열심히 살폈지만, 아무리 봐도 자신의 후원자로 보이는 사람은 없었다.

그 순간 종이 딸랑 울리면서 햇살과 함께 진우가 카페로 들어섰다.

"어. 사장님!"

빛이 너무 강해서 진우의 그림자가 카페 바닥에 길게 늘어졌다. 그 모습이 꼭 우재가 어릴 적 읽었던 동화책의 '키다리 아저씨' 같았다.

어떡해. 어쩌면 난 이렇게 바보 같을 수 있을까. 어떻게 이 사람을 옆에 두고도 그 오랜 시간을 몰라봤을까.

우재가 눈물을 글썽거리며 그를 바라보자 그도 이제는 어쩔 수 없다는 듯이 그녀의 앞에 마주 섰다.

"이제 좀 만족해? 그렇게 만나고 싶어 했던 이준과 만나게 돼서."

"하지만 어떻게…… 어떻게 오빠가 이준이야?"

진우가 진정하라는 듯 손을 뻗어 우재의 정수리를 가만히 매만졌다.

"아버지를 만나기 전에 여섯 살 때까지 내 이름은 이준이었어. 너와 그동안 소통했던 통장은 어릴 적 고사리손으로 용돈을 모았던 거였고. 그 시절을 잊고 싶지 않아서 난 그 통장을 남겨 두었지. 그리고 장학재단에는 그 통장을 통해 후원하고 있어."

우재의 눈에서 기어코 눈물이 떨어져 내리자 진우는 조심스럽게 닦아 주었다.

"처음에는 몰랐어. 내가 후원하는 사람이 너였다는 사실도. 그때만 해도 돈만 벌어서 통장을 채워 넣는 수준이었거든. 그런데 아버지가 그러시더군. 남자는 누군가를 책임져 봐야 비로소 어른이 되는 거라고. 그래서 책임감을 느껴 보라고 나와 너를 일부러 연결해 주셨다고 했어. 엄마와 내가 사라졌던 그 6년이 아버지에겐 굉장히 뼈아프셨다면서. 그래서 설사 너와 내가 헤어져 있어도 어떤 식으로든 함께 있게 해 주고 싶으셨대. 30년간 숱하게 거부해 온 아버지인데 너에 대한 7년을 되돌려 주신 덕분에 난 결국 무릎을 꿇었지."

우재는 계속 울어야 할지, 웃어야 할지 망설이는 표정을 지었다. 우재의 고민에 진우는 너털웃음을 터트리며 그녀를 깊숙하게 끌어안았다.

"하지만 무척 다행이라고 생각했어. 너의 7년 안에 내가 있어서."

"그래도 어떻게 이럴 수 있어?"

우재가 울먹이자 진우는 그녀를 조용히 토닥였다.

"그러니까 운명이지. 하늘에서 축복하고 주변 사람들도 우리를 도와주는데 이게 운명이 아니면 뭐야."

중요한 순간에 능글맞게 웃는 그에게로 우재의 주먹세례가 쏟아졌다.

"그러니까 앞으로 열심히 살자. 네가 행복한 만큼 나도 행복하니까."

진우는 그렇게 말하면서 우재가 으스러질 정도로 세게 끌어안았다.

그로부터 열흘 뒤, 두 사람은 사랑하는 사람들의 따뜻한 축하 속에서 행복한 결혼식을 올렸다.

우재는 진우와 함께 창립 기념 파티에 참석하려고 드레스를 착용하다가 황당한 일을 겪었다. 가슴 부분이 꽉 끼었기 때문이다. 더군다나 옷감에 쓸려 따가웠다.

대박! 결혼하고 살쪘나 봐! 우재는 옷과 씨름을 하다가 달라붙는 드레스는 포기하기로 했다.

주변에 있는 진우의 티셔츠를 뒤집어 입고 다시 옷을 고르고 있는데 진우가 옷 방으로 들어섰다.

"아직도 못 골랐어?"

"나 결혼하고 살쪘나 봐요. 드레스가 안 맞아. 특히나 가슴 부분."

진우가 우재의 몸매를 묘하게 바라보았다.

"지금은 안 돼요. 너무 늦었어. 항상 가족 모임에 늦는다고 이번에도 또 늦으면 아버님께서 엉덩이를 걷어차 주겠다고 하시지 않았어요?"

하지만 이단아 이진우가 그 말을 들을쏘냐. 진우의 손이 티셔츠 아래로 들어가 우재의 맨가슴을 주물거렸다.

"아! 그렇게 하지 마. 요즘 이상하게 가슴이 아파."

진우가 동작을 멈추고 그녀를 내려다보았다.

"많이? 혹시 죽을병인가?"

우재가 잔뜩 굳은 얼굴을 하고 두 손으로 진우의 가슴을 쾅 내리쳤다. 진우가 우재의 가슴을 주물럭거리던 자신의 두 손을 꺼냈다. 그러고선 우재의 가슴 크기를 손으로 재현해 보았다.

"확실히 예전과는 다른 크기이긴 해. 많이 아파?"

우재의 얼굴에 순간적으로 공포감이 깃들었다. 요즘따라 가슴이 부풀어 오르고 아랫배가 꼭꼭 찌르는 듯 아픈 것이 진짜 큰 병일까?

"얼마 전에 아버지와 뉴욕 다녀오다가 비행기에서 된통 체해서 업혀 들어온 적도 있었잖아. 진짜 너 병 걸린 거 아니야?"

진우의 놀림에 우재는 울상이 되었다.

대한그룹의 38번째 창립 기념 파티에 참석하기 위해 진우의 손을 잡고 호텔로 입장을 하면서도 우재는 불안한 기색을 감추지 못하고 있었다.

그래도 오늘 기분이 사뭇 다른 것은 8년 전, 부모님에게 이끌려 억지로 걸어왔던 이 길을 이제는 남편의 손을 잡고 당당하게 걷고 있다는 사실 때문이었다.

두 사람을 반기는 이 회장 내외와 인사를 나눈 후 우재와 진우는 손님을 맞기 위해 곁에 나란히 섰다. 수많은 손님과 인사를 나누고 있는데 우재도 익히 알고 있는 한 사람이 모습을 드러냈다.

"이 회장. 나 오랜만에 자네 창립 기념 파티에 오는데 참 격세지감이구먼그래."

"문 회장님. 여기까지 참석해 주시고 영광입니다. 제가 찾아뵈어야 하는데 거꾸로 되었네요."

문용기 회장은 문화계에서는 꽤 유명한 원로였다. 작은 출판사를 시작으로 현재는 출판, 방송, 신문 등 제법 큰 미디어 재벌이 되었다. 하지만 언제나 초심을 잃지 않고 그의 신문과 방송은 객관적이고 공정한 보도를 함으로써 안팎으로 신망이 높았다. 그래서 몇 년 전 서주환 전 의원의 비리를 캐낼 때 그의 미디어들은 경찰이나 검찰보다 더 큰 역할을 해내기도 했다.

"음. 내가 만나고 싶은 사람이 이 파티에 참석한다는 소식을 들어서."

"누군데 회장님께서 직접……."

"우리나라 소설을 외국어로 맛깔나게 번역해 내서 미국 도서비평가상과 영국의 맨부커 상을 휩쓸게 한 위인이 있어. 그 친구의 활약 덕분에 한국 소설이 해외에 소개되고 상을 받은 두 작품이 해외 몇 개국에 수출이 되는 등 이거 얼마나 칭찬할 일이냔 말이야. 그런데 정작 시상식에는 신혼여행 중이라 대리 수상을 하게 해서 얼굴도 못 봤어. 또다시 연락해 봤더니 시아버지 따라 출장을 갔다 하지 뭔가? 그래서 오늘 저녁 초대를 하려고 불렀더니 이미 내정된 스케줄이 있어서 어쩔 수 없다더군. 그렇다면 어쩌겠나. 아쉬운 사람이 우물을 파야지."

문 회장의 말에 이 회장이 곤란한 표정을 짓더니 우재를 향해 손을 내밀었다.

"죄송합니다, 회장님. 저희 아이가 본의 아니게 결례를 범했습니다. 그 아이가 제 둘째 며느리입니다."

진우의 옆에서 앞으로 걸어 나오는 우재를 보며 문 회장이 눈을 크게 떴다.

"아니, 대한그룹에서 통역을 돕는다던 그 친구가……."

"아, 저희 아이들이 조촐하게 식을 올리는 바람에 소식이 늦었습니다. 작곡하는 진우 녀석하고 이번에 혼례를 올렸습니다. 제 둘째 며느리입니다."

조심스럽게 허리를 굽혀 인사하는 우재를 보며 문 회장이 무척 아쉬운 표정을 지어 보였다.

"아이고. 곱네. 고와. 왜 그리 일찍 시집을 갔어그래? 내가 자네 이야기를 듣고 진즉부터 이어 주고 싶은 사람이 있었는데……."

다들 놀란 표정으로 문 회장을 주시했다.

"이번에 방송국 들어간 우리 손자 놈 말이야. 알고 보니 자네랑 중학교 동창이었다고 하더군. 신흥중학교 말이야. 자네 혹시 문지훈이라고 아나?"

문 회장의 말에 진우가 뭔가가 불편했는지 바스락거리는 소리를 냈다.

"아. 문지훈! 지훈이!"

우재의 눈이 커다랗게 떠지자 진우의 눈은 상대적으로 가늘어졌다.

"아, 죄송합니다. 반가운 마음에 그만……."

우재가 웃음을 참지 못하고 연신 미소를 띠자 문 회장의 입꼬리가 늘어졌다.

"하여간 대견하군. 어디 좀 앉아서 이야기나 나눠 볼까?"

우재는 이 회장과 진우에게 양해의 눈빛을 보내고는 문 회장을 쫓아갔다.

"빨리 식 올리길 잘했구나. 보석은 어디서나 보석이지."

이 회장의 말에 진우가 기분이 불편한 듯 큰기침을 했다. 그러자 그 옆에서 선경이 입술을 씰룩이며 한마디 더 얹었다.

"문 회장님이 우재가 탐나기는 참 탐나셨나 보네요. 사람을 보고서도 일절 말씀이 없는 분이신데 우재를 찾아 이곳까지 왕림하시다니."

"그러게 말이오. 우리가 먼저 예약해 두길 백번 잘했지 뭐야."

"그나저나 진우야. 우재 데리고 병원에 한번 가 보지 그러니? 저번에 비행기 안에서도 그렇고 일이 많아서 그런지 애 얼굴이 영 말이 아니더라."

진우가 눈썹을 추어올리자 선경이 한마디 더 덧붙였다.

"혹시 경사스러운 일이면 너희에게 좋은 거니, 아니면 너무 빠른 거니?"

갑작스러운 질문에 진우의 동공이 심하게 흔들리기 시작했다.

그로부터 얼마 지나지 않아 본격적인 우재의 입덧이 시작되었다.

"아우. 미친년. 보통 임신하면 엄마가 해 주던 음식이 먹고 싶다는데 넌 어째서 내가 해 준 떡볶이가 먹고 싶어?"

"아. 몰라 몰라. 시뻘건 양념에 어묵이랑 김치 듬뿍 넣은 그 떡볶이가 밤낮으로 아른거리는데 어떡해."

"하여간 재벌가 사모님 입이 그렇게 저렴해서 어디다 써? 게다가 촌스럽게 쿨피스가 뭐니. 쿨피스가."

"매운 떡볶이에는 그거 한 사발이지. 아웅. 잘 먹었다."

자신이 볶아 준 떡볶이에 밥까지 비벼 먹고 쿨피스까지 한 사발 들이켜는 우재를 보며 천하는 코웃음을 쳤다.

"엄마 되는 기분이 어때? 좀 황당하지 않았어? 내년이면 겨우 스물여섯 살인데."

천하의 말에 우재는 아직 똥배조차 나오지 않은 자신의 배를 문질렀다.

"솔직히 나는 아이를 빨리 가지고 싶었어. 이진우 씨한테 제대로 된 가정을 만들어 주고 싶었거든. 많은 것을 가졌지만 한 번도 자기 것인 게 없었다는 그 사람에게 진정한 내 것, 내 사람, 내 가정을 만들어 주고 싶었어. 뭐, 가족이라고 항상 함께하는 건 아니지만 적어도 그 사람은 결혼하고 나서 훨씬 안정되어 보이거든. 여기에 아이까지 생기면 금상첨화겠다 싶었는데, 덜컥 생겨 버린 거야. 정말 신의 계시 같았다니까? 우리 진희 형님도, 효재 언니도 나더러 너무 이른 나이에 아이를 가졌다며 안타까워했지만 난 괜찮은 것 같아. 지금껏 오빠가 내게 보여 준 마음을 보면 좋은 아빠가 될 것 같아."

"성질은 안 부려? 자꾸 밤중에 깨운다고."

우재가 눈을 가늘게 뜨며 천하를 바라보았다.

"너 왜 자꾸 우리 신랑 괴롭혀. 그러다 네가 데려오는 사람 내가 괴롭히면 어쩌려고."

우재의 엄포에 천하는 '치' 하며 코웃음을 쳤다. 아니라 다를까. 그 순간을 못 참고 진우에게서 전화가 걸려왔다.

"어. 골목길에 다 왔어요? 알았어요. 금방 나갈게요."

주섬주섬 짐을 챙기는 우재를 보며 천하는 서운한 마음에 입을 삐죽거렸다.

"우리 그이 왔대. 잘 먹었어 친구! 너 나한테 떡볶이 열 번 해 주기로 했으니까 나 또 올 거야."

자신을 터질 듯이 꽉 끌어안은 뒤 신랑을 향해 뛰어가는 우재를 보니, 천하는 갑자기 허전한 마음이 들었다. 우리 그이라니. 그 짧은 시간 동안 변해 가는 친구의 모습에 천하는 기분이 이상해졌다. 우리 우재를 울리는 남자라고 그렇게 미워했었는데…….

골목 어귀에서 뛰어오는 우재를 안아 주는 진우의 모습을 지켜보고 있자니 저 커플을 도저히 미워할 수가 없을 것만 같았다.

그러고 보니 그 언젠가 우재의 마음을 돌리려면 어떻게 하면 좋겠냐며 자신을 찾아왔던 진우의 모습이 생각났다. 시종일관 고자세를 유지하던 그는 우재가 자신의 첫사랑인 것 같다며 달뜨듯 이야기할 줄 아는 남자였다.

'아. 내가 뭔가 찜찜하거나 질투가 나서 물어보는 게 아니라 혹시라도 세상 살다 보면 무슨 일이 일어날지 모르니까 물어 놓는 건데. 우재 첫사랑이 누구라고요?'

'정말 그것 때문에 궁금한 거 맞아요? 그쪽이 우재 첫사랑이 아니라고 하니까 배신감 느끼는 건 아니고요?'

천하의 그 말에 얼굴이 구겨지던 진우. 그 틈을 타서 천하는 이렇게 말했었다.

'미디어 재벌로 유명한 MOON미디어 손자인 문지훈이라고 있어요. 나중에 동창회에서 들어 보니 그 애도 우리 우재한테 마음이 있었더라고요. 그러니까 조심해요. 사람 일은 아무도 모르니까.'

천하는 그때를 생각하며 갑자기 뜻 모를 미소를 지었다.

"아우, 추워! 이 계집애야 문 닫어! 너도 우재 보니까 시집가고 싶지. 방구석에만 틀어박혀 있지 말고 사람을 만나고 다녀야 할 거 아니야!"

창밖으로 우재네 커플을 내다본 엄마의 잔소리가 오늘도 끊이지 않는다.

겨우 스물다섯 살인 나를 졸지에 애물덩어리로 만든 애증의 커플! 미워할 수 없다는 말 취소다. 아마도 두 사람은 나에게 상당히 오랜 시간 미움을 받게 될 테다.

너무 예뻐서 밉고, 너무 염장 질러서 미워! 오늘도 나는 솔로 천국, 커플 지옥을 외칠 테다!

에필로그

당신을 만나는 기적

드디어 우려했던 일이 터져 버렸다.

『대한그룹 세 자녀 출생의 비밀, 누가 진정한 적자인가?』

한 여성 잡지에 대한그룹 가족에 대한 비화가 공개된 후 그룹의 주가는 하루가 다르게 춤을 추기 시작했다. 아버님은 이런 사태를 우려해서 지금까지 모든 사실을 철저히 함구하고 계셨던 걸까?

잡지를 들여다보며 인상을 찌푸리고 있던 우재의 뒤로 진우의 손이 다가오더니 그것을 턱 하고 덮었다.

"뭐예요? 지금 내가 읽고 있었단 말예요."

"그만 봐. 벌써 열 번도 더 읽었잖아. 사람들은 소문을 좋아하지만 쉽게 잊기도 해."

우재는 이상하다는 듯 그를 바라보았다. 이 사람은 항상 이러더라? 정작 일이 생기면 가장 먼저 뛰쳐나가면서 말만큼은 항상 남의 집 불구경 하듯 한다. 우재는 의심스러운 표정으로 그에게 물었다.

"그렇게 말할 거면 왜 트럭 사고로 다친 사람 병원비 내줬어요? 최 실장님이 그러시던데요. 아무리 서로 짜고 치는 고스톱이었다 해도 그 사람 대포 트럭에 부딪힌 거라 트럭 기사 구속되면 병원비가 한 푼도 안 나온다면서요."

진우의 표정이 꿈틀거렸다. 흠. 서우재가 언제 이렇게 정보에 밝아졌지?

"최 실장이랑 너무 가깝게 지내는 거 아니야?"

우재의 얼굴이 확 구겨졌다.

"지금 무슨 말 하는 거예요? 그리고 왜 내 말은 교묘하게 회피하는 건데요. 무슨 일이든 앞으로는 우리 허심탄회하게 이야기하기로 하지 않았나요, 오빠?"

'오빠'라는 말을 유난히 강조하는 우재 때문에 진우도 인상을 구겼다.

"각자의 사정이라는 게 있으니까. 그 사람에게는 나이 들어 병든 노모와 어린 딸이 있었어. 단추는 잘못 끼워진 게 맞지만 그렇다고 기하급수적으로 늘어 가는 병원비에 아들을 살리지도 죽이지도 못해 애태우는 그분을 두고만 볼 순 없잖아. 아내가 버리고 간 딸을 거둔 자라면 일단은 열심히 살아 보려고 했던 사람 같아서 한 번 더 기회를 주기로 한 거야."

진우는 한 독지가의 도움으로 병원비가 모두 수납되었다는 말을 들은 노모가 원무과 직원을 붙잡고 몇 번이고 감사하다며 오열하는 장면을 지켜보았다. 생사를 오가는 아들을 지켜보는 슬픔이란 어느 부모에게나 다 똑같을 테니까. 다섯 바늘을 꿰맸다는데도 얼굴이 하얗게 질려서 후들거리는 다리를 주체하지 못해 그대로 주저앉았던 자신의 어머니를 떠올렸다.

갑자기 우재의 손이 진우의 정수리를 조심스레 쓰다듬었다.

"지금 뭐 하는 거야?"

"그냥. 너무 장하고 예뻐서. 힘든 시간 잘 견뎌 준 것도 고마운데 항상 바른 생각 하고 사는 것 같아서. 이런 사람이 내 사람이구나, 싶으니 난 더 마음 뿌듯하고."

위로, 그래. 그렇게 하루하루를 아슬아슬하게 살아가던 그에게도 위로가 되어 주었던 사람이 있었다. 이 아이만큼은 시린 자신의 마음을 생각지도 못한 방법으로 어루만져 주곤 했었다. 진우는 자신의 머리를 여전히 쓰다듬는 우재의 손을 천천히 잡아 내렸다.

"그럼 말로만 그러지 말고 상을 주든지."

진우의 말에 우재는 그의 목에 팔을 두르며 키스했다. 수줍은 우재의 키스는 그의 입술을 살짝 적셨다가 도망가더니 어느 순간 다시 찾아왔다. 처음에는 농담 반 진담 반으로 시작한 진우도 우재의 요염한 몸짓에 그녀를 더욱 꽉 끌어안았다.

"내가 이렇게까지 하는데도 아직 부족한 것 같아요?"

진우가 고개를 끄덕이자 우재는 그의 허벅지 위로 올라탔다.

"그러면 이건 어때요?"

우재는 그렇게 속삭이더니 교묘하게 그의 남성을 자극하기 시작했다. 생각지도 못했던 우재의 몸짓에 진우가 화들짝 놀라자 그녀는 인상을 찌푸렸다.

"저런. 내가 너무 마음이 급했나? 이 친구가 많이 놀랐나 보네."

우재의 손이 바지 앞섶을 뚫고 튀어나올 듯 부풀어 오른 그곳을 천천히 어루만지자 피노키오의 코처럼 점점 더 곧게 일어섰다.

"너 갑자기 왜 이래? 뭐 잘못 먹었어?"

진우가 금방이라도 숨이 넘어갈 것처럼 묻자 우재는 그에게 조용히 속삭였다.

“요즘 오빠에게 너무 소홀하게 대한 것 같은 느낌이 든다고 하니까 천하랑 천희 언니가 참고할 만한 영상을 보내 줬거든요.”

“뭐라고? 그 사람들이 뭘 보내 줘?”

진우의 격렬한 반응에 우재가 눈을 깜박거렸다.

“오빤 화려한 과거가 있는 사람인데 그런 면에 있어서 굉장히 보수적이네요? 난 솔직한 게 낫다고 생각했는데. 그동안 안 힘들었어요? 남자는 6주 이상 금욕하기 힘들다던데, 오빤 벌써 몇 달이나 참았잖아요!”

우재의 말에 진우가 또 한 번 몸을 들썩였다.

“화려한 과거? 그게 무슨 뜻이야?”

“그럼 내가 오빠한테 첫 여자예요?”

우재의 질책에 진우가 으르렁거리려다가 속으로 자신을 저주했다. 제기랄, 내 방종 때문에 말문이 막힐 줄이야!

“어떡해요? 계속해요?”

눈을 깜박이며 자신을 유혹하는 그녀를 보며 진우는 격렬한 고민을 했다. 지금 우재를 받아들이면 남자로서의 권위가 흔들릴 테고 그렇다고 거절하자니 이미 한계치를 뛰어넘은 자신의 욕망이 꿈틀거렸다. 그렇다면 어떻게 하지? 순간 진우에게 좋은 생각이 떠올랐다.

“일단 해 봐. 네가 나를 유혹하는 데 성공하면 앞으로 네가 뭘 하든 관여하지 않겠지만, 만약 실패하면 그 쓰레기 같은 영상은 다 갖다 버리는 거야. 알겠어?”

우재는 납득이 안 된다는 표정이었지만 조용히 고개를 끄덕였다.

"아! 그러니까 일종의 서우재의 유혹을 견뎌라, 뭐 이런 건가 보죠?"

긴장한 모습이 역력한 진우의 얼굴을 바라보던 우재는 픽 웃었다. 정말 이상한 남자야. 하여간 조금도 지려고 하지 않는다니까?

우재는 키스할 듯 그의 입술 근처에서 맴도는 듯하더니 갑자기 그의 목을 물어뜯었다. 진우의 가슴이 들썩거렸다. 우재의 손이 맨 가슴을 타고 올라와 뱀같이 휘감자 진우의 가슴은 세차게 두근거렸다.

아, 안 돼 서우재. 제발. 천천히 그의 바지 지퍼가 열리고 가운데에 우재의 손가락이 닿았다. 우재의 서툰 손길에 진우는 심장이 가슴 밖으로 튀어나올 것 같았다. 그녀는 능숙하지 못해 헤매는 손길이 남자를 얼마나 미치게 하는지 모르는 눈치였다. 여기서 그만두라고 몇 번이나 소리 지르고 싶은 것을 참으며 이러지도 저러지도 못하고 있는데, 우재의 중얼거림이 들려왔다.

"이게 다 완성된 건가?"

넌 무슨 예술 작품 만드니? 뭔가가 불만인지 우재가 손으로 그의 분신을 주무르다 말고 멈추었다. 거기서 왜 멈춰! 왜! 끝까지 계속해야지! 속 타는 진우의 마음도 모르고 우재는 태연하게 물었다.

"이거 너무 안 써서 고장 난 건 아니죠?"

당연하지. 아까 네가 허벅지를 타고 오르던 순간부터 이미 터질 것처럼 부풀어 올랐는데, 여기서 더 했다간 넌 죽어. 또다시 남성의 끝을 툭툭 건드리는 그녀 때문에 진우는 미치겠다는 듯 소파 뒤로 머리를 기댔다. 그래. 너 혼자 다 해라. 다 해. 완전히 나를 떡 주무르듯 하네.

“그럼 2단계.”

우재는 조심스럽게 자신의 팬티를 벗더니 꼿꼿하게 서 버린 그의 분신을 잡고는 자신의 안에 밀어 넣기 위해 안간힘을 썼지만 잘 안 되는 모양이었다.

“아. 어떡해. 남들은 잘만 넣던데 나는 왜 잘 안 돼?”

울상이 되어 버린 그녀를 보며 참다못한 진우가 우재의 허리를 잡고 그녀에게 물었다.

“어떻게 하고 싶은데. 집어넣어?”

완전히 기계적으로 묻는 그의 말에 우재는 얼굴이 새빨개졌다.

“씨이. 마음 좀 제대로 열어 보라고 하더니. 됐어요. 나 안 해요.”

우재의 말에 진우가 그녀의 허리를 끌어안더니 다시 제자리로 데려다 놓았다.

“일단 유혹에 실패한 거다? 그러니까 이제 그딴 영상으로 학습하려고 하지 말고 나와 체험을 통해 나누라고. 알겠어?”

다시 한번 다짐을 받는 그를 보며 우재의 입술이 삐죽거렸다.

“알겠어요.”

풀이 죽은 그녀가 일어나려고 하는 걸 진우가 다시 팔을 잡아 돌려놓았다.

“그냥 그렇게 일어나면 어떡해? 책임을 져야지!”

거의 비명처럼 소리를 지르는 진우를 보며 우재는 움찔했다.

우재가 그를 멍하니 바라보자 진우는 미치겠다는 듯 머리를 마구 흐트러뜨렸다. 그러더니 더 이상 참을 수 없다는 듯 우재의 몸을 들어 자신의 분신 위에 내려놓았다. 갑자기 불기둥 같은 막대가 그녀를 뚫고 들어오는 것 같았다. 우재가 자극을 이기지 못하고 신음을 내뱉자 진우는 그녀의 입술을 찾았다.

얼굴이 빨개져서 폭발할 것 같은 우재를 바라보며 진우는 다시 엄포를 놓았다.

"서우재, 제발 부탁인데 아무 데서나 빈틈 흘리고 다니지 마. 너 때문에 정말 미치겠다."

진우의 거친 몸짓에 우재가 울부짖으며 말했다.

"이 단계 성공하면 다음 거 보내 준다고 했는데?"

그 말에 갑자기 진우가 흥분을 하면서 우재에게 으르렁거렸다.

"하여간 그렇게 위험한 영상은 보지 마! 갖고 있지도 말고! 누구 복상사시킬 일 있어? 하여간 안 돼. 난 허락 못 해!"

진우는 성화를 부리더니 자신의 성질대로 우재의 몸속에서 자신을 천천히 녹여내기 시작했다. 덕분에 우재의 얼굴도 후끈 열기가 달아올랐다. 그녀가 그의 어깨에 얼굴을 묻고 뜨거운 신음을 흘리자 그런 그녀가 마음에 들었는지 그가 서서히 속도를 높였다.

"서우재."

"자, 잠깐만. 천천히요. 제발."

"응? 뭐라고?"

찰박찰박 그들의 몸이 부딪치는 소리가 제법 야하게 들려왔다. 진우가 우재의 티셔츠를 끌어 올려 잔뜩 부풀어 오른 그녀의 가슴을 혀로 자극하자 우재가 참지 못하고 그의 귓불을 꽉 깨물었다. 머리끝부터 발끝까지 지진이 나는 것 같았다. 자동반사적으로 그녀가 물고 있는 모든 기관에 힘이 들어갔다. 갑자기 화산이 폭발하며 그의 분신들이 미친 듯이 분출되기 시작했다.

거칠게 숨을 몰아쉬는 우재의 목에 머리를 틀어박고 숨을 고르던 진우는 조용히 중얼거렸다.

"천하하고 당장 약속 잡아. 아무래도 내가 한마디 해야겠어."

천하와 만나기로 한 약속 장소인 동교동 카페는 이미 만석이었다.

"생각보다 사람들이 많네요?"

우재는 기쁜 듯 진우를 바라보았지만 그는 뭔가가 몹시 불만인 표정으로 주변을 둘러보았다. 두 사람만의 아지트가 이상하게 변질이 되어 가는 게 못내 아쉬운 모양이었다.

그때 누군가가 열심히 우재를 부르는 소리가 들려 고개를 돌리니 천하가 보였다.

"우재야. 글쎄 내가 누구를 만났는지 알아? 문지훈. 우리 중학교 동창. 얘네 집도 아직 이 근처에서 이사 안 갔대."

갑자기 '문지훈' 이란 이름이 언급되자 우재는 어색하게 소리 내서 웃기 시작했고 진우의 얼굴은 뻣뻣하게 굳었다.

진우가 천하의 옷깃을 강하게 잡아당기더니 할 말이 있다면서 구석으로 끌고 갔다.

"지금 우리 불러 놓고 뭐 하는 겁니까?"

진우가 거세게 항의하자 천하의 얼굴 위로 악동의 미소가 서렸다.

"흠……. 용케 문지훈을 기억하고 계셨네요?"

천하의 말에 진우의 입술이 굳어지는 것이 보였다.

"말 그대로예요. 저 친구는 이곳에서 일하는 중이고, 난 우연히 왔다가 만나 거고."

"자꾸 이런 식으로 해요, 이천하 씨. 우재에게 이상한 영상을 보내질 않나!"

진우의 말이 끝나기 무섭게 천하가 중얼거렸다.

"아우, 미친년. 그 이야기를 오빠한테 말하면 어떡해? 자기만 알고 있는 걸로 해야지!"

아이고, 내 팔자야. 친구는 닮는다더니 이 두 사람한텐 도대체 마음을 놓을 수가 없다.

"오빠 뭐 해요! 저기 자리 났어요. 그리고 천하는 지훈이랑 좀 더 이야기 나누고 와."

우재의 말에 천하의 눈이 커졌다가 볼이 발그레해지기 시작했다. 우재가 천하의 양뺨을 문지르면서 이야기했다.

"너, 내가 아직도 모르고 있는 줄 알아? 너도 한때 문지훈 좋아했었잖아. 내가 먼저 좋아한다고 고백하는 바람에 계속 가슴앓이 해 온 거 모를 줄 알아? 그 사실을 늦게 알게 돼서 너무 미안했어. 문지훈도 지금 싱글이래. 우리는 다음에 만나도 되니까 오늘은 둘이서 회포 풀어. 남녀 사이는 어떤 식으로든 부딪쳐야 시작되는 거야. 너 내가 이 사람을 어떻게 공략했는지 알지?"

천하가 자신을 흘긴 뒤 우재에게 고맙다고 말하며 문지훈 쪽으로 돌아가는 걸 보면서 진우가 물었다.

"이게 다 무슨 상황이야?"

"있어요, 그런 거. 여자들만의 비밀?"

뭔가 의미심장한 미소를 짓는 우재를 보며 진우는 빈 테이블로 걸어갔다. 자리에 앉자 마침 아르바이트생이 생과일 주스와 오렌지 주스 한 잔을 가지고 왔다.

"사장님 이거 맞으시죠?"

"어, 나 아직 안 시켰는데. 내가 오렌지 주스 마시는 거 어떻게 알고. 주희, 너 센스 있다?"

주희라는 아르바이트생은 이상하다는 듯 진우를 바라보았다.

"어? 우재 언니가 주문할 때는 항상 오렌지 주스와 함께 시키셨잖아요. 정리할 때 보면 주스가 그대로 있어서 언니는 왜 주스도 안 마시면서 시킬까 했지만요."

주희의 말에 진우는 설명이 필요하다는 듯 우재를 바라보았다.

"오빠는 우리 집에 올 때마다 오렌지 주스만 마셨잖아요. 오빠가 그리운 날에는 커피숍에 와서 두 잔씩 시켰어요. 이렇게 주문을 하다 보면 오빠가 언젠가는 내 앞에 앉아 있는 기적이 일어날지도 모르니까. 그런데…… 난 드디어 소원을 이뤘네!"

행복하다는 듯 말하는 우재를 보자 진우의 가슴이 울컥했다. 진우가 팔을 벌리자 우재가 냉큼 자리를 건너와 그의 품에 안겼다. 그러자 진우의 입술이 우재의 이마에 닿았다.

"오빠 덕분이 이 삭막했던 집이 새로운 희망의 공간으로 변해가네요. 이 집에 사는 내내 힘들기도 했지만 덕분에 오빠도 만나고 좋은 일도 많았으니 그렇게 나쁘지만은 않았던 것 같아."

우재의 말에 진우도 주변을 한 번 둘러보았다. 처음 들어올 때만 해도 을씨년스러웠던 집이었다. 그런 그 집이 이제는 따뜻한 공간이 되다니. 어쩌면 이 모든 건 무슨 일이 있더라도 끈질기게 희망을 끈을 놓지 않았던 우재로 인해 비롯된 게 아닐까?

갑자기 우재의 몸이 화들짝 놀라는 게 느껴졌다.

"왜? 어디 아파?"

갑자기 우재가 눈을 휘둥그레 뜨더니 진우의 손을 잡아 자신의 배에 가져다 댔다.

"여기. 여기. 한 번만 더 희망아. 한 번만 더 힘내."

진우의 손바닥 아래로 진동이 울렸다. 오! 이런! 드디어 태동이 시작됐다!

"우리 아이 희망이로 할래요. 태어나서도 좋은 일 생기라고."

우재의 입술에 진우는 입을 맞추며 꼭 안아 주었다.

"그래. 그러자. 아무래도 우리는 지금부터가 진짜 시작인 것 같으니."

그때 저 멀리서 천하가 지훈과 함께 카페를 나가면서 열심히 손으로 사인을 보내는 것이 보였다. 저녁에 전화를 하라는 뜻인 것 같다. 천하야, 어쩌면 너에게도 기적이 생기려는 걸까? 우재는 천하에게 행운을 빈다는 사인을 보내며 진우의 품으로 파고들었다.

—The end

작가 후기

요즘 글을 쓰면서 전 몰랐던 제 자신에 대해 발견할 때가 많습니다. 제가 이런 음악을 좋아했구나, 이런 성향의 사람들에게 흥미를 느끼고, 이런 것들에 관해 더 알아보고 싶구나, 라고 말이죠. 그런데 이번에는 '음악' 이었네요. 덕분에 제가 좋아하는 '재즈 뮤지션' 들의 곡을 실컷 들으며 써 내려갔습니다.

솔직히 이번 연재를 시작하면서는 목표를 하나 세웠어요. 읽어주시는 분들이 '우재가 노래하는 모습을 궁금해했으면 좋겠다.' 라고 말이죠. 진우가 어떻게 피아노를 연주하고 우재가 어떤 목소리로 어떤 노래를 할지 상상이 되시나요?

그런데 연재가 끝날 즈음, 다수의 분들께서 '우재가 부르는 노래 한번 들어 보고 싶어요.' 하시길래 제가 얼마나 기뻤게요. 결국 못 말리는 망상가는 상상해 봅니다. 세월이 지나 기술이 발전하면 소설을 읽으며 향기를 맡고 노래를 들을 수 있는 시대가 오길…….

소설이 끝나 갈 즈음, 많은 독자분께서 왜 소설의 제목을 '미운 남자' 라고 지었느냐며 진우는 지고지순한 순정남 아니냐며 항의를 하시는 통에 진땀을 뺐던 기억이 있습니다. 다크물을 기대하고 써 내려갔지만 러브신마저 격정이 부족하다 하여 좌절하고 말았던……. 아울러 주인공 진우를 제목에 있는 남자대로 표현하지 못한 것을 사과드립니다. 하지만 사람을 너무 벅차게 할 때도 밉긴 밉잖아요?

아무튼 두 주인공이 아들딸 낳고 오순도순 행복하게 잘 살았으면 하는 바람입니다. 이 아이들, 그럴 수 있겠지요?

한없이 부족한 제 글을 읽어 주시는 모든 분들께 깊은 감사를 드립니다. 비문이 가득한 거친 원고를 예쁘게 가다듬어 주신 심은지 편집자님께도 감사드려요. 믿어 주신 덕분에 이렇게 또 한 번 책을 출간하네요.

제가 무슨 복으로 이렇게 여러분을 만나게 되었는지…….

저에겐 여러분이 바로 기적이네요.

하늘연달에 드림

미운 남자

초판 1쇄 찍음 2017년 5월 22일
초판 1쇄 펴냄 2017년 5월 29일

지은이 | 하늘연달에
펴낸이 | 정 필
펴낸곳 | **(주)뿔미디어**

편집장 | 박경희
기획 · 편집 | 심은지, 이영은
표지 디자인 | 김수지

출판등록 | 2002년 9월 11일 (제1081-1-132호)
주소 | 경기도 부천시 원미구 소향로 17, 303(두성프라자)
전화 | 032)651-6513 / 팩스 | 032)651-6094
E-mail | dahyangs@naver.com
블로그 | http://blog.naver.com/dahyangs
비북스 | http://b-books.co.kr

값 9,000원

ISBN 979-11-315-7899-5 03810

www.bbulmedia.com

www.bbulmedia.com